SEINE ANDERE FRAU

WEITERE TITEL VON K.L. SLATER

IN DEUTSCHER SPRACHE

Verschwunden

Die Hochzeit

Die Witwe

Der Fehler

Seine andere Frau

IN ENGLISCHER SPRACHE

Husband and Wife

The Bedroom Window

The Narrator

The Girlfriend

Missing

The Widow

The Evidence

The Marriage

The Girl She Wanted

Little Whispers

Single

The Silent Ones

Finding Grace

Closer

The Secret

The Visitor

The Mistake

Liar

Blink

Safe With Me

K.L. SLATER

SEINE ANDERE FRAU

Übersetzt von Katharina Eddins

bookouture

Die Originalausgabe erschien 2022 unter dem Titel
„The Girlfriend“
bei Storyfire Ltd. trading as Bookouture.

Deutsche Erstausgabe herausgegeben von Bookouture, 2023
1. Auflage November 2023

Ein Imprint von Storyfire Ltd.
Carmelite House
50 Victoria Embankment
London EC4Y 0DZ

deutschland.bookouture.com

ISBN: 978-1-83790-557-7
eBook ISBN: 978-1-83790-556-0

EINS

COLE

Samstag, 10:25 Uhr

Cole Fincham tigert entlang des Partyzelts auf und ab. Erst, als er sicher ist, dass er vom Haus aus und damit von seiner Frau Jennifer nicht mehr zu sehen ist, zieht er sein Handy hervor und liest die automatisch erstellte SMS, in der es um sein Unternehmenskonto geht.

> *Die festgesetzte Überzugsgrenze für Ihr Bankkonto mit den Endziffern 193 wurde überschritten. Um Gebühren zu minimieren und geplante Zahlungen durchzuführen, überweisen Sie den Betrag bitte heute, 30. Oktober, bis spätestens 14:00 Uhr.*

Nun legt sein Herz wieder los. Dieses heftige Pochen, das Cole seit ein paar Tagen plagt, gefolgt von einem leichten Schwindelgefühl. So geht es ihm, seit er erfahren hat, dass der Bauvertrag sich plötzlich in Luft auflösen könnte, der ihm dabei hätte helfen sollen, sein Unternehmen wieder aufzubauen. Er stopft sein Handy in seine Hosentasche und atmet ein paar Mal tief durch. Ein bisschen Stress, mehr nicht. Cole weiß, dass er sich einen Plan zurechtlegen muss, und er wird sich daransetzen, gleich Montagmorgen. Er wird den Stier bei den Hörnern packen und sich seinem Bankmanager stellen, welcher ihn inzwischen täglich anruft und in zunehmend frostigem Tonfall Nachrichten auf seiner Mailbox hinterlässt.

Aber die Bank ist nicht das einzige Problem. Es gibt da noch etwas, was seine Familie zerstören könnte, wenn er keine Lösung dafür findet. Er denkt an einen der Lieblingssprüche seines Vaters: »Es gibt für jedes Problem eine Lösung. Man muss nur kreativ genug sein, um sie zu finden.« Und Cole *ist* kreativ, glücklicherweise. Endlos kreativ. Obwohl ihm seine Probleme heute unüberwindbar groß erscheinen, ist er sicher, dass er in ein paar Wochen darauf zurückschauen und lachen wird.

Schließlich ist er darin geübt. Den Kopf aus der Schlinge ziehen, das kann er. Wo andere unter der Last eines Problems zusammenbrechen, geht er in die Offensive. Diesmal wird es auch nicht anders sein. Allerdings geht dieses Wochenende vor. Sie haben sich schon so auf Halloween und damit ihre jährliche Familienfeier gefreut. Wann immer sie können, laden Cole und Jennifer, gemeinsam mit ihren Kindern Miller und Sylvie, im Oktober zu einer großen Party ein. Außerdem gibt ihnen die Party dieses Jahr die Chance, ihr frisch renoviertes Haus zur Schau zu stellen. Cole hat ein paar besonders wichtige Geschäftskontakte samt Ehefrauen eingeladen. Wenn er es schafft, seinen Gästen einen unvergesslichen Abend zu bereiten, könnte das den entscheidenden Ausschlag geben für den Deal, den er so unbedingt abschließen möchte. Vor allem jetzt, wo der Beesley-Vertrag auf der Kippe steht.

Aus einer verlässlichen Quelle hat Cole erfahren, dass sein Unternehmen eine Chance hat, den Auftrag für einen Luxuswohnkomplex zu gewinnen. Der Wohnkomplex soll mit Apartments, Restaurants und Shops jeden Wunsch erfüllen können und direkt am Flussufer neben dem grünen Vorort West Bridgford liegen, im Süden der Stadt Nottingham, in einer angesagten Gegend nahe der Trent Bridge. Wenn er sich diesen Deal sichert, war es das mit den Geldsorgen. Wenn er damit durchkommt, wird sich dieser arrogante Bankmanager vor ihm auf die Knie werfen und für seine forschen Nachrichten um Vergebung bitten, um ihn als Kunden zu behalten.

»Cole?« Jennifers Stimme, sie muss ganz in der Nähe sein. Sein Herz pocht gleich noch einen Takt schneller. »Wo hast du dich denn versteckt?«

Jennifer tritt aus dem Zelt. Sie hat ihre welligen braunen Haare mit einem gemusterten Tuch zurückgebunden, wodurch ihr hübsches rundes Gesicht betont wird. Zu Beginn ihrer Beziehung hat Cole sie oft »Mondgesicht« genannt und da hat sie immer gelacht; gesagt, dass sie das richtig süß findet. Jennifer sieht wirklich gut aus für ihre Mitte dreißig, obwohl sie sich Sorgen um ihr Gewicht macht. Müsste sie seiner Meinung nach aber gar nicht.

»Hey, meine Schöne!« Cole wischt sich den Schweiß von der Stirn und setzt ein Lächeln auf, bevor er um das Zelt herum auf sie zugeht. »Hab nur schnell die Laternen überprüft. Die werden toll aussehen, wenn sie angezündet sind.«

Jennifer runzelt die Stirn; sucht in seinem Gesicht nach Hinweisen, dass etwas nicht ganz in Ordnung ist. Er fragt sich, ob er vielleicht ein bisschen nervös klingt. Sie ist gut darin, so etwas zu erkennen. Das stresst ihn nur noch mehr. »Sie haben mich zu dir geschickt, damit ich mir das Zelt von innen anschaue. Hast du es schon gesehen?«

Er schüttelt den Kopf. »Ich habe auf dich gewartet, damit wir es uns gemeinsam ansehen können.«

Die Teamleiterin der Zeltverleihungsfirma Marvellous Marquees, eine große, zaundürre Frau mit fahler Haut, erscheint im Zelteingang. »Kommen Sie rein! Es sieht einfach fantastisch aus. Ich hoffe, es gefällt Ihnen!«

Cole und Jennifer folgen ihr ins Zelt, mitten durch die aufklaffenden schwarzen Lippen von Pennywise, dessen spitze kleine Zähne direkt über ihren Köpfen hervorragen. Vorhin war Cole in die Küche gekommen, als Jennifer gerade dabei war, ihrer fünfjährigen Tochter Sylvie zu erklären, dass der gruselige Clown nur Dekoration war. Nicht echt. Wenn Cole doch nur dasselbe über die Probleme sagen könnte, die sich bedrohlich vor ihm auftürmen.

»Das hier ist bestimmt eines der coolsten Designs, die wir je entworfen haben«, hört Cole die Teamleiterin sagen. »Bereit?«

Im Inneren ist es stockfinster, bis plötzlich ... *Husch!* alles um sie herum in hellem Licht erstrahlt. Unheimliche Lichtstrudel in Lila und Rot erobern die Wände und am Boden kriecht giftig grüner Nebel die glitzernde Tanzfläche entlang.

»Wow!«, sagt er und bemüht sich um einen enthusiastischen Tonfall. »Das ist der Hammer.« Doch in Wahrheit wird ihm in dieser nervenaufreibenden Atmosphäre nur noch elender zumute.

»Das ist ja unfassbar!« Als Jennifers Blick über die runden Plexiglastische schweift, an denen sie jeweils bis zu zehn Gäste unterbringen können, werden ihre Augen ganz rund. In der Mitte jedes Tisches steht ein gigantischer ausgehöhlter Kürbis, gefüllt mit schwarzen und roten Rosen.

Tausende winzig kleiner weißer LED-Lichter funkeln an den schwarzen Wänden, um die düstere Stimmung aufzulockern und die projizierten Bilder hervorzuheben: Alt bekannte Horroranimationen bewegen sich entlang der Wände, von Dracula, Cruella und Frankensteins Monster bis hin zu Fledermäusen und nicht zuletzt einer Gruppe gackernder Hexen, die hoch über ihren Köpfen auf funkensprühenden Besenstielen endlose Kreise ziehen.

Cole mustert das verblüffte Gesicht seiner Frau und lehnt sich zu ihr, als sie ihm zuflüstert: »Wie viel hat das denn alles gekostet?«

»Irrelevant. Für den Geburtstag meiner atemberaubenden Frau ist nichts zu teuer.« Sie wirft ihm einen Blick zu, in dem er ein *ja, klar* lesen kann. Aber sie lächelt und das ist immer ein gutes Zeichen.

Coles Handy macht ihn piepsend auf eine neue SMS aufmerksam. Er wartet, bis Jen sich entfernt hat, bevor er es aus der Tasche zieht und die Nachricht liest.

Scheiße, nicht das. Nicht jetzt. Schon wieder holpert das Herz in seiner Brust in einem unregelmäßigen Tempo drauflos.

»Die Kinder werden es gar nicht fassen können«, sagt Jennifer und schaut im Zelt umher. »Cole, du solltest zum Haus hochgehen und Miller nach unten locken. Ich versuche schon den ganzen Tag, ihn aus seinem Zimmer zu kriegen. Sag ihm, wenn wir die Fotos von heute Abend posten, kriegt er jede Menge street cred. Die anderen Kids werden sich darum reißen, mit ihm befreundet zu sein.«

»Warte hier«, bietet Cole an. »Ich rufe ihn gleich.«

Er verlässt in großen Schritten das Zelt, froh, Jennifer nicht länger ausgesetzt zu sein. Nach ein paar Metern bleibt er stehen und wendet sein Gesicht mit geschlossenen Augen gen Himmel. Stumm wiederholt er die Drohung, die in der SMS ausgesprochen wurde. Coles Lunge fordert Sauerstoff, weit mehr, als er ihr derzeit liefern kann. Er versucht es trotzdem und schnappt nach Luft.

»Sir, ist alles in Ordnung? Geht es Ihnen nicht gut?«, fragt ein junger Mann zögerlich. Cole erkennt ihn als einen der Mitarbeiter von Marvellous Marquees.

»Ja, ja. Alles gut«, erwidert Cole gereizt. Nirgends hat man seine Ruhe vor diesen Leuten.

Er fühlt sich gefangen, fast schon panisch. Schweiß rinnt seinen Rücken hinab, kalt und klebrig.

Frustriert muss er feststellen, dass der junge Mann ihn immer noch anstarrt, also läuft Cole weiter über den Rasen. Von hier unten gesehen wirkt das Haus einfach gigantisch. Eine breite Schneise aus Glas und Naturholz, nordische Fichte, die Cole eigens aus Skandinavien importiert hat, für teures Geld. Besonders schön an dem Haus ist, dass es sich nach hinten hin öffnen kann. Dann verschwinden die Glaswände und der Garten wird Teil des Hauses.

Immer noch schwer vorstellbar, dass er dabei geholfen haben soll, dieses neue Design zu entwerfen und die umfangreichen Renovierungen umzusetzen. Schade, dass sein alter Herr nicht hier ist, um zu sehen, was Cole erreicht hat. Nachdem er ihm doch so viele Jahre lang versichert hat, er würde es im Leben nicht weit bringen.

Er ist bei der Terrasse angekommen, stolpert. Das Rauschen in seinen Ohren wird immer lauter, er fühlt sich schwindelig, schwach. Er hört ein Geräusch, ein scharfes Knacken vom Boden. Hat er etwas fallen lassen? Er starrt hinab auf die Keramikfliesen, auf die er Monate lang hat warten müssen. Sie scheinen unter seinen Füßen auf und ab zu wogen. Ihm ist … so komisch.

»Miller.« Cole ist immer noch recht außer Atem. »Miller!«, versucht er es erneut; diesmal brüllt er, so laut er kann, zum Fenster seines Sohnes hinauf. Der mürrische Dreizehnjährige erscheint am offenen Fenster und starrt auf ihn herab, die Augen dunkel vor Feindseligkeit.

»Komm sofort runter zum Partyzelt«, blafft Cole. Er hat es verdammt satt, den Jungen mit Samthandschuhen anzufassen. Zeit, dass er lernt, sich zu benehmen. »Deine Mum braucht dich.«

Cole wartet Millers unvermeidliche Einwände und das übliche Schauspiel jugendlicher Unverschämtheit gar nicht erst ab. Jennifer weiß noch nichts davon, aber die beiden haben sich vorhin gestritten. Heftig gestritten. Cole hat keine Lust mehr auf Teenager-Attitüde, davon hat er für heute genug. Nein, im Moment kann Cole an nichts anderes denken, als aus dem Haus rauszukommen, plötzlich zählt gar nichts anderes mehr.

Er geht durch das Haus, zur Eingangstür hinaus, dabei stützt er sich an die Wände, um das Gleichgewicht zu bewahren.

Nur mit Mühe schafft er es, in seinen brandneuen weißen Range Rover Vogue zu klettern, dann rast er blicklos, mit quietschenden Reifen die Einfahrt hinaus, das Gaspedal komplett zu Boden gedrückt.

Sein Handy klingelt und als er den Namen auf dem Display erkennt, wird ihm klar, dass er das Ende der Fahnenstange erreicht hat.

Alles, was ihm wichtig ist, wird sich in Luft auflösen.

ZWEI

MILLER

10:35 Uhr

Als er das Knallen der Haustür und das Grollen des Motors hört, rennt Miller nach unten und nimmt dabei immer gleich zwei Stufen auf einmal. Er erhascht einen Blick auf seine kleine Schwester Sylvie, die im Wohnzimmer auf dem Schoß ihrer Großmutter sitzt und liest. Dann ist er an ihr vorübergehuscht und hat die Terrasse erreicht.

Er tritt nach draußen und hält vor den Küchentüren inne. Genau hier ist sein Vater gestolpert. Soweit Miller es von oben sehen konnte, hat sein Gesicht eine seltsame Färbung angenommen, seine Augen waren weit aufgerissen und seltsam starr.

Sein Dad ist gestolpert und nach vorne getaumelt, hat versucht, sich zu fangen, und da hat Miller sein Handy über die Terrassenfliesen schlittern sehen. Nun dreht er sich im Kreis, schaut sich auf der Terrasse um, kann aber nichts erkennen. Er geht zu der kleinen, ordentlichen Reihe kunstvoll zugeschnittener Heckenpflanzen hinüber, nah dem Ort, an dem sein Vater gestanden hat. Er geht in die Hocke, fühlt unter den einzelnen Büschen entlang. Beim dritten Versuch wird er fündig. Miller richtet sich auf und steckt das Handy in seine Tasche.

»Mum!«, ruft er und macht sich auf den Weg in den Garten. »Mum!«

Jennifer tritt aus dem Zelt. Sie geht über den Rasen auf Miller zu, der nach ihr ruft und mit den Armen wedelt.

»Was ist los?«, ruft Jennifer. »Ist alles okay?«

»Dad hat zu mir hochgeschrien. Er ist überall rumgestolpert«, sagt Miller unter Tränen. »Ich glaub, er hat wieder was getrunken. Und er ist mit dem Auto weggefahren.«

»Keine Sorge, ihm wird nichts passieren«, beschwichtigt seine Mum, aber Miller kann sehen, wie sich ihre Schneidezähne in ihre Unterlippe bohren. Erst vor Kurzem waren bei einer Routineuntersuchung ein hoher Cholesterinspiegel und hoher Blutdruck bei seinem Dad festgestellt worden. Der Arzt hatte ihm Tabletten verschrieben und Miller hatte seine Mutter zu ihm sagen hören, dass er weniger trinken und außerdem mehr Obst und Gemüse essen müsse. »Hat Dad gesagt, wo er hinfährt?«

Miller schüttelt den Kopf und mustert das Gesicht seiner Mutter. Unter der dicken Make-up-Schicht dieser ausgefallenen Marke, die sie seit Neuestem ausprobiert, wirken ihre Gesichtszüge ganz verschwommen. Ihr Mund klafft wie eine blutrote Wunde und sie hat ihre Augen so geschminkt, dass sie extrem gereizt und rot aussehen.

Jennifer seufzt und legt ihren Arm um seine Schultern. »Bald ist er wieder da. Und getrunken hat er nichts, da bin ich mir sicher. Die Party wird er auf keinen Fall verpassen wollen. Komm mal mit und schau dir unser tolles Halloweenzelt an. Nächstes Jahr werden deine Schulfreunde Schlange stehen, um herkommen zu dürfen.«

Miller zieht eine finstere Miene, sagt aber nichts. Da er keine Freunde hat, bezweifelt er das stark. Heute kommt nur einer aus der Schule und der ist der Klassenstreber, dessen

Vater mit seinem Vater im Geschäft ist. Miller ist das egal. Seine kleine Schwester freut sich riesig auf die Party, aber er wäre lieber allein. Da kann man tun und lassen, was man möchte.

Jemand zieht die Aufmerksamkeit seiner Mutter auf sich und Miller steckt die Hand in seine Tasche, um mit dem Finger über den glatten Bildschirm des Handys zu fahren. Das geheime silberfarbene iPhone seines Vaters. Ein freudiger Schauer rieselt über seinen Rücken. Er kennt den sechsstelligen Entsperrcode für dieses Handy.

Vor einigen Wochen, als seine Eltern Freunde zum Abendessen eingeladen hatten, stand Miller barfuß oben am Treppenabsatz, im Begriff, sich ein Glas Wasser zu holen, als sein Dad aus dem Esszimmer geschlüpft kam und einen Anruf im Gang annahm.

Im anderen Zimmer konnte Miller Leute über eine Geschichte seiner Mutter lachen hören. Sein Vater hatte das Handy hervorgeholt und in wütendem Ton gefragt: »Spinnst du? Warum rufst du mich um diese Zeit an? Du weißt ganz genau, dass ich heute Abend nicht reden kann.«

Miller hatte sich in die Dunkelheit zurückgezogen und zwischen den Geländerpfosten nach unten geschaut, um seinen Vater unbemerkt beobachten zu können.

Sein Dad war im Gang auf und ab getigert, hatte der Person am anderen Ende zugehört, sich schließlich mit der flachen Hand auf die Stirn geschlagen und sich auf der untersten Treppenstufe niedergelassen. Er hatte ein paar Dinge gesagt, wegen derer Miller so lange den Atem anhielt, dass ihm schwindelig wurde. Dann hatte Cole gesagt: »Okay, okay, lass gut sein. Ich komm ja schon, aber es wird spät werden. Ich muss mir ein Taxi nehmen, ich hab schon was getrunken.«

Dann war die Tür zum Esszimmer aufgegangen und Gelächter war in den Gang hineingeschwappt. Miller hatte zugesehen, wie sein Dad aufstand, das silberne Handy mit einer flüssigen Bewegung in der Hosentasche verschwinden ließ und sein normales schwarzes Handy herauszog.

»Da bist du ja!« Seine Mum hatte gelacht. »Was machst du denn hier draußen?«

»Da hat sich nur jemand für morgen krank gemeldet.« Er wedelte mit dem Handy in der Luft herum.

»Arbeit, Arbeit, Arbeit«, hatte Millers Mum auf dem Rückweg zu ihren Gästen gesagt. »Ich sag's euch, er arbeitet sich noch zu Tode!«

Sein Dad hatte gewartet, bis sie wieder im anderen Zimmer verschwunden war, dann hatte er das silberne Handy wieder aus seiner anderen Tasche gezogen. Er hatte auf den Bildschirm getippt und Miller hatte die Zahlenfolge im dämmrigen Licht deutlich erkennen können.

Null-sieben-null-drei-eins-sieben. Logisch. Sylvies Geburtstag. Sie war schon immer der Liebling ihres Dads gewesen. Das war Miller absolut klar, auch wenn er es nie zugegeben hätte. Sylvie machte ihren Eltern keine Probleme. Sylvie hatte alle Menschen lieb, sogar Miller.

Nun zieht Miller die Hand aus seiner Hosentasche. Es liegt ihm wie ein Stein auf der Brust, schnürt ihm die Luft ab. Vielleicht sollte er das iPhone zerstören, damit seine Mum nie die Wahrheit erfahren muss.

Aber zuerst, denkt Miller, wird er das Handy mit in sein Zimmer nehmen, um es zu untersuchen.

Er wird sich Zeit lassen und alles durchgehen, was auf dem Gerät ist. Er muss es tun.

DREI

COLE

Er parkt den Range Rover und eilt nach drinnen. Sie wartet schon auf ihn.

»Ich weiß nicht, was du denkst, hier ausrichten zu können«, zischt sie. »Ich kann dich ruinieren!«

Ihr Gesichtsausdruck dabei … Cole hat sie noch nie so gesehen, das Gesicht vor Wut verzogen und verzerrt. Cole zuckt mit den Schultern und schenkt ihr ein lässiges Lächeln, hinter dem er seine Panik verbirgt. »Das liegt bei dir. Wenn du nicht zuhören willst, auch recht. Aber passieren wird es in jedem Fall; egal, was du davon hältst. Ich habe meine Entscheidung getroffen.«

Er wendet sich von ihr ab und noch auf halbem Wege hört er eine schleifende Bewegung, ein Poltern. Er wirbelt herum, aber es ist schon zu spät. Blitzendes Metall, ein verschwommener Arm über seinem Kopf.

Er wehrt sich, schreit auf, als glühender Schmerz in seinem Hinterkopf explodiert. Er stolpert nach vorn, kann sich an einem Stuhl festklammern. Für ein paar Sekunden wird die Welt schwarz vor seinen Augen, dann klärt sich sein Blick und er geht ein paar vorsichtige Schritte Richtung Tür.

»Nächstes Mal mach ich es richtig und du stehst nicht wieder auf«, hört er sie zwischen zusammengepressten Zähnen hindurch sagen, als er an ihr vorübertaumelt. »Dass du das bloß nicht vergisst und schön die Klappe hältst.«

Er zwingt seinen Körper nach vorn und schafft es damit bis zur Tür. Sie gibt ihm noch einen Stoß von hinten und er fällt in den Gang hinaus. Irgendwie zieht er sich wieder hoch, schafft es bis zu seinem Auto.

Sein Kopf pocht vor Schmerz und seine Gedanken wollen sich einfach nicht klären. Aber eines weiß er gewiss – er muss von ihr weg.

Der Fahrersitz ist so stabil, so bequem, das weiche Leder umfängt seinen Körper. Cole schließt die Augen und wartet, bis sein Kopf wieder klar wird. Eine Minute, zwei Minuten ... fünf ... er weiß nicht, wie lang er dort sitzt. Aber schließlich öffnen sich seine Augen und das dumpfe Hämmern in seinem Schädel scheint erträglich.

Die Party ... er muss zurück.

Cole lässt den Motor an, stellt seinen Fuß auf das Gaspedal und seufzt vor Erleichterung tief auf, als das Auto sich in Bewegung setzt.

Der Nebel in seinem Kopf lichtet sich. Irgendwie wird er das Ding schon schaukeln.

Er kriegt das hin.

VIER

JENNIFER

10:52 Uhr

Gerade habe ich unsere eleganten Outfits für später abgeholt. Jetzt parke ich vor dem Haus und die Falten auf meiner Stirn vertiefen sich, als ich merke, dass Coles Auto immer noch nicht wieder in der Einfahrt steht. Ich schaue hoch in den Himmel. Sieht aus, als würde der Regen doch noch auf sich warten lassen. Die Caterer sollten inzwischen das meiste aufgebaut haben. Die Dekoration des Partyzelts habe ich bereits abgesegnet. Jetzt fehlt nur noch Cole, der bitte sein Handy einschalten und nach Hause kommen soll.

Mein Mann ist heute Morgen erst nach neun Uhr nach Hause gekommen, letzte Nacht wurde es bei einem Geschäftsessen in Edinburgh spät für ihn. Die letzte Stunde hat er damit verbracht, mit einer Miene wie sieben Tage Regenwetter im Garten herumzuwandern und dabei immer wieder in die Wetter-App seines Handys zu schauen. Und dann hat Miller mir plötzlich erzählt, dass Cole einfach ohne Vorwarnung abgehauen ist, ohne jemandem zu sagen, wo er hingeht und wann er zurückkommt.

Diese Art von Verhalten sieht ihm nicht ganz unähnlich und normalerweise würde ich mich über seine Impulsivität furchtbar aufregen, aber was Miller gesagt hat, geht mir nicht aus dem Kopf: »Ich glaub, er hat wieder was getrunken. Und er ist mit dem Auto weggefahren.« So dumm kann Cole doch nicht sein ... bestimmt nicht, nach seinem Fahrverbot vor ein paar Jahren, wegen Trunkenheit am Steuer.

Ich starre aus dem Küchenfenster und in meiner Magengrube windet sich etwas Kaltes, Glitschiges. Ich versichere mir selbst, dass Miller sich vertan haben muss. Wie alle Teenager neigt auch er zu Übertreibungen. In seinem Leben gibt es nur noch himmelhoch jauchzend oder zu Tode betrübt ... meistens zu Tode betrübt.

Aus der Küche habe ich einen guten Blick auf die winzigen LED-Leuchten, die aus dem Eingang zum Partyzelt einen Torbogen machen, und auf das Dutzend riesiger Silberlaternen, die wir gleichmäßig im Garten verteilt haben. Jede davon enthält eine Kirchenkerze in Übergröße. Ich versuche, meine Gedanken wieder auf die Party zu lenken und all die Dinge, die es noch vorzubereiten gilt.

Das luxuriöse Schwarz für das Partyzelt hat uns noch mal zwanzig Prozent mehr gekostet, und der Preisvoranschlag war sowieso schon ungeheuerlich. Aber, wie der Manager von Marvellous Marquees schlau bemerkt hatte: »Madam, möchten Sie wirklich, dass Ihre Halloweenparty aussieht wie eine Hochzeitsfeier?« Was für ein Glück ich doch habe, dass wir dank Coles Geschäftstüchtigkeit in der günstigen Position sind, uns solch frivole Dinge leisten zu können. Während einer heftigen Rezession überhaupt eine Party veranstalten zu können.

Vor gut einem Jahr schien sich unser Glück zu wenden. Cole hat mir gesagt, im Geschäft läuft es so gut, dass wir uns mehr gönnen können. Wir haben neue Autos bekommen und er hat ein paar Leute von anderen Jobs abgezogen, um unser Haus von Grund auf renovieren zu lassen, weshalb wir nun unter anderem diese riesige Küche haben. Die Feier heute Abend ist der krönende Abschluss und der Moment, in dem all das zusammenkommt.

Die Party soll um Punkt neunzehn Uhr beginnen und die ersten Gäste könnten schon bis zu dreißig Minuten vorher eintrudeln. Cole hat diesen Tag bis auf die Millisekunde genau geplant. In wenigen Stunden kommen die Hairstylistinnen, die Make-up Artists, um uns alle in eine Familie grausiger Ghule zu verwandeln – sogar Miller, wenn ich ihn aus seinem Zimmer locken kann – und nun ist Cole einfach spurlos verschwunden. Ich spreize meine Finger und bewundere die schwarzen Glitzerkrallen, die ich mir gestern im Salon habe machen lassen. Jeden einzelnen Nagel ziert ein per Hand gemaltes, silbrig glitzerndes Spinnennetz.

Sylvie kommt in die Küche gerannt und spreizt ebenfalls ihre Finger, berührt mit den Fingerspitzen meine Nägel. »Meine auch, Mummy, guck!«

Ich habe sie ins Nagelstudio mitgenommen, wo sie ihr lila Glitzerlack verpasst und auf jeden Nagel einen winzigen orangen Kürbis gesetzt haben.

»Einfach perfekt!« Ich drücke ihr einen Kuss ins Haar. »Wo ist dein Bruder?«

»Er ist wieder hoch in sein Zimmer.« Beleidigt verschränkt Sylvie die Arme vor der Brust. »Er sagt, er will nicht auf die Party gehen.«

Mir ist schon klar, dass ein Haus voll betrunkener Erwachsener in Halloweenkostümen nicht Millers Ding ist, aber wir geben fast jedes Jahr eine Party, inzwischen hätte er sich wirklich daran gewöhnen können. Momente wie dieser führen mir oft den Altersunterschied zwischen unseren Kindern vor Augen. Miller steckt tief in seiner Teenager-Krise, während Sylvie die Welt durch eine rosarote Glitzerbrille sieht. Wir hatten ja immer geglaubt, es würde bei einem Kind bleiben, aber dann ... nun, dann wurde alles von einem Tag auf den anderen auf den Kopf gestellt.

Vor etwas mehr als sechs Jahren hatte Cole eine Affäre mit einer jungen Verwaltungsassistentin aus seiner Firma. Ich fand das durch meine Schwester Ellen heraus, die die beiden beim Turteln erwischte, in einer Bar im Nachbarort, an einem Abend, an dem er angeblich im Büro feststeckte. Mit den wütenden Stimmen meiner Schwester und meiner Mutter im Ohr, die seine Untreue verurteilten, schmiss ich Cole ohne Zögern aus dem Haus, sobald er gestand. Ich war am Boden zerstört, als er ohne Widerrede ging und in die Wohnung dieser Dreiundzwanzigjährigen zog.

Die Echos meiner Kindheit plagten mich danach schlimmer denn je zuvor. Mums Krankheit, die Angst, die Ablehnung von damals. Sechs Monate später war die Affäre im Sand verlaufen. Als Cole auf Knien vor meiner Tür darum bettelte, wieder Teil meines Lebens sein zu dürfen, musste ich nicht lang überlegen. Ich wünschte mir unser Familienleben zurück und ich glaubte ihm, als er mir schwor, dass es nie wieder geschehen würde.

Der Entschluss, noch ein Kind zu bekommen, war Teil unserer Abmachung gewesen, uns einander und unserer Familie wieder voll zu widmen. Und es hatte funktioniert. Wir hatten Sylvie bekommen und unsere Beziehung war stabiler denn je zuvor.

Nun grinse ich angesichts Sylvies Ärger über ihren Bruder. »Na, wenn Miller nicht runterkommt, dann gehen wir eben hoch und kitzeln ihn mit unseren Hexenkrallen, bis er es sich anders überlegt!«

Sie kichert vergnügt und läuft nach oben, um ihm zu erzählen, was ich gesagt habe, und ihn damit aufzuziehen. Im Alter von dreizehn Jahren beschränken sich Millers Interessen auf Videospiele, Fußball und Essen. Sehr viel Essen. Seine Zeit mit den Videospielen muss ich etwas einschränken und was das

Essen angeht, kann ich ihm einfach nie genug bieten. Aber er scheint immer mehr und mehr Zeit in seinem Zimmer zu verbringen, nach all dem, was in der Schule passiert ist.

»Er hat bestimmt einen Wachstumsschub, Jennifer«, hat meine Mum letzte Woche gesagt. »Du musst nur aufpassen, dass er nicht fett wird, wie unser Damian.«

Damian ist Millers und Sylvies Cousin, der Sohn meiner Schwester Ellen.

»Damian kann nichts dafür, dass er so zunimmt, Mum. Ellen muss seine Ernährung umstellen.«

Ich sage oft im Scherz, dass eine von uns beiden adoptiert sein muss, so unähnlich wie wir uns sind.

Aber ihr scheint nichts daran zu liegen, Damian gute Ernährungsgewohnheiten beizubringen oder zu versuchen, ihn für Sport zu begeistern. Damians Dad hat sich aus dem Staub gemacht, nachdem Ellen ihm von der Schwangerschaft erzählt hatte. Noch bevor Damian zur Welt kam, war sein Vater schon nach Dublin gezogen, wo er heute Frau und zwei Kinder hat. Er besucht seinen Sohn nur sporadisch. Wann immer ich bei den beiden bin, sitzt Damian auch nur in seinem Zimmer.

Ellen kämpft selbst mit ihrem Gewicht. Ich musste sie direkt anflehen, heute Abend zu unserer Party zu kommen, weil sie es so hasst, sich in Schale zu werfen. »Ellen, denk an Damian«, hatte ich argumentiert. »Es wird ihm solchen Spaß machen, sich für eine Nacht als Vampir zu verkleiden, und dann kommt er mal aus dem Haus. Miller wird auf ihn aufpassen und sie werden eine tolle Zeit miteinander haben.«

Mein Mann weiß nicht, dass ich Ellens und Damians Outfits für die Party gekauft habe. Ellen hat ihre Kurzzeitstelle als Pflegehelferin in einem örtlichen Krankenhaus gegen Ende des Sommers verloren. Eigentlich sollte ich nichts darüber wissen, aber Mum hat mir verraten, dass es an Ellens ständigen Verspätungen und Krankmeldungen lag.

»Komm, Tante Ellen, du sollst auch eine Glitzerhexe sein,

so wie ich!«, hatte Sylvie gebettelt. Doch Ellen hatte erst dann widerwillig zugestimmt, als ich angeboten hatte, ihre Kostüme zu bezahlen.

Mein Geburtstag ist Mitte Oktober und in den meisten Jahren besteht Cole darauf, ihn später im Monat mit einer Halloweenparty zu feiern. So haben wir es während der fünfzehn Jahre unserer Ehe immer gehalten, abgesehen von den letzten paar Jahren, in denen er das Haus umgestaltet hat. Und deswegen wollte Cole dieses Jahr, wo die Renovationen unseres großen, in den Dreißigerjahren gebauten Goodchild-Hauses abgeschlossen sind, richtig auf den Putz hauen. Freunde und Familie freuen sich jedes Jahr auf die Party und dieses Mal hat Cole auch noch einige seiner wichtigsten Geschäftskontakte eingeladen.

Ich lasse meinen Blick über die futuristisch weiß glänzenden Küchenschränke schweifen, über die schneeweißen Bodenfliesen, die sich unter meinen bloßen Füßen mollig warm anfühlen, dank der Fußbodenheizung, die wir im ganzen Haus verlegt haben. Die Catering-Firma hat draußen in der Außenküche aus Edelstahl bereits alles getestet, sogar den brandneuen Pizzaofen – ein Holzofen! Ich denke daran, wie ich als Kind mit meiner Oma gebacken habe, Blech um Blech Törtchen in ihren winzigen, einfachen Belling-Ofen geschoben habe, und fühle mich plötzlich ganz nostalgisch. Sie ist gestorben, als ich gerade mal elf war, aber für Nans bescheidenen Ofen würde ich all diese schicken Gerätschaften eintauschen.

Zeit unserer Ehe hatten wir weitaus mehr magere Jahre als fette, deswegen fühlt sich all dieser futuristische Luxus um mich herum noch immer nicht an wie mein Eigentum. Wer in einer Arbeiterfamilie aufwächst, wird es wohl nie richtig glauben können, wenn die Geldsorgen endlich und endgültig überstanden sind. Es fühlt sich immer so an, als warte die nächste Katastrophe nur darauf, einen bei jedem neuen Schritt zu überwältigen, ganz gleich, wie gut man im Leben dasteht.

Mein Handy verzeichnet mit einem Pling den Eingang einer SMS und ich strecke meine Hand danach aus, zu der Arbeitsplatte aus Marmor, die Cole aus Italien importieren lassen hat. Hoffentlich ist es eine Nachricht von meinem Mann, der mir sagen will, dass er auf dem Heimweg ist.

Was die Vorbereitung unserer Halloweenparty angeht, ist Cole sehr speziell. Es sieht ihm gar nicht ähnlich, derart die Zügel aus der Hand zu geben. Entweder ist sein Handy abgeschaltet oder er ist irgendwo unterwegs, wo er keinen Empfang hat. Beides wäre nichts Neues. Seine Arbeit lässt ihm keine Ruhe und kann so unvorhersehbar sein, dass sich seine Pläne manchmal von einem Moment auf den anderen ändern. Ich bin es gewohnt, dass er einfach verschwindet und mir dann später schreibt, wo er ist.

Aber diese Nachricht ist nicht von Cole, sondern von meiner Schwester. Wehe, sie hat sich eine Ausrede einfallen lassen, warum sie heute Abend doch nicht kommen kann. Sylvie wäre so enttäuscht.

Jen, könntest du mir so schnell wie möglich £100 leihen? Nächste Woche kann ich dir das zurückzahlen. Ich erklär dir später, wieso.

Ich starre auf die SMS und spüre Frust in mir hochkochen. Sie will sich also schon wieder Geld »leihen«. Das hat im Januar angefangen, als wir gerade in unser neues Haus gezogen waren. Jedes Mal, wenn sie wegen Geld bei mir anklopft, tut sie es mit dem Versprechen, es mir zurückzuzahlen, was aber natürlich nicht geschieht. Irgendwie schaffe ich es nie, das Thema ihr gegenüber anzusprechen. Wahrscheinlich hat es etwas damit zu tun, wie sie sich ständig über unser »umwerfendes« Haus auslässt und es dabei immer mit der spärlichen Einrichtung in ihrer eigenen gemieteten Doppelhaushälfte vergleicht.

Ellen und mein Mann haben kein besonders herzliches Verhältnis zueinander. Wenn er von ihrer ständigen Schnorrerei wüsste, würde er an die Decke gehen, deswegen habe ich es nie erwähnt. Vor allem, da er in Geldfragen so entspannt ist, nie hinterfragt, wie viel ich ausgebe und darauf besteht, mir jeden Monat einen gewissen Betrag auf mein privates Bankkonto zu überweisen. Was mich an Ellens Nachrichten am meisten stört, ist, dass sie nie ein »Bitte« oder »Danke« enthalten.

Ich seufze und öffne meine Bank-App, wobei ich ein Klopfen an der Küchentür ignoriere. Irgendwann werde ich das Thema ihr gegenüber anschneiden müssen, aber jetzt ist nicht der richtige Moment dafür. Ich möchte mich entspannen, später unsere Party genießen und unsere Freunde und Familie sollen eine tolle Nacht bei uns verbringen. Die Spannung zwischen mir und meiner Schwester zu steigern, würde nur für schlechte Stimmung sorgen. Das könnte den Abend ruinieren und für hundert Pfund ist es das einfach nicht wert.

Ich logge mich in der App ein und überweise das Geld von meinem privaten Konto. Als ich gerade auf Übermitteln tippe, höre ich wieder ein Klopfen an der Glastür. Es ist eine junge Frau von Marvellous Marquees.

»Jennifer, es tut mir leid, dass ich Sie stören muss, aber da sind zwei Polizisten an der Haustür«, sagt sie nervös. »Sie sagen, sie müssen dringend mit Ihnen sprechen.«

FÜNF

SARA

11:00 Uhr

Saras Herz ist schwer, als sie ihrem kleinen Rory über das weiche, flaumige Haar streicht. Ihre Milch macht ihn nicht mehr satt und er muss alle paar Stunden trinken. Bei Tag und bei Nacht. Es laugt sie komplett aus.

Sie schaut auf die Uhr. Noch nicht mal Mittag, und sie wird bis mindestens morgen Abend allein sein. Er hat ihr versprochen, sich äußerste Mühe zu geben, bis zum späten Nachmittag hier zu sein, aber inzwischen weiß sie schon, wie das läuft. Er kommt dort einfach nie rechtzeitig los.

Sara schaut erneut auf ihr Handy, aber sie hat immer noch keine Nachricht bekommen. Sie betrachtet ihren Sohn beim Trinken. Das Haar hat er von seinem Vater, auch den Mund und die Nase, aber die Augen sind ihre. Letzte Nacht war wunderschön, so zu dritt auf die Couch gekuschelt, ihre kleine Familie.

Dankbar erkennt sie, wie Rory, ihr kleiner Vampir, mit dem Saugen aufhört und seine geschwollenen Augenlider endlich zufallen lässt.

Sie trägt ihn ins Schlafzimmer und legt ihn in das Gitterbettchen auf ihrer Seite neben dem großen Bett. Sie öffnet das Fenster und atmet die frische, feuchte Luft ein.

Sie betrachtet das Licht, das sich in glitzernden Funken auf dem Fluss bricht. Der Trent verläuft direkt vor dem denkmalgeschützten Gebäude, einem ehemaligen Pfarrhaus, in dem sie das oberste Stockwerk gemietet hat, eine große Wohnung, die sich über den gesamten Stock zieht. Unten finden sich zwei kleinere, aber immer noch großzügige Wohnungen. Auch sie gehören ihrem Vermieter, Mr Friedmann. Eine davon bewohnt er selbst, die andere hat er an ein Pärchen vermietet. Beide arbeiten und Sara sieht sie fast nie.

Sie schließt das Fenster, zieht den Vorhang zu und dreht sich um, wobei ihr Seidenmantel sich öffnet. Ganz still steht sie vor der großen Spiegeltür im Schrank und betrachtet ihren nackten Körper.

Sie hat sich immer gern fit gehalten. In der Schule war sie Teil verschiedener Sportgruppen, damals in Stockholm, wo sie geboren war und gelebt hatte, bis sie acht war. Auch nach dem Tod ihrer Mutter hatte sie das weitergeführt, als ihr Vater, der Chirurg, mit ihr nach England gezogen war, um im Queen's Medical Centre in Nottingham, dem damals größten Krankenhaus Großbritanniens, eine Führungsposition einzunehmen.

Saras Körper war schon immer von Natur aus fest und stark. Von weiblichen Rundungen war nie viel zu sehen gewesen, aber als eingefleischter Fitnessfan hatte sie sich die Kraft, Gelenkigkeit und Flexibilität ihrer späten Teenagerjahre bewahren können. Ihr Verlobter redet ständig davon, wie sehr er ihren Körper liebt. Aber seit sie Rory auf die Welt gebracht hat, ist ihr aufgefallen, dass er nicht mehr ganz so oft davon schwärmt.

Ihre ehemals kecken kleinen Brüste sehen größer aus und zu schwer. Ihre Brustwarzen sind wund und rissig vom zu häufigen Stillen und obwohl sie die ganzen Babypfunde inzwischen verloren und sich bei einer Fitness-App mit Sit-ups und Kniebeugen angemeldet hat, wirkt ihr Bauch immer noch gedehnt von der Geburt, die nun sechs Monate zurückliegt. Sie richtet sich auf, zieht die Schultern nach hinten, um ihre einst stahlharten Bauchmuskeln zu aktivieren, aber nichts passiert. Ihr Gehirn schickt den Befehl aus und die Muskeln ignorieren ihn gekonnt.

Vor fast zwei Monaten ist sie achtundzwanzig geworden, aber heute fühlt sie sich wie vierzig. Ist das hier wirklich das utopische Leben, von dem sie alle reden, genannt Mutterglück? Dieser magische Zustand, auf den sie schon ihr ganzes Erwachsenenleben gewartet hat? Die Bilder in Hochglanzmagazinen, die Onlineartikel, die die endlosen Wunder des Elterndaseins anpreisen. Das hier sollte das schönste Gefühl auf Erden sein, aber eigentlich …

Sara zieht ihren Mantel wieder zu und befestigt den Knoten mit einer Doppelschleife. Zwei Flecken zieren die Vorderseite, getrocknete Milch. Am Saum sieht man noch Reste von Rorys Erbrochenem, das sie vorhin mit dem schreienden Baby auf dem Arm ohne Erfolg abzuwischen versucht hat.

Sie sieht sich in der minimalistisch eingerichteten Wohnung um. Wie sie sich in diese Räume verliebt hat, als sie sie vor einem Jahr besichtigt haben.

»Sie ist so groß und so stylisch«, hat sie zu ihm gesagt. »Damit kann ich wahre Wunder wirken. Ein moderner, industrieller Look wird hier toll aussehen.«

Als sie ein Kind war, waren ihre Eltern oft ausgegangen und hatten sie nur selten mitgenommen. Aber einmal war sie doch dabei gewesen, bei einer Einweihungsfeier eines Hauses in Stockholm. Die Gastgeber hatten eine alte Papierfabrik in ein schickes dreistöckiges Haus mit schlichter Einrichtung im industriellen Stil verwandelt. Der Stil hatte Sara verzaubert, alles war so anders als in ihrem traditionell gestalteten Zuhause mit den gemusterten Teppichen und dunklen, düsteren Möbeln.

Die drei Kinder des Gastgeberpaares waren unter den Gästen herumgerannt und nicht einmal hatte Sara gehört, dass sie zum Stillsein aufgefordert oder nach oben in ihre Zimmer geschickt wurden. Wann immer die Eltern mit den Kindern gesprochen hatten, taten sie das auf liebevolle, aufmerksame Weise.

Diese Menschen waren in Saras jungem Verstand zum Sinnbild der perfekten Familie geworden, in nichts zu vergleichen mit ihrer eigenen Familie, in der von emotionaler Nähe nicht viel zu spüren war und wo Kinder fraglos als lästige Störquellen wahrgenommen wurden, die man sehen, aber nicht hören sollte.

In dieser Wohnung hat sie versucht, die Atmosphäre der Papierfabrikfamilie nachzubilden, und ist grandios gescheitert. Nach Rorys Geburt war ihr Verlobter dazu gezwungen, immer längere Geschäftsreisen zu unternehmen. Seit einiger Zeit ist Sara so, als würden sie und ihr Baby in diesem kalten, unnachgiebigen Ort wie in einer Rassel herumrollen. Sogar bei voll aufgedrehter Heizung und mit all den eleganten Lampen, die sie in den dunklen Ecken verteilt hat, ist ihr während ihrem ersten vollen Winter hier ständig kalt bis auf die Knochen.

Sie kann spüren, wie die alte Verzweiflung in ihr wächst. Die Einsamkeit streckt wieder ihre Klauen nach ihr aus und umklammert sie mit eisernem Griff. So hat sie sich damals gefühlt, als ihr verwitweter Vater endlos lange Überstunden im Operationssaal eingelegt hat. Dieses Gefühl, ganz allein auf Erden zu sein. Während all ihre Schulkameraden am Wochenende nach Hause zu freundlichen, liebevollen Familien gehen durften, wartete am Schultor nur schon wieder eine neue Nanny aus irgendeiner Agentur auf sie ... Diese Schwermut hatte sie weit über ihre Jugendjahre hinweg begleitet.

Nun ist ihr Vater nicht mehr hier und sie ist eine reiche

Frau, dank seiner schlauen Investitionen und der Immobilien, die Sara verkauft hat ... aber finanzielle Sicherheit ist nicht das, wonach sie sich wirklich sehnt.

Ihre Sehnsucht richtet sich auf die Zeit, in der sie endlich eine richtige Familie sein werden, wie er es ihr immer wieder verspricht, wenn sie lange Gespräche über die Zukunft führen. Das wünscht sie sich für ihren Sohn, mehr als alles andere.

Sie hat von Anfang an gewusst, dass er verheiratet ist und Kinder hat. In dieser ersten Nacht hat er ihr erzählt, er sei geschieden und habe zwei Kinder, die Jennifer, seine Exfrau, mit ins Ausland genommen habe und die er nie besuchen dürfe.

Aber Sara hat seine »Ex«frau und die Kinder gesehen, in diesem wunderbaren Haus, von dem sie gedacht hatte, er würde es für sie beide und für Rory renovieren. Aber das war schon in Ordnung. Sara wusste, wie Männer ticken. Sie hatte die beste Lehrerin gehabt. Wann immer ihr Vater seine Lügenmärchen von einem der zahllosen Medizinkongresse erzählte, den er besuchen musste, hatte ihre Mutter gelächelt und genickt. Sobald er dann fort war, verblühte das Lächeln und der Wodka wanderte aus dem Getränkeschrank auf den Tisch. Dann erzählte sie der siebenjährigen Sara, was er in Wahrheit trieb. »Der schläft jetzt mit irgendeiner Schlampe, die er im Krankenhaus kennengelernt hat«, tobte und schimpfte sie. »Aber ich bin die, die er liebt. Ich bin die, mit der er wirklich zusammen sein will.« Dann tippte sie sich mit einem langen roten Fingernagel an die Nase. »Als Frau musst du dich dumm stellen und schlau bleiben. Denk immer daran, mein Schatz.«

Sara ist es egal, dass er sie anlügt. Er ist verrückt nach ihr und seinem süßen kleinen Sohn. Sie hat sich dumm gestellt und ist schlau geblieben und das hat funktioniert. Sie weiß, wo Jennifer einkauft, wo ihre Kinder zur Schule gehen. Und sie selbst hat sich auf geniale Weise abgesichert und dafür gesorgt, dass sie und ihr Sohn immer eine zentrale Rolle in seinem Leben spielen werden. Nun, da die Finanzverträge unterzeichnet und besiegelt sind, ist er vollständig von ihr abhängig. Nun kann er sie nicht mehr einfach abschütteln, selbst wenn er ihrer überdrüssig werden sollte. Ob ihm das volle Ausmaß dieser Abhängigkeit klar ist, wird sich noch herausstellen.

In den langen Stunden allein ist Sara all ihre Optionen durchgegangen. Sie hat alle Eventualitäten bedacht. An einem bestimmten Punkt hat sie sogar darüber nachgedacht, ob es nicht vielleicht besser für sie wäre, einen Strich unter die Sache zu ziehen und sich dem Schmerz zu stellen, ihn zu verlieren. Alle behaupten doch, die Zeit heile alle Wunden, und vielleicht stimmt das ja. Auch wenn sie im Grunde ihres Herzens nicht glaubt, dass sie je komplett über ihn hinwegkommen könnte. Nicht jetzt, wo sie sein Kind zur Welt gebracht hat. Ab dem Zeitpunkt, als sie ihren Sohn geboren hat, ist ihre Welt auf den Kopf gestellt worden und sie hat begonnen, einen neuen Plan zu schmieden. Einen besseren Plan, der ihre Beziehung stärken wird, statt ihn von ihr fortzuschieben.

Bisher hat sie es geschafft, die schlechten Gedanken niederzukämpfen, aber sie spürt, dass sie stärker werden. Wenn sie an früher denkt, bekommt sie inzwischen manchmal insgeheim Angst, wozu sie imstande sein könnte.

Sie hatten sich vor gerade mal fünfzehn Monaten bei einem geschäftlichen Networking-Event zum ersten Mal getroffen. Er hatte ihr unermüdlich nachgestellt und vorgeschlagen, sie könnten doch zu ihr gehen. Ihr war klar gewesen, dass er wahrscheinlich verheiratet war, auch wenn er keinen Ring trug. Die besten Männer waren doch immer verheiratet. Sie hatte keine Fragen gestellt, hatte die Antworten nicht hören wollen.

Als sie herausgefunden hatte, dass sie schwanger war, so kurz nach ihrem ersten Treffen, war sie nervös gewesen, wie er reagieren würde. Er war auf jeden Fall überwältigt gewesen, als sie es ihm erzählte. Er hatte geweint vor Freude. Jetzt blickt sie auf ihre linke Hand hinab, als sie daran denkt, wie er ihr eine Woche nach ihrem Gespräch über die Schwangerschaft einen

Antrag gemacht hat. Dieser Platinring mit dem funkelnden, zweikarätigen Diamant in Birnenschliff darf doch sicherlich als Beweis seiner Hingabe gelten?

Sara liebt Cole von ganzem Herzen und vertraut ihm blind. Wirklich. Zwar stehen die Dinge noch nicht ganz so, wie sie es sich wünscht, aber sie vertraut darauf, dass alles sich zum Guten wenden wird. Deshalb hat sie sich dazu bereit erklärt, diese schwierige Zeit durchzustehen, bis sich endlich alles zu ihrer Zufriedenheit fügt. Und das wird es. Dafür wird Sara schon sorgen.

Nach der Geburt ihres Kindes ist sie auf den beharrlichen Rat der Krankenschwester hin zum Arzt gegangen, welcher ihre Medikamentendosis angepasst und ihr eine Überweisung für eine psychologische Beratung gegeben hat. Sie hat sich aber noch keine gesucht. Sie ist dauernd so müde, so deprimiert, nicht ganz hier. Was sie braucht, ist Cole, mit weniger Zeit in der Arbeit und mehr Zeit bei ihr. Sie beide müssen zusammen sein ... damit ihr Baby in der Wärme einer Familie glücklich aufwachsen kann. Wann immer sie sich das vorstellt, spürt sie darin die Verheißung, ihre eigenen Wunden heilen zu sehen.

»Nur noch ein paar Monate, dann habe ich alles organisiert«, so verspricht er es immer wieder.

Bevor er das letzte Mal gegangen ist, hat er ihre feuchten Wangen mit hauchzarten kleinen Küssen übersät. »Wann immer ich nicht bei dir bin, denke ich die ganze Zeit an dich«, hat er gesagt. »Vergiss nie, dass ich zu jeder Zeit und an jedem Tag bei dir bin, Sara. Mit Herz und Seele. Du musst nur die Augen schließen und daran denken, dass ich bei dir bin.«

Sie liebt es, wenn er so poetisch wird und ihr dabei tief in die Augen schaut. Sie fühlt sich geschätzt und beschützt. Doch sobald er die Wohnung verlassen hat, sobald er wieder für die Arbeit im Land hin und her reist, verpufft dieses Gefühl immer recht schnell.

Das einzige, was sie im jähen Fall ihrer Gefühle einigermaßen auffangen kann, ist der Gedanke, dass er bald ganz ihr gehören wird, mit Haut und Haar.

Mit weniger wird sie sich nicht zufriedengeben und sie wird nicht zulassen, dass irgendetwas sie von ihrem Ziel abbringt. Ganz gleich, was sie dafür tun muss, egal, zu welchen Überzeugungen sie sich zwingen muss, sie wird es schaffen.

SECHS

JENNIFER

11:15 Uhr

Ich eile von der Küche zur Haustür. Sie steht offen und auf der Schwelle stehen zwei uniformierte Polizisten, die sich leise unterhalten.

»Hallo, wie kann ich Ihnen helfen?« Ich bringe die Worte nur mit Mühe heraus, das Blut rauscht in meinen Ohren.

»Sind Sie Mrs Jennifer Fincham?«, fragt der Größere der beiden.

»Ja«, erwidere ich. »Was ist los? Was ist passiert?«

Er stellt sich und seinen Kollegen vor, aber bei mir bleibt davon nur »Polizeirevier Nottinghamshire« hängen. Mein Herz rast in meiner Brust. Ich kann an nichts anderes denken als daran, wie seltsam es ist, dass Cole noch nicht zu Hause ist. Miller dachte, er wäre betrunken, aber ich habe ihn den ganzen Morgen über beobachtet und dabei keine Anzeichen gesehen, dass er auch nur einen Tropfen Alkohol zu sich genommen hat. Es ist lange her, dass er morgens Alkohol getrunken hat, allerdings ist es seit etwa einem Jahr seine liebste Entspannungsmethode nach einem stressigen Arbeitstag. Früher war es aber viel schlimmer als eine Flasche Bier hier und da. Damals hat er sogar Witze darüber gemacht, Wodka über seine Cornflakes zu gießen, aber ein Beinahezusammenstoß auf der Autobahn und das daraus resultierende Fahrverbot schienen ihm den Kopf zurechtgerückt zu haben. Ist es möglich, dass er doch mehr getrunken hat, als ich dachte, und betrunken am Steuer war?

»Mrs Fincham?«, fragt der kleinere Polizist. »Könnten wir kurz reinkommen?«

Ich trete einen Schritt zurück und winke sie herein. »Es geht um meinen Mann Cole, nicht wahr? Ist etwas passiert?«

Sie gehen ein paar Schritte in unseren Gang hinein und bleiben gleich wieder stehen. »Könnten wir uns kurz irgendwo setzen, wo wir ungestört sind?«

Stumm führe ich sie in ein kleines Zimmer neben dem Gang, wo wir uns um einen kleinen Tisch herum niederlassen.

»Es tut mir sehr leid, Ihnen sagen zu müssen, dass Ihr Mann in einen schwerwiegenden Verkehrsunfall verwickelt war, Mrs …«

»Was? Geht es … geht es ihm gut?«

»Sein Fahrzeug ist gegen die Leitplanke geprallt und über die Böschung der A453 gerollt«, erklärt der Polizist in ernstem Tonfall. »Es tut mir wirklich sehr leid, aber er wurde dabei schwer verletzt und ist noch am Unfallort verstorben.«

Die Wände um mich herum wogen auf und ab. »O lieber Gott, nein …« Ich stütze meine Ellbogen auf den Tisch und lasse mein Gesicht in meine Hände sinken. Ich bebe am ganzen Körper. Was soll ich nur tun, was …

Der kleinere Polizist hebt den Kopf zur Tür, dann höre ich die Stimme meiner Mutter.

»Jennifer? Ist alles … oh!« Mum eilt zu mir. »Was ist denn, mein Schatz? Was haben Sie zu ihr gesagt?«

Ich stehe auf und lasse mich in ihre Arme fallen. »Er ist tot, Mum! Cole ist tot!« Mein Zittern geht auf sie über, als ich mein Gesicht an ihrer warmen Schulter vergrabe.

»Was ist passiert?«, keucht sie.

Der Polizist wiederholt, was er mir gerade erzählt hat, dann stellt Mum beiden einige Fragen. Worte wie *Tod* und *Verletzungen* werden nur leise gemurmelt.

»Eine Familienbeauftragte ist bereits hierher unterwegs, um Ihnen Unterstützung und Hilfe anzubieten, in dieser …«

»Wie ist der Unfall geschehen?«, fragt Mum und ich hebe meinen Kopf. »Ich meine, war er betrunken oder …«

Bevor die Polizisten antworten können, wird die Tür aufgerissen und Sylvie kommt hereingehüpft, das Gesicht zu einem breiten Lächeln verzogen.

»Miller sagt, er kommt nicht zu der Party und du kannst ihn auch nicht zwingen … oh!« Im Türrahmen bleibt Sylvie wie angewurzelt stehen, als sie die Polizisten sieht. Ich löse mich aus Mums Armen und wische mir schnell über die Augen. Sylvie zuliebe muss ich die bittere Galle hinunterschlucken, die mir die Kehle hochkriecht. »Mummy, warum weinst du?«, fragt sie schüchtern. Als meine Mum einen Arm nach ihr ausstreckt, schmiegt sie sich an ihr Bein.

Ich drehe mich um und sehe die junge Frau von der Partyzeltfirma auf uns zukommen. »Jennifer, ist alles in Ordnung?«, fragt sie besorgt.

»Könnten Sie Sylvie bitte mitnehmen?«, frage ich mit einem Zittern in der Stimme. »Nur während ich mich hier …«

»Nein, ich will bei Granny bleiben!«, protestiert Sylvie.

»Ich brauche Granny aber gerade hier, damit sie auch zuhören kann, was die zwei Polizisten mir sagen wollen«, versuche ich zu erklären. Ich kann all die Details gerade nicht verarbeiten, aber ich weiß, dass Mum es schaffen wird.

»Natürlich«, sagt die Frau in fröhlichem Ton und hält meiner Tochter eine tröstende Hand hin. »Komm, Sylvie. Ich zeige dir, was für Tricks wir uns ausgedacht haben, um die Leute im Zelt zu erschrecken.«

Sylvie schaut zu mir, zu den beiden Polizisten, dann zu der

jungen Frau. Sie möchte hierbleiben, aber das mit den Tricks klingt einfach zu verlockend, also lässt sie sich nach draußen führen. Ich wende mich wieder den Beamten zu.

Ich atme tief ein. »Was ist mit den Leuten im anderen Auto? Haben die den Unfall verursacht?«

»Wir konnten mit absoluter Sicherheit feststellen, dass kein anderes Fahrzeug in den Unfall verwickelt war«, erläutert der Polizist mit Bedacht. »Aus bisher unbekannten Gründen ist Mr Finchams Auto von der Straße abgekommen. Es hat sich überschlagen und blieb auf dem Dach liegen. Außer ihm wurde niemand verletzt.«

Also ist niemand sonst beteiligt gewesen und sein Auto ist von der Straße abgekommen. Dann muss er also doch betrunken gewesen sein. Mein Herz schlägt mir bis zum Hals und mir wird furchtbar übel. Habe ich die Anzeichen übersehen, als wir zusammen im Partyzelt waren ... hat Miller doch recht gehabt? Ich habe keinen Alkohol an ihm riechen können. Er hat auch nicht gelallt ...

»Sie haben gesagt, er ist am Unfallort verstorben. Wollen Sie damit sagen, dass ...« Meine Stimme versagt, Mum greift nach meiner Hand und drückt sie sanft. »War es schon zu spät, als der Rettungswagen ankam?«

Der große Polizist zögert kurz, dann sagt er: »Leider sind noch nicht alle Details bekannt, Mrs Fincham. Doch wir können Ihnen versichern, dass schnell ein Rettungswagen zur Stelle war und die anwesenden Polizeibeamten haben bestätigt, dass die Sanitäter versucht haben, Ihren Mann wiederzubeleben.«

Die Familienbeauftragte heißt Mandy. Sie ist jung, wahrscheinlich etwa Mitte zwanzig. Ich mustere ihr frisches, offenes Gesicht und frage mich, ob sie verheiratet ist, ob sie Kinder hat. Sie ist freundlich und sehr hilfsbereit, aber sie scheint auch ein bisschen nervös, vielleicht macht sie sich Sorgen, das Falsche zu sagen. In ihrer Anwesenheit fühle ich mich angespannt. Ich wünschte, sie wäre nicht hier.

Im Moment versuchen Mum und sie ihr Möglichstes, um mich zu beruhigen. Wir sind im Wohnzimmer. Nachdem die Polizisten gegangen sind, hat Mum meine Schwester angerufen, die sofort mit Damian gekommen ist und die Kinder mit nach oben genommen hat, weg von dem Horror, der sich hier unten ausbreitet.

»Ich möchte Cole sehen«, sage ich noch einmal und versuche, mich auf meine Beine zu stützen, die aber nicht mehr stark genug sind. »Ich habe das Recht, meinen Mann zu sehen. Ich möchte sehen, dass es wirklich er ist, dass sie sich nicht geirrt haben. Ich ... ich kann selber hinfahren.«

»Das können Sie, Jennifer, aber Sie müssen ihnen ein bisschen Zeit geben, damit sie ihn für Sie vorbereiten können«, sagt Mandy.

Eine Bahre aus Edelstahl, ein weißes Tuch mit Blutspritzern ... Coles kaputter Körper, das schöne Gesicht zertrümmert ...

Ich schreie verzweifelt. »Das darf so nicht sein! Er ist dort ganz alleine. Er ... ist ganz ...« Ein gewaltiges Schluchzen erschüttert meinen Körper. Mum packt mich an den Schultern und zieht mich in eine feste Umarmung, wie in meiner Kindheit, als ich unter Nachtangst litt und zu fliehen versuchte, durch das Fenster, durch die Türen, raus aus dem Haus. Immer auf der Flucht vor Schreckgestalten, die nur ich sehen konnte.

»Hör auf das, was Mandy sagt, mein Schatz. Wir müssen das hier richtig angehen, auch wenn es wehtut.« Mums Stimme wird nun etwas strenger. »Oben warten zwei Kinder, Jenny. Zwei Kinder, die ihre Mum brauchen, die zweifellos gemerkt haben, dass etwas ganz schrecklich schiefgelaufen ist. Unsere Priorität muss sein, den Kindern durch diese Zeit zu helfen. Cole würde wollen, dass du dich um sie kümmerst. Nicht wahr?«

Ich nicke und fahre mir mit einem Taschentuch über meine verrotzte Nase. Meine Augen brennen und sind so geschwollen, dass ich kaum noch etwas sehen kann.

»Ich erkundige mich, wann Sie Ihren Mann besuchen können«, sagt Mandy in einem leisen, ruhigen Tonfall. »Jetzt ist das Wichtigste, dass Sie sich etwas ausruhen, und sobald ich mehr weiß, komme ich wieder, um es Ihnen zu erzählen. Okay, Jennifer?«

»Sie packt das schon«, sagt Mum und steht auf. »Sie können jetzt gehen, Mandy, ich kümmere mich um sie. Vielen Dank für alles.«

Sie gehen zur Tür und sprechen dabei ganz leise miteinander.

Sobald Mum wieder da ist, setzt sie sich zu mir und legt ihren Arm um meine Schultern. Meine Tränen sind versiegt und ich bin ganz taub, kann mich nicht bewegen. Mum spricht mit mir, sanft und tröstlich, aber ich kann ihre Worte nicht verarbeiten.

Nach einer Weile steht sie auf und geht aus dem Zimmer. Zeit verstreicht. Ich weiß nicht, wie viel. Dann klingelt es an der Tür und Mum ist wieder da, mit Dr. Mantel aus der Arztpraxis. Dort hat Mum vor ein paar Jahren in Teilzeit gearbeitet. Offensichtlich hat sie ihre Verbindungen spielen lassen und das Unmögliche möglich gemacht. Einen Hausbesuch.

»Mir geht's gut«, murmele ich. »Mum hätte Sie wirklich nicht belästigen müssen.« Dann beginne ich zu brabbeln, stelle dem Doktor unzusammenhängende Fragen, zu Trunkenheit am Steuer und Stresssymptomen. Er wirft Mum einen Blick zu und mir wird klar, dass mein Gerede nicht besonders viel Sinn ergibt. Ich beiße meine Zähne aufeinander.

Dr. Mantel verbringt ein paar Minuten damit, meine Vitalfunktionen zu überprüfen. »Sie hält sich tapfer, Kris«, sagt er zu Mum. »Ihr Blutdruck ist ein bisschen hoch, aber bei dem

Schock ist das nur natürlich.« Er drückt Mum ein Rezept in die Hand und sie bringt ihn zur Tür.

Eine halbe Stunde später ist sie aus der Apotheke zurück.

»Nimm das hier, Schatz.« Sie reicht mir eine Tablette und ein Glas Wasser. »Du stehst unter Schock und das wird dir dabei helfen, dich zu entspannen. Ich kümmere mich um die Kinder, während du dich ein bisschen hinlegst.«

Ich schlucke die Tablette hinunter und lasse mich von ihr nach oben führen. Ich lege mich auf das Bett und sie zieht den Vorhang zu, drückt mir einen Kuss auf die Stirn und schließt auf dem Weg nach draußen sanft die Tür hinter sich.

Ich starre hoch zur Zimmerdecke. In mir ist alles leer, wie ausgehöhlt.

Ich will einfach nur Cole wiederhaben. Sonst nichts. Wir sind doch so glücklich. Er liebt mich und die Kinder. Alles, was er tut, tut er unseretwegen, und wir stehen uns alle so nah.

Ich kann mir einfach kein Leben ohne ihn vorstellen.

SIEBEN

Das Beruhigungsmittel, das Mum mir um ein Uhr mittags gegeben hat, hat mich stundenlang außer Gefecht gesetzt, aber die Zerstörungswelle, die Coles Tod nach sich gezogen hat, hat nur auf mich gewartet, um weiterzuwüten.

Als ich um etwa sieben Uhr abends aufwache, pocht mein Kopf vor Schmerzen. Das ungeheure Ausmaß dessen, was passiert ist, stürzt über mich herein. Ich schwinge meine Beine über die Bettkante und setze mich zu schnell auf, mir wird schwindelig. Langsam stehe ich auf und gehe ins Bad. Mir ist ganz weich in den Knien, aber ich schaffe es doch, die Toilette zu benutzen und mich zum Waschbecken zu bewegen, wo ich mir kaltes Wasser ins Gesicht spritze, um den Nebel in meinem Kopf zu vertreiben. Ich höre das Quietschen der Tür, dann steht Mum hinter mir.

Ohne ein Wort schlingt sie ihre Arme von hinten um mich. Dann flüstert sie: »Komm mit runter, Jenny. Du musst etwas essen und die Kinder fragen nach dir. Wir haben ihnen noch nichts gesagt, aber ... ich glaube, es ist Zeit, dass sie die Wahrheit erfahren.«

Der Gedanke an Essen dreht mir den Magen um, aber meine Kinder muss ich sehen. Sie müssen es von mir erfahren.

Unten wartet Ellen mit Damian. Erst schafft sie es nicht, mir in die Augen zu sehen, aber das kann ich verstehen. Man weiß einfach nicht, wie man in so einer Situation reagieren wird, bis man sich tatsächlich darin wiederfindet.

»Danke, dass du gekommen bist, Ellen«, bringe ich hervor und damit ist das Eis gebrochen. Sie eilt zu mir, nimmt mich in den Arm und legt ihre Stirn auf meine Schulter. »Es tut mir so schrecklich leid, Jennifer«, sagt sie und ein Schluchzen durchbricht ihre Worte. »Was auch immer ich für dich tun kann, du musst es mir nur sagen und …«

Sie verstummt, als mein kleines Mädchen auftaucht. Sylvies Blick huscht durchs Zimmer, als vermute sie immer noch Polizisten hier. Miller steht hinter ihr. Er fragt: »Wo ist Dad?« Sein Gesicht ist lang gezogen und bleich, ausdruckslos.

»Kommt her und setzt euch zu mir, alle beide.« Ich klopfe links und rechts neben mir auf das Sofa. »Ich muss euch etwas sagen.«

Sylvie kommt zu mir, setzt sich und schmiegt sich sofort an meine Seite. Ich lege meinen Arm um sie und warte auf Miller. Er tritt ein paar Schritte ins Wohnzimmer hinein, dann hält er inne. »Was ist los?«, fragt er. Er schaut von mir zu seiner Großmutter, zu Ellen. »Warum sind die Partyleute alle weggegangen? Wo ist Dad?«

»Wo ist mein Daddy?«, fragt Sylvie, leise und angsterfüllt.

Sie wissen es schon, auf ihre eigene Art. Sie haben schon verstanden, dass hier etwas Fürchterliches passiert ist, aber sie können unmöglich erfassen, wie schlimm es wirklich ist. Können auch nicht verstehen, wie nachhaltig sich ihr Leben verändern wird, wenn sie die Wahrheit erst mal erfahren haben.

»Miller? Setz dich zu uns.« Ich klopfe noch mal auf das Polster neben mir. »Komm schon.« Widerwillig kommt er herbeigetrottet und setzt sich, mit ein bisschen Abstand.

In diesem Moment scheint die Zeit stillzustehen, die letzte Sekunde, bevor ich ihnen die schreckliche Wahrheit erzähle. Schweres Schweigen erfüllt den Raum, alles wartet darauf, dass ich ihr Leben zerstöre. Ich atme tief ein, schaue zu Mum hinüber, die mir fast unmerklich zunickt.

Der Moment ist gekommen.

»Ich muss euch etwas Schlimmes sagen. Daddy ... euer Dad ...« Ich wende mich an Miller. »Weißt du noch, er ist doch vorhin weggefahren? Und, also ... er hatte einen schweren Unfall.«

»Was? Geht es Dad gut?«, fragt Miller mit gepresster, hoher Stimme.

»Nein, es geht ihm nicht gut. Der Unfall war wirklich schlimm.« Ich strecke jedem meiner Kinder eine Hand hin und lege sie auf ihre. »Miller, Sylvie, es tut mir so leid, aber euer Dad ... er ist gestorben. Das Auto ist von der Straße abgekommen und hat sich überschlagen ...«

»Nein! Du lügst!« Miller steht auf. Wilde Emotionen verdüstern sein Gesicht. »Er ist nicht tot! Dad kann nicht tot sein, er ...«

Mum eilt zu ihm, als seine Beine nachgeben.

»Ich ... ich will meinen Daddy!«, schreit Sylvie, das süße Gesicht zu einer starren Maske aus Schmerz und Leid verzerrt. »Ich will Daddy!«

»Oh, Schätzchen, komm her.« Ellen rennt zu Sylvie und schließt sie in eine feste Umarmung.

Ich starre ins Leere, die Schreie meiner trauernden Kinder ein erschütterndes Echo in meinem Kopf. Diese Geräusche will keine Mutter jemals hören müssen. Wir sind doch dazu veranlagt, unsere Kinder vor dem Horror abzuschirmen, den das Leben jederzeit ohne Vorwarnung auf uns einstürzen lassen kann. Wie falsch das hier ist. Ich spüre, wie mein Herz bricht.

»Er ist fort«, flüstere ich und versuche, mich auf das Familienfoto auf dem Fensterbrett zu konzentrieren. Das wurde letztes Weihnachten im Winterdorf Lapland UK aufgenommen. Cole hatte uns alle mit diesem Familienausflug überrascht, weil es im Geschäft so gut lief. Wir waren nach Ascot gefahren und hatten dort übernachtet, damit wir am nächsten Morgen früh dran sein konnten. Anfangs hatte Miller noch gemeckert, dass er zu alt für so was wäre, das sei doch nur für kleine Kinder wie Sylvie, aber dann hatte er es doch genossen und abends kaum einschlafen können. Und Cole war der größte Kindskopf von allen gewesen, er hatte mit Geld um sich geworfen wie ein Millionär, hatte die Kinder zu jedem Fahrgeschäft und zu jeder Attraktion gezogen, die sie nur finden konnten. Erst, als der Weihnachtspark die Tore schloss, hat er sich endlich zum Gehen überreden lassen. Die Erinnerung sticht mir tief ins Herz und ich kneife meine Augenlider zusammen.

»Jennifer?«, höre ich Ellens scharfe Stimme. »Komm schon, konzentrier dich. Miller hat dich gefragt, wie der Unfall geschehen ist.«

»Ist ein anderes Auto in Dads gefahren?«, fragt Miller energisch. Seine Wut und sein Leugnen der Tatsachen sind fast greifbar. »Hat die Polizei den anderen Fahrer verhaftet?«

Ich setze mich auf, der Schmerz und die Trauer in den Gesichtern meiner Kinder haben mich wieder zur Besinnung gebracht. Sylvie schluchzt leise, an Ellen geschmiegt.

»Wir wissen nicht genau, was passiert ist«, sage ich. Meine Stimme ist rau und unstet. »Sein Auto ist von der Straße abgekommen und hat sich überschlagen, aber es war kein anderes Fahrzeug beteiligt. Die Polizei hat gesagt, dass sie nach Zeugen suchen, aber sie haben auch gesagt … dass er nicht leiden musste. Dad wird gar nicht klar gewesen sein, was passiert ist, Miller.«

»Das kann doch keiner wissen«, erwidert Miller düster. »Vielleicht hat er gewusst, dass er sterben wird. Vielleicht hatte er schreckliche Schmerzen und …«

»Miller, denk doch an deine Schwester«, unterbricht Mum ihn rasch, mit einem Blick auf Sylvies entsetztes Gesicht.

»Ich sag ja nur«, beharrt Miller. »Vielleicht wusste er es.«

»Sie haben gesagt, dass er nicht leiden musste«, flüstere ich. »Was ich aber ganz sicher weiß, ist, dass er euch beide sehr geliebt hat.«

Ich breite meine Arme aus und Sylvie eilt von Ellens Armen in meine, aber Miller bleibt reglos stehen, scheinbar komplett emotionslos, die Augen starr, fast unheimlich, ins Leere gerichtet.

»War außer Dad noch jemand im Auto?«, fragt er leise.

Alle schauen zu ihm. »Was?«

Etwas ungeduldiger wiederholt er seine Frage: »War Dad im Auto allein oder war da noch jemand?«

Die Frage kommt mir sonderbar vor, darüber hatte ich nicht einmal nachgedacht. Cole hat das Haus allein verlassen. Das hat Miller doch selbst gesehen. Er ist sogar in den Garten gekommen, um es mir zu sagen.

»Er war allein«, erklärt Mum mit Nachdruck. »Es ist ein Rettungswagen gekommen und die Sanitäter haben ihr Bestes getan, um ihn zu retten, aber … dein Dad war schwer verletzt, mein Schatz, und letztendlich konnten sie nichts für ihn tun.«

Meine Kinder sind untröstlich. Sylvie, die ihre Gefühle offen und ehrlich zur Schau stellt, und Miller, der die Schotten dichtmacht. Beide leiden, beide sind komplett niedergeschmettert und kämpfen verzweifelt mit ihrer Trauer.

Und hier sitze ich, die Mutter der beiden … die eine Person, die immer genau wissen sollte, wie ich meine Kinder trösten kann. Und doch ist mir, als käme ich nicht zu ihnen durch. Ich bin ihnen keine Hilfe, denn ich stecke tief im Sumpf meiner eigenen verheerenden Trauer, ich kann das hier nicht wahrhaben.

Ich kann nicht glauben, dass mein Mann, die Liebe meines Lebens, nicht mehr hier ist. Das kann ich einfach nicht glauben.

Ich liege im Bett, in meinem dämmrig kühlen Zimmer. Ich weiß nicht, wie spät es ist, aber es ist totenstill draußen und sehr dunkel. Mein Handy muss hier irgendwo sein, aber es liegt nicht wie sonst am Ladekabel auf meinem Nachttisch.

Schlaf ist nur eine ferne Erinnerung. Ich befinde mich in einer Art Schwebezustand, um mich herum die Hölle, aber irgendwie habe ich es geschafft, in all dem eine kleine Ruheblase zu finden, in der ich mich verkriechen kann. Ich liege seitlich angewinkelt dort und starre fast ohne zu blinzeln zu Coles Seite unseres Betts hinüber. Die Decke liegt unangetastet dort, sein Kissen hat keine Mulde, alles betont seine immerwährende Abwesenheit.

Die Welt liegt im Nebel und ich denke an nichts, jedenfalls nicht im herkömmlichen Sinn. Das habe ich wohl dem Beruhigungsmittel zu verdanken. Doch dann stürzen plötzlich aus dem Nichts erschreckend klare, zufällig durcheinandergewürfelte Erinnerungen auf mich ein. Zum Beispiel die Minuten, nachdem die Polizisten gegangen sind, bevor Mandy, die Familienbeauftragte, herkam. Da hatte ich sinnlos drauflos geplappert, mir um die lächerlichsten Dinge Sorgen gemacht.

»Ich weiß nicht, was wir den Leuten sagen sollen ... also wegen der ... der Party«, hatte ich Mum vorgestammelt. »Das Zelt und die Hologramme und ...«

»Das überlass alles mir«, hatte Mum gesagt und mich fest im Arm gehalten. »Du denkst jetzt nur an dich und an die Kinder. Nichts anderes zählt, Jennifer. Verstehst du? Nichts.«

Da hatte Schmerz meinen Körper umschlossen und in meinem Kopf dröhnten die Worte der Polizisten.

Es tut mir wirklich sehr leid, aber er wurde schwer verletzt und ist noch am Unfallort verstorben.

Bis vor etwa eineinhalb Jahren war Cole dreimal die Woche ins Fitnessstudio gegangen, ohne Ausnahme, und wann immer er in seinem Arbeitsalltag Zeit dafür finden konnte, hatte er sich bemüht, morgens ein paarmal die Woche joggen zu gehen. Damals war er wählerisch gewesen, was Essen anging, und hatte Junk Food bewusst vermieden. Anfang nächsten Jahres wäre er vierzig geworden. Aber statt dass ihm sein gesunder Lebensstil angesichts dessen noch wichtiger geworden wäre, stand plötzlich alles Kopf. Am meisten Sorgen hatte mir sein Alkoholkonsum gemacht. Von einem Gelegenheitstrinker war er plötzlich zu jemandem geworden, der mit einer Alkoholfahne nach Hause kam ... und das, obwohl er mit dem Auto unterwegs gewesen war. An Tagen zu Hause hatte er sein erstes Bier getrunken, kaum dass die Kinder aus der Schule zurück waren, und im Laufe des Abends war er zu Wein und Hochprozentigem übergegangen. Ich war nur froh gewesen, dass die Kinder zu der Zeit immer schon im Bett waren und nicht mit ansehen mussten, wie ihr Vater herumtorkelte.

Ich hatte versucht, mit ihm zu reden, herauszufinden, was ihn belastete, denn offensichtlich war irgendwas nicht in Ordnung. Aber er hatte mich nur abgewimmelt. »Bin nur müde; bin nur in der Arbeit etwas gestresst; brauche nur was, um runterzukommen.« Ich kam einfach nicht zu den wahren Gründen durch, also hatte ich das Fragen irgendwann sein lassen.

Dann war Cole zur alljährlichen Vorsorgeuntersuchung gegangen und hatte herausgefunden, dass sein Blutdruck gefährlich hoch war. Auch sein Cholesterinspiegel war besorgniserregend hoch. Ich hatte versucht, ihn davon zu überzeugen, mehr Obst und Gemüse zu essen und mal einen Joghurt zum

Frühstück, statt der fettigen Gerichte aus der Bratpfanne, die er inzwischen vorzog. Ich hatte ihn angefleht, weniger Geschäftsreisen auf sich zu nehmen und mehr Zeit mit mir und den Kindern zu verbringen. Und vor allem hatte ich seinen Alkoholvorrat versteckt und da war er richtig wütend geworden.

Das Ganze beunruhigte mich, denn ich wusste, wie schlimm es mit ihm werden konnte. Etwa ein Jahr zuvor war ich eines Tages unerwartet früh von einem Tagesausflug nach Hathersage in Derbyshire zurückgekehrt, wohin ich Sylvie und ihre Krabbelgruppe begleitet hatte. Bei meiner Ankunft hatte Cole auf dem Sofa geschlafen, eine halbleere Flasche Wodka neben sich. Im Sessel neben ihm hatte Miller nichts Böses ahnend eine Sendung über Fußball-Highlights verfolgt.

Ich schäme mich, zuzugeben, dass ich explodiert bin, vor den Kindern, und Cole angeschrien habe, dass er sich dringend Hilfe suchen muss, um sein Alkoholproblem in den Griff zu kriegen. Ohne ein Wort hatte Cole sich seine Jacke geschnappt und war aus dem Haus gestürmt. Er war ins Auto gesprungen und mit quietschenden Reifen abgedüst. Das war der Tag, an dem er auf den Mittelstreifen der M1 gedriftet war und dabei wie durch ein Wunder weder sich selbst noch jemand anderen verletzt hatte. Die Folge war, dass er wegen Gefährdung im Straßenverkehr angeklagt wurde und für ein Jahr seinen Führerschein verloren hatte. Das hatte die Schattenseiten unseres Lebens auf peinliche Weise ins Licht gerückt.

Danach hatte er sich scheinbar zusammengerissen. Er hatte mir anvertraut, dass geschäftliche Probleme ihn gestresst hatten, die inzwischen aber gelöst waren. Alles war wieder normal.

Cole war ein wunderbarer Vater und ein aufmerksamer, liebevoller Ehemann. Unter der Woche reiste er durch das ganze Land, um neue Einsatzgebiete für sein Bauunternehmen zu erschließen. Auf einmal hatte uns viel mehr Geld zur Verfügung gestanden.

»Wie ich es hasse, nicht zu Hause sein zu können«, das

hatte er immer gesagt, bevor er gehen musste. »Irgendwann wird das alles ein Ende nehmen, dann müssen wir nie wieder getrennt voneinander sein.«

Alles, was er tat, tat er für uns, für seine Familie, die ihn über alles liebt. Und nun ist er nicht mehr hier.

Innerhalb weniger Minuten wurde sein Lebenslicht ausgelöscht, während wir uns alle darauf vorbereitet haben, fröhlich zu feiern.

ACHT

SARA

22:00 Uhr

Vor zehn Minuten hat eine eingehende SMS sie geweckt. Beim Gedanken daran, dass ihr Geliebter sich endlich gemeldet hat, hat ihr Herz einen Satz gemacht.

HI SARA.

Sie hat sich den Sand aus den Augen gerieben und beim Anblick der kurzen Nachricht die Stirn gerunzelt. Keine Küsse, keine liebevollen Worte. Außerdem nennt er sie fast nie bei ihrem tatsächlichen Namen, immer nur »Liebling«. Und dann ist ihr klargeworden, dass er sonst auch nie Großbuchstaben verwendet.

Sie hat ihm eine Antwort geschickt.

Wo warst du denn? Können wir reden?

Zwei Minuten lang nichts als Schweigen, dann eine neue SMS.

ICH WILL DEINEN KÖRPER SEHEN, SCHICK MIR EIN NACKTFOTO

Wie bitte? Ihr Herz pocht schnell. Das klingt überhaupt nicht nach ihm.

Voll Sehnsucht schaut sie zu ihrem friedlich schlafenden Rory hinüber. Endlich hätte sie Gelegenheit gehabt, sich richtig auszuschlafen, aber nun hat diese Nachricht sie aus dem Schlaf gerissen. Sie setzt sich kerzengerade auf die Bettkante und tippt eine neue Nachricht.

Warum benimmst du dich so komisch? Ruf mich an.

Sie wirft das Handy aufs Bett und tapst nackt ins Bad hinüber. Gerade hat sie die Spülung gedrückt und das Schlafzimmer wieder betreten, als das Handy losklingelt. Sie eilt hinüber und reißt es an sich.

»Liebling? Bist du das?«, fragt sie atemlos. »Ist alles okay?«

Schweigen.

»Hallo?« Sie hält sich das Handy vor die Augen und schaut auf den Bildschirm. Das Gespräch läuft noch, Sekunde um Sekunde tickt vorüber. »Baby, bist du das?«

Sie drückt sich das Handy ans Ohr und nun meint sie, jemanden leise atmen zu hören.

»Wer ist da?« Nun verhärtet sich ihr Ton. »Ich lege jetzt auf, wenn Sie nicht …«

Das Gespräch wird unterbrochen, bevor sie ihren Satz beenden kann. Ohne lang nachzudenken, drückt sie auf die Rückruftaste. Nach einem Klingeln wird ihr Anruf zur Mailbox weitergeleitet. Sie versucht es noch einmal, mit demselben Ergebnis. Beim dritten Anruf klingelt es am anderen Ende nicht mehr, es geht sofort die Mailbox ran.

»Außer dir ruft mich niemand auf diesem Handy an. Niemand außer dir kennt diese Nummer«, hatte er ihr eines

Abends in einem Restaurant verraten. Sie hatte gelächelt, auch wenn ihr der eigentliche Grund dafür natürlich klar gewesen war. Sie war sein schmutziges kleines Geheimnis und dieses Handy war seine Art, sie fein säuberlich von seiner Frau und seiner Familie fernzuhalten.

Aber diese wenig hilfreichen Gedanken hatte sie beiseitegeschoben. Ihr Leben war gut. Sie war Hals über Kopf verliebt und er hatte ihr versprochen, dass sie spätestens ab Weihnachten zusammenleben würden. Für sie war das gut genug. Sie hatte ihm geglaubt. Sie musste sich an diese Hoffnung klammern, ganz gleich, wie zaghaft die Hoffnung sein mochte.

Sara starrt das Handy an, welches höhnisch stumm daliegt. Sie legt sich auf das Bett und starrt zur Decke, das sanfte Röcheln von Rorys Babyatem im Ohr.

Es ist schon zwölf Stunden her, dass sie zuletzt von ihm gehört hat. Von den versprochenen Anrufen und SMS ist nichts bei ihr angekommen – von diesen beiden seltsamen mal abgesehen. Irgendetwas stimmt hier nicht, ganz eindeutig. Wahrscheinlich hat er sein Handy verloren und nun schickt irgendein Loser Nachrichten an die einzige Nummer, die darin eingespeichert ist. Allerdings ... wie sollte jemand anderes das Handy entsperren können, ohne seinen Code?

Sie greift nach ihrem eigenen Handy und sucht in ihren Kontakten nach seiner anderen Telefonnummer. Die Nummer, unter der er für alle anderen erreichbar ist. Die Nummer, von der Sara eingebläut wurde, dass sie sie nur im allerdringlichsten Notfall wählen durfte. Tja, und im Moment macht sie sich nun mal Sorgen.

Ihr Anruf wird zur Mailbox weitergeleitet. In der Aufnahme klingt er munter und professionell.

In eben diesem Moment pingt ihr Handy erneut wegen einer eingehenden Nachricht. Rory bewegt sich in seinem Körbchen, wacht aber nicht auf.

Sara öffnet die Nachricht. Dort steht:

ICH BIN TOT.

Sie hält das Handy in zitternden Fingern und starrt die SMS an, die drei kurzen Wörter in Großbuchstaben, die ihre Welt erschüttern.

ICH BIN TOT.

Diese Nachricht kam von *ihrem* Handy. Von dem Handy, das er nie für die Arbeit verwendet, sondern nur für sie.

Dann:

ICH BIN TOT DU SCHLAMPE.

NEUN

JENNIFER

Sonntag

Ich danke Gott für meine Schwester Ellen und meine Mum. Sie haben mein Schlafzimmer in eine sichere Höhle verwandelt. Die Vorhänge sind zugezogen und das dämmrige Licht tröstet mich.

Sie kümmern sich um mich, Miller und Sylvie. Auch das mit der Party haben sie alles organisiert, als wäre es nichts.

»Nie im Leben hätte die Party stattfinden können«, hat Mum mir heute Morgen erzählt, als sie mir eine Tasse Tee gebracht hat. »Alle stehen total unter Schock und lassen dir herzliche Grüße und ihr tiefstes Beileid ausdrücken.«

Heute Früh waren einige von Coles Mitarbeitern vorbeigekommen, um sich etwas Essen mitzunehmen und den Rest an die örtlichen Tafeln und Obdachlosenheime in der Stadt zu verteilen.

Mum sagt: »Die Familienbeauftragte war vorhin am Telefon. Jemand muss Coles Leiche identifizieren, morgen vielleicht. Und Jennifer, diese Aufgabe nehme ich dir gerne ab, wirklich. Ehrlich gesagt wäre es besser so, damit du dich voll auf dich selbst und auf die Kinder konzentrieren kannst.«

»Ich tu es selbst«, sage ich und nehme einen Schluck brühendheißen Tee. »Ich muss das tun.«

»In Ordnung. Ich sage Mandy Bescheid. Sie möchte heute Vormittag vorbeikommen, um zu sehen, wie es dir geht.«

Ich schuttle den Kopf. »Nein. Ich weiß, sie meint es gut, aber ihre Anwesenheit stresst mich nur noch mehr. Kannst du sie anrufen und ihr sagen, dass ich ihre Hilfe heute nicht brauche?«

Mum nickt. »Versuch, dich etwas auszuruhen, mein Schatz. Leicht gesagt, ich weiß. Aber du wirst all deine Kraft brauchen.« Sie verlässt das Zimmer und zieht die Tür hinter sich zu.

Nun habe ich Zeit, über alles nachzudenken, was vor dem Unfall geschehen ist. Ob das gut ist oder alles nur noch schlimmer macht, kann ich nicht sagen.

»War er betrunken? Als ich ihn auf der Terrasse gesehen habe, konnte er kaum gerade laufen«, hat Miller gesagt und wir haben ihm einbläuen müssen, dass er seine Worte in Gegenwart seiner Schwester vorsichtiger wählen musste.

Inzwischen hat die Polizei bereits bestätigt, dass Cole unter der zulässigen Promillegrenze gewesen war.

»Schwindel, Lallen, das kann auch von extremem Stress verursacht werden«, hat Dr. Mantel mir erklärt, als ich ihm berichtet habe, dass Miller Cole bei einem Beinahesturz beobachtet hatte. »Hatte er in letzter Zeit viel um die Ohren?«

»Nicht mehr als sonst auch. Er arbeitet in einer stressigen Branche, aber sein Unternehmen läuft gut und Cole konnte immer hervorragend mit dem Druck umgehen.«

Das schien den Arzt nicht zu überzeugen. »Oft gewöhnen Menschen sich an übermäßigen Stress und bemerken die Warnsignale überhaupt nicht, bis es zu spät ist.«

Ich habe über das nachgedacht, was der Arzt gesagt hat, und

muss mir eingestehen, dass Cole möglicherweise gestresster war, als ich gedacht hatte. Mit seinem Unternehmen hatte ich nie etwas zu tun, und auch nicht mit den Finanzen. Ich bestellte hin und wieder etwas online und kümmerte mich auch mal um die Bezahlung einer Rechnung oder eines Handwerkers, aber das war es auch schon. Seit Coles Unternehmen so gut läuft, muss ich nicht mehr lang darüber nachdenken, ob wir genug Geld auf dem Konto haben, um unsere Kosten zu decken.

So war es Cole immer am liebsten. Ich kümmere mich um Haus und Kinder, er verdient das Geld. Manche Frauen mögen mich deswegen für töricht halten, aber zu Beginn unserer Ehe habe ich Cole damit verrückt gemacht, dass ich unbedingt den Überblick über winzigste Geldbeträge behalten musste. Mir war klar gewesen, dass es an meiner Angst lag, irgendwann wieder mittellos dazustehen, auf der Straße zu landen und in einem Hostel schlafen zu müssen, wie damals, als Mum ins Krankenhaus musste.

Als es finanziell bergauf ging, hatten wir auf einen tollen neuen Deal angestoßen, den Cole an Land gezogen hatte, und er hatte gesagt: »Jen, lass mich die volle Verantwortung für unsere Finanzen tragen. Dich stresst es, mich aber nicht, warum solltest du dich also deswegen verrückt machen?«

Diese Gelegenheit hatte ich sofort ergriffen. Warum auch nicht? Nicht jeder Mensch ist ehrgeizig und hat den Drang, sich eine erfolgreiche Karriere aufzubauen. Ich hatte immer das Gefühl, dass meine Arbeit zu Hause wichtig ist. Ich hatte Cole zutiefst vertraut und er hatte mir eine Chance gegeben, die Wunden meiner Vergangenheit nicht wieder aufreißen zu müssen. So hatten wir es Zeit unserer Ehe gehalten und waren zufrieden.

Deshalb fühle ich mich deswegen auch nicht schlecht, Cole wollte es ja so. Als wir uns nach seiner Affäre wieder versöhnt haben, machten wir aus, miteinander über alles zu reden. Wenn er Probleme gehabt hätte, hätte er mit mir darüber gesprochen. Ganz bestimmt hätte er das.

Erhobene Stimmen im unteren Stockwerk reißen mich aus dem Nebel meiner Gedanken.

»Ich habe es Ihnen bereits gesagt, sie hat gerade ihren Mann verloren. Sie werden ein andermal wiederkommen müssen.«

»Glauben Sie mir, sie wird hören wollen, was ich zu sagen habe«, gibt eine Frau zurück, deren Stimme mir nicht bekannt vorkommt. »Bitte, sagen Sie ihr einfach, dass ich hier bin und dass es dringend ist!«

Mit Mums immer lauter werdender Stimme im Ohr stemme ich mich hoch. Ich ziehe mir eine lockere Yogahose und ein T-Shirt über und streiche mir auf der Treppe mit den Fingern durch meine Haare. Mir fällt auf, dass die Halloween-Dekoration im Gang und um die Haustür herum verschwunden ist.

»Wer ist da?«, rufe ich.

Mum sieht mich und schließt die Tür ein wenig vor unserer Besucherin. Ihr Gesicht ist vor Entrüstung rot angelaufen.

»Sie heißt Sara Nordstrom«, flüstert sie. »Sie besteht darauf, mit dir zu sprechen, aber das musst du nicht, Jennifer, du bist in Trauer.«

»Bitte«, ruft die Frauenstimme hinter der Tür. »Nur ein paar Minuten.«

Ich kenne niemanden, der so heißt, aber ich kann sehen, dass Mum langsam richtig nervös wird. »Ist schon okay, ich red mit ihr.«

»Ich kann bei dir bleiben, wenn du …«

»Mum, ist schon okay. Ich kümmere mich darum.«

Mum runzelt die Stirn und schiebt die Tür noch ein Stück weiter zu, dann flüstert sie: »Sie sagt, du kennst sie nicht, aber sie hat einige wichtige Informationen für dich.«

»Worüber?« In meiner Brust flackert Hoffnung auf. Vielleicht ist sie eine Zeugin des Unfalls, vielleicht hat sie Informationen, dank derer die Polizei feststellen kann, was gestern wirklich auf der A453 passiert ist. Aber … woher kennt sie unsere Adresse?

»Sie sagt, es geht um Cole.« Mum zögert. »Sie hat ein Baby dabei. Einen kleinen Jungen.«

Etwas in der Art, wie Mum mich ansieht, lässt mir das Blut in den Adern gefrieren. Ich gehe zur Tür und Mum zieht sich in Richtung Wohnzimmer zurück. Dort bleibt sie zögernd stehen, während ich die Haustür öffne.

Sara Nordstrom entspricht nicht meinen Erwartungen. Sie ist jung, wahrscheinlich Ende zwanzig, und sehr schön, auf eine kalte, nordische Art. Ihre Haut ist leicht gebräunt und obwohl sie kaum Make-up aufgelegt hat, wirkt sie gepflegt und elegant. Ihre Augen sind strahlend blau und ihr kurzes, butterblondes Haar ist sauber zurückgekämmt und hinter ihre Ohren gesteckt. An ihrer Nase glitzert ein winzig kleiner Diamant.

Sie hat eine Babytrage umgebunden und darin sitzt ein kleiner Junge, der etwa ein halbes Jahr alt sein muss. Ich weiche ihrem Blick aus. Ihre Anwesenheit ist mir unangenehm und ich frage mich zum wiederholten Mal, warum sie hier ist.

Eine Bewegung auf der anderen Straßenseite zieht meine Aufmerksamkeit auf sich, ich erkenne den Besitzer des Hauses gegenüber. Ich hatte bisher noch keine Gelegenheit, mit ihm zu sprechen, und jetzt verrenkt er seinen Kopf, damit ihm ja nichts entgeht.

»Danke, dass Sie bereit sind, mit mir zu sprechen, Jennifer«, sagt sie, als würde sie mich kennen. »Ich werde Sie nicht lange aufhalten, ich weiß …«

»Am besten kommen Sie schnell rein«, murmele ich und deute nach drinnen.

Auch sie trägt eine Yogahose – vielleicht sogar von derselben Marke –, aber ihr Körper ist furchtbar schlank und straff, weshalb die Hose bei ihr ganz anders sitzt.

Ich schließe die Tür und dann stehen wir dort im Gang.

Mum streckt den Kopf aus der Wohnzimmertür und fragt: »Alles okay, Schatz?«

»Alles gut, Mum.« Sie nickt und schließt die Tür sanft hinter sich. Ich verschränke meine Arme und schaue die Frau an. »Also, was kann ich für Sie tun?«

»Ich heiße Sara Nordstrom und das hier ist mein Sohn.« Sie klingt selbstbewusst, allerdings schaut sie mir nicht in die Augen und wiegt andauernd ihren Sohn, obwohl der kein Geräusch von sich gibt.

»Woher kennen Sie meinen Namen?« Ich kann meine Frage hören, aber sie scheint nicht von mir zu stammen, als stünde mein wahres Ich einige Meter entfernt. Ich gehe nur mechanisch einen Schritt nach dem anderen durch und bemühe mich dabei um so viel Höflichkeit, wie ich angesichts der Umstände aufbringen kann.

»Ich ... ich kannte Ihren Mann, Cole. Ich weiß, wir beide sind uns nie begegnet, aber ... ich habe eben erst von Ihnen erfahren.«

Mir wird schwindlig, mein Magen verknotet sich. Ich schaue zu dem Baby hinunter und deute auf die bequeme Sitzecke in unserem übergroßen Gang. »Setzen wir uns doch kurz«, schlage ich schwach vor. »Sie können sich sicher vorstellen, dass das hier für mich kein idealer Zeitpunkt ist.«

»Ich weiß. Mein wirklich aufrichtiges Beileid.« Für einen Moment verzieht sich ihr Gesicht und ich denke kurz, gleich wird sie von Gefühlen überwältigt, die meiner eigenen Trauer erstaunlich ähnlich sehen. »Ich ... ein schrecklicher Schock.«

Warum sollte es für sie auch ein Schock gewesen sein? Ich spüre ein Kribbeln auf meiner Haut, verschränke meine Arme und reibe mir über die Ellbogen.

Sie setzt sich. »Rory wird langsam richtig schwer. Er wächst so schnell und ...« Ihre Stimme verschwindet im Hintergrund, als ich diesen Namen stumm wiederhole. *Rory.* Cole fand diesen Namen immer schön, hatte ihn für Miller vorgeschlagen, aber ich war nicht begeistert gewesen.

»Jennifer?« Langsam fokussieren meine Augen wieder ihr Gesicht.

»Ich habe nur ein paar Minuten Zeit für Sie. Wie Sie sich bestimmt denken können, bin ich noch dabei, den Tod meines Mannes zu verarbeiten«, sage ich kurzangebunden und lasse mich am äußeren Ende des Sitzkissens nieder. »Warum sind Sie hier? Ich kenne Sie nicht, nicht einmal vom Namen her.«

Das Baby quengelt und Sara steckt ihm einen Schnuller in den Mund.

»Aber ich kenne Cole, sehr gut sogar. Kannte«, erwidert sie traurig. »Es tut mir leid. Ich weiß, dass es schwer sein wird, das zu hören. Aber ich bin … war mit Ihrem Mann zusammen. Und das hier ist sein Sohn.«

»Wie bitte?«

Die Zeit bleibt stehen. Mein erster Instinkt ist, über ihre Unverfrorenheit zu lachen und über den Unsinn, den sie mir hier aufzutischen versucht. Und doch kann ich spüren, wie mein Mund sofort austrocknet und meine Kehle sich zuschnürt. Ich kann spüren, dass hinter ihrer Behauptung eine schreckliche Wahrheit droht; irgendetwas Unerklärliches in mir weiß es einfach.

Obwohl ich mich sehr anstrenge, genau das nicht zuzulassen, wird meine Aufmerksamkeit magisch von dem Kind angezogen. Die dunklen Haare, die weiche olivfarbene Haut … er ist das Ebenbild von Miller, als er noch ein Baby war. Nur dass Miller warme braune Augen hat und dieses Baby hier das eisige Blau seiner Mutter geerbt hat. Meine Knochen scheinen sich in Gummi verwandelt zu haben.

»Jennifer, glauben Sie mir, ich bin ebenso schockiert. Ich schwöre Ihnen, dass ich nichts davon wusste … dass Cole eine Familie hatte, hier, in diesem Haus. Er hat mir erzählt, er sei geschieden und müsse an den Tagen, die er nicht zu Hause sein konnte, für seine Arbeit durchs Land reisen.«

Ich schnaube höhnisch. »Und das haben Sie ihm abgekauft?«

Er hat dir genauso von seinen Geschäftsreisen erzählt und du *hast es ihm abgekauft.*

»Als wir uns kennengelernt haben, hat er mir gesagt, er sei mal verheiratet gewesen und hätte zwei Kinder, aber dass Sie die Kinder mit ins Ausland genommen hätten und nicht zuließen, dass er sie besucht.« Sara erwidert meinen stechenden Blick. »So hat er es mir erzählt.«

»Sie wollen mich wohl für dumm verkaufen.« Ich stehe auf und deute zur Tür. Tief in meinem Inneren fühle ich mich wund und verletzlich, aber ein härterer Teil von mir übernimmt jetzt das Sprechen. »Sie gehen jetzt. Sie verlassen jetzt sofort dieses Haus.«

Wenn mich gestern jemand gefragt hätte, wie ich auf eine solche Situation reagieren würde, auf eine Frau, die in meine Welt eindringt und sie mit ein paar wenigen Worten in Stücke reißt, hätte ich gesagt, ich würde sie am Kragen packen und aus dem Haus schmeißen. Aber all meine Kraft hat mich verlassen. Das Gift ihrer Worte hat mir das letzte bisschen Energie gestohlen, das ich noch hatte. Ich möchte sie eine Lügnerin nennen und sagen, dass ich ihre abstrusen Behauptungen sofort durchschaut habe, aber meine innere Stimme schweigt. Als würde etwas tief in mir ahnen, dass sie die Wahrheit sagt.

»Für mich ist es auch ein unglaublicher Schock, aber ich muss jetzt ehrlich mit Ihnen sein«, sagt sie und wird dabei etwas lauter. »Ich weiß, dass es unfassbar schwierig sein muss, all das zu hören, für mich ist es auch schwer, mich der Wahrheit zu stellen, aber ich versichere Ihnen, dass es genau das ist: die Wahrheit.« Sie sitzt immer noch auf einem der großen weichen Loaf-Sofas, auf die meine Familie sich immer wirft, bevor wir das Haus verlassen. In Bilderrahmen auf dem Beistelltisch neben ihr sind unsere Familienfotos zu sehen. Tatsächlich hat Cole sich das letzte Mal, als er nach Hause gekommen ist, genau dort niedergelassen, um seine Stiefel auszuziehen. Genau dort, wo sie jetzt sitzt, mit dem Baby auf dem Schoß.

Mir wird klar, dass sie sich keinen Zentimeter bewegt hat, obwohl ich sie klipp und klar dazu aufgefordert habe.

»War's das?«, frage ich leise. »Haben Sie jetzt alles gesagt, was Ihnen auf der Zunge lag? Falls ja, dann herzlichen Glückwunsch. Sie haben getan, was Sie hier tun wollten.« Ich richte mich auf und verschränke meine Arme. »Und jetzt verlassen Sie auf der Stelle mein Haus.«

»Sie können uns nicht einfach loswerden«, sagt sie schlicht. Für eine Frau, die angeblich meinen Mann geliebt hat, verbirgt sie ihre Trauer jetzt doch erstaunlich gut. »Ich weiß, wie sehr Sie leiden, aber mir geht es genauso und … ich werde nicht verschwinden und mein Sohn auch nicht. Coles Sohn.« Sie zögert, dann fügt sie hinzu: »Und ich fürchte, es gibt noch mehr, was ich Ihnen sagen muss. Einiges mehr.«

»Ich will es aber nicht hören!« Ich balle meine Hände zu Fäusten, bemühe mich vergeblich, die Fassung zu bewahren. »Wer *sind* Sie überhaupt? Sie könnten doch genauso gut irgendeine dahergelaufene Frau sein, irgendein kranker Mensch, der anderen nur Ärger machen will! Ich pack das jetzt nicht. Ich kann …«

»Er wollte sein Leben mit uns verbringen und wir hatten vor, gemeinsam hier einzuziehen, sobald das Haus fertig renoviert ist. Er hat es nur nicht übers Herz gebracht, Ihnen das zu sagen.«

»Wie Sie sehen können, haben wir die Renovierungsarbeiten schon vor Monaten abgeschlossen.« In meinem Kopf entstehen Bilder von den beiden, oben in unserem Schlafzimmer. »Waren Sie schon mal hier?«

Sie schüttelt den Kopf. »Er hat gesagt, er will es erst fertigstellen, bevor ich es sehe, aber ich habe die Adresse in seinen Unterlagen gefunden. Ich …«

»Das reicht jetzt! Wenn Sie nicht sofort gehen, rufe ich die Polizei.«

Sie schüttelt den Kopf und richtet sich auf. »Ich gehe, wenn ich es will, weil das alles hier nämlich *mir* gehört.« Sie deutet mit einer ausschweifenden Geste durchs Haus. »Das hier ist *mein* Haus. Der Range Rover, mit dem Cole gestern unterwegs war, war *mein* Auto. Im Moment kommt fast alles Geld, von dem Sie leben, von mir. Deswegen frage ich Sie also jetzt …«, sie lässt den unruhigen Rory auf ihrem Knie auf und ab hüpfen, während ich mein Bestes tue, um nicht komplett vor ihr zusammenzubrechen, »… ob Sie diese Unterhaltung noch mal von vorn beginnen oder lieber mitsamt Ihrer Familie auf der Stelle aus *meinem* Haus verschwinden möchten?«

ZEHN

Ich vergrabe mein Gesicht in meinen Händen. Was sie da sagt, ist doch Unsinn. Die Renovierung hat Cole mit seinem Unternehmensgewinn bezahlt, und auch die neuen Autos, die wir gekauft haben, als er seinen Führerschein zurückbekam. Ich verstehe einfach nicht, warum sie so etwas behauptet.

Ich sehe zu ihr und flüstere: »Warum sagen Sie all das, um mich zu verletzen? Was sind Sie denn für ein Monster?«

»Ich möchte uns den Teufelskreis aus Schuldzuweisungen und Rache ersparen, okay?« Sara seufzt. »Ich bin kein Monster, auch wenn Sie mich für eines halten. Ich verstehe Ihren Schmerz, glauben Sie mir.«

»Klingt für mich aber nicht so«, sage ich. »Was auch immer Sie mit Cole ausgemacht haben, geht nur Sie beide etwas an – falls es denn überhaupt passiert ist. Das hat mit mir und meinen Kindern nichts zu tun.«

Sie verzieht ihren Mund zu einem ironischen Lächeln und schüttelt über meine scheinbare Naivität den Kopf.

»Ich fürchte, das stimmt so nicht, Jennifer. Ich werde meinen Anwalt bitten, Ihnen einen umfassenden Überblick über unsere Vereinbarung zu geben«, sagt sie. »Können wir bis dahin bitte versuchen, miteinander klarzukommen und uns durch dieses schreckliche Chaos zu kämpfen? Zu unserem eigenen Wohl, aber doch hauptsächlich unseren Kindern zuliebe?«

Ich schaue zu Rory. Wieder trifft mich die Erkenntnis, wie ähnlich er Miller in dem Alter sieht ... und der zwingende Schluss daraus ist, dass er auch Cole ähnlich sieht. Falls das hier wirklich stimmt und dieser kleine Junge das Produkt von Coles Affäre mit Sara ist, heißt das auch, dass er der Halbbruder meiner beiden Kinder ist. Ich massiere meinen Nasenrücken. Was soll ich nur tun? Alles ist einfach ... *furchtbar*. Unmöglich, hier eine Entscheidung zu treffen.

Sara bleibt stumm und wartet nur gelassen auf meine Reaktion.

»Wussten Sie, dass Sie nicht die Erste sind?«, frage ich. »Cole hatte schon einmal eine Affäre.« Mit diesen Worten geht mir das letzte bisschen Luft aus. Ich möchte sie verletzen, wie sie mich verletzt hat, aber mit meinen eigenen Worten habe ich nur betont, wie enttäuscht ich von mir selbst bin, indem ich zugebe, dass ich ihn in mein Leben zurückgelassen habe, obwohl er mir schon früher nicht treu war. Sie zuckt nicht zusammen, mustert mich nur weiterhin kühl und raubt mir damit die Hoffnung, sie zusammenbrechen zu sehen, wenn ihr klar wird, dass sie nichts Besonderes ist. Nun ist es an mir, zu warten.

»Wenn das hier funktionieren soll, müssen wir vergessen, was früher war«, sagt sie schlicht, als ob das möglich wäre. Ihre Augen sind hell und klar, nicht rot unterlaufen und wund wie meine eigenen. »Wir haben Cole beide geliebt, aber nun ist er nicht mehr hier. Er wird niemals zurückkommen.« Sie presst ihre Lippen zusammen. »Aber wir beide, wir Frauen ... wir sind noch hier! Und unsere Kinder ebenso. Wir müssen das alle irgendwie durchstehen.«

Mir ist es ehrlich gesagt egal, wie sie es durchstehen wird.

Wenn sie mir die Wahrheit gesagt hat, interessiert mich nur, welchen Einfluss das auf meine Kinder haben wird. Deswegen muss ich sorgfältig überlegen, bevor ich sie abwimmle.

Ich muss etwa dreizehn Jahre alt gewesen sein, als ich meine Mum in der Küche bei einem Glas Wein mit ihrer Freundin Brenda reden hörte. Zu dem Zeitpunkt war Ellen oben in ihrem Schlafzimmer, ich war nach unten gegangen, um mir etwas zu trinken zu holen, als ich die Stimmen gehört hatte. Ich war vor der Tür stehen geblieben, um zu lauschen.

»Wenn er sich weigert zu gehen, solltest du die Kinder nehmen und einfach abhauen«, hörte ich Brenda sagen.

Aber Mum gab ihr eine trotzige Antwort. »Warum sollte ich dieses Haus aufgeben und uns allen so viel Aufruhr zumuten? Das werde ich nicht tun. Ich weiß, du verstehst das nicht, Brenda, aber ich tue das, was für mich und meine Kinder das Beste ist. Sogar wenn alle anderen, dich eingeschlossen, es für die falsche Entscheidung halten.«

Diese Unterhaltung habe ich nie vergessen und als ich älter wurde, selbst Kinder bekam, spürte ich eine Art Bewunderung für meine Mum in mir wachsen, dafür, dass sie den schwierigen Weg gewählt hatte, um es ihren Kindern leichter zu machen. Sie hatte nicht ahnen können, was für finanzielle Probleme Dad damals hatte und dass wir das Haus letztendlich trotzdem verlieren würden.

Sara lehnt sich nach vorn, als könne sie spüren, dass ich in Gedanken woanders bin.

»Die Menschen folgen ausgetretenen Pfaden, wie eine Herde Schafe, als gäbe es ein bestimmtes Muster, nach dem alle ihr Leben leben sollten. Man hat uns strenge Regeln dafür beigebracht, wie wir in bestimmten Situationen reagieren sollen. Dein Mann hat eine Affäre? Schmeiß ihn raus. Und die Mätresse ist immer die Böse, nicht wahr? Aber ich habe gelernt, dass das Leben selten so simpel ist. Cole hat uns beide belogen. Wir müssen diesen Schmerz nicht weiter vertiefen und für uns selbst alles schlimmer machen, nur weil wir einander gemäß der Regeln hassen sollten.«

Ich denke an die tiefe Einsamkeit, die mir die Luft abgeschnürt hatte, als ich mit Miller allein gewesen war, vor Sylvies Geburt, als Cole mich verlassen hatte.

»Du bist stark, Jenny«, hatte Mum gesagt. »Du schaffst das.«

Ellen hatte mich fest umarmt ... und das tat Ellen sonst *nie*. »Ich bin so stolz auf dich, Schwesterherz. Zeig dieser Ratte, dass du dir das nicht gefallen lässt!«

Aber weder Mum noch Ellen waren bei mir, wenn Miller im Bett war und ich einen langen, dunklen Abend nach dem anderen durchstehen musste. Wenn ich an nichts anderes denken konnte als an Cole mit dieser anderen Frau, die er nun an meiner statt liebte. Und nun ... nun muss ich mich nicht nur der Realität seines Todes stellen, sondern auch der grausamen Erkenntnis, dass er es erneut getan hat. Nicht genug damit, dass er mich erneut betrogen hat, obwohl er mir auf Millers Leben geschworen hatte, dass er uns nie mehr so hintergehen würde, nein, diesmal hatte er ein komplettes zweites Leben geführt, ohne mich und seine Kinder. Es gibt verschiedene Arten von Verrat, verschiedene Arten von Schmerz. Cole ist so tief gesunken, dass ich weiß, dass ich mich davon wahrscheinlich nie wieder ganz erholen werde, nie wieder jemandem vertrauen werde.

»Möchten Sie mit mir sprechen?«, fragt Sara und legt eine schützende Hand auf den winzigen, gewölbten Rücken ihres Babys. »Wollen wir einfach versuchen, Ordnung ins Chaos zu bringen, ohne uns selbst oder unseren Kindern noch mehr Schmerzen zuzufügen?«

Jetzt sehe ich zu Sara, mustere die dunklen Augenringe in ihrem Gesicht. Ich schaue zu Rory, diesem kleinen unschuldigen Baby, dem Halbbruder meiner beiden Kinder. Ich denke daran, was Cole uns allen angetan hat und was meine Kinder

Jahre später wohl von mir halten mögen, wenn ich ihren Halbbruder nicht Teil ihres Lebens sein lasse.

»Wir können reden«, sage ich und sehe Sara in die Augen. »Aber zuerst brauche ich ein bisschen Zeit, um das zu verarbeiten, was Sie mir gesagt haben.«

ELF

Sara Nordstrom verlässt das Haus, nachdem wir uns geeinigt haben, dass ich sie anrufen und hierher einladen werde, damit wir über alles reden können. Mum liest Sylvie im anderen Zimmer eine Geschichte vor und ich möchte die beiden nicht stören. Ich hole mir ein Glas Wasser, atme tief durch und rufe die einzige Person an, die Saras haarsträubende Lügengeschichten widerlegen kann. Corinne Waterman, Coles Buchhalterin. Sie geht nicht ran, also hinterlasse ich eine Sprachnachricht. Dann sitze ich einfach nur auf das Handy starrend dort und warte.

Corinnes Name war einer von wenigen, die ich Mum gestern aufgeschrieben habe, eine Liste an Leuten, die sie von Coles Tod unterrichten sollte. Mum hat mir gesagt, dass sie sie alle erreicht hat, also weiß ich, dass Corinne Bescheid weiß. Trotzdem hat Corinne mich zehn Minuten später immer noch nicht zurückgerufen, also versuche ich es erneut. Immer noch geht sie nicht ran. Ich hinterlasse eine weitere Nachricht.

»Corinne, bitte rufen Sie mich sofort zurück, sobald Sie diese Nachricht hören. Ich muss dringend mit Ihnen über Coles Finanzen sprechen.«

Ich trommle mit meinen Fingernägeln auf dem Tisch herum. Stehe auf, strecke mich, setze mich wieder. Immer noch kein Rückruf.

Weitere fünf Minuten vergehen, doch bei meinem dritten Anruf nimmt Corinne endlich ab.

»Jennifer, tut mir leid, ich hatte mein Handy im anderen Zimmer liegen.« Dann schlägt sie einen respektvoll leisen Ton an. »Ich möchte Ihnen mein herzliches Beileid aussprechen. Coles Tod war für uns alle ein schrecklicher Schock, aber ... für Sie und die Kinder ... das mag ich mir gar nicht vorstellen.«

»Vielen Dank«, sage ich. »Jemand war hier ... eine Frau. Sie hat einige Dinge über unsere Finanzen gesagt, die überhaupt keinen Sinn ergeben haben, zum Beispiel, dass unser Haus nicht mir und Cole gehört. Ich bin sicher, Sie werden mich diesbezüglich beruhigen können ...«

»Ich bin froh, dass Sie mich angerufen haben. Ich wollte mich unbedingt mit Ihnen in Kontakt setzen, seit ich die Neuigkeiten erfahren habe, aber mir war klar, dass ich Ihnen erst ein paar Tage Ruhe gönnen musste.«

»Stimmt es, was diese Frau gesagt hat?«

Sie zögert. »Kann ich vorbeikommen, jetzt sofort?«

»Corinne, sagen Sie es mir. Bitte.«

»Ich weiß, dass Sie sich Sorgen machen und Antworten brauchen, ich werde versuchen, es so kurz wie möglich zu halten. Aber es gibt ein paar Dinge, die ich unbedingt persönlich mit Ihnen besprechen muss, Jennifer, und so schnell wie möglich. Ihnen und Ihren Kindern zuliebe. Bitte.«

Das bringt mich ins Straucheln. »Soll das heißen, es stimmt ... dieses Haus gehört tatsächlich ihr? Corinne, hatten Sie etwas damit zu tun?«

»Nein, natürlich nicht! Aber ... es ist kompliziert. Ich mache mich jetzt auf den Weg, okay?«

Nachdem wir aufgelegt haben, starre ich ins Leere. Das war nicht die Reaktion, die ich mir von Corinne gewünscht habe.

Statt mir zu sagen, dass Sara komplett auf dem Holzweg ist, hat sie offensichtlich schlechte Neuigkeiten für mich, die sie mir persönlich überbringen möchte.

Zwanzig Minuten später steht sie vor der Tür. Bevor ich sie erreicht habe, ist Mum schon unterwegs.

»Ich geh schon, Mum«, sage ich. »Das ist Corinne, Coles Buchhalterin.«

»Jennifer, was ist los?« Sorgenfalten durchfurchen ihre Stirn. »Du solltest jetzt keine schwerwiegenden Entscheidungen treffen, du stehst noch unter Schock.«

Ich habe ihr noch nicht erzählt, was für Unsinn mir Sara Nordstrom aufgetischt hat und warum ich mich mit Corinne treffen möchte. Mein Blick wandert zu Coles Schuhen unter dem Beistelltisch im Gang. Er hat seine Schuhe immer dort liegen lassen und es hat mich immer genervt. Wohin ich auch sehe, wohin ich auch gehe ... alles erinnert mich an ihn. All die Male, die er seine Jacke ausgezogen, die Schlüssel in die Schale geworfen und mir gesagt hat, wie froh er ist, zu Hause zu sein ... jetzt, wo ich weiß, von wo er da meistens tatsächlich zurückgekommen ist und in welchen finanziellen Schwierigkeiten er uns möglicherweise zurückgelassen hat, wird mir bei dem Gedanken speiübel.

Ich öffne die Tür und sehe mich Corinne gegenüber, die mit ihrer schmal geschnittenen grauen Hose, den dezenten Absatzschuhen und der kurzen roten Jacke einen effizienten und besorgten Eindruck macht. Ich habe sie bisher immer nur in seriös korrekter Kleidung erlebt, sogar an ihren häufigen Golfwochenenden, an denen sie durchaus öfter mal Papiere für Cole hier abgeliefert hat. Ihr grau meliertes Haar hat sie zu einem Pferdeschwanz zusammengebunden und ihre grauen Augen sind unruhig zusammengekniffen.

»Ich möchte noch einmal sagen, wie leid mir das mit Cole tut«, sagt sie. »Ich kann nachfühlen, wie es Ihnen gerade geht. Ich habe vor einigen Jahren meine Schwester verloren und bezweifle, dass ich jemals darüber hinwegkommen werde.« Sie folgt mir bis in die Küche und ich ziehe die Tür hinter uns zu. »Wenn es sich irgendwie hätte vermeiden lassen, dass ich in dieser schlimmen Zeit herkomme, dann hätte ich mein Möglichstes dafür getan, aber ... nun, wo Sie mich kontaktiert haben, schien es mir unvermeidbar.« Wir lassen uns am Tisch nieder und sie setzt ihre Lesebrille auf, bevor sie einen Stapel Dokumente aus ihrer Aktentasche zieht. Auf einigen davon erkenne ich Coles Firmenlogo und seine Unterschrift.

Nachdem sie sich versichert hat, dass sie alles zur Hand hat, legt sie ihre Unterarme auf den Tisch und verschränkt ihre Finger ineinander. »Erzählen Sie mir, was passiert ist, Jennifer. Was genau hat diese Frau zu Ihnen gesagt?«

Dass sie offensichtlich ein Problem zu erwarten scheint, macht mich nervös, aber ich erkläre ihr, wie Sara Nordstrom unangekündigt hier aufgetaucht ist und was sie gesagt hat. »Aber das kann nicht stimmen, oder? Dass mein Haus und alles andere dieser Frau gehört?« Ich werfe Corinne einen flehenden Blick zu, aber als sie kein Lächeln, sondern einen ernsten Gesichtsausdruck aufsetzt, ist mir klar, dass es nicht gut ausgehen wird.

»Es tut mir so leid, Jennifer.« Sie schüttelt den Kopf, als könne sie es selbst kaum glauben. »Gemäß dem, was Sie mir erzählt haben, hat sie Ihnen die Wahrheit gesagt.«

»Aber ... das kann doch nicht sein! Ich meine, ich hatte mit Coles Finanzen doch nichts zu tun«, protestiere ich schwach, während Saras haarsträubende Behauptungen sich mit hämmernden Schmerzen in meinem Kopf breit machen. »Was auch immer er mit ihr ausgemacht hat, ging von ihm aus, nicht von mir. Ich habe das alles ihm überlassen.«

»Aber vor dem Gesetz sind Sie ein Verwaltungsmitglied dieses Unternehmens, ob Sie nun aktiv am Unternehmensalltag beteiligt waren oder nicht.«

»So haben wir es immer gehalten. Cole kümmert sich um das Unternehmen und ich mich um alles andere.«

Sie wirft mir über den Rand ihrer Brille hinweg einen Blick zu, wie eine strenge Lehrerin, die immer wieder erfolglos versucht, einem unaufmerksamen Schüler etwas Wichtiges beizubringen.

»Ich fürchte, Sie müssen sich klarmachen, dass Ihre Situation sich nun von Grund auf geändert hat, Jennifer. Ich würde meine Berufspflicht vernachlässigen, wenn ich Ihnen nicht klipp und klar vor Augen führe, wie die Dinge derzeit stehen.« Sie greift nach einem Blatt Papier mit langen Zahlenreihen und schiebt es mir zu. »Vor einem Jahr stand Cole kurz vor dem Bankrott. Wie viele andere Unternehmen hatte auch seines schrecklich unter der Rezession gelitten und, man kann es nicht anders sagen, er steckte bis über beide Ohren in Schulden. Er hatte keine neuen Verträge und da seine Bank drauf und dran war, mehrere Darlehen zurückzufordern, stand er kurz vor dem Aus.«

Ich starre die Zahlenreihen vor mir an, die für mich ehrlich gesagt wenig Sinn ergeben. Cole hatte nie erwähnt, wie schlimm es stand. Hin und wieder hatte er über die Auswirkungen der Rezession gemeckert, aber meine Fragen dazu abgewimmelt und darauf bestanden, dass sämtliche Probleme bereits gelöst waren. Aber *Bankrott*? »Ich hatte davon nicht die geringste Ahnung«, murmele ich, vom Schock wie gelähmt. Und die Trinkerei ... hatte Cole versucht, seine Probleme im Alkohol zu ertränken?

»Letztes Jahr hat er mir dann gesagt, er habe einen neuen Investoren gefunden und dass sich sein Glück gewandelt habe. Irgendjemand, der kein Verwaltungsmitglied im Unternehmen war, aber die Renovierung dieses Hauses finanziert hatte und zudem die Rückzahlung einiger Darlehen, die bereits im Verzug waren. Außerdem hat dieser Jemand eine große Geldsumme bereitgestellt, dank derer Cole eine private Geldentnahme aus den Vermögenswerten tätigen konnte. Bis gestern hat er seinen kompletten Lebensstil im Prinzip ausschließlich von dieser Privatentnahme finanziert.«

Die Party mit Zelt, die Designerklamotten, die Reise nach Disney World Florida, die er zu buchen vorhatte ...

Corinne fährt fort: »Dieser neue Investor hat darauf bestanden, alles legal einwandfrei und korrekt festzuhalten, weswegen dafür hieb- und stichfeste Finanzierungs- und Darlehensverträge aufgesetzt und unterzeichnet wurden. Ich nehme an, dass Sie zumindest über diesen Punkt im Bilde sind?«

Ratlos schaue ich zu ihr. »Nein. Ich hatte nicht die geringste Ahnung.«

Daraufhin schiebt Corinne mir mehrere Dokumente zu. Auf allen davon ist meine Unterschrift neben Coles zu sehen. »Das sind die Verträge, von denen ich spreche, Jennifer«, sagt sie sanft.

Mir schwirrt der Kopf. Ich mag mir das alles nicht ansehen. »Sie haben mir gesagt, Sie hätten nichts damit zu tun gehabt, aber Sie sind schon seit Jahren Coles Buchhalterin. Sie wissen über alles Bescheid!«

»Mit dieser Abmachung hatte ich nichts zu tun. Cole hat mir alle Dokumente gebracht, die Miss Nordstroms Anwalt und ihr Buchhalter vorbereitet hatten und ich habe ihm davon abgeraten, sich auf etwas einzulassen, was ihn finanziell gewissermaßen in den Schwitzkasten bringen würde.« Sie deutet auf die Papiere vor mir. »Allerdings haben Sie offensichtlich von dieser Abmachung gewusst, schließlich haben Sie sie unterzeichnet.«

Ich schiebe die Dokumente wieder zurück. »Cole hat mich oft darum gebeten, irgendwelche Dokumente zu unterschreiben, die mit der Unternehmensverwaltung zusammenhingen«, stammle ich. »Ich habe sie nie durchgelesen ... schon seit Jahren nicht mehr! Ich habe sie einfach unterschrieben. Ich ... ich habe ihm vertraut.« Ich verstumme, zutiefst beschämt über das, was ich damit nicht nur Corinne, sondern auch mir selbst eingestehe.

Ich bin nicht dumm. Und doch muss ich zugeben, dass ich meinem Mann in jederlei Hinsicht blind vertraut habe. Ich war mir seiner Treue uns gegenüber so sicher, dass es mir nie auch nur in den Sinn kam, er könnte mich wieder betrügen ... oder über unsere Finanzen lügen. Ich hatte ihm jeden letzten Pence, unsere gesamte Lebensgrundlage anvertraut.

Ich schaue durch das Fenster in den Garten hinaus. Das übergroße schwarze Partyzelt kauert unten auf dem Rasen wie ein Vorbote des Verderbens. Bei der Erinnerung daran, wie Cole entlang der Gartengrenze die Laternen inspiziert hat, wie Miller mich panisch zur Terrasse gerufen hat, zucke ich zusammen.

Irgendjemand muss die Firma anrufen, damit sie das Zelt wieder mitnehmen. Ich kann es nicht länger dort stehen sehen.

Ich verschränke meine Arme und starre auf die rätselhaften Dokumente hinab. Ich habe mich nicht genug gekümmert. Ich habe es versäumt, über selbst die grundlegendsten Details einen Überblick zu behalten. Auf den Dokumenten, die ich unterschrieben habe, habe ich nie auch nur ein einziges Wort, eine einzige Zahl genau angeschaut. Ich habe Cole nie nach seinen Reiseplänen gefragt oder danach, wo er unterwegs schlafen würde, wenn er mir sagte, dass er schon wieder auf Geschäftsreise gehen musste. Meine Kehle brennt. Ich war eine Idiotin. Eine leichtgläubige, naive Idiotin.

»Diese Dokumente bestätigen, dass Sie beide jeglichen gemeinsamen Besitz als Kreditsicherheit für den Kredit von Miss Nordstrom bereitgestellt haben, für den Fall, dass Sie in Verzug geraten sollten«, erklärt Corinne.

Es ist einfach zu viel, ich kann es nicht begreifen. Mein Gehirn kommt schon mit den simpelsten Erklärungen kaum klar. »Was bedeutet das im Klartext? Was wird nun aus uns?

Also, okay, ich weiß, dass es ein Fehler war, all das zu unterschreiben, aber ... wie kommen wir da wieder raus?«

Corinne senkt ihren Kopf und presst die Lippen zusammen. »Jennifer, ich kann gar nicht genug betonen, wie ernst die Lage ist. Auf der Besitzurkunde dieses Hauses steht Sara Nordstroms Name. Das Geld auf Ihrem Gemeinschaftskonto gehört im Prinzip ebenfalls ihr und genauso steht es mit einigen anderen Vermögensgegenständen.«

»Die neuen Autos zum Beispiel«, entgegne ich schwach, als mir Saras Worte wieder einfallen.

»Als Teil der Kreditvereinbarung haben Sie beide unterschrieben, dass im Falle von Coles Tod alle darin aufgeführten Vermögensgegenstände sofort auf sie übergehen, um die Kreditschuld zu begleichen.«

»Er hatte eine Affäre mit ihr!«, platzt es aus mir heraus, als eine Sintflut der Gefühle mich überwältigt. »Sie hat ein Kind von ihm, wussten Sie das? Sie hat gesagt, er hätte vorgehabt, mit ihnen beiden hier einzuziehen. Eine Lüge! Ich weiß, dass das nicht stimmen kann.« Tränen strömen ungehemmt meine aufgequollenen Wangen hinab.

Corinne schüttelt traurig den Kopf. »Das tut mir so leid, Jennifer. Ich versichere Ihnen, dass mir das Ausmaß der Beziehung zwischen Cole und Miss Nordstrom nicht bewusst war; ich bin ihr nie begegnet. Doch ich muss zugeben, dass ich aufgrund dieser höchst ungewöhnlichen finanziellen Vereinbarung schon vermutet habe, dass ein bisschen mehr dahintersteckte.«

»Also, was kann ich denn nun tun?«, heule ich und wische mir mit dem Handrücken über das Gesicht. »Es muss doch eine Möglichkeit geben, das wieder richtigzustellen. Irgendein juristisches Schlupfloch, das uns hilft. Ich kann mich nicht mit dieser Frau befassen. Ich möchte, dass sie und ihr Baby so weit von mir und meinen Kindern fortbleiben wie möglich. Sie müssen die Kommunikation mit ihr übernehmen.«

Corinne zieht einen Mundwinkel hoch. »Leider hat sie jedes Recht, eine Zwangsräumung für Sie und Ihre Familie anzuordnen, wenn sie möchte. Wenn ihr danach ist, kann sie außerdem per Gerichtsbeschluss eine Vermögenssperre Ihrer gemeinsamen Bankkonten und Vermögenswerte anordnen, die erst im Falle einer vollständigen Rückzahlung des Kredits wieder aufgehoben wird.« Sie zögert. »Ich muss Ihnen eine Frage stellen, auch wenn ich die Antwort zu wissen glaube: Sind Sie persönlich in der Lage, diese Kreditschuld zu begleichen?«

Ich stoße ein bitteres Lachen aus. »All unser Besitz war an Cole gebunden. Er hat mir jeden Monat ein bisschen Geld auf mein Privatkonto überwiesen, aber er hat alle finanziellen Entscheidungen getroffen und alles verwaltet.«

»Wie sind Sie nach Miss Nordstroms Besuch mit ihr verblieben?«

Ich zucke mit den Schultern. »Um sie loszuwerden, habe ich ihr gesagt, dass ich bereit bin, morgen noch mal mit ihr zu sprechen. Inzwischen habe ich beschlossen, dass ich das nicht tun werde. Sämtliche Vereinbarungen, die er getroffen hat, werden für null und nichtig erklärt werden – da stimmen Sie mir doch sicherlich zu?«

»Jennifer, mein Rat an Sie ist simpel. Überstürzen Sie nichts.« Corinne schiebt die Dokumente vor sich zu einem sauberen Stapel zusammen, bevor sie sich endlich wieder meinem Blick stellt. »Diese Vereinbarungen scheinen hieb- und stichfest zu sein. Falls Sie nicht bereit sind, mit Sack und Pack aus diesem Haus zu ziehen, sollten Sie mit Sara Nordstrom sprechen und gemeinsam mit ihr eine Abmachung treffen. Versuchen Sie, sich mit ihr gut zu stellen, zumindest für den Moment, um uns etwas mehr Zeit zu verschaffen.«

»Was? Wollen Sie ernsthaft sagen, dass …«

Sie hält eine Hand in die Höhe. »Ich für meinen Teil werde die Vereinbarungen hinsichtlich Coles Tod erneut untersuchen und herausfinden, ob irgendwelche juristischen Schlupflöcher existieren, die wir eventuell ausnutzen könnten.« Sie legt ihren Kopf zur Seite, als ich den Mund öffne, um zu protestieren. »Ich kann mir kaum vorstellen, wie schrecklich es sein muss, sich in einer solchen Situation wiederzufinden, wo Sie doch gerade versuchen, den plötzlichen und tragischen Tod Ihres Mannes zu verarbeiten. Und natürlich bin ich hier, um Sie zu unterstützen, Jennifer. Doch wenn Sie verhindern wollen, dass Sie und Ihre Kinder auf der Straße landen, sehe ich kaum eine andere Möglichkeit, als Sara Nordstrom anzuhören.«

ZWÖLF

Nachdem Corinne sich verabschiedet hat, führt Mum sie hinaus und ich lasse meinen Kopf am Küchentisch in meine Hände sinken.

»Jennifer?« Mum nähert sich vorsichtig, als sie wieder reinkommt, und berührt mich am Arm. »So schlimm kann es doch nicht sein. Was hat sie gesagt? Und was hat diese Sara gesagt?«

Ein paar Sekunden lang lasse ich meinen Kopf einfach schwer in meinen Händen ruhen. Dann blicke ich auf, in Mums vor Sorgen verzerrtes Gesicht.

»Mum, ehrlich gesagt weiß ich gar nicht, wo ich anfangen soll. Das hier ist schlimmer, als ich es mir je hätte ausmalen können.«

»Na, komm schon.« Jetzt hat Mum ihren Tee-und-Mitgefühl-Modus aktiviert. »Sylvie schaut Cartoons, also kann ich uns was Heißes zu trinken machen und dann erzählst du mir alles. Geteiltes Leid ist halbes Leid.«

Ich lache traurig, aber sie lässt sich nicht aufhalten.

»Wir können es doch zumindest versuchen, meinst du nicht? Wird Zeit, dass du dir alles von der Seele redest.«

Nachdem sie unseren Tee und eine neue Packung Taschentücher gebracht hat, erzähle ich es ihr. Ich erzähle ihr alles.

»Dieses Baby ist *Coles Sohn?*« Ihre Augen weiten sich. »Wusste sie, dass er Frau und Familie hat, als sie mit ihm angebändelt hat?«

»Anscheinend nicht«, erwidere ich sarkastisch. »Aber sie könnte mir auch sonst was erzählen. Ihn kann ich ja nicht mehr fragen.« Tränen brennen in meinen Augen.

»Okay, also laut ihrer Aussage dachte sie, sie wäre die einzige Frau in seinem Leben? Wo dachte sie denn, wo er die ganze Zeit gewohnt hat, die er nicht bei ihr war?«

»Sie hat gesagt, sie hätten das letzte Jahr als Paar zusammengelebt und …«

»Unsinn! Cole hat hier gelebt; man kann doch nicht an zwei verschiedenen Orten leben, ohne dass es jemand merkt!«

Ich sehe zu ihr. »Mum, wie oft war Colc außcr Haus, angeblich beruflich bedingt? Manchmal war er fast die ganze Woche fort.« Sie verstummt. Ihr ist genauso klar wie mir, dass es mehr als möglich gewesen wäre, dass er eine zweite Beziehung geführt hatte, unter dem Vorwand, arbeiten zu müssen. Vor allem, wo ich so naiv war und es ihm alles so leicht gemacht hatte. »Er hatte mehr als genug Zeit, denn obwohl ich davon nichts wusste, hat er in Wahrheit überhaupt nicht gearbeitet. Laut Corinne *gab* es für sein Unternehmen gar keine Arbeit. Vor einem Jahr standen wir kurz vor dem Bankrott. Ist das nicht unfassbar? Ich hatte keinen blassen Schimmer.«

Mum runzelt die Stirn und ich kann förmlich sehen, wie sich die Rädchen in ihrem Kopf drehen, als sie verzweifelt versucht, das alles zu begreifen. »Aber, schau doch, dieses Haus und alles hier … wenn Cole kein Geld und keine Arbeit hatte, wie konntet ihr es euch denn dann leisten, so zu leben?«

Und schon muss ich zum nächsten emotionalen Schlag ausholen. »Ihretwegen. Anscheinend gehört alles, was wir unser Eigen nennen, Sara Nordstrom.« Ich deute mit der Hand in der Küche herum. »Dieses Haus gehört ihr, die neuen Autos ... alles, was wir haben, gehört ihr oder wurde von Geld gekauft, das sie Cole geliehen hat. Gehört dieser Frau, von deren Existenz ich bis heute noch nicht einmal wusste.«

Nun ist es Mum, die ihren Kopf in die Hände sinken lässt. »Das kann doch einfach nicht stimmen!«

»Das habe ich auch gedacht, aber Corinne hat es mir gerade bestätigt. Sara muss wohl ein stattliches Vermögen besitzen. Und aus irgendeinem unerfindlichen Grund hat sie beschlossen, einen guten Teil davon an Cole zu verleihen. Und nicht einfach so unter Freunden, nein, sie haben eine richtige Kreditvereinbarung aufgesetzt, sie hat das alles legal abgesichert.«

»Aber ... kann da nicht jemandem ein Fehler unterlaufen sein? Vielleicht übertreibt Sara, zumindest teilweise ... ich meine ... euer Haus?«

Ich schüttle den Kopf. »Corinne hat mir alles bestätigt und dabei hat sie sich nicht zurückgehalten. Deswegen weiß ich, dass Sara mir die Wahrheit gesagt hat, zumindest, was das Finanzielle angeht.«

»Allerdings kann es sein, dass sie wegen dem Baby gelogen hat«, entgegnet Mum. Dann fällt ihr offensichtlich das mit Coles früherer Affäre wieder ein und sie fügt hinzu: »Auch wenn es wohl nicht völlig undenkbar ist, dass er Coles Sohn sein könnte.«

Ich werfe meine Hände hoch. »Hast du dir das Baby angeschaut? Es sieht doch eins zu eins aus wie Miller in dem Alter, und auch Cole sieht es ähnlich. Seine Haare, dieses kleine Grübchen am Kinn ...«

Mum schaut zu Boden. Offensichtlich ist ihr die Ähnlichkeit auch nicht entgangen.

»Jedenfalls reicht ein simpler DNA-Test, um dort die Wahrheit herauszufinden. In der Zwischenzeit hat Sara laut Corinne jedes Recht, uns aus dem Haus zu schmeißen und auf die Straße zu setzen. Und als ob das noch nicht genug wäre, gehört auch noch alles Geld auf unseren Bankkonten ihr. Jeder einzelne Pence.«

»*Was*? Wie kann das denn möglich sein?«

Ich schüttle den Kopf, die Augen tränenfeucht. »Ich bringe es kaum über mich, darüber zu sprechen. Sie hat uns komplett in die Ecke getrieben und das Schlimmste daran ist ... ich habe das alles unterschrieben, alle Vereinbarungen, wie eine Vollidiotin. Ich hatte keine Ahnung, was dort stand, ich habe Cole voll vertraut. Über die Jahre gab es vom Unternehmen her viele Dokumente für mich zu unterschreiben und ich habe das immer fraglos getan. Im Prinzip habe ich meine Zustimmung gegeben, dass sie meinen Kindern jetzt ihr Zuhause wegnehmen darf.«

»Wenn es nötig ist, kannst du mit den Kindern zu mir kommen. Auf der Straße landet ihr auf keinen Fall, mach dich also deswegen nicht verrückt.«

»Mum, du wohnst in einer Einzimmerwohnung.« Vor drei Jahren ist Mum aus ihrer Sozialwohnung in eine betreute Wohnanlage für über Sechzigjährige gezogen, in Netherfield, einem etwa zwölf Minuten Autofahrt entfernten Ort.

»Aber für ein, zwei Tage reicht das doch, bis du wieder auf den Beinen bist?«

Gerade dachte ich noch, Mum hätte die Misslichkeit meiner Lage verstanden, aber jetzt beweist sie mir, dass sie überhaupt nicht begriffen hat, was ich ihr hier gerade erzähle. In *ein oder zwei Tagen* komme ich nicht wieder auf die Beine. Wir haben keinen roten Heller, stehen kurz vor der Obdachlosigkeit und stecken bis über beide Ohren in Schulden, die ich niemals zurückzahlen kann, wenn ich nicht freiwillig Insolvenz beantrage. Und das würde bedeuten, dass ich niemals in der Lage wäre, eine Hypothek zu beantragen, wahrscheinlich würden sie mich nicht mal als Mieterin für eine neue Wohnung annehmen. Und damit noch nicht genug. Selbst wenn ich die Schulden irgendwie loswerde, habe ich immer noch keinen Job und keine Möglichkeit, mir über Nacht ein vernünftiges Einkommen zu sichern, um uns ein gutes neues Zuhause zu besorgen. Bilder von uns dreien in einem Hostel überfallen mich und ich gebe ein leises Wehklagen von mir.

»Du musst kämpfen, Jennifer.« Mum hat meine Hoffnungslosigkeit erkannt. »Du darfst nicht einfach nachgeben. Hat sie denn tatsächlich gesagt, dass sie euch aus dem Haus werfen will?«

»Das nicht direkt, aber ...«

Mum seufzt erleichtert auf. »Na also! Dann ist es ja nicht so schlimm, wie du anfangs dachtest!«

Ich weiß nicht, ob ich lachen oder weinen soll. Da ist eine Frau, die eine Affäre mit meinem Mann hatte, was weiß ich, wie lang, und sie hat seit zwölf Monaten mit ihm zusammengelebt, einen Sohn von ihm bekommen und außerdem vor einem Jahr eine hieb- und stichfeste, legal einwandfreie Vereinbarung aufgesetzt, laut derer ihr nicht nur Cole mit Haut und Haar gehört, sondern auch ich und meine Kinder. Ich weiß nicht, wie viel schlimmer es noch sein könnte.

Ich schiebe meinen Stuhl zurück und stehe auf. »Ich geh nach oben, ich muss mich hinlegen«, sage ich.

»Einen Moment noch, Jennifer. Hör zu. Was hast du vor? Wenn du nicht vorsichtig bist, könntest du dich in eine noch schlimmere Situation bringen. Ich weiß, das ist schwer vorstellbar, aber das Dach über dem Kopf zu verlieren, rückt die Dinge ganz schnell in Perspektive.« Mum wartet, bis ich ihr in die Augen sehe. »Was hat Corinne dir geraten?«

»Sie hat gesagt, wenn ich nicht auf der Straße landen will, soll ich versuchen, mit Sara einen Kompromiss zu finden.« Allein der Gedanke, von dieser Ehebrecherin abhängig zu sein, dreht mir schon den Magen um. Panik steigt in mir auf. »Ich kann nicht noch mal mit ihr reden, Mum, das kann ich einfach nicht! Ich kenne sie nicht und die Kinder wissen gar nicht, dass sie einen Halbbruder haben. Das ist doch krank. Ich kann nicht zulassen, dass sie sich in unser Leben einschleicht. Das kann ich ihnen nicht antun.«

Mums Stimme klingt sanft. »Weißt du, man könnte es auch so sehen, dass Cole euch beide betrogen hat. Wenn das alles stimmt, dann hat er euch doch beide hintergangen, oder nicht? Vielleicht geht es ihr genauso dreckig wie dir.«

»Aber mit einem großen Unterschied«, sage ich bitter. »Sie ist in der stärkeren Position. Sie hält finanziell alle Karten in der Hand und deswegen kann sie sich frei entscheiden. Es klingt so, als könne sie uns ohne Weiteres auf die Straße setzen. Sie muss nicht mit mir reden, muss keinen Kompromiss mit mir finden. Und deswegen frage ich mich, wieso. Was hat sie denn davon?«

»Das kannst du wohl nur herausfinden, indem du mit ihr redest, Jennifer. Wie seid ihr denn verblieben ... als sie vorhin gegangen ist?«

»Sie kommt morgen Früh wieder. Aber den Gedanken kann ich kaum ertragen.« Ich stecke die Hand in die Tasche meiner Yogahose und ziehe eine kleine pinkweiße Visitenkarte heraus, die ich über den Tisch schiebe. »Sie hat mir ihre Kontaktdaten dagelassen. Vielleicht sollte ich unser Treffen absagen, bis ich wieder klar denken kann.«

Mum greift nach der Visitenkarte und mustert sie. Sie dreht sie um, aber auf der Rückseite steht nichts. Ich habe nichts außer ihrem Namen und ihrer Handynummer. Mehr weiß ich nicht über sie. Ich starre kurz in den Garten hinaus. Sylvies Puppenkinderwagen liegt einsam auf dem Rasen. Ihr Fahrrad mit den Stützrädern liegt auf der Terrasse, wo Miller seinen Vater stolpern und stürzen gesehen hat.

»Ich gebe dir meinen Rat, dann kannst du damit machen, was du willst«, sagt Mum. »Ich finde, du solltest Sara kommen lassen und dir anhören, was sie zu sagen hat. Ich nehme die Kinder mit zu Ellen, damit du unter vier Augen mit ihr sprechen kannst.«

»Und was soll ich sagen? ›Ich tue alles, was Sie wollen, nur bitte setzen Sie uns nicht auf die Straße‹? Nie im Leben.«

»Mit dieser Einstellung ist niemandem geholfen, Jennifer, dir selbst am allerwenigsten«, ermahnt Mum mich streng. »Ich meine ja nur, dass ihr beide dringend miteinander sprechen müsst. Hier steht das Wohl von drei Kindern auf dem Spiel und das muss für euch beide an erster Stelle stehen. Zumindest musst du herausfinden, was genau sie denkt. Hoffentlich ist es nicht so schlimm, wie du es dir ausmalst.« Mum zögert, dann fügt sie hinzu: »Vielleicht ist sie im Grunde ihres Herzens kein schlechter Mensch, wer weiß.«

Vielleicht hat Mum recht, vielleicht wird ein Wunder geschehen und ein weiteres Gespräch mit Sara Nordstrom ist gar nicht so schlimm, wie es klingt. Nur leider werde ich das schreckliche Gefühl nicht los, dass es in Wahrheit hundertmal schlimmer sein wird.

Mum gibt mir einen Kuss auf die Wange. Sie geht zum Türrahmen und dreht sich dann noch mal zu mir um.

»Und vergiss in alldem eines nicht. *Du* bist Coles rechtmäßig angetraute Ehefrau und sie nur seine Freundin. Das muss vor dem Gesetz doch etwas gelten.«

DREIZEHN

COLE

Vor fünfzehn Monaten

Als Cole seinen Blick durch den Eventsaal des Hotels schweifen ließ, wurde ihm das Herz schwer. Er war stolz auf Fincham Developments, das Bauunternehmen, das er von Grund auf aufgebaut hatte. Aber das hier war ihm eine Nummer zu groß, mit all diesen Leuten mit ihren aufgeblasenen Egos zu reden. Das Problem war, dass die meisten davon außerdem dicke Geldbeutel hatten und in dieser Branche war ein Unternehmen nur so stark wie die Bauverträge, die es derzeit in der Tasche hatte.

Cole wusste, dass er sich glücklich schätzen konnte. Wenn es eines gab, das ihm immer leichtgefallen war, dann war es, anderen etwas vorzuspielen. Ihnen zu geben, was sie wollten. Er konnte hervorragend bluffen und das in fast jeder Situation. Er konnte ein Gespräch mit jeder beliebigen Person beginnen und sich bei jedem einschmeicheln – von den Handwerkern auf der Baustelle bis hin zum CEO einer millionenschweren Bauinvestitionsfirma. Und dabei schaffte er es stets, respektvoll und doch entspannt und offen zu wirken.

Cole war extrem gut darin, seine wahren Gedanken zu verbergen. Er dachte bei sich, dass dies wahrscheinlich der einzige Vorteil daran war, mit einem kritischen Vater aufgewachsen zu sein, der ihn schon in jungen Jahren als Versager abgestempelt hatte. Dadurch hatte Cole gelernt, bei jeder Kritik mit den Schultern zu zucken und lächelnd davonzugehen, während er im Inneren noch ein bisschen mehr in sich zusammenfiel.

Er ging zur Bar, um sich eine kostenlose Limonade in einem Gin-Glas zu holen. Um ihn herum hielten Leute Gläser voll Wein, Whisky und sogar Champagner. Ihm fiel ein großer, kräftig gebauter Mann auf, der in einer Ecke Hof hielt. Die Leute in seiner Nähe sogen jedes Wort auf, das er von sich gab, und lachten an den richtigen Stellen als einstimmiger Chor.

Cameron Beesley. Ihm gehörte eine der erfolgreichsten Immobiliengesellschaften der Midlands. Cole hatte ein Auge auf ihn geworfen, kaum dass er den Raum betreten hatte, aber er hatte sich bald eingestehen müssen, dass er keine wirkliche Chance hatte, auch nur annähernd nahe genug an ihn heranzukommen, um mit ihm zu sprechen.

Als Cole sein Getränk vom Barkeeper entgegennahm, stieß jemand im Vorübergehen gegen seinen Arm, wodurch das Glas kräftig überschwappte. Cole schnalzte mit der Zunge und zog ein Taschentuch hervor, um die Flecken auf seiner olivgrünen Cordjacke abzutupfen.

»Das tut mir wirklich leid! Ich bin so ein Tollpatsch. Bitte, verzeihen Sie mir.«

Eine zutiefst beschämte Frau stand vor ihm. Sie war deutlich jünger als er und er hatte sie schon bei ein paar früheren Events bemerkt. Aber geredet hatte er noch nie mit ihr. »Kann ich Ihnen damit helfen? Es tut mir wirklich schrecklich leid.«

»Ist nicht schlimm«, sagte Cole und stopfte das Taschentuch zurück in seine Hosentasche. Er hob sein Glas in die

Höhe. »Ich verrate Ihnen was: Das ist nur Limonade. Wird keine Flecken hinterlassen.«

Sie lachte und Cole kam nicht umhin zu bemerken, wie anmutig ihr langer Nacken war, wie strahlend blau ihre Augen und wie glatt ihre glänzende Haut. Ja, keine Frage, aus der Nähe war diese Frau sogar noch umwerfender. Er hatte schon einige dieser Networking-Events besucht und festgestellt, dass man dort immer dieselben Gesichter sah. Aber *ihr* Gesicht war ihm definitiv in Erinnerung geblieben.

»Mein Name ist Cole Fincham«, sagte er und streckte ihr seine Hand hin. »Ich glaube, ich habe Sie hier schon mal gesehen.«

»Sara Nordstrom. Ich habe bei der Organisation der letzten paar Networking-Events geholfen.«

Sie fingen ein Gespräch an. Cole gab ihr einen kurzen Überblick über sein Unternehmen und Sara erzählte ihm, dass sie über eine Agentur ein bisschen PR-Arbeit machte, was sie nun zum Eventmanagement geführt hatte.

»Also besuchen Sie oft solche Events?«, fragte sie und nahm einen Schluck Sekt.

Er nickte. »Leider ein notwendiges Übel. Hier kriege ich Wind von den neuesten Ausschreibungen, die anstehen. Und trotz all des belanglosen Small Talks ist es doch eine gute Möglichkeit, neue Kontakte zu knüpfen und eventuell auch geschäftlich neue Chancen aufzutun.«

»Beschreibt das auch unser Gespräch hier gerade?«, fragte sie frech und lehnte sich kaum spürbar an ihn. »Belangloser Small Talk?«

»Nein, ich wollte nicht …«

Sie lachte. »Ich ziehe Sie doch nur auf. Hat irgendwer Bestimmtes Ihr Interesse geweckt?«

Cole zuckte mit den Schultern und blickte verstohlen zu der Gruppe in der Ecke drüben.

»Aah, Mr Beesley.« Sie grinste. »Der steht auf jedermanns Wunschliste.«

»Kennen Sie ihn?«

Sie nickte. »Ich habe ihn durch die Agentur kennengelernt, für die ich arbeite. Eine meiner ersten Aufgaben bestand darin, mich mit ihm zu treffen und ihn von unserer vorgeschlagenen PR-Kampagne für den neuen Luxuswohnkomplex zu überzeugen, der bei ihm gerade in Entwicklung steht.«

Cole verschluckte sich fast an seiner Limonade. »Genau an dem Projekt wäre ich brennend interessiert«, sagte er erstaunt. »Aber bei dem Hofstaat, den er um sich versammelt hat, habe ich nicht die geringste Chance, an ihn ranzukommen.«

Sara nickte und sah mit ihren kristallklaren Augen zu Cole auf. »Er ist immer äußerst beliebt. Ich für meinen Teil ziehe es aber vor, mich mit interessanteren und attraktiveren Menschen zu unterhalten.«

Cole spürte, wie ihm das Blut in die Wangen schoss. So hatte er sich schon seit Jahren nicht mehr im Gespräch mit einer Frau gefühlt … wie ein Teenager. Etwas unbeholfen und verzweifelt darauf bedacht, zu gefallen. Jennifers missbilligendes Gesicht schoss ihm durch den Kopf. Er war fast erleichtert, als sie sagte: »Ich muss schnell mit jemandem sprechen. Nur ein paar Minuten … gehen Sie nicht fort!«

Sara drehte sich um und stellte ihr Glas ein paar Schritte entfernt auf einen leeren Tisch. Coles Augen schienen ein Eigenleben entwickelt zu haben und sein Blick wanderte ihren Körper hinab. Ihr schickes, marineblaues Etuikleid betonte ihre perfekte Figur. Schmale Schultern, schlanke Taille, glatte braune Beine, die Waden herrlich definiert durch die hohen Absätze. In Gedanken hörte er Jennifers Stimme: »Für kein Geld der Welt kriegt man mich heute noch in so hohe Schuhe.« Er lächelte und dachte daran, wie gern auch Jennifer als Zwanzigjährige High Heels getragen hatte.

Coles Blick verharrte auf Sara, bis sie in der Menschenmenge verschwand. Eigentlich lustig, wie aufgeregt er nach seiner Begegnung mit dieser schönen jungen Frau war. Er als Familienmann, der auf die vierzig zuging ... sie musste mindestens zwölf oder dreizehn Jahre jünger sein als er. Er war das Flirten nicht mehr gewöhnt – und das war gut so. Vor Jahren hatte er einen schrecklichen Fehler begangen, aber er hatte geschworen, dass er von nun an treu bleiben würde, und er war fest entschlossen, diesen Schwur einzuhalten. Im Unternehmen drohten schwarze Sturmwolken am Horizont und er war hier, um sich einen schönen großen Vertrag zu sichern und diese Wolken zu verwehen.

Auf Komplikationen in Form einer jungen Frau, die gute zehn Jahre jünger war als er, konnte er wirklich sehr gut verzichten. Und doch ... oh, er hatte vergessen, wie es sich anfühlte, sich so unmittelbar, so stark zu jemandem hingezogen zu fühlen. Wie lang er das schon nicht mehr erlebt hatte! Und so unglaublich es auch schien, er konnte spüren, dass es Sara ebenso ging. Das war eine Frage der Chemie, das ließ sich nicht vortäuschen. Dann ging ihm auf, dass Sara einen Freund haben könnte, vielleicht war das der Grund, warum sie sich dieser potentiell gefährlichen Situation entzogen hatte. Zweifellos eine vernünftige Entscheidung.

Cole beschloss, dass er sein Glas austrinken und innerhalb der nächsten fünf Minuten von hier verschwinden würde. Miss Nordstrom hatte ihn auf dem falschen Fuß erwischt und nun fühlte er sich unbehaglich. In Momenten wie diesem blieb einem manchmal nichts anderes übrig, als sich zurückzuziehen ... vor der *Versuchung* zu fliehen, die hier zu spüren war.

Cole leerte sein Limonadenglas und klopfte dann seine Taschen ab. Nachdem er sich so vergewissert hatte, dass Schlüssel und Handy noch an Ort und Stelle waren, machte er sich auf den Weg zum Ausgang am anderen Ende des Raumes, wobei er die Hand hob und zum Abschied nickte, wann immer er jemanden erkannte. Er hatte es etwa bis zur Mitte des Saals geschafft, als er jemanden seinen Namen rufen hörte. Sein Blick fiel auf Sara, die in der Ecke stand und ihn herbeiwinkte.

Neben ihr hatte Cameron Beesley sich von seinen begeisterten Fans abgewandt, um Cole ein breites Lächeln zuzuwerfen und ihn mit einem Zucken seines Kopfes zu sich einzuladen.

Da wurde Cole klar, dass er in den exklusiven Kreis dort drüben aufgenommen worden war.

Später saßen Cole, Sara und Cameron Beesley um einen runden Tisch herum in einem privaten Club im Lace Market, der angesagtesten Gegend der Stadt. Sie hatten das Networking-Event mit den allerletzten Nachzüglern verlassen und als Cole versucht hatte, Camerons Hand zu schütteln, um ihm für die Einladung zu danken, ihn am folgenden Tag im Büro zu besuchen, hatte Cameron, dieser riesige, gesellige Mann mit den roten Wangen, seine Hand abgewehrt.

»Nein, mein Guter, für den Abschied ist es noch zu früh! Wir fangen doch gerade erst an, der Nachmittag war nur zum Aufwärmen. Ich bestehe darauf, dass diese strahlende Schönheit und Sie mir und meinen Leuten beim Abendessen in meinem privaten Club Gesellschaft leisten. Drinks gibt's natürlich dazu!«

Cole war ins Bad entwischt und hatte Jennifer eine SMS geschrieben.

Bin einem ganz großen Ding auf der Spur, könnte heute später werden.

Sobald ihm zwei Häkchen bestätigten, dass die Nachricht

gesendet worden war, schaltete Cole sein Handy aus und ging zu den anderen zurück. Sein Kopf drehte sich vor Euphorie, dass er sich am nächsten Tag ein Treffen mit Cameron hatte sichern können, um über das Bauvorhaben für seinen neuen Luxuswohnkomplex zu sprechen. Gut, und der Alkohol war auch nicht unschuldig. Cole hatte den Überblick darüber verloren, wie oft sein Weinglas im Laufe des Nachmittags aufgefüllt worden war. Cameron hatte darauf bestanden, dass Cole ihm dabei half, eine Flasche nach der anderen des sündhaft teuren Pouilly-Fumé zu trinken, den dieser für die Gruppe bestellt hatte. Er spürte bis tief in die Knochen, dass er es für heute genug sein lassen sollte.

»Ich würde gerne mitkommen, Cameron, wirklich sehr gerne«, setzte Cole an. »Aber ich muss unbedingt zurück zu ...«

»Unsinn! Kein Wort mehr darüber. Ich lade Sie ein und deswegen müssen Sie mitkommen. Sie wollen doch nicht, dass ich Sie für unhöflich halte? Keine Ausreden! Sagen Sie's ihm, Schätzchen.« Cole warf Sara einen anzüglichen Blick zu und presste sein rot glänzendes Gesicht an ihres.

»Cameron hat recht!«, bekräftigte sie fröhlich und lehnte sich dabei diskret ein wenig von ihm fort. Sobald Cameron sich umdrehte, um beim Kellner die Rechnung zu begleichen, sah Cole, wie das Lächeln von Saras Gesicht glitt, dann verdrehte sie ihm zugewandt die Augen. Er nickte, hatte sie sofort verstanden.

Sie hielt es genauso wie er, sagte und tat die richtigen Dinge, um den richtigen Eindruck zu hinterlassen.

Nach einem ausgedehnten Abendessen und weiteren Drinks in Camerons privatem Club fand Cole sich in einem Taxi neben Sara wieder. Sie kicherte, weil sein Kopf immer wieder auf ihre Schulter sackte, obwohl er sich Mühe gab, aufrecht zu sitzen.

Als er die Augen das nächste Mal öffnete, war das Auto

stehen geblieben und Sara schüttelte ihn sanft. »Aufgewacht ... Zeit zum Aussteigen.« Sie grinste, als Cole ihr verschlafen zublinzelte, während er vergeblich versuchte, aus seiner Umgebung schlau zu werden.

»Wo ... ich muss ...«

Sie half ihm beim Aussteigen und als ihn die frische Außenluft traf, gaben seine Knie etwas nach.

Er sah zu dem modernen Wohnkomplex aus Glas und Stahl, der vor ihm aufragte.

»Wo sind wir?«, flüsterte er. Die Welt drehte sich um ihn.

»Ich hab dich mit nach Hause genommen, wie einen kleinen streunenden Hund«, sagte sie leise. Er spürte ihren warmen Atem auf seiner Wange. »Nur, bis du dich ein bisschen ausnüchtern konntest.«

»Ich kann nicht, also, ich ... ich habe viel zu tun und ich muss mich vorbereiten auf ...« Er wusste nicht mehr genau, worauf, aber er wusste noch, dass es wichtig war.

Ihr Gesicht fiel in sich zusammen und ihre vollen Lippen teilten sich. Sie lehnte sich nah genug heran, dass Cole ihren Vanilleduft wahrnehmen konnte. Seine Reaktion auf ihren Duft war rein vom Instinkt geleitet. Obwohl sein Kopf wie vernebelt war und er versuchte, ihr zu widerstehen, spürte er die Anspannung ... die Gefahr, die seinen Körper pulsieren ließ. Er sah die roten Bremslichter des Taxis am Ende der Straße aufleuchten, dann bog der Fahrer ab und verschwand außer Sichtweite.

Nun war es still. »Wie viel Uhr ist es?«, fragte er, als er aus der Anzeige seiner Armbanduhr nicht schlau werden konnte.

»Komm einfach auf eine Tasse Kaffee mit hoch«, sagte Sara und hakte sich bei ihm unter. »Sobald du ein bisschen nüchterner bist, rufe ich dir ein Taxi, das dich nach Hause bringt ... okay?«

Cole nickte. Das klang vernünftig. Er ließ sich von ihr zum hell erleuchteten Eingangsbereich des eleganten

Gebäudes führen, wo ein Portier schon bereitstand, um sie einzulassen.

Er würde seinen Kaffee trinken, sich bei Sara bedanken, dass sie ihn Cameron vorgestellt hatte, und dann würde er mit dem Taxi nach Hause fahren.

In seinem jetzigen Zustand konnte er Jennifer ja sowieso schlecht vor die Augen treten.

VIERZEHN

POLIZEIREVIER NOTTINGHAMSHIRE

Montag

Detective Inspector Helena Price ist gerade drauf und dran, die Rufumleitung für ihr Festnetztelefon einzuschalten, als ein eingehender Anruf sie davon abhält. Sie schiebt die Notizen aus ihrem morgendlichen Meeting mit Superintendent Della Grey beiseite und greift nach dem Hörer.

»Guten Morgen, Ma'am«, sagt die Stimme am anderen Ende der Leitung. »Hier spricht Sandy Singh vom Collision Investigation Unit. Hätten Sie kurz einen Moment Zeit?«

Das Collision Investigation Unit, kurz CIU, ist auf die Verkehrsunfalluntersuchung spezialisiert und besteht aus speziell ausgebildeten Unfallexperten, die die Verkehrspolizei unterstützen. Dieser Anruf bedeutet wahrscheinlich, dass in der Gegend ein tödlicher Verkehrsunfall geschehen ist.

»Schießen Sie los«, sagt Price und nimmt einen Schluck Wasser aus ihrer Thermosflasche.

»Vor zwei Tagen gab es einen tödlichen Autounfall auf der A453, der zweispurigen Schnellstraße zwischen der Autobahn M1 und Nottingham. Ein Range Rover ist von der Straße abgekommen und hat sich überschlagen, der Fahrer ist noch am Unfallort verstorben. Wir schicken Ihnen im Laufe des Tages noch den vollständigen Bericht, aber mein Chef wollte, dass ich Sie schon mal vorwarne, dass er unterwegs ist.«

Helena war mit dieser vielbefahrenen, schnellen Straße gut vertraut. Sie war oft Teil ihres Arbeitswegs und außerdem nahm sie oft von dort die Auffahrt zur Autobahn, wenn sie von ihrem Zuhause in Ruddington aus zu ihrem verwitweten Vater fuhr, der in Kirkby-in-Ashfield lebte, einem Ort in Nähe von Ausfahrt 27 der M1.

»Außer dem Range Rover war kein anderes Fahrzeug beteiligt?«

»Genau. Wie immer haben wir das Fahrzeug geborgen und lassen es jetzt auf mechanische Defekte untersuchen oder sonstige Hinweise darauf, was passiert sein könnte. Die Ermittlungen sind hier also noch nicht vollständig abgeschlossen. Allerdings beschäftigt uns im Moment eher das Autopsieergebnis des Fahrers, Cole Fincham. Das ist gerade bei uns eingegangen und irgendetwas stimmt da nicht ganz. Ich bin gerade dabei, Ihnen alles per E-Mail zu schicken, DI Price, wenn Sie sich das also anschauen und mich dann bei Fragen wieder anrufen möchten, helfe ich Ihnen gerne weiter, soweit ich kann.«

Nachdem sie das Gespräch beendet hat, schaut Helena zu einem Schreibtisch in ihrer Nähe, wo Detective Sergeant Kane Brewster gerade mit einem Zeigefinger auf seiner Tastatur herumtippt und sich gleichzeitig mit der anderen Hand ein Snickers in den Mund schiebt.

»Brewster«, ruft sie. »Haben Sie kurz Zeit? Wir kriegen gleich Details vom CIU über einen tödlichen Autounfall, der vor zwei Tagen auf der A453 geschehen ist.«

Brewster steht sofort auf und tritt zu ihrem Schreibtisch, wobei er sich die klebrigen Finger an einem Taschentuch abwischt.

Helena öffnet ihr E-Mail-Postfach und klickt die neueste Nachricht an. Dann wartet sie, bis die angehängten Dokumente geladen haben.

Brewster kommt näher und schaut über ihre Schulter hinweg auf den Bildschirm. »Irgendwas Interessantes dabei?«

»Holen Sie sich einen Stuhl.« Sie öffnet das erste Dokument, das nach wenigen Sekunden ihren Bildschirm ausfüllt. Sie überfliegt den Inhalt und murmelt: »Klingt, als hätte der Unfallort unauffällig ausgesehen. Sie haben die Trümmerteile eingesammelt und die Reifenspuren ab dem Punkt gemessen, wo das Auto von der Straße abgekommen ist. Nichts Unerwartetes.«

Helena macht ein paar Klicks und ein anderer Bericht öffnet sich. »Aah, das ist es. Beim Autopsiebericht ist etwas Ungewöhnliches aufgekommen. Anscheinend hat etwas die Aufmerksamkeit des Pathologen geweckt … eine Kopfverletzung.«

Brewster schiebt einen Bürostuhl zu ihr und setzt sich neben Helena, die weiterhin das Dokument überfliegt.

»Eine Kopfverletzung finde ich nicht allzu überraschend, wenn jemand mitsamt zwei Tonnen Range Rover Vogue die Böschung der A453 hinunterrollt«, merkt Brewster an und mustert den Bericht genauer. »Hier steht, dass er auch innere Verletzungen davongetragen hat. Ziemlich brutal.«

»Er hatte einen Schädelbruch, aber anscheinend gibt es Hinweise, dass er sich diese Kopfverletzung *vor* dem Verkehrsunfall zugezogen hat. Sie machen noch andere Standardtests, Toxikologie und so weiter, aber da werden wir noch eine Weile auf die Ergebnisse warten müssen.«

Brewster runzelt die Stirn. »Anscheinend gibt es keinen erkennbaren Grund dafür, dass das Fahrzeug von der Straße abgekommen ist, da waren keine Hindernisse, keine anderen Fahrzeuge, Alkohol- und Drogenwerte des Fahrers waren im normalen Bereich – vielleicht hat diese Kopfverletzung eine

Hirnblutung oder so was in der Art verursacht und er hat deswegen die Kontrolle über das Auto verloren. Im Prinzip könnte das die eigentliche Todesursache sein.«

»Ganz genau«, murmelt Helena und klickt sich durch die restlichen Anhänge, bevor sie sich wieder Brewster zuwendet. »Wir werden mit dem Pathologen sprechen müssen, um sämtliche Details herauszufinden. Was steht für heute so an?«

Brewster verzieht seinen Mund und schüttelt den Kopf. »Nichts, was sich nicht verschieben lässt, Chefin.« Er zählt an seinen Fingern ab. »Eine Nachuntersuchung wegen der Ladeneinbrüche in Sneinton, der Vortrag für bürgernahe Polizeiarbeit am späten Vormittag und dann nach der Mittagspause unser Teammeeting über laufende Ermittlungsfälle, bevor wir uns mit diesem Ehepaar treffen, dessen Sohn bei der Explosion auf dem Festival gestorben ist.«

»Okay. Schauen Sie mal, ob Sie uns in den nächsten paar Tagen einen Termin beim Pathologen sichern können, Brewster. Nur ein kurzes Gespräch, damit wir genau wissen, womit wir es hier zu tun haben.« Sie deutet auf seinen Schreibtisch. »Natürlich erst, wenn Sie mit Ihrem Snickers fertig sind, nur keinen Stress.«

Brewster grinste und zog seinen Stuhl weg. »Ich stürz mich sofort drauf, Chefin.«

Bevor sie die E-Mail schließt, liest Helena noch den letzten Anhang: Allgemeine Informationen über den Verstorbenen. Der Fahrer war ein Mann namens Cole Fincham. Neununddreißig Jahre alt, Geschäftsführer seines eigenen Bauunternehmens, Fincham Developments. Er hinterlässt seine Frau Jennifer und zwei Kinder im Alter von dreizehn und fünf Jahren. Helena schaut noch einmal auf die Adresse. Dovedale Road, in West Bridgford. Eine Freundin von ihr wohnt nur ein paar Häuser von dort entfernt und plötzlich springt ihr die Hausnummer der Finchams ins Auge. Das ist doch das Haus, das verkauft worden und dann fast ein ganzes Jahr von einem

Gerüst verhüllt worden war, auf dem sich unter Tags die Bauarbeiter tummelten. Die Renovierungsarbeiten an dem Haus schienen Ewigkeiten zu dauern, weil die Arbeit zwischendurch eingestellt werden musste. Helena vermutet, dass die Finchams erst dieses Frühjahr eingezogen sein konnten. Sie hatten also nicht einmal ein ganzes Jahr gemeinsam dort leben können. Wie tragisch.

»Schon erledigt.« Brewsters Stimme reißt sie aus ihren Gedanken. »Wir können am Mittwoch um kurz vor zwölf zum Pathologen, vor seiner Mittagspause. Ist mir echt ein Rätsel, wie diese Leute was essen können, nach dem, womit die den ganzen Vormittag beschäftigt waren.« Er verzieht sein Gesicht. »Das mit dem Y-Schnitt und dazu die elektrischen Sägen, das muss doch …«

»Ja, hab's verstanden, Brewster. Wenn Sie so weitermachen, verderben Sie sich noch selbst den Appetit.« Helena wirft einen Blick auf die gigantische Kühltasche, die Brewster unter seinen Schreibtisch geschoben hat. Jeden Tag hat er diese Tasche dabei, vollgepackt mit Sandwiches, Kuchen, Getränken und meistens auch dem einen oder anderen Schokoriegel. »Wobei, wie ich Sie kenne, wohl eher nicht.«

FÜNFZEHN

JENNIFER

Den ganzen Vormittag über gehe ich meine Gespräche mit Sara Nordstrom und Corinne wieder und wieder in Gedanken durch. Analysiere jedes Detail, an das ich mich erinnern kann, um irgendwelche Absonderheiten oder Ungereimtheiten in Saras Geschichte zu finden.

Gestern Abend habe ich auf Corinnes Rat hin die Nummer auf der Visitenkarte gewählt, die Sara mir hiergelassen hatte.

Nach kurzer Zeit ging sie ran. Ich konnte das Baby im Hintergrund quengeln hören.

»Hier spricht Jennifer Fincham«, sagte ich steif. »Wenn Sie morgen erneut vorbeikommen könnten, können wir vielleicht in Ruhe über alles reden.«

»Verstanden.« Saras Ton war so kühl wie meiner. »Ich könnte es bis zum frühen Nachmittag schaffen, wenn das ...«

»Das geht«, stimmte ich zu, im Bestreben, unsere kurze Unterhaltung schnell zu beenden.

Ich will dieses schreckliche Gespräch so schnell wie möglich hinter mich bringen, damit ich dieses Kapitel abschließen kann. Gestern Abend habe ich mich geweigert, wieder ein Schlafmittel zu nehmen, und so lag ich die ganze

Nacht wach, tief in Gedanken versunken. Der letzte Hoffnungsschimmer, der sich mir bietet, ist, sie davon zu überzeugen, uns noch ein weiteres Jahr in diesem Haus wohnen zu lassen, auch wenn ich mir gar nicht ausmalen möchte, wie viel Miete sie von uns verlangen könnte. Das würde mir Zeit geben, wieder auf eigenen Füßen stehen zu können. Und vor allem wäre das vielleicht, irgendwie, genug Zeit, dass ein Wunder geschieht und Corinne eine Möglichkeit findet, uns auf legale Weise aus diesem Schlamassel zu helfen.

Ich setze mich auf das Bett und schaue zu Coles Kissen hinüber. Es liegt frisch aufgeschüttelt und makellos dort, als würde er jeden Moment zurückkommen und seinen Kopf darauf legen. Es ist schon einige Nächte her, dass er hier im Haus geschlafen hat, weil er mit seiner »Arbeit« zu tun hatte. Und was für anstrengende Arbeit das gewesen sein muss, mit dem kleinen Baby und seiner jungen Freundin in seinem anderen Haus, weit entfernt von den im Land verstreuten Billighotels, in denen er angeblich immer schlafen musste, während er in der Ellbogengesellschaft der Baubranche um Aufträge kämpfte.

»Wo schläfst du heute Nacht?«, habe ich ihn manchmal geistesabwesend gefragt, während ich mir in der Küche zu schaffen machte oder in einem Magazin herumblätterte.

»Ach, in irgendeinem billigen, unfassbar schönen Premier Inn in einer Stadt, deren Namen ich schon gar nicht mehr weiß.« Dann küsste er mich auf die Stirn und spielte mit den Haaren in meinem Nacken, woraufhin wohlige Hitze meinen Rücken hinunterrieselte. »Aber eines weiß ich gewiss: Ich werde die Minuten zählen, bis ich wieder in meinem eigenen Bett neben meiner umwerfend schönen Frau schlafen darf.«

Mein Blick huscht zum Spiegel des Frisiertisches, in dem ich mich selbst betrachten kann. Eine naive, leichtgläubige Frau, die jede Lüge geschluckt hat und sich von leeren Komplimenten umschmeicheln ließ. Die gefügige Ehefrau, bei der man sich darauf verlassen konnte, dass sie jedes geschäftliche Dokument unterschreiben würde, ohne unangenehme Fragen zu stellen.

Manche würden vielleicht sogar behaupten, ich hätte das alles verdient, was nun über mich hereinbrach. Aber damit lägen sie falsch.

Heute finden Fortbildungen in den Schulen statt, aber Mum hat bereits mit den jeweiligen Rektoren über Coles Tod gesprochen, um sie zu informieren, dass Miller und Sylvie mindestens bis Ende der Woche nicht am Unterricht teilnehmen werden. Freundlicherweise haben beide Rektoren die Dienste der Schulseelsorger angeboten, sobald die Kinder zu einer Beratung bereit wären.

Mum wird die Kinder mit zu Ellen nehmen, damit ich Zeit für die gefürchtete Unterhaltung mit Sara habe.

Ich springe kurz unter die Dusche, wasche meine Haare und rubble sie mit einem Handtuch trocken. Dann kämme ich sie mir aus dem Gesicht und binde sie zu einem glatten feuchten Pferdeschwanz zusammen. Obwohl ich kein Make-up auftrage, sorge ich mit einem Reinigungsgel und einem anschließenden Peeling dafür, dass mein Gesicht zumindest etwas Farbe bekommt. Ich ziehe mir frische, bequeme Klamotten an und gehe nach unten.

In der Küche wird mein Blick nicht von den hochwertigen Designerstücken angezogen, sondern von Sylvies Barbiepuppen, die über den Tisch verstreut liegen. Und von Millers Marvel Comics, die das smaragdgrüne Samtsofa neben den Glastüren bedecken. Coles GoPro-Kamera und Handyladekabel, die immer noch entlang der Wand eingesteckt sind, die langen Kabel über die Arbeitsplatte gezogen. »Kannst du die nicht woanders einstecken?«, hatte ich mich früher andauernd beschwert. »Das ruiniert die Marmorästhetik.« Lächerlich, oder? Solche Probleme hatte ich früher.

Das hier sieht immer noch aus wie unser Zuhause. Ein Zuhause für unsere Familie, in dem wir unsere Kinder in einer sicheren, liebevollen Umgebung hatten aufziehen wollen. Er hat gesagt, dass er sich das genauso sehr wünscht wie ich, und ich war so naiv, ihm zu glauben.

Ich hole einen Stift und einen Notizblock aus der Schublade und setze mich an den Tisch. Ich schlage eine leere Seite auf und schreibe einige Fragen auf:

Warum haben Sie so einen Knebelvertrag mit Cole aufgesetzt? Woher nehmen Sie all Ihr Geld? Haben Sie vor, mich und meine Kinder aus unserem Zuhause zu werfen? Falls ja, gibt es irgendeine vorübergehende Abmachung, die wir treffen könnten, um das zu vermeiden?

Meine schlimmsten Ängste derart niederzuschreiben, deprimiert mich mehr als alles andere, aber ich muss unserem Gespräch einen Rahmen geben. Es ist wichtig, dass ich den Kurs halten kann, wenn sie sich in meinem Zuhause umsieht und mich mit ihren kalten blauen Augen taxiert, als wäre sie die Puppenspielerin, die die Fäden meines Lebens in der Hand hält.

Es klingelt. Sie ist früh dran.

Ich springe auf, aber dann zwinge ich mich dazu, zur Tür zu gehen statt zu rennen. Mums Worte hallen in meinen Gedanken nach und geben mir Kraft.

Du bist Coles rechtmäßig angetraute Ehefrau und sie nur seine Freundin. Nur dass mein Haus ihr gehört.

Sara steht mit ihrem Baby auf der Türschwelle. Rory hängt in einer BabyBjörn-Babytrage mit Leopardenmuster und schläft tief und fest. Meine ohnehin angespannten Schulter- und

Nackenmuskeln werden noch steifer, als ich in den Linien seines Gesichts, seiner Nase Cole wiedererkenne.

»Hallo, Jennifer«, sagt sie.

Ich öffne die Tür vollständig und trete zurück. »Kommen Sie rein.«

Sie tritt herein und ich schließe die Tür. Sie wartet nicht darauf, dass ich sie einlade, mir ins Haus zu folgen, sondern zieht einfach ihre Stiefeletten aus und läuft durch den Gang, wo sie das letzte Mal gesessen hat. Ich folge ihr. Als sie die offenen Türen zu den anderen Zimmern passiert, wendet sie ihren Kopf mal hierhin, mal dorthin, scheint das Haus mit ihren Augen abzumessen.

»Ein wunderschönes Haus«, murmelt sie. Im Wohnzimmer setzt sie sich ohne Aufforderung meinerseits und schnallt die Babytrage ab. Bei der Bewegung schwingt Rorys daunenweicher Kopf hin und her. Wie eine trauernde Lebenspartnerin sieht sie nicht aus.

»Cole und ich haben jedes Detail selbst entworfen«, entgegne ich spitz. »Wir haben uns ein gemeinsames Zuhause gewünscht, das ganz unseren Vorstellungen entsprach. Wir haben dieses Haus geliebt.«

Meine Feindseligkeit ist ihr nicht entgangen und sie wirft mir einen raschen Blick zu, gibt aber keinen Kommentar dazu ab, und ich freue mich, dass meine spitze Bemerkung wie beabsichtigt bei ihr angekommen ist. Dann fällt mir Corinnes Ratschlag wieder ein.

Sie sollten mit Sara Nordstrom sprechen und gemeinsam mit ihr eine Abmachung treffen.

Ich muss vorsichtig sein. Sara aufzustacheln, wird mir nicht dabei helfen, meinen Kindern eine Zukunft zu sichern, und das hat für mich schließlich oberste Priorität. Ihr eins auszuwischen, bringt mich dabei nicht weiter.

»Darf ich Ihnen etwas zu trinken anbieten?«

»Danke«, sagt sie. »Ein Glas Wasser wäre nett.«

In der Küche nehme ich ein Trinkglas aus dem Schrank und lasse aus unserem Quooker-Wasserhahn eisgekühltes, gefiltertes Wasser hineinlaufen. Schade, dass ich kein Arsenpulver da habe, das ich dazuschütten könnte, aber das gehört leider nicht zu den Standardvorräten in unserer Küche. Sie wirkt so unterkühlt und obwohl sie behauptet, mit Cole eine ernsthafte Beziehung geführt zu haben, scheint sein tragischer Tod sie in keinster Weise traumatisiert zu haben.

Als ich zurückkomme, setzt sie gerade dazu an, Rory zu füttern. Ich habe keinerlei Probleme damit, eine Mutter stillen zu sehen. So habe ich schließlich auch meine beiden Kinder ernährt. Aber die Art, wie sie so ohne jeden Selbstzweifel ihre glatte, immer noch feste Brust bloßlegt ... da möchte ich am liebsten den Kopf in den Nacken werfen und aufheulen.

Als Rory ihre Brustwarze erfasst, verzieht sie den Mund. Einige Sekunden später zeichnen sich Schmerzen in ihrem Gesicht ab. Ich kann mich noch lebhaft an die Brustdrüsenentzündung erinnern, die mich beim Stillen von Sylvie geplagt hat.

»Haben Sie es schon mit Stillhütchen versucht?«

Sie schüttelt den Kopf. »Wenn ich die verwende, nimmt er meine Brust nicht an. Ich fühle mich so wund, ich weiß nicht, wie lange ich das noch durchhalte, aber ... Ich hätte das Gefühl, versagt zu haben, wenn ich es nicht mindestens acht Monate oder länger schaffe.«

»Ich habe einige Studien gelesen, die festgestellt haben, dass die ersten drei Monate am wichtigsten sind. Sobald man die hinter sich gebracht hat, hat das Baby schon einen großen Vorsprung, weil es die besten natürlichen Nährstoffe bekommen hat.«

»Wirklich?« Sie schaut mich überrascht an. »Das wusste ich nicht. Danke.«

Ich zucke mit den Schultern und wünsche mir, ich hätte nichts gesagt.

Meine Liste an Fragen habe ich in der Küche liegen lassen,

aber ich denke, ich kann mich auch so an alle erinnern. »Wie Sie sich sicher denken können, gibt es viele Fragen, die ich Ihnen stellen möchte, aber eine Sache ist dabei wichtiger als alles andere«, sage ich.

»Klar, schießen Sie los.« Sie streicht mit den Fingern sanft über das flaumige Haar ihres Babys.

Es geht los. Ich atme tief ein. »Haben Sie vor, mich und meine Kinder aus unserem Zuhause zu werfen?«

Sie zieht eine leidvolle Miene. »Ich will wirklich nicht, dass es so weit kommt, Jennifer. Sie müssen bedenken, dass es für mich ebenfalls ein großer Schock war, von Ihnen und den Kindern zu erfahren. Ich möchte versuchen, einen Kompromiss zu finden, damit Sie und Ihre Kinder weiterhin hier wohnen bleiben können. Wenn das für Sie in Frage kommt.«

Erleichterung schießt durch meinen Körper, meine Muskeln entspannen sich, aber ich gebe mich nur kurz der Dankbarkeit hin. Ein einzelnes Wort schießt durch meine Gedanken und löscht alles andere aus: *Warum*? Warum sollte sie versuchen wollen, einen Kompromiss mit mir zu finden? Warum schmeißt sie mich nicht einfach raus, damit sie allein mit Rory in diesem schönen großen Haus wohnen kann?

Worte sind nicht viel wert und dieser Frau kann ich definitiv nicht vertrauen. Aber wenn ich etwas mehr Raum zum Atmen kriegen könnte ... wenn ich nur ein Jahr kriegen könnte, in dem wir uns von Coles Tod erholen können, dann hätte ich eine echte Chance, mir irgendwann wieder ein normales Leben aufzubauen. Ich könnte meine Arbeit als Lehrassistentin wieder aufnehmen. Den Job hatte ich aufgegeben, als Miller auf die Welt kam, und nicht wieder aufgenommen. Damals hatte ich den Plan, eine Lehrausbildung zu absolvieren. Aber Cole war nicht scharf darauf gewesen, mich wieder arbeitstätig zu sehen, und ich war ja so in Miller vernarrt.

»Ich würde liebend gerne einen Kompromiss mit Ihnen aushandeln. Ich brauche nur etwas Zeit, um mich von all dem zu erholen und einen Plan für die Zukunft auszuarbeiten.« Ich ersticke fast an meinen demütigen Worten, aber was bleibt mir denn anderes übrig? Das hier ist unser Zuhause und ich möchte es nicht verlassen, aber ... immerhin wäre es ein Anfang, wenn wir noch eine Weile bleiben könnten. Vielleicht zieht Corinne noch ein Ass aus dem Ärmel und entdeckt irgendeine Gesetzeslücke, dank derer die Kreditschuld aufgrund von Coles Tod als null und nichtig erklärt werden kann. Gleichzeitig ist es wichtig, herauszufinden, was Sara langfristig geplant hat.

»Das freut mich zu hören.« Sie sieht erleichtert aus, was mir komisch vorkommt, wo sie doch alle Karten in der Hand hält.

»Natürlich werden Sie uns nicht ewig hier wohnen lassen. Sie werden das Haus wohl früher oder später verkaufen wollen, als Entschädigung für den Kredit. Vermute ich zumindest.«

»Irgendwann werde ich das Haus tatsächlich verkaufen, aber jetzt noch nicht. Eigentlich noch eine ganze Weile lang nicht. Und das bringt uns zu dem erwähnten Kompromiss. Ich habe einen Vorschlag für Sie ... einen recht ungewöhnlichen Vorschlag. Ich bitte Sie nur darum, mich anzuhören, bevor Sie Nein sagen.«

Das muss ja ein wirklich radikaler Vorschlag sein, wenn sie erwartet, dass ich ihn ablehne. Sie setzt Rory auf ihren Schoß und wischt schnell ihre Brust ab. Ihre Haut ist weich und straff. Der Anblick ihres Körpers muss Cole solche Freude bereitet haben. Ich denke an meine eigene Haut und das silbrige Muster der Dehnungsstreifen darauf. Ich bin wirklich erleichtert, als Sara ihre Blöße mit einem Musselintuch bedeckt, während sie Rory aufstoßen lässt.

»Ich bin ganz Ohr«, sage ich.

Sie hört auf, ihrem Baby über den Rücken zu streichen und schaut mich an. »Was würden Sie davon halten, wenn ich und Rory hier einziehen?«

»Einziehen?« Ich runzle die Stirn.

»Rory und ich könnten mit Ihnen und Ihren Kindern hier wohnen. Erst mal auf Probe und dann …«

»Soll das ein Scherz sein?« Wut kocht in mir hoch. Fast hätte sie es geschafft, mich zum Narren zu halten! Ich war schon wieder zu offenherzig, zu leichtgläubig. Habe sie ernstgenommen, wo ich doch schon weiß, wozu sie in der Lage ist.

»Nein, Jennifer, das ist kein Scherz. Ich versichere Ihnen, dass ich es absolut ernst meine.« Sie greift nach ihrem Glas und trinkt einen Schluck Wasser. »Haben Sie schon mal von ›Nesting‹ gehört?«

»In Bezug auf Ehepaare, ja.« Sie spricht von einer immer beliebteren Art der Wohngemeinschaft, wobei die Kinder eines entfremdeten Ehepaares in ihrem Zuhause wohnen bleiben, um ihren Alltag möglichst wenig zu zerrütten. Die Eltern kommen und gehen dabei um sie herum und wechseln sich mit allen Aufgaben ab. Aber nie im Leben werde ich auch nur eine Nacht anderswo schlafen und meine Kinder einer Fremden überlassen. Vor allem keiner Fremden, die weiß Gott wie lange eine Affäre mit dem Vater meiner Kinder hatte.

»Ich kenne ein Paar, das dieses Nestmodell ausprobiert«, sagt sie, ohne auf meinen schockierten Gesichtsausdruck zu achten. »Die Eltern wohnen abwechselnd zu Hause und in einer kleinen Wohnung. Die Kinder wohnen immer im selben Haus und merken kaum einen Unterschied zu früher. Das ist eine gesunde Herangehensweise, dank derer man den Kindern den Schmerz und das Trauma einer riesigen Veränderung erspart, die ihr Leben über den Haufen werfen würde. Mein Vorschlag wäre nicht, dass wir uns eine Wohnung mieten und uns mit der Kinderbetreuung abwechseln. Aber wir haben hier drei Kinder, die davon abhängig sind, dass wir einen Weg aus dem Chaos finden. Ich würde die ersten paar Monate alle Rechnungen bezahlen und dann könnten wir versuchen, uns in dieser seltsamen Situation, die uns beide überrascht hat, etwas aufzubauen. Zum Wohl unserer Kinder. Das ist alles, was ich mir hier wünsche.«

»Ich bin mir sicher, dass das für manche Familien funktionieren kann. Bei Menschen, die mal ein Paar waren. Aber diese Situation ist doch ganz …«

»Mit zwei Müttern kann es genauso gut funktionieren.« Sie reibt dem Baby immer weiter über den Rücken. Ihre hellen Augen sind voll Konzentration auf mich gerichtet. »Zugegebenermaßen ist die Lage bei dem Paar, das ich erwähnt habe, nicht so kompliziert wie bei uns beiden, aber …«

»Kompliziert? Sie meinen, weil Sie eine Affäre mit meinem Mann hatten? Und darüber hinaus auch noch ein Kind von ihm bekommen haben?« Ich schüttle frustriert den Kopf. »Ich verstehe nicht, warum Sie das überhaupt in Betracht ziehen wollen, mit der Familie Ihres verheirateten Partners zusammenzuziehen … das ist doch verrückt!«

Corinnes Worte hallen in mir wider.

Leider hat sie jedes Recht, eine Zwangsräumung für Sie und Ihre Familie anzuordnen, wenn sie möchte.

»Wie gesagt, ich wusste nicht, dass Cole noch verheiratet war«, sagt sie mit Bedacht.

Ich stoße ein bitteres Lachen aus. »Na, inzwischen dürfte offensichtlich sein, dass er das eben doch war!«

»Er hat mir erzählt, dass Sie sich getrennt haben, weil Sie sich ständig gestritten haben. Er meinte, er hätte schon seit Jahren von Scheidung gesprochen.«

»So ein Unsinn!«, rufe ich und erschrecke damit das Baby, welches ein Wimmern ausstößt. Leiser fahre ich fort: »Das ist kompletter Unsinn. Wir haben *nie* über eine Trennung gesprochen und wir haben sehr darauf geachtet, nie vor den Kindern zu streiten.«

Sie reibt dem Baby immer noch fest über den Rücken. Rorys Kopf schwingt vor und zurück und er wird schon ganz bleich, aber sie scheint es nicht zu bemerken.

»Ich glaube, wenn Sie so weitermachen, wird ihm schlecht«, merke ich an und sie dreht ihn zum Stillen auf die andere Seite.

»Ich bin nicht hier, um Ihnen wehzutun, Jennifer. Ich bin hergekommen, weil ich den ehrlichen Wunsch habe, gemeinsam eine Lösung zu finden.« Sie schaut zu mir.

»Und genau das ergibt keinen Sinn. Warum sind Sie so fest entschlossen, eine Lösung zu finden? Warum wollen Sie unsere Rechnungen bezahlen und damit im Endeffekt Geld rausschmeißen, das Ihrem Kind zukommen könnte?«

»So sehe ich das nicht. Und Geld habe ich mehr als genug. Mein Vater hat viel investiert und sein Geld in Immobilien gut angelegt, ich habe also eigentlich mehr Geld als ich brauche. Manche Dinge – zum Beispiel Familie – sind wichtiger, als Geld es je sein könnte. Und das wünsche ich mir für meinen Sohn: ein liebevolles Zuhause bei seinen Verwandten. Ich weiß, dass mein Vorschlag sehr unkonventionell ist, aber warum soll das nicht funktionieren können, wenn wir beide bereit sind, es zu versuchen?«

»Zum einen kennen meine Kinder Sie nicht, und sie wissen nicht, dass Rory ihr Halbbruder ist«, entgegne ich knapp. »Jetzt, wo sie sowieso schon um ihren Vater trauern, werden sie sich bestimmt unbehaglich fühlen, wenn plötzlich Fremde im Haus wohnen.«

»Das stimmt. Rory ist es auch nicht gewöhnt, andere Leute um sich zu haben. Deswegen schlage ich für den Moment auch kein umfassendes Nestmodell vor. Wir können einfach mit ein paar grundlegenden Dingen anfangen. Uns einen gemeinsamen Wohnraum teilen; dieses Haus.« Sie schaut sich in unserem großen Wohnzimmer um. »Wir können Privatbereiche abgrenzen und gemeinsame Räume wie diesen hier sogar immer nur abwechselnd nutzen, wenn Sie möchten, zumindest für den Anfang.«

Was sie mir hier vorschlägt, ist völlig absurd. Ich kann es kaum ertragen, sie anzusehen, und mir erst recht nicht vorstellen, mit ihr zusammenzuleben. Aber ich stecke in der Zwickmühle.

Es ist verrückt. Es ist völlig unmöglich. Aber es könnte auch meine Rettung sein.

»Warum sollten Sie das tun wollen, wo Sie doch auch alles für sich haben könnten?« Ich weiß, dass ich mein Glück herausfordere, aber irgendwas ergibt hier keinen Sinn. Es ist an der Zeit, dass ich anfange, Dinge zu hinterfragen und nicht einfach nur blind glaube, was die Leute mir erzählen. »Sie könnten uns genauso gut rausschmeißen und mit Rory hier leben; oder alles verkaufen und sich mit Ihrem Geld sonst wo ein schönes Leben machen. Rory ist zu jung, um unter Coles Tod zu leiden, ihn wird das nicht so traumatisieren wie meine beiden Kinder.«

»Es mag Ihnen ja schwerfallen, das zu glauben, Jennifer, aber ich bin kein grausamer Mensch und lasse gerne mit mir reden. Ich möchte nicht, dass Ihnen und Ihren Kindern mitten in dieser tragischen Zeit die Lebensgrundlage entzogen wird. Sie wussten nichts von meiner Existenz und das hat Sie schockiert, aber ich wusste auch nicht von Ihnen. Ich dachte, ich hätte eine Zukunft mit Cole und dass es in seinem Leben nur mich und Rory gab. Und es gibt da noch einen anderen Grund.« Sie zögert kurz, dann sagt sie leise: »Ich habe sonst niemanden, okay? Klar, ein paar Freunde. Aber nun, wo Cole nicht mehr hier ist, bin ich mit meinem Sohn allein und er hatte außer mir auch niemanden auf der ganzen Welt, aber jetzt … jetzt hat er …«

»… einen Halbbruder und eine Halbschwester«, beende ich ihren Satz.

»Genau. Und mehr als alles andere wünsche ich mir, dass Rory ein Familienleben haben kann. Das durfte ich selbst nie erleben.« Sie seufzt. »Cole ist nicht mehr hier. Das ist tragisch, aber wir können es nicht mehr ändern. Aber Sie und ich, wir sind noch jung und stehen mitten im Leben, Jennifer. Wäre es nicht herrlich, wenn wir in all den Lügen, all den Schmerzen etwas Schönes für unsere Kinder finden könnten?«

Ich mustere meine abgenagten, unregelmäßigen Fingernägel und schiebe meine Hände dann unter meine Oberschenkel. Sie malt hier ja ein sehr idyllisches Bild unserer Zukunft, aber bevor wir dort ankommen können, müssen wir uns erst durch einen steilen Berg an Lügen und Verrat hindurchkämpfen.

»Können wir die Vergangenheit nicht hinter uns lassen und zum Wohl unserer Kinder miteinander zurechtkommen?«, fragt Sara und schaut mir direkt in die Augen. »Wollen wir es zumindest versuchen?«

SECHZEHN

MILLER

Miller sitzt bei seiner Tante Ellen zu Hause und schaut seinem Cousin Damian dabei zu, wie er mit größter Sorgfalt einen Sockel zusammensetzt für die Lego-Hedwig, die er gebaut hat. Die detailreiche Eule sitzt neben ihm auf dem Boden und ihre schwarzen Knopfaugen scheinen Miller direkt ins Herz zu schauen.

»Ich habe zwei Wochen gebraucht, um den Vogel fertig zu kriegen. Die Flügel waren ziemlich kompliziert.« Damians eintönige Erklärung will einfach kein Ende nehmen. »Dieses Set ist für Kinder ab zwölf und manche in meiner Klasse konnten es nur mit Hilfe aufbauen, aber für mich war es ein Klacks.«

»Na und?« Miller schnaubt. »Auf YouTube sieht man achtjährige Kinder das ganze Hogwarts-Schloss bauen und das Set ist ab sechzehn.«

»Ich kann es kaum erwarten, die Eule meinem Dad zu zeigen, wenn sie erst auf ihrem Sockel sitzt. Mum sagt, sie stellt sie im Wohnzimmer aus, auf einem Ehrenplatz«, fügt Damian hinzu, ohne auf Millers Kommentar einzugehen.

»Wie soll dein Dad die denn sehen?«, erwidert Miller, der

nun Blut geleckt hat. »Meine Mum sagt, er will nichts mit dir zu tun haben, jetzt, wo er eine neue Familie in Irland hat.«

Damian sieht zu Miller auf und schaut ihn mit zusammengekniffenen Augen an. »Das stimmt nicht. Ich hab ihn an Ostern gesehen, als er auf Geschäftsreise war.«

Miller stößt ein schroffes Lachen aus. »Ostern ist schon ewig lang her. Bald ist Weihnachten und du hast ihn dieses Jahr nur ein einziges Mal gesehen.« Sein Herz zieht sich zusammen, als er an seinen eigenen Dad denkt und daran, wie sehr dieser Weihnachten geliebt hat. Er hat jedes Jahr darauf bestanden, dass Miller mit ihm einen Schneemann baut, obwohl das was für kleine Kinder ist. Insgeheim hatte Miller es geliebt, aber nun wird er es nie wieder tun. Nicht mit seinem Dad.

Damian zuckt mit den Schultern und greift nach dem nächsten Legostein, um ihn in den Sockel zu stecken. »Kann sein, dass er dieses Jahr zu Weihnachten kommt.«

Miller beißt die Zähne zusammen. Der Schmerz frisst ihn von innen heraus auf. Er leidet schrecklich darunter und er möchte nichts lieber, als Damian auch leiden zu sehen.

»Wetten, dass nicht. Wetten, dass er das nur so sagt, aber eigentlich in Irland bleiben will bei seinen anderen Kindern, die nicht fett sind und keine Niete im Sport.«

Damians Augen blitzen auf. »Immerhin weiß ich sicher, dass ich meinen Dad wiedersehen werde. Dein Dad ist jetzt tot und du wirst ihn nie …«

Miller springt vom Bett auf und gibt Damian einen heftigen Stoß. Dieser jault auf und stolpert vornüber, während Miller mit dem Fuß ausholt und die Schneeeule durchs Zimmer kickt. Das Legomodell prallt gegen die Wand und löst sich in seine Bestandteile auf, es regnet Legosteine. Als Damian beginnt, nach seiner Mutter zu schreien, stampft Miller noch kräftig auf den halb fertig gebauten Sockel.

Schritte donnern im Treppenhaus und die Tür wird aufgerissen. Tante Ellen und die Großmutter der beiden Jungs stehen mit weit aufgeklappten Mündern dort. Sylvie quetscht sich von hinten durch ihre Beine hindurch und stößt beim Anblick der chaotischen Szene vor ihren Augen ein dramatisches Keuchen aus.

Die kurze Stille wird von Damians lautem Heulen durchbrochen.

»Er hat Hedwig kaputt gemacht und er hat gesagt, dass mein Dad mich hasst ... er hat gesagt, ich bin fett und eine Niete im Sport ...«

Tante Ellen eilt zu ihm und kauert sich neben ihm nieder, um ihn in eine feste Umarmung zu ziehen. »Was zur Hölle ist hier passiert?«, ruft sie und funkelt Miller böse an. »Was hast du getan?«

»Er hat gesagt, dass mein Dad tot ist und dass ich ihn nie wiedersehen werde.« Miller verschränkt seine Arme und starrt in den Nieselregen hinaus, der in endlosen Bächen über das Fenster läuft. Er beißt sich auf die Zunge, um die Tränen zurückzuhalten, die in seinen Augen brennen.

Als Antwort beginnt Damian zu schreien: »Er hat angefangen, er hat gesagt ...«

»Jetzt beruhigen wir uns erst mal alle wieder, okay?« Millers Großmutter tritt zu ihm und legt ihm einen Arm um die Schultern. »Unsere Familie macht gerade eine schlimme Zeit durch, wir müssen jetzt zusammenhalten und uns gegenseitig unterstützen und dürfen nicht gemein zueinander sein.«

Der Schmerz und die Wut in Millers Herz lassen einfach nicht nach. Er spürt sie wie Elektrizität im ganzen Körper, wie ein Bienenschwarm, der in ihm umher summt, von Kopf bis Fuß und wieder zurück. Er hat keinen Moment Ruhe. Er kann deswegen schon gar nicht mehr klar denken. Es gibt nichts, was ihn davon ablenken kann. Er möchte sich am liebsten irgendwo verkriechen und vor der Welt verstecken.

»Mum, ich kann ihm so was nicht durchgehen lassen. Wir wissen doch, wie schnell er letztes Mal die Kontrolle verloren hat«, sagt Tante Ellen zu seiner Großmutter, als stünde Miller nicht direkt daneben. »Ich weiß, dass er aufgewühlt ist, aber wenn er das an unserem Damian auslässt, dann muss Jennifer sich jemand anderen suchen, der auf ihn aufpasst.«

»Der Junge leidet, Ellen«, sagt seine Großmutter. »Er meint es nicht so und außerdem klingt es ja ganz danach, als hätte Damian sich gut wehren können.«

»Ich hab Ewigkeiten gebraucht, um diese Eule zu bauen.« Damian schnieft und reibt sich mit seinen fleischigen, wabbligen Fäusten über die Augen. »Ich wollte die doch meinem Dad zeigen, wenn er zu Weihnachten kommt.«

Miller entgeht der bedeutungsschwangere Blick nicht, den seine Tante und seine Großmutter austauschen.

»Er wird nicht kommen, Damian«, sagt Miller und schaut in den Regen hinaus. »Sie sagen dir, was du hören willst, aber es ist eine Lüge. So ist das in jeder Familie. Nichts als Lügen.«

Tante Ellen nimmt Damian mit nach unten, damit er sich beruhigen kann, und Miller sperrt sich im Bad ein. Nach einer Weile gibt seine Großmutter es auf, ihn daraus hervorlocken zu wollen, und geht ebenfalls nach unten.

Sobald er sie dort miteinander reden hört, setzt Miller sich auf den Boden. Er lehnt seinen Rücken an die Badewanne und streckt seine langen Beine auf den kalten Fliesen aus.

Er zieht das geheime Handy seines Vaters aus der Tasche und scrollt erneut durch all die WhatsApp-Nachrichten. Ihm ist klar, dass das nicht alle sein können, weil oft lange Zeit nur Nachrichten von ihr zu sehen sind. Sein Dad muss viele seiner Antworten gelöscht haben.

Er liebt seinen Dad immer noch von ganzem Herzen, aber dieses Handy beweist, dass Miller ihn nie richtig gekannt hat.

Sein vertrauenswürdiger, verlässlicher Dad, mit dem man so viel Spaß haben konnte, hat sie auch seit langer Zeit aufs Gröbste belogen. Miller weiß jetzt, dass es so war. Seine Mum würde niemals glauben, dass er sie hätte betrügen können. *Niemals*.

Allein diese Gedanken an seinen geliebten Dad zuzulassen, verursacht ihm physische Schmerzen, als würde ihm jemand ein Messer ins Herz stoßen. Als er dieses Handy zu Hause in seinem Zimmer zum ersten Mal entsperrt hatte, hatte er sich fast dazu entschlossen, alle Daten darauf zu löschen, ohne es sich genauer anzusehen. Aber die Neugierde war zu stark gewesen und er hatte den Ordner mit den gelöschten Fotos geöffnet. Eine interessante Erfahrung.

Diese Frau, Sara, hatte seinem Dad unanständige Fotos geschickt. Viele, viele Fotos. In einigen davon hatte sie überhaupt nichts an. Als er zum ersten Mal das Foto gesehen hatte, auf dem sie ihre Brüste umfasst hielt und mit einem Schmollmund in die Kamera sah, war er fast in Ohnmacht gefallen. Miller hasste sie, aber die Fotos erregten ihn und das wiederum gab ihm das Gefühl, seiner Mutter gegenüber nicht loyal genug zu sein und er schämte sich dafür.

Alle Fotos werden von einer kurzen Nachricht begleitet, die sie ihm geschrieben hat. *Vermisse dich, Kann's kaum erwarten, dich zu sehen* oder *Das gehört alles dir. In Liebe, Sara*. Es ist abstoßend und faszinierend zugleich und er kann sich einfach nicht davon abhalten, hinzuschauen.

Mit späteren Nachrichten kommen dann andere Fotos. Viele Fotos von einem kleinen Baby.

Rory, so nennt sie ihn. *Rory vermisst seinen Daddy* oder *Dein Junge sieht dir so ähnlich, mein Schatz*.

Wenn er das Gesicht dieses Babys mustert, ist Miller, als hätte ihm jemand das Herz aus der Brust gerissen.

Sein Dad hatte einen anderen Sohn. Ein perfektes Baby, klein und hilflos, das nie irgendwelchen Ärger verursacht hat, nicht so wie Miller diesen Sommer, als der Rektor zu Hause angerufen hat.

Eifersucht und andere unangenehme Gefühle ohne Namen vermischen sich in seinem Bauch zu einer grässlichen, pulsierenden Masse, von der ihm furchtbar übel wird. Er möchte unbedingt all diese Fotos löschen und doch ist da etwas in ihm, das das nicht zulassen kann.

Nun schaut Miller erneut auf die roten Bäckchen dieses Babys und das Vertrauen, mit dem es mit seinen riesigen blauen Augen in die Kamera schaut, und er spürt ein seltsames Kribbeln auf der Haut, als ihm etwas klar wird.

Das dort ist nicht nur der Sohn seines Vaters. Auf gewisse Weise gehört dieses Baby auch zu Miller.

SIEBZEHN

JENNIFER

Mittwoch

Die nächsten paar Tage beobachte ich durch eine Art Nebel hindurch, wie um mich herum Entscheidungen getroffen werden. Mandy, die Familienbeauftragte, kommt vorbei und will mit mir sprechen. Mum kocht uns eine Kanne Tee und setzt sich dazu.

Mandy räuspert sich. »Ich wollte Ihnen Bescheid sagen, dass Sie nun die Krankenhauskapelle besuchen können, um Ihren Mann zu sehen«, erklärt sie mir mit ernster Miene. »Ich kann Sie begleiten, oder, wenn Ihnen das lieber ist ...«, hier schaut sie zu Mum, »... kann das auch ein Familienmitglied tun.«

Ich schaue auf meine Hände hinab. »Ich glaube nicht, dass ich das schaffe«, sage ich leise.

»Entschuldigung. Ich ... ich dachte, Sie hätten gesagt, dass Sie ihn sehen möchten.« Sie klingt verwirrt und schaut um Bestätigung heischend zu Mum, aber Mum bleibt stumm.

»Nach all dem weiß ich ... weiß ich einfach nicht, ob ich das schaffe.«

»Verstehe«, sagt Mandy. »Die Entscheidung liegt natürlich ganz bei Ihnen.«

»Ich kann die Leiche identifizieren, oder Ellen, Jennifers Schwester«, sagt Mum. »Jennifer muss sich das nicht antun.«

»Nein, natürlich nicht«, sagt Mandy. »Es tut mir so leid, dass wir das jetzt durchsprechen müssen, wo Sie noch keine Zeit zum Heilen hatten, aber ich möchte sicherstellen, dass Sie über alles voll informiert sind.« Sie zögert. »Da Coles Tod so plötzlich und unerwartet eingetreten ist, wird der Pathologe leider nach der Autopsie noch eine forensische Untersuchung durchführen müssen. Das heißt, dass die Leiche Ihres Mannes nicht freigegeben werden kann, bis diese Untersuchung abgeschlossen ist. Sie können bis dahin auch keine Sterbeurkunde anfordern.«

»Und auch keine Beerdigung planen?«, fragt Mum entsetzt.

»Leider nein«, sagt Mandy.

Ich kann den Gedanken an eine Beerdigung sowieso nicht ertragen. Noch nicht. Ich fühle mich so zerrissen. Soll ich versuchen, meine Erinnerungen an den Mann zu bewahren, den ich geliebt und zu kennen geglaubt habe, oder soll ich zulassen, dass sich meine Gefühle ihm gegenüber verhärten und mich vor dem untreuen Lügner beschützen, als den ich ihn inzwischen erkannt habe? Wie kann ich meinen Verlust verarbeiten, wenn in mir so viele widersprüchliche Gefühle meine Aufmerksamkeit fordern?

Mum bringt Mandy zur Haustür und kommt dann wieder zurück. Sie zieht die Tür hinter sich zu.

»Ich weiß, wie schwierig das alles für dich ist, Jenny«, sagt sie sanft und legt eine Hand auf meinen Arm. »Es ist ganz allein deine Entscheidung, ob du Coles Leiche sehen möchtest. Wir können dir das auch abnehmen, wenn du möchtest.«

Ich bin überrascht von den Tränen, die plötzlich mein Gesicht überströmen. »Ich weiß einfach nicht, was ich fühlen soll, Mum. Wenn ich nicht hingehe, ist mir, als würde ich die

Kinder im Stich lassen, aber wenn ich hingehe, ist es, als würde ich all die schrecklichen Dinge trivialisieren, die er getan hat. Wie er uns mit *ihr* hintergangen hat.«

Mum legt ihre Hände um meine. »Lass einfach alle Gefühle zu, Jenny. Die Trauer, die Wut, die Schmerzen ... du darfst alles davon fühlen. Jede einzelne Emotion ist hier gerechtfertigt. Du musst dich nicht zwischen ihnen entscheiden.«

Sogar als Mum mich schon zum Krankenhaus fährt, frage ich mich noch, ob ich das Richtige tue. Aber Mums aufmunternde Worte haben mir geholfen. Ich kann trotz meiner Gefühle zu Cole gehen. Ich kann es tun, weil ich es tun muss, für mich selbst und für meine Kinder. Damit ich ihnen sagen kann, dass ich ihren Vater noch ein letztes Mal gesehen habe und dass er seinen Frieden gefunden hat.

Während der fünfzehnminütigen Fahrt zum Krankenhaus reden wir nicht viel. Mum stellt mir keine bohrenden Fragen und gibt auch keinerlei Kommentare ab zu Sara, Rory oder der finanziellen Katastrophe, wegen derer ich mit Corinne gesprochen habe. Ich bin ihr dankbar dafür.

Beim Krankenhaus angekommen bleibe ich ihm Hintergrund und überlasse Mum alles Organisatorische. Wenige Minuten später erhalten wir die Anweisung, zur Krankenhauskapelle am anderen Ende des Parkplatzes zu gehen. Sobald wir dort sind, drückt Mum meine Hand und geht dann zum Empfangstisch hinüber, um mit dem dort wartenden Mann zu sprechen.

Als sie zurückkommt, sagt sie: »Er ist nun für uns bereit, mein Schatz. Wir können jetzt reingehen, um Cole zu sehen.«

Es ist ein kleiner Raum mit cremefarbenen Wänden. Auf einem niedrigen Tisch wurden Seidenblumen arrangiert und der Teppichboden ist von der robusten, grauen Sorte, perfekt für vielbesuchte Räume.

»Ich kann dir ein bisschen Zeit für dich geben«, sagt Mum sanft. »Wenn du das möchtest.«

Ich nicke. Mein Blick wird magisch angezogen von dem langen, niedrigen Tisch in der Mitte des Raumes, auf dem der leblose Körper meines Mannes aufgebahrt liegt. Ich sehe viel sorgfältig drapierten weißen Stoff und wenig von ihm selbst.

Mum verlässt den Raum und die Tür schließt sich mit einem leisen Klicken. Vor wenigen Tagen war Cole noch am Leben. Energiegeladen und voller Vorfreude auf unsere Party.

»Das wird ein herrlicher Abend«, hat er mir versichert. »Die beste Feier für mein liebstes Geburtstagskind.«

Wir haben uns geküsst, seine weichen, warmen Lippen auf meinen. Seine starken Arme hielten mich umfasst, als er mich fest an sich zog.

»Ich liebe dich so sehr, Jen. Ich weiß, ich war in letzter Zeit ein bisschen griesgrämig wegen der Arbeit, aber ... weißt du, ich bin so glücklich mit dir und den Kindern.«

»Natürlich weiß ich das, du süßer Dussel.« Ich habe ihn angegrinst und ihm einen Kuss auf die Nase gedrückt, dann habe ich mich seinen Armen entzogen, um Kaffee zu kochen.

Ich gehe ein paar Schritte nach vorn und schaue auf ihn hinab. Er ist kleiner als früher. Seine Kraft hat ihn verlassen und seine Haut scheint geschrumpft und gespannt wie Papier. Ich kann nur eine Seite seines Gesichts sehen, weil sie den weichen Stoff in Falten um die andere Seite gelegt haben. Eine seiner Hände liegt auf dem Leichentuch und ich berühre sie mit meinen Fingerspitzen. Er fühlt sich kalt an und starr.

»Am Tag, bevor du auf deine letzte Geschäftsreise gegangen bist, hast du gesagt, dass du mich liebst, Cole. Du hast gesagt, wie glücklich du mit mir bist, und mit den Kindern«, flüstere ich. »Ich weiß jetzt, dass das eine Lüge war, weil du während all dieser Zeit mit Sara zusammen warst. Ihr gesagt hast, dass du bei ihr sein möchtest, dass du vorhattest, mit ihr und eurem kleinen Sohn in *unser* Haus zu ziehen.«

Mir geht langsam die Puste aus, aber ich habe nicht das Gefühl, schon genug gesagt zu haben.

Die Worte stürzen aus mir heraus. »Du hast mich hintergangen, und du hast unsere Kinder hintergangen. Wie konntest du uns das antun? Wie konntest du zulassen, dass wir jetzt mit weniger als nichts dastehen? Ein Teil von mir hasst dich dafür. Hast du das gehört? Ich hasse dich für das, was du getan hast.«

Ich nehme meine Finger von seiner Hand. Meine Stimme bricht, meine Kehle ist wund. Mir fällt auf, welch seltsame Farbe seine Haut hat. Sie haben irgendetwas Glänzendes darauf gegeben … sie haben ein bisschen Make-up aufgetragen.

Der Gedanke an Coles glatte, gebräunte, lebendige Haut überfällt mich. Er war nie blass, weil er viel Zeit draußen verbracht hat, und er hat immer gut gerochen. Seine Liebe für uns war hervorragend geschauspielert. Seine zarten Berührungen, so liebevoll, wenn wir bis spät in die Nacht Zukunftspläne geschmiedet haben, sobald die Kinder im Bett waren. Der wunderbare Familienurlaub in Disney World, den er bald hatte buchen wollen, mit dem wir die Kinder nächste Woche beim Frühstück hatten überraschen wollen, am ersten Schultag nach den Ferien.

Wie habe ich nur so falsch liegen können, was meine Ehe anging? Wie habe ich die Anzeichen übersehen können, dass mein Mann eine andere Familie, ein anderes Leben hatte? Unser Fels in der Brandung hat uns betrogen und uns alle seit weit über einem Jahr jeden einzelnen Tag belogen.

Ich wünsche mir nichts sehnlicher, als alles zu leugnen, was Sara Nordstrom mir über ihre Beziehung berichtet hat, aber sie hat einen Sohn und selbst ohne DNA-Test ist mir klar, dass Cole der Vater ist.

Coles starres Gesicht verschwimmt vor meinen Augen, als sie sich mit Tränen füllen, und verzehrende Wut kocht in mir hoch.

»Ich werde dir nie verzeihen können, was du uns angetan hast und dass du deinen Kindern nichts hinterlassen hast!« Ich spucke die Worte aus, weil ich fast daran ersticke. Ich kann mein Schluchzen nicht länger bremsen und spüre, wie ein Beben meinen willenlosen Körper erfasst. Doch nach kurzer Zeit verpufft die Wut so schnell, wie sie gekommen ist, und ich bleibe leer und ausgelaugt zurück.

Ich richte mich auf und atme tief ein, bevor ich spreche.

»Ich habe dich geliebt, Cole. Ich habe dich so geliebt. Es bricht mir das Herz, dass du nicht mehr hier bist.« Ich presse eine Hand auf meinen Brustkorb. Alles in mir ist so verkrampft und ich scheine einfach nicht genug Luft zu bekommen. »Wenn du mich hören kannst, bitte ... ich flehe dich an ... hilf uns. Deine Kinder leiden so unter ihrer Trauer. Dass sie dich verlieren mussten, ist schon schlimm genug, sie können nicht auch noch ihr Zuhause verlieren. Gib Miller und Sylvie Kraft.« Unter leisen Tränen falte ich meine Hände zum Gebet und schließe die Augen. »Bitte, Gott, gib mir die Kraft, uns irgendwie hier durchzubringen. Vergib mir für alles, was ich vielleicht noch tun muss, um meine Kinder zu beschützen und Leid von unserer Familie fernzuhalten.«

Vor allem dieser letzte Teil ist wichtig. Denn ich werde alles tun, was ich tun muss, um meine Kinder zu beschützen und unsere Familie aufrecht zu halten. Es gibt keinen besseren Beweis dafür als das Geheimnis, das ich in mir trage.

ACHTZEHN

SARA

So energiegeladen hat Sara sich nicht mehr durch diese Wohnung bewegt, seit sie hier eingezogen ist, damals, als sie mit Rory schwanger war.

Systematisch packt sie drei große Umzugskartons mit all den Dingen voll, die Freitagmorgen von der Umzugsfirma zu ihrem neuen Haus transportiert werden sollen. Im Hintergrund füllen sich außerdem ein paar große schwarze Müllsäcke nach und nach mit den Sachen, die sie nicht mehr braucht oder haben will.

Rory ist in einer privaten Kindertagesstätte in der Nähe untergebracht, wo er schon früher manchmal war. Dort wird er heute den ganzen Tag über bleiben, damit sie Zeit und Ruhe hat, alles zu erledigen. Um damit abzuschließen und vorwärts zu kommen. So fühlt es sich an … ein Schritt vorwärts, in ein neues Leben mit ihrem Sohn.

Sara summt eine Melodie, während sie packt. Es erfüllt sie mit Genugtuung, daran zu denken, welche Hindernisse sie schon überwunden hat, um sich dieses neue Zuhause zu sichern.

Sara war klar, dass Jennifer ihren Vorschlag annehmen

würde, glasklar, selbst während Jennifer lange nachgedacht und gezögert hat. Offensichtlich plagen sie viele Zweifel und das hat Sara auch nicht anders erwartet. Aber schließlich hat Jennifer so unfassbar schlechte Karten in der Hand, dass ein Teil von ihr ganz klar hat einsehen müssen, dass es furchtbar dumm von ihr wäre, Saras Angebot auszuschlagen.

Das Haus ist unglaublich. So viel besser, als sie erwartet hätte. Natürlich hat Sara Baupläne gesehen und einige Fotos davon, wie Cole sich die Inneneinrichtung vorstellte. Sie hat gewusst, dass das Haus groß und grandios sein würde, aber wow. Es mit eigenen Augen zu sehen, war noch mal etwas ganz anderes.

Jennifer hat sich kleinlaut verhalten, offensichtlich in Trauer über ihren untreuen Mann. Das findet Sara interessant. Sie vermisst Cole auch, natürlich tut sie das. Ihr kleiner Rory wird seinen Vater nie bewusst kennenlernen und nichts als Fotos haben als Erinnerung an ihn.

Sara hat Jennifer einige Unwahrheiten aufgetischt. Dass sie nichts über seine zwei parallelen Beziehungen gewusst hat, dass sie nicht gewusst hat, dass seine andere Familie bereits in dem Haus wohnt. Was hätte sie denn sonst tun sollen? Jennifer hätte sie und Rory nie im Leben einziehen lassen, wenn sie wüsste, warum Sara Cole damals auf dem Networking-Event wirklich angesprochen hatte.

Cole hatte Sara auch viele Lügen erzählt, aber welchen Sinn hätte es denn, einen Grund dafür zu suchen? Sie würde es niemals wissen. Viel besser ist es doch, es zu akzeptieren und nach vorne zu schauen. Sie hatte sich nicht mit Haut und Haar in der Beziehung verloren, hatte nicht ihr ganzes Leben auf einen Mann gebaut, wie Jennifer es getan hatte. Immerhin das bleibt ihr nun.

Es war schwer gewesen, als Kind nach England zu ziehen. Außer ihrem Vater hatte sie niemanden gehabt. Die Wunde, die der Tod ihrer geliebten Mutter hinterlassen hatte, war noch so frisch gewesen. »Das Leben geht weiter«, hatte ihr Vater ihr gesagt. »In unserem neuen Haus fangen wir ganz von vorne an. So hätte es deine Mutter gewollt.«

Das Krankenhaus hatte Fredrik eine Agentur für Kinderbetreuung vermittelt und darüber hatte er Saras erstes Kindermädchen angeheuert.

Die Privatschule, auf die sie geschickt wurde, war schrecklich. Niemand wollte sich mit dem Neuankömmling beschäftigen, mit diesem stillen Mädchen, das kaum je ein Wort sagte und wenn doch, dann mit einem schweren Akzent, mit dem man sie angeblich kaum verstehen konnte. Sara zog sich noch weiter in sich zurück und erst mit der Zeit wurde ihr klar, dass sie durchaus gutes Englisch sprach – es war nur eine Ausrede, um sie weiter auszuschließen und niederzumachen.

Ihren Vater sah sie nur beim Abendessen und da sprach er über seine neuen Kollegen; darüber, wie gut sie ihn aufgenommen hatten und wie angenehm es war, in diesem Krankenhaus zu arbeiten.

An materiellen Gütern hatte sie in ihrer Kindheit alles, was sie sich wünschte. Aber Fredrik Nordstrom lebte nur für seine Arbeit. Wenn er glücklich war, arbeitete er. Wenn er traurig war, arbeitete er. Als talentierter, respektierter Chirurg war seine Anwesenheit nicht nur im OP-Saal sehr gefragt. Während er im Land herumreiste, blieb die kleine Sara in der Obhut von Kindermädchen zurück. Kindermädchen, die mit Saras Unverschämtheit nichts anfangen konnten und auch nicht mit ihren augenscheinlich unsinnigen Forderungen. Keines davon blieb besonders lange.

Rückblickend hat Sara keinen Zweifel, dass sie ein Albtraum von Kind gewesen sein muss, aber sie hatte nur geliebt werden wollen.

Sara kann sich nicht erinnern, dass er sie auch nur ein einziges Mal gefragt hätte, wie es ihr in ihrer neuen Schule gefiel, ob sie Freunde gefunden hatte oder auch nur, wie sie sich mit dem neuen Kindermädchen verstand. Fredriks Herangehensweise ließ sich etwa folgendermaßen zusammenfassen: »Dir scheint es ja auch gut zu gehen. Was für ein Glück, dass wir uns so schnell einleben konnten.«

Aber Sara hatte nicht das Gefühl, sich eingelebt zu haben, und so geht es ihr bis heute.

Als ihre Mutter noch am Leben war, konnte sie Zufriedenheit finden in kalten Wintern vor prasselnden Feuern, unter warmen Decken, mit Hunden auf dem Bett eingekuschelt. Die Erinnerung an ihre schöne, sanfte Mutter, die zwei Tassen heißen Kakao hereinträgt und sich zum Plaudern zu ihr setzt, wird sie immer in Ehren halten.

In England blieb von dieser Zeit nichts übrig.

Um zu überleben, hatte Sara sich davon überzeugt, dass sie niemand anderen brauchte. Sie entschied, sich auf niemanden zu verlassen als sich selbst und sie ließ sich von dem nordischen Winter inspirieren, der ihr so fehlte.

Nicht von der Wärme und dem regen Treiben auf Stockholms herrlichem Weihnachtsmarkt, nicht von der Freude und dem leckeren Glögg. Nein, Sara ließ sich von den kurzen, dunklen Wintertagen inspirieren; sie strahlte nach außen die Kälte der zugefrorenen Seen aus, auf denen sie mit ihrer Mutter Schlittschuhfahren gegangen war.

Ihre Zurückgezogenheit und ihre Neigung, sich in ihrer Gedankenwelt zu verlieren, wurde von einem der Kindermädchen erkannt, und das brachte einen Kinderpsychologen nach dem anderen ins Spiel. Jeder davon bot eine andere Diagnose und einen anderen Behandlungsplan.

Als sie älter und immer schöner wurde, konzentrierte Sara sich zunehmend auf ihr Äußeres. Nun ignorierten die Männer sie nicht mehr und sie suhlte sich in ihrer Aufmerksamkeit. Sie fand etwas Trost in der körperlichen Nähe ihrer One-Night-Stands, musste aber feststellen, dass sie intime Beziehungen nicht aufrechterhalten konnte. Ihr Schutzwall aus Eis war so tief gefroren, dass er ein Teil ihrer Persönlichkeit geworden war.

Es hat Sara überrascht, was für einen heimeligen Eindruck das Haus der Finchams sogar bei ihr, bei einer Fremden, hinterlassen hat. Die gemütliche, entspannte Atmosphäre hat sie an die Papierfabrikfamilie erinnert, die sie als Kind besucht hat. Diese Wärme wünscht Sara sich für Rory. Es hat sie überrascht, wie tief die Liebe reicht, die sie ihrem Sohn gegenüber spürt. Sie wünscht sich nichts sehnlicher, als dass er inmitten von Liebe und Fröhlichkeit aufwachsen darf. Sie sehnt sich nach Weihnachtsfeiern im Kreis der Familie und langen Sommertagen, an denen ihr Sohn am Strand mit anderen Kindern spielen kann.

Nach all dem, was sie als Kind nicht hatte. Nach Dingen, von denen sie nicht weiß, wie sie sie allein ins Leben rufen soll.

Jennifer liebt ihre Kinder auch, das weiß Sara. Als Teil ihrer informellen Abmachung, was ihre neue Wohnsituation angeht, hat Jennifer darauf bestanden, dass ihre Kinder nicht erfahren sollten, wer Sara und Rory wirklich sind. Sie hat Sara darum gebeten, ihnen nicht zu sagen, dass Rory ihr Halbbruder ist, und Sara hat zugestimmt und sich dabei über Jennifers Naivität gewundert. Wie kann ihr denn nicht aufgefallen sein, dass Miller bereits viel besser Bescheid weiß als sie selbst?

Im Laufe der letzten Tage haben sie hart an all diesen Vereinbarungen gearbeitet, aber nun ist es bald so weit. Bald werden sich ihre Pläne endlich auszahlen.

Ihr ganzes Leben lang hat sie Dinge hinter sich lassen und weiterziehen müssen. Aber dieses Mal ... dieses Mal hofft sie, Wurzeln schlagen zu dürfen.

NEUNZEHN

POLIZEI NOTTINGHAMSHIRE

»Aah, Helena, wie immer schön, Sie zu sehen.« Rolly McAfee, der Pathologe, ist ein drahtiger kleiner Mann, der einigen Polizeibeamten laut Brewster inoffiziell als Rolly Ratte bekannt ist. Grund dafür ist die Art, wie flink er in seiner Leichenhalle herumhuscht, und seine irritierende Angewohnheit, beim Besprechen medizinischer Angelegenheiten mit der Nase zu zucken.

McAfee legt sein Sandwich zur Seite und als die beiden Detectives nähertreten, vermischt sich der starke Thunfischgeruch mit den Formaldehyddünsten.

»Tut mir leid, dass wir Sie beim Mittagessen stören müssen, Rolly«, sagt Helena und wirft einen raschen Blick zu Brewster hinüber, dessen Gesicht beim Betreten der Leichenhalle seine übliche Blässe angenommen hat. Helena sieht ihren Kollegen nur selten länger als eine Stunde auf einen Snack verzichten – außer bei ihren sporadischen Besuchen in dieser Leichenhalle.

»DS Brewster.« McAfee begrüßt ihn mit einem kurzen Nicken und weitaus weniger Begeisterung. Wie viele Pathologen, die sich gezwungenermaßen an ihr Arbeitsumfeld gewöhnt haben, hat auch er keine Geduld für »überempfindliche Detectives«, wie Helena ihn oft hat sagen hören.

Sie kann sich genau an den Moment erinnern, an dem sie als junge DS McAfees Respekt gewonnen hat. Sie hatte an einer besonders schwierigen Autopsie teilgenommen, im tragischen Fall eines jungen Mannes, der sich vor einen Zug geworfen hatte. Sie hatte sich so von McAfees Zusammenfassung der Tatsachen mitreißen lassen, dass sie den älteren Detective komplett ignoriert hatte, der sich hinter ihr in das Edelstahlwaschbecken erbrochen hatte. Unbeirrt hatte sie den Pathologen mit immer neuen Fragen zu den Verletzungen des Mannes gelöchert.

Nun eilt McAfee an Brewster vorüber und wäscht sich die Hände, bevor er mit einer dramatischen Geste das Leichentuch von Cole Fincham herunterzieht.

»Wir haben hier einen neununddreißig Jahre alten Mann in guter körperlicher Verfassung. Wie zu erwarten, hat er einiges abbekommen, als sich sein Auto überschlagen hat.« Helena bemerkt die Prellungen, blauen Flecken und verschiedenen Verletzungen, die Finchams Gliedmaßen und Oberkörper überziehen.

»Uns wurde gesagt, er hätte auch schwerwiegende innere Verletzungen davongetragen«, fügt Helena hinzu.

»In der Tat. Aber das war es nicht, was ihn umgebracht hat.« Er bedeutet den beiden Detectives, an das Ende des Seziertisches heranzutreten, wo alle drei sich um die Überreste von Cole Finchams Schädel versammeln, von dem nur noch eine Masse an Knochenstücken und Gewebe übrig ist. »Bisschen unschön, dieses Ende«, merkt McAfee in seinem klassischen Konversationston an und Helena scheint es, als hätte sie in Brewsters sonst so robuster großer Gestalt ein leichtes Wanken entdeckt.

»Die Kollegin vom CIU meinte, Sie hätten eine vom Unfall unabhängige Kopfverletzung gefunden«, sagt Helena.

»So ist es. Beim Untersuchen des Schädelknochens habe ich hier an der Basis eine Linearfraktur entdeckt.« Mit einem Metallstab und zuckender Nase deutet McAfee auf einen Punkt oben an Finchams Kopf und unten am Schädelknochen. »Zudem gibt es hier zahlreiche Blutungen und ein Subduralhämatom, welche alle Blutansammlungen rund um das Gehirn verursacht haben. Aber diese Schädelfraktur ist vor seinem Tod entstanden.«

»Sie wollen also sagen, dass das Schädel-Hirn-Trauma *vor* dem Unfall ausgelöst wurde«, fasst Brewster schwach zusammen.

Der Pathologe nickt. »Und zwar ein Schädel-Hirn-Trauma durch extreme Gewalteinwirkung. Vergleichbar mit der Wucht eines Baseballschlägers auf den Hinterkopf.«

»Schwer vorstellbar, dass er überhaupt in der Lage gewesen scin soll, Auto zu fahren, wenn er sich davor schon die Verletzung zugezogen hat.« Helena runzelt die Stirn.

»Menschen mit Schädeltrauma verhalten sich nicht immer so, wie wir es erwarten würden.« McAfee huscht zu Fincham und mustert seine Verletzungen. »Nach einer Gewalteinwirkung wie dieser prallt das Gehirn von innen gegen den Schädelknochen. Wir bezeichnen dies als primäre Traumafolge. In der Regel ist das Verletzungsopfer direkt danach verwirrt und leidet unter Gedächtnisverlust. Seine Sicht wird verschwommen, ihm wird schwindlig, manchmal verliert das Opfer sogar das Bewusstsein.«

»Aber Sie meinen, dass das bei Fincham nicht der Fall war?«, fragt Brewster.

»Genau. Eine weitaus kleinere Anzahl an Verletzungsopfern zeigt keine besonderen Symptome nach der primären Traumafolge, allerdings verschlechtert sich ihr Zustand später rapide. Bei dieser Art verzögerter Traumafolge schwillt das Gehirn an und drückt gegen den Schädelknochen. Dies nennen wir die sekundäre Traumafolge, welche lebensbedrohlich sein kann. Meiner Ansicht nach ist die primäre Traumafolge bei unserem Mr Fincham eingetreten, kurz bevor er sein Auto bestiegen hat, und die sekundäre Traumafolge dann während der Fahrt.«

»Und das wird vermutlich der Grund gewesen sein, warum er die Kontrolle über sein Fahrzeug verloren hat, obwohl keinerlei Ablenkungen zur Stelle waren«, murmelt Helena. »Das wiederum heißt, dass die sekundäre Traumafolge die eigentliche Todesursache war, und nicht der Autounfall selbst.«

»Genau darauf will ich hinaus, DI Price«, sagt McAfee. »Sie haben wie immer den Nagel auf den Kopf getroffen.«

Als sie wieder im Auto sitzen, rollt Brewster sein Fenster herunter.

»Muss das sein?« Helena bibbert und zieht ihre Jacke noch enger um sich, dann faltet sie ihre Arme. »Da draußen herrscht Windstärke zehn.«

»Tut mir leid, Chefin, aber ich muss diesen Gestank loswerden, wenn ich nicht gleich wieder anhalten und an den Straßenrand kotzen möchte.«

Amüsiert mustert Helena sein käsiges Gesicht. »Das da drinnen hat Ihnen ja richtig zugesetzt … mal wieder.« Sie schaut aus dem Fenster und deutet nach draußen. »Machen wir heute nicht beim Schachtelwirt Halt?«

Sie kann sich gar nicht mehr erinnern, wann sie das letzte Mal an dieser speziellen McDonald's-Filiale – der in Nähe vom Revier – vorbeigefahren sind, ohne dass Brewster einen Abstecher beim Drive-Through machen wollte.

Er schließt sein Fenster und schüttelt den Kopf. »Das pack ich heute nicht. Allein der Geruch reicht schon aus, dass ich mich …«

Helena hält eine Hand in die Höhe. »Fahren Sie weiter,

Brewster. Wir können nur hoffen, dass Sie mit der Zeit abgehärteter werden.«

»Ja, na ja. Rolly Ratte macht es aber auch echt nicht besser. In seiner Gegenwart kriege ich richtig Gänsehaut.« Brewster verzieht den Mund. »In der Kantine hab ich etwas total Gruseliges über ihn gehört und das krieg ich nicht mehr aus dem Kopf.«

Interessiert dreht Helena sich zu ihm. »Und zwar?«

Brewster rümpft die Nase. »Ich habe gehört, er ist Hobbytaxidermist. Also so einer, der tote Tiere ausstopft.«

»Mag ja schwer zu glauben sein, aber ich weiß, was ein Taxidermist ist.«

»Klar, aber stellen Sie sich mal vor, jemand macht das *zum Spaß*. Stopft in seiner Freizeit tote Tiere aus, nachdem er den ganzen Tag damit verbracht hat, tote Menschen auseinanderzunehmen und dann wieder zusammenzunähen. Mit dem sollte mal jemand einen psychometrischen Test machen.«

Helena grinst. »Nun ja, soweit ich weiß, ist Taxidermie nicht illegal. Jedem Tierchen sein Pläsierchen und so weiter. Jedenfalls kennt McAfee sich aus, ekliges Hobby hin oder her. Er hat nicht lange gebraucht, um dieses Schädel-Hirn-Trauma bei Cole Fincham zu entdecken.«

Brewster hält an einer roten Ampel und wirft einen Blick zu Helena hinüber. »Sie glauben also wirklich, dass dem jemand so heftig eins übergezogen hat und er danach einfach ins Auto gestiegen und weggefahren ist?«

»Ich vertraue McAfees Einschätzung und denke, dass es wahrscheinlich genau so passiert ist«, erwidert Helena. »Und davon ausgehend heißt das für uns … wenn McAfee recht hat, dann haben wir hier einen brandneuen Mordfall zu lösen.«

ZWANZIG

JENNIFER

»Du hast sie doch nicht mehr alle!« Ellen schlägt mit der flachen Hand auf die Arbeitsfläche und funkelt mich an. »Kein Wunder, dass dein Kleiner so verkorkst ist!«

»Hey!« Ich deute mit meinem Finger auf sie. »Halt Miller da raus. Er hat gerade erst seinen Dad verloren! Zeig du mal ein bisschen mehr Respekt.«

Ellen tritt auf mich zu. Ihr Blick ist wutentbrannt. »Wie wär's, wenn du ein bisschen mehr Respekt für dich *selbst* entwickelst? Das wär doch mal ne radikale Maßnahme. Ich dachte echt, die Lektion hättest du gelernt, als er dich das letzte Mal verlassen hat, aber ...«

»Mädels, Mädels! Beruhigt euch doch, ich flehe euch an. *Bitte.*« Mum fasst sich an die Stirn und verzieht ihr Gesicht. »Das ist ja fast so schlimm wie früher, als ihr beide hormongeladene Teenager wart.«

»Du meinst damals, bevor du mit einer Alkoholvergiftung ins Krankenhaus musstest?« Nun geht Ellen auf sie los. »Bevor wir uns alleine durchschlagen mussten und Jennifer auf der Straße gelandet ist?«

Am liebsten würde ich auf dem Absatz kehrtmachen und die beiden alleine weiterzanken lassen.

»Mummy, ich kann nicht einschlafen.« Sylvies wispernde kleine Stimme durchschneidet die Gewitterwolken wie Butter und löst die Spannung im Raum. Meine Tochter mit ihren Korkenzieherlocken und dem Peppa-Pig-Schlafanzug mustert uns eine nach der anderen, als wären wir ungezogene Schulkinder. Sie schaut zu mir, zu ihrer Oma und ihrer Tante, dann beginnt ihre Unterlippe zu beben. »Ich wünschte, Daddy wäre hier.«

Mum eilt zu ihr und nimmt sie in ihre Arme. »Zum Glück weiß Gran genau das Richtige für kleine Kinder, die nicht schlafen können. Warme Milch mit Haferkeks.« Ein winziges Lächeln zieht sich über Sylvies rosige Lippen, als Mum sie durch die Küche trägt.

Eine Hand landet auf meiner Schulter. Ich drehe mich um und Ellen legt ihre Wange an meinen Arm. »Tut mir leid. Ich möchte diese Frau, diese Sara Wasauchimmer, einfach nur in Stücke reißen. Du setzt dein Vertrauen auf eine Frau, die dich auf die schlimmstmögliche Art hintergangen hat, und ich möchte nicht, dass du noch mehr leiden musst, als du es sowieso schon tust, Jen. Das war's auch schon.«

»Ich weiß.« Ich lege meine Hand auf ihre und drücke sie sanft. Ich bin ihr dankbar, dass sie sich so um mich sorgt, trotz ihrer spitzen Zunge. »Aber das ist keine leichte Entscheidung, Ellen. Wenn ich ihr Angebot ausschlage, habe ich absolut nichts mehr. Und vor allem haben meine Kinder dann nichts mehr, wo sie doch sowieso schon ihren Dad verloren haben.«

»Du hast uns, Jen! Mich, Mum und Damian. Wir sind deine Familie und wenn du fällst, fängt deine Familie dich auf.«

Ich lächle. Was meine Schwester sagt, ist so lieb, dass ich es nicht übers Herz bringe, darauf hinzuweisen, dass Mum in einer Wohnanlage mit Altersbeschränkung lebt und Ellen in einem winzigen Mietshäuschen und auch das nur dank regelmäßiger Zahlungen meinerseits. Wenn ich Saras finanzielle Unterstützung annehme – und ich habe bereits beschlossen, mich deswegen keinesfalls schlecht zu fühlen, schließlich ist sie mir weiß Gott einiges schuldig –, dann kann ich ganz langsam anfangen, mir und den Kindern ein neues Leben aufzubauen. Zwar ohne Garantie, aber immerhin gibt mir das eine Chance, die ich ohne Sara nicht habe. Ich muss für das kämpfen, was wir uns gemeinsam aufgebaut haben, für alles, was Cole ihr auf dem Silbertablett serviert hat.

Ellen hat schon recht, Sara hat mich hintergangen, aber Cole genauso und das darf ich nicht vergessen. Es ist leicht, alles der Mätresse anzuhängen und sie als eine Art Femme fatale hinzustellen, die meinen unschuldigen Ehemann behext hat, aber so war es nicht. Cole wusste, was er tat. Sara versichert mir nach wie vor, dass sie Coles Geschichte von der Scheidung und den entfremdeten Kindern geglaubt hat. Mag sein, dass das stimmt; vielleicht werde ich es nie wirklich wissen. Aber eines weiß ich mit absoluter Sicherheit: Cole selbst wusste Bescheid. Und er hat sich dafür entschieden, uns immer und immer wieder zu hintergehen.

Vor meiner Familie versuche ich, gute Miene zum bösen Spiel zu machen, aber ich habe Angst. Ich habe Angst, die falsche Entscheidung zu treffen und jemand anderem zu vertrauen – jemandem, der bereits bewiesen hat, wie ungemein hinterlistig er ist.

Ich habe Angst, dass ich diese schreckliche Situation nur noch schlimmer machen werde.

Es wird langsam spät. Mum bleibt heute Nacht bei uns. Ellen ist wieder nach Hause gegangen zu Damian, der anscheinend wegen dem Zwischenfall mit Miller und der Eule immer noch ganz aufgelöst ist.

Mum hat mir erzählt, was passiert ist. »Miller leidet, mein Schatz. Du musst Nachsehen mit ihm haben. Er ist noch viel zu jung, um schon solch eine Tragödie verarbeiten zu müssen.«

Ich habe versucht, mit ihm über den Zwischenfall zu sprechen, aber sobald ich es erwähnt habe, hat er gesagt, ihm sei schlecht, und ist oben im Bad verschwunden.

Anfang diesen Jahres hatte Miller Schwierigkeiten in der Schule. Eine Gruppe älterer Jungen hatte ihn gemobbt und wir erfuhren nur deshalb davon, weil die Eltern eines anderen Kindes uns fragten, ob wir darüber Bescheid wussten. Diese Jungs warteten wohl jeden Tag nach der Schule vor dem Eingangstor auf ihn und machten ihn den ganzen Heimweg lang zur Schnecke. Er hatte es uns gegenüber nie erwähnt.

Wir wandten uns an den Rektor und die Jungen wurden sofort vorübergehend der Schule verwiesen. Einige Wochen später klingelte eines Nachmittags unser Telefon, der Rektor war wieder am Apparat. Miller war von einem Lehrer dabei ertappt worden, wie er einem jüngeren Mitschüler sein Essensgeld wegnahm. Als sie seinen Rucksack durchsuchten, hatten sie jede Menge Bargeld gefunden und so war herausgekommen, dass Miller in den unteren Stufen eine Art Erpressungsring laufen hatte.

Bis zu dem Zeitpunkt war Miller ein freundlicher Junge mit vielen netten Freunden gewesen. Er war Teil der Fußballmannschaft gewesen und am Wochenende immer mit Freunden unterwegs, im Kino, beim Bowling, immer irgendwas. Und dann schien er sich von einer Nacht auf die andere komplett verwandelt zu haben. Natürlich waren wir schockiert. Und schämten uns.

Cole war in die Luft gegangen. Einen kurzen, schrecklichen Moment lang dachte ich, er würde Miller eine Ohrfeige geben, aber zum Glück hatte er sich noch rechtzeitig beruhigen können.

Mit etwas Zeit und der Hilfe des Schulseelsorgers und

anderer Lehrstuhlmitglieder schafften wir es, Miller von der schiefen Bahn abzubringen. Wir fanden heraus, dass ihm keine echten Freundschaften geblieben waren und dass er große Schwierigkeiten hatte, seinen anderen Schulkameraden zu vertrauen und Beziehungen zu ihnen aufzubauen.

In dieser Nacht finde ich kein bisschen Ruhe. Ich treibe ankerlos auf dem Meer meiner Emotionen dahin. Trauer, Schmerz, aber auch Hoffnung.

Morgen wird Sara hier einziehen und obwohl ich nicht die geringste Ahnung habe, wie ich damit umgehen werde, ist es doch ein erster Schritt auf einem möglichen Ausweg aus dieser finanziellen Katastrophe.

EINUNDZWANZIG

SARA

Vor fünfzehn Monaten

Sobald Cole ihre Penthouse-Wohnung betrat, nachdem sie Cameron Beesleys Privatclub verlassen hatten, bemerkte Sara, dass er bereits etwas nüchterner schien. Er sah nicht mehr so orientierungslos aus, als er das große Wohnzimmer betrat, von dem aus man den Fluss und die glitzernden Lichter der Trent Bridge sehen konnte.

»Beeindruckend«, murmelte er. »Was meinten Sie noch mal, was Sie beruflich machen?«

»Im Moment PR-Arbeit.« Sara trat von hinten an ihn heran und ließ ihre Hände über seine breite Brust gleiten. »Davor ein bisschen im Bereich Eventmanagement. Ich mag das so, ein bisschen hiervon, ein bisschen davon.« In einer flinken Bewegung trat sie neben ihn, sodass ihr Körper seinen streifte. »Weißt du, Cole, ich langweile mich nämlich schnell. Es sei denn natürlich, etwas ist interessant genug, um mein Interesse aufrecht zu halten.«

Er schluckte hart und sie beobachtete amüsiert, wie sein

Adamsapfel hoch und runter schnellte. »Ach ja?« Seine Stimme war tief und heiser. Sexy.

Sara trat direkt vor ihn. Ihre High Heels hatte sie an der Tür abgestreift und so war sie nun deutlich kleiner als er. Einsfünfundsechzig neben seinen einsachtzig. Große Männer hatten ihr schon immer gefallen und sie hoffte, dass es ihm mit kleinen, zierlichen Frauen genauso ging. Das gierige Funkeln in seinen Augen verriet ihr, dass die Chancen gut dafür standen. Sie hatte sich hierauf vorbereitet.

Cole blickte auf sie hinab und sie drehte ihm ihr Gesicht zu. Sara sah, wie sein Blick über ihre feinen Gesichtszüge streifte, ihre markanten blauen Augen, ihre natürlich vollen Lippen. Sie kannte ihre schönsten körperlichen Attribute und wusste sie genau zu betonen.

Cole hatte haselnussbraune Augen mit winzigen bernsteinfarbenen Flecken hinter langen, dunklen Wimpern. Es gefiel Sara, dass sein Haar im Nacken etwas länger war und er es nur mit einem Hauch Haargel gebändigt hatte.

Es war kurz nach ein Uhr nachts und ein leichter Schatten zog sich über die rasiermesserscharfen Kanten seines Kinns. Er sah verwegen aus und das gefiel Sara. Das gefiel ihr sogar sehr.

Seine Arme hingen zu beiden Seiten herunter, eng an seinen Körper gepresst. »Ich ... ich sollte jetzt wirklich gehen«, sagte er leise. »Ich muss ...«

»Ssch ... entspann dich«, flüsterte Sara und umfasste seine Hände. Sie stellte sich auf Zehenspitzen und hob ihm ihr Gesicht entgegen. Er drückte sich an sie und ihre Lippen streiften sich. Und noch einmal. Und dann ... ein echter, leidenschaftlicher Kuss. Cole stöhnte und da wusste sie, dass er es auch spüren konnte, diesen Blitz der Anziehungskraft, der wie ein Stromschlag durch seinen Körper schoss. »Komm mit.« Sie nahm ihn bei der Hand und führte ihn durch das Wohnzimmer.

»Warte! Wo willst du ... was machst du ...?«

»Ich will dir nur den Rest der Wohnung zeigen, kein Grund zur Nervosität!« Sie kicherte und zog ihn ins Schlafzimmer. »Schau, von hier hat man genau dieselbe Aussicht.«

»Wow.« Er stieß einen leisen, bewundernden Pfiff aus, während sein Blick über die Panoramafenster und das dunkle Wogen des Flusses dort unten schweifte. Sara drückte auf einen Schalter an der Wand und der Raum füllte sich mit entspannter Musik.

Hinter Coles Rücken streifte Sara ihr Etuikleid ab und gab damit das knappe Spitzenset von Victoria's Secret preis, das sie extra für diesen Abend aus ihrer Sammlung ausgewählt hatte. Sie wusste, wie umwerfend sie aussah, mit ihrer leichten Sonnenbräune, dem straffen Körper und ihren naturgegebenen festen Brüsten. »Wenn du die schönste Aussicht von allen sehen möchtest, musst du dich umdrehen«, sagte sie leise.

»Oh mein ...« Cole trat zu ihr und sie grub ihre Finger in sein Haar, als sie sich küssten. Sie tastete an den Knöpfen seines Hemds herum und spürte nur einen Hauch von Zögern, bevor er sich das Hemd förmlich vom Leib riss und den Rest seiner Kleidung gleich dazu.

Sie löste ihren BH und spürte, wie hart Cole wurde. Sie zog ihn zu ihrem riesigen Bett hinüber und schloss die Augen, als sie sein Gewicht auf sich spürte.

»Halt ...«, murmelte Cole. »Ich hab kein ...«

»Ssch«, unterbrach sie ihn. »Ich nehm die Pille.«

Seine Augen waren glasig, seine Bewegungen ein wenig unbeholfen. Er lehnte sich mit einem zufriedenen Gesichtsausdruck zurück. An diesem bestimmten Detail hatte er schon wieder das Interesse verloren. Ein wohliger Schauer lief über ihren Körper. Zwischendurch hatte sie befürchtet, er würde ihre Annäherungsversuche abweisen, aber diese Sorge hätte sie sich sparen können.

Und nun spürte sie neues Selbstvertrauen in sich wachsen. Sie hatte ihn genau dort, wo sie ihn haben wollte.

ZWEIUNDZWANZIG

MILLER

Er kauert auf einem Sitzsack in einer Ecke des Zimmers und lässt seinen Blick über die Gesichter um ihn herum schweifen.

Gran ist hier, und Tante Ellen. Damian auch, aber der kann ihm immer noch nicht in die Augen schauen … aber warum sollte ihn das kümmern? Auch Sylvie und seine Mum sind hier.

Bisschen seltsam, das hier. Aber schließlich geschehen hier in letzter Zeit ja viele seltsame Dinge.

Miller war gerade dabei gewesen, in seinem Zimmer Messis beste Torschüsse auf YouTube anzusehen, als seine Mum an seine Tür klopfte. »Wir treffen uns in fünf Minuten unten, Miller. Keine Widerrede.«

»Was?« Er hatte das Gesicht verzogen, als sie den Kopf erneut zur Tür reinstreckte. »Ich hab dieses Video grad erst angefangen, kann ich nicht …«

»Fünf Minuten, unten, bitte.« Er hatte den entschlossenen Zug um ihren Mund bemerkt.

»Wieso? Was gibt's?«

»Familienbesprechung.«

»Hä?« Eine Familienbesprechung hatten sie noch nie gehabt.

»Ich muss mit euch allen zusammen über etwas sprechen. Etwas Wichtiges, was bald passieren wird.« Sie hatte ihren Blick durch sein Zimmer schweifen lassen, über die auf seinem Boden verstreuten Socken und Unterhosen. Beim Anblick des Tellers voller Toastkrümel, der noch vom Frühstück dort stand, verzog sie den Mund.

Aber sie sagte nichts dazu und auch das war seltsam.

»Worum geht's dabei, Mum?«

»Das erfährst du alles in fünf Minuten«, hatte sie gesagt und ihm ein schmales, trauriges Lächeln zugeworfen, bevor sie kehrtgemacht und sein Zimmer verlassen hatte.

Als Miller unten ankam, hatte es ihn überrascht zu sehen, wer alles im Wohnzimmer versammelt war.

Nun räuspert seine Mum sich und schaut ihm direkt in die Augen.

»Ich habe euch alle hier versammelt, weil ich Neuigkeiten habe. Ich habe Sara, eine alte Freundin von mir, eingeladen, für eine Weile hier bei uns zu wohnen.«

»*Hier* zu wohnen?« Als der Name fällt, den Miller aus den geheimen SMS kennt, horcht er auf. »Wieso?«

»Weil sie neu hier in der Gegend ist und ich dachte, es wäre bestimmt schön für sie, wenn sie hier mit anderen Leuten zusammenwohnen kann, statt allein mit ihrem Baby in einer Wohnung zu sitzen.«

»Sie hat ein Baby?« Sylvies Miene hellt sich auf.

»Ja«, sagt Millers Mum. »Ein kleiner Junge.«

»Darf ich mich um ihn kümmern?« Sylvie fängt an, im Zimmer herumzuhüpfen. »Ich kann ihm sein Fläschchen geben und seine Haare bürsten, ich kann ihm sogar die Windeln wechseln! Wie heißt er denn?«

Millers Haut kribbelt am ganzen Körper. Arme, Beine, sogar im Nacken und an den Ohren. Das Gesicht seiner Mum gibt ihm den Rest, wie sie versucht, fröhlich zu wirken und dabei so traurige Augen hat.

»Er heißt Rory, mein Schatz«, sagt seine Großmutter.

Das ist der andere Sohn seines Dads.

Die Zeit scheint stillzustehen. Er starrt seine Großmutter an. Kein Lächeln. In Tante Ellens Augen liegen tiefe Schatten. Er ist nicht der Einzige, der sie nicht hier haben will.

»Ich sag es noch einmal, bevor es zu spät ist, Jennifer. Ich denke, du machst einen riesigen Fehler, wenn du sie in dieses Haus lässt«, sagt seine Tante Ellen kühl. »Die Frau ist Gift. Das musst du doch einsehen ... nach allem, was sie getan hat.«

»Was hat sie denn getan?« Miller kaut auf der Innenseite seiner Wange herum. Weiß seine Mum Bescheid? Bestimmt nicht. Sonst würde sie diese Frau niemals hierher holen.

»Ellen. Das ist nicht hilfreich, nicht hier vor den Kindern«, keift seine Mum.

»Nicht vor den Kindern? Die müssen doch mit ihr zusammenleben! Sie kennen sie doch gar nicht! Ist dir klar, dass du sie damit in Gefahr bringen könntest? Sie ist eine Lügnerin und eine ...«

»Das reicht jetzt! Was bleibt mir denn anderes übrig?«, kreischt seine Mum und als sie verstummt, legt sich bleierne Stille über den Raum. Sylvie verkriecht sich in den Armen ihrer Großmutter. »Tut mir leid. Sylvie, Schatz, es tut mir leid. Ich will nur ...« Seine Mum schaut zu Tante Ellen. »Ich will doch nur versuchen, das Beste aus dieser schrecklichen Situation zu machen. Okay? Jede einzelne Entscheidung bringt Probleme mit sich.«

»Die einzige gute Lösung wäre es, dich von all dem zu lösen. Hol dich und deine Kinder hier raus und überlass sie ihrem eigenen Geschick«, sagt Ellen leise. »Das hier kann nicht gut enden.«

»Diese Frau ... Sara. Die soll *hier* wohnen?«, fragt Miller. Er steht auf und macht einen Schritt auf seine Mum zu. »Hier bei uns, in unserem Haus?«

»Ja«, sagt seine Mum und schenkt ihm ein so winziges Lächeln, dass es kaum bis zu ihren Mundwinkeln reicht.

»Wer ist sie, Mum?« Kurz denkt Miller, dass er seiner Mum damit zu sehr zugesetzt hat und dass sie in Tränen ausbrechen wird.

Aber dann setzt sie sich nur aufrechter hin und sagt: »Ich hab es dir doch gesagt, Miller. Sie ist eine Freundin, von früher.«

Miller schaut ihr noch einmal in die Augen, dann geht er aus dem Zimmer und ignoriert alle, die ihn zurückrufen wollen.

Lügen, Lügen, Lügen ... er kriegt von ihnen nicht mehr als Lügen.

Na gut. Lügen kann er genauso. Mal sehen, wie ihnen das gefällt.

DREIUNDZWANZIG

SARA

Donnerstag

Mit dem Auto hat sie nicht allzu viel rübergefahren. Sie hat eine Umzugsfirma angeheuert, die den ganzen Rest in ihrer Wohnung zusammenpacken wird. Morgen Früh wird dann alles zum Haus geliefert.

Schon am Tag nach dem Unfall hat Sara sich eine Umzugsfirma organisiert. Sie hatte bereits entschieden, dass sie hier einziehen würde, Jennifers »Zustimmung« hin oder her. Dass sie so getan hat, als würde sie der anderen Frau eine Wahl lassen, war eine sorgfältig durchdachte Maßnahme, um ihnen ein möglichst harmonisches Zusammenleben zu garantieren. In Wahrheit hatte Sara für den Fall, dass Jennifer sich weigern würde, auszuziehen, bereits einen Anwalt zur Hand, der darauf vorbereitet war, einen sofortigen Räumungsbefehl auszustellen.

Sie hat das Haus noch einmal besucht und Jennifer hat ihr die große Tour gegeben.

Als Jennifer sie nach oben führte, hat Sara einen Blick auf eingerahmte Bilder von Cole und ihr und den beiden Kindern erhascht.

Oben angekommen, wandte Jennifer sich ihr zu. »Wir haben fünf Schlafzimmer. Du kannst eines der beiden Gästezimmer haben.« Die beiden hatten sich inzwischen geeinigt, zum Du überzugehen, um die Geschichte der »alten Freundinnen« für die Kinder überzeugend zu gestalten.

»Wenn es für dich okay ist, würde ich gerne alle Zimmer sehen«, sagte Sara. »Damit ich mir einen guten Überblick über das Haus verschaffen kann.«

Jennifer zögerte, bevor sie ihr die Schlafzimmer der Kinder und die Gästezimmer zeigte. Dann sagte sie: »Und das ist mein Zimmer.«

Jennifer hat die Tür geöffnet, damit Sara ins Elternschlafzimmer schauen konnte. Sie war gerade dabei, sie wieder zu schließen, als Sara sich an ihr vorbeischlängelte und das Zimmer betrat. Sie sah sich um, bemerkte die offene Schranktür und darin Coles fein sauber aufgereihte, frisch gewaschene Hemden in den Pastelltönen, die er so gern getragen hatte. Ihr fiel ein aufwändig gerahmtes Foto über dem Bett auf. Ein Hochzeitsfoto von Jennifer und Cole, die sich verliebt in die Augen sahen. Sara betrachtete die unberührten Kissen auf einer Seite des Betts.

Eine kalte Hand schloss sich um ihr Herz. Ihre Traumfamilie hatte sie nicht bekommen, nicht wie gehofft, aber was nützte es schon, in der Vergangenheit zu leben? Sie hatte die schweren Zeiten in ihrem Leben immer überstanden, indem sie sich auf die Zukunft konzentrierte.

Sie hörte Jennifers Schritte hinter sich. »Wenn du mir sagst, welches der Gästezimmer du haben möchtest, kann ich …«

Sara rümpfte die Nase. »Nun ja, die Gästezimmer sind beide sehr klein«, sagte sie. »Zu klein für Rory und mich. Ich hätte gerne das Zimmer neben diesem hier. Millers Zimmer.«

»Oh, nein … Miller liebt sein Zimmer, Sara. Du weißt doch, wie Teenager sind. Mein Zimmer, mein Revier und so weiter.« Jennifer lachte nervös. »Ich glaube, es wäre keine gute Idee, ihm seinen Rückzugsort wegzunehmen, wo er doch gerade erst seinen Dad verloren hat.«

Sara musterte sie kühl. »Was schlägst du also vor?«

Jennifer kaute auf ihrer Unterlippe herum. »Na ja ... Sylvies Himmelbett ist an der Wand befestigt, das wäre also recht unpraktisch. Da bleiben dann nur die beiden Gästezimmer übrig.«

Sara sah sie an und wartete.

»Was?« Jennifer runzelte die Stirn.

»Na ja, und dein Zimmer«, sagte Sara.

»Wie bitte?«

»Rory und ich brauchen Platz. Millers Zimmer ist groß genug und deines auch.«

Jennifers Gesicht war rot angelaufen. »Willst du damit andeuten, ich soll dir unser Zimmer überlassen?«

»Nein«, erwiderte Sara gelassen. »Ich will damit nur sagen, dass das eine Option ist. Ich wäre mit Millers Zimmer genauso zufrieden.«

Jennifer hatte den Kopf hängen lassen und kurz die Augen geschlossen, bevor sie sich Sara zuwandte.

»Ich möchte Miller nicht noch weiter aufregen. Deswegen werde ich in ein Gästezimmer ziehen, damit du das große Schlafzimmer haben kannst.«

»In Ordnung«, hat Sara gesagt. »Wenn dir das so lieber ist, gern.«

Nun zieht sie ihren weißen Seidenschlafanzug von The White Company aus ihrem Gepäck und legt ihn auf das Kissen. Als junge Mutter eine sehr unpraktische Wahl, das ist ihr klar, aber es ist ihr wichtig, Jennifer zu zeigen, was Cole in ihr gesehen hat. Sara hatte es geschafft, alles für ihn zu sein, Liebhaberin, Mutter und die Frau, die sein Unternehmen gerettet hat. Jennifer dagegen hatte sich gehen lassen und Cole hatte sich anderweitig umgesehen.

Sie geht durchs Zimmer. Jennifer hat die meisten ihrer

Besitztümer aus dem Zimmer geräumt und das Bett frisch bezogen. Sara nimmt verschiedene noch verbleibende Gegenstände vom Frisiertisch und wirft sie in eine Zimmerecke. Ein halbes Dutzend billiger, hässlicher Dekoartikel, ein schäbiger Teddybär, halb abgebrannte Kerzen und ein paar handbestickte Kissen, die schon bessere Tage gesehen haben.

Sara schaut sich im Zimmer um und presst die Lippen aufeinander, als ihr Blick auf die Wand hinter dem Bett fällt. Sie zieht ihre Schuhe aus und stellt sich auf das Bett, um das Hochzeitsfoto abzunehmen, das Jennifer ihr liebenswerterweise dagelassen hat. Dann klettert sie auf den Boden und deponiert das Foto ohne langes Federlesen ebenfalls in der Ecke.

Sara öffnet die Schmuckschatulle, die sie auf den Frisiertisch gestellt hat, und legt das elegante goldene Diamantarmband an, das Cole ihr zum Geburtstag geschenkt hat. Dann hört sie ein Geräusch aus dem Gang. Sie erstarrt, ihr Kopf schnellt in die Höhe, gerade als der knifflige Armbandverschluss mit einem Klicken zuschnappt. Die Tür steht einen Spaltbreit offen und bewegt sich ganz leicht.

»Hallo? Wer ist da?«

Keine Antwort. Rasch läuft Sara durch das große Schlafzimmer und packt den Türgriff. Eine kleine Gestalt zuckt zurück.

»Hallo, Sylvie.« Sie lächelt. »Wie lieb von dir, dass du bei uns vorbeischaust.«

Sylvie presst die Lippen aufeinander und nickt. Schüchtern wendet sie ihren Oberkörper ab, aber ihre Füße sind wie angewurzelt. »Bist du Sara? Mummys Freundin, die jetzt bei uns wohnt?«, fragt sie, die Augen zur Wand gerichtet.

»Ganz genau die bin ich.« Sara erkennt zwischen ihrem und Rorys Gesicht viele Ähnlichkeiten. Dieses Mädchen hier ist Rorys Schwester und sie schenkt ihr ein herzliches Lächeln.

»Warum bist du in Mummys und Daddys Zimmer?«, fragt Sylvie. Ihr Mund ist gramvoll verzogen.

»Wir haben Zimmer getauscht. Weißt du, meine Liebe, Rory schläft doch bei mir und das hier ist das größte Zimmer, deswegen hat deine Mummy beschlossen, in eins der anderen Zimmer zu ziehen.«

Sylvie betrachtet sie mit ernster Miene und gibt keine Antwort.

»Du kannst Rory übrigens besuchen kommen, wann immer du möchtest. Du musst nur an die Tür klopfen, okay?«

Da hellt sich Sylvies Gesicht ein wenig auf. »Kann ich ihn jetzt besuchen kommen?«

»Er schläft gerade«, sagt Sara und Sylvies Gesicht fällt wieder in sich zusammen. »Aber wenn du ganz, ganz leise bist, kannst du schnell einen Blick auf ihn werfen. Was hältst du davon?«

Sylvie nickt eifrig und betritt das Zimmer. Sie schaut sich um und bemerkt den Berg an Deko und persönlichen Gegenständen, den Sara in der Ecke aufgetürmt hat. »Diesen Teddy hab ich Mummy geschenkt«, sagt sie mit Bedacht. »Und die Kissen da hat Gran genäht.«

»Ja, und die sind alle sehr hübsch.« Sara lächelt. »Ich hab sie da hingelegt, mit den anderen Sachen deiner Mummy, damit sie sie mit in ihr neues Zimmer nehmen kann. Rory schläft dort in seinem Gitterbett. Wenn du magst, kannst du kurz gucken gehen.«

Es rührt Sara zu sehen, wie vorsichtig Sylvie auf Zehenspitzen hinübertappt und sich etwas nach vorn beugt, um Rory durch die Stäbe seines Gitterbetts hindurch zu betrachten. Im Profil sieht sie Cole und Rory so unglaublich ähnlich. Es versetzt ihr einen Stich ins Herz.

»Magst du Babys, Sylvie?«, fragt Sara sie leise und tritt näher.

»Ja«, antwortet sie, schon etwas selbstbewusster. »Mia aus meiner Klasse hat einen kleinen Bruder und ihre Mummy hat ihn mal mitgebracht.« Sie lehnt sich vor, um Rory besser sehen zu können. »Der war süß, aber Rory ist noch süßer.«

Sara lächelt. »Ich bin mir sicher, dass es Rory auch gefallen wird, hier mit dir zu leben, Sylvie. So, als hätte er eine große Schwester, mit der er spielen kann.«

Sylvie strahlt. »Und ich werd jeden Tag mit ihm spielen!«

»Wenn du magst, kannst du mir auch sonst mit Rory helfen. Beim Füttern, mit den Windeln. Würde dir das Spaß machen?«

»Ja, ich kann mich jetzt gleich um ihn kümmern!«

»Okay. Also für den Moment lassen wir ihn erst mal schlafen und später kannst du mir dann mit seinen Sachen helfen.«

»Ich sag Mummy Bescheid!« Sylvie kann ihre Freude nicht unterdrücken. Sie läuft zur Tür und klatscht in die Hände, bevor sie die Treppe hinuntereilt.

Jennifers Kinder scheinen bereits ganz verzaubert von Rory zu sein. Als sie vorhin angekommen sind, saß Miller eine halbe Ewigkeit neben seiner Babywippe und hat ihn einfach nur angestarrt. So lange waren sie und Rory fast immer allein und nun hat Rory plötzlich eine komplette Familie zur Verfügung. Kinder, die tatsächlich mit ihm verwandt sind, in deren Adern dasselbe Blut fließt. Das ist ein Geschenk und sie will es ihrem Sohn geben. Das ist der einzige Grund, warum sie sich all das antut.

Ein paar Minuten später hat Sara den Rest ihrer Sachen ausgepackt und nachdem sie sich vergewissert hat, dass Rory immer noch tief und fest schläft und der Babymonitor eingeschaltet ist, macht sie sich auf den Weg nach unten.

Sie kann Jennifer telefonieren hören. Wahrscheinlich mit ihrer Mutter, Kris, oder Ellen, der Schwester mit dem gehässigen Blick. Gleich nachdem Sara angekommen ist, hat Ellen Sara und alle anderen ohne den geringsten Zweifel wissen lassen, dass sie nichts von ihr hält und diese neue Wohnsituation stark ablehnt.

Ellen ist eine aufgedunsene, unförmige Frau mit dunklen, boshaften Augen. Sara kennt diese Art von Frau gut. In den Privatschulen, die sie besucht hat, gab es viele davon: Unscheinbare, untalentierte Mädchen, die jeden hassten, der sie daran erinnerte, dass es im Leben wichtige Dinge gab, die all das Geld ihrer Eltern ihnen nicht kaufen konnte. Gutes Aussehen und Intelligenz zum Beispiel.

Sara war von Natur aus gut darin, andere Menschen schnell einzuschätzen. Instinktiv ihre tiefsten Wünsche zu erkennen. Eine nützliche Fähigkeit.

Was Jennifer sich wünscht, weiß sie schon. Sie will Sara aus dem Haus haben, obwohl sie doch gerade erst eingezogen ist. Jennifer erduldet ihre neue Situation, zu ihrem eigenen Wohl und dem ihrer Kinder. Aber bei der ersten Gelegenheit, Sara zu hintergehen, wird sie keine Sekunde zögern. Sara spürt, dass Jennifer denkt, mit genug Zeit könne sie Sara schon irgendwie loswerden. Sie und Rory aus der Familiengeschichte streichen und aus den Bildern ihrer zum Scheitern verurteilten Ehe retuschieren.

Aber Jennifer ahnt ja nicht, wie schlimm es noch werden wird.

Sara tritt in den Gang, um sicherzustellen, dass niemand in der Nähe ist, dann zieht sie die Schlafzimmertür hinter sich zu. Aus dem Koffer unter dem Bett nimmt sie ihren kleinen Stoffbeutel und daraus ihre Medikamente. Sie weiß, dass sie die Medikamente während der Stillzeit bedenkenlos nehmen kann, das hat sie abgeklärt. Aber sie hofft, dass sie sie nicht mehr lange wird nehmen müssen. In letzter Zeit fühlt sie sich so viel besser!

Soll Jennifer doch zeigen, was sie drauf hat. Sie lächelt und greift nach ihrem Wasserglas, um die erste Tablette runterzuschlucken. Jetzt, wo Sara mit ihnen im selben Haus lebt, hat sie nichts mehr zu befürchten.

Jetzt kann sie nichts mehr aufhalten.

VIERUNDZWANZIG

JENNIFER

Donnerstagnachmittag setzen wir uns mit den Kindern zusammen und Sara zieht zwei in braunes Papier gepackte Schachteln aus ihrer übergroßen Handtasche.

»Eins für dich.« Sie reicht die kleine Schachtel an Miller weiter. »Und eins für dich!« Die größere Schachtel gibt sie Sylvie. Dann sagt sie zu den beiden: »Nur ein kleines Geschenk als Dankeschön von mir, dass ihr mich in eurem wunderschönen Zuhause wohnen lasst.«

Ohne ein weiteres Wort reißt Sylvie das Papier von ihrem Geschenk und nimmt den Inhalt mit einem Juchzen zur Kenntnis. »Oh Mummy, schau mal ... das ist ja echtes Make-up!«

Ich sehe zu, wie Sylvie den pinksilbernen Kosmetikkoffer auspackt, der bis zum Rand mit Lippenstiften und Make-up-Paletten für Disneyprinzessinnen gefüllt ist. Das muss ganz schön teuer gewesen sein. Die Art von Geschenk, die ich Sylvie nur zum Geburtstag oder zu Weihnachten kaufen würde.

»Das ist wirklich nett von dir, Sara«, sage ich, weil ich weiß, dass sie auf meine Reaktion wartet. »Das wäre doch nicht nötig gewesen! Was sagt man da, Sylvie?«

»Danke, Sara! Das ist so, so, so toll!« Sie strahlt Sara an.

»Gern geschehen, meine Süße. Und jetzt bist du dran, Miller.« Sara schaut auf das kleinere, kantigere Päckchen, das Miller ungeöffnet auf den Boden gestellt hat. Sie grinst. »Du darfst es nur behalten, wenn du es gleich auspackst!«

»Miller?« Diesen streitlustigen Ausdruck in seinem Gesicht kenne ich schon. Er will das Geschenk nicht haben und hat keinerlei Skrupel, seine Ablehnung offen zu zeigen. Ich weiß nicht, warum er sich Sara gegenüber so verhält, vielleicht spürt er, dass hier etwas komisch ist. Schließlich soll Sara ja angeblich nur eine alte Freundin von mir sein. Allerdings eine, die uns noch nie besucht hat und die ich vorher nie erwähnt habe. »Öffne Saras Geschenk. Bitte.«

Miller greift nach der Schachtel und zerreißt das Papier ohne Begeisterung. Als sich die Verpackung eines Videospiels zeigt, verschwindet sein mürrischer Gesichtsausdruck.

»Ist das nicht das Spiel, auf das du gerade sparst, Miller?« Ich runzle die Stirn und schaue genauer hin. Soweit ich weiß, soll dieses Spiel der nächste große Hit sein, ist aber noch gar nicht verfügbar.

»Ja! Und ich hätte noch einen ganzen Monat lang mein Taschengeld dafür sparen müssen, aber ... wie hast du ... ich meine, das kommt doch erst nächste Woche raus?«, ruft er.

Sara tippt sich an die Nase. »Wer sich auskennt, kommt an alles ran.« Ich werfe ihr einen fragenden Blick zu. »Ich kenne da jemanden. Ein großes Tier in der Videospielbranche. Er hat mir einen Gefallen geschuldet.«

Miller reißt sich von den Illustrationen auf der Plastikhülle los. »Danke. Das ... das ist wirklich super.«

Ich betrachte die Szene, die sich vor mir abspielt. Meine beiden Kinder, fröhlicher, als ich sie seit dem Tod ihres Vaters gesehen habe, und daneben Sara, die ihre glücklichen Gesichter mustert. Von einer Frau, die nach dem Tod des von ihr geliebten Mannes ihre angebliche Trauer und Schmerzen unter einer tapferen Maske zu verbergen sucht, scheint sie weit entfernt. Sie wirkt im Gegenteil sehr zufrieden, wie die Made im Speck.

FÜNFUNDZWANZIG

POLIZEIREVIER NOTTINGHAMSHIRE

Freitag

Brewster bahnt sich mit einem verblüfften Gesichtsausdruck einen Weg zu Helenas Schreibtisch.

»Ich habe eben mit Jennifer Fincham geredet, Chefin. Ich habe ihr erklärt, dass wir mit ihr über den Unfall ihres Mannes sprechen müssen. Sie hat gesagt, dass wir heute Vormittag vorbeikommen können, aber ... nun ja, ehrlich gesagt klingt es alles ziemlich kompliziert.«

Helena legt ihren Stift nieder und schenkt ihm ihre volle Aufmerksamkeit. »Bin ganz Ohr.«

»Also anscheinend hat Cole Fincham ein geheimes Doppelleben geführt. Es gibt da eine junge Frau namens Sara Nordstrom und die hat ein sechs Monate altes Kind von ihm.«

»Wie bitte? Und seine Frau wusste davon?«

»Sie hat es erst erfahren, als Nordstrom am Tag nach seinem Unfall zu ihr nach Hause kam. Da hat sie Jennifer davon erzählt und jetzt ...«, Brewster schüttelt den Kopf, als versuche er, die Puzzlestücke sinnvoll zu arrangieren, »... jetzt ist sie – Sara – mit ihrem Baby bei den Finchams zu Hause eingezogen.«

Für einen Moment findet Helena einfach keine Worte. Dann reißt sie sich zusammen. »Sie wollen mir also weismachen, dass nicht mal eine Woche nach Cole Finchams Tod seine Mätresse und ihr Baby bei seiner Ehefrau und ihren beiden Kindern eingezogen sind?«

»Jup, so lässt es sich wohl zusammenfassen. Mrs Fincham hat gesagt, dass sie es genauer erklären kann, wenn wir vorbeikommen, aber anscheinend hatte sie keine andere Wahl. Weiß nicht, was das heißen soll, aber sie schien ziemlich durch den Wind – kein Wunder.« Brewster fährt sich mit den Fingern durch sein lockeres rotes Haar. »Ich denke, wir sollten wohl besser einzeln mit den beiden Frauen sprechen. Ich hab wenig Lust, mich da zwischen zwei Fronten zu stellen.«

»Klingt sehr vernünftig, Brewster. Ich denke mal, sie werden sich ihre Worte auch viel sorgfältiger zurechtlegen, wenn wir beide gleichzeitig befragen. Wenn ich das richtig verstehe, sind sie sich ja im Prinzip komplett fremd.«

»Ich habe gesagt, dass wir am frühen Nachmittag vorbeikommen werden. Heute Vormittag ist eine Umzugsfirma da und bringt die Möbel von Cole Finchams Geliebter ins Haus«, erklärt Brewster völlig ratlos.

»Hmm. Nun, ich möchte nicht wild spekulieren, aber das klingt ja, als hätten wir da gleich zwei Verdächtige auf dem Silbertablett serviert bekommen. Vielleicht ist Finchams Kopfverletzung ja doch nicht so mysteriös, wie wir dachten.«

Beim Haus angekommen stellt Helena sich und ihren Kollegen vor, dann führt Jennifer Fincham sie in eine riesige, sonnendurchflutete Küche. Sie ist eine kleine, stämmige Frau Mitte dreißig mit einem attraktiven, von Sommersprossen gesprenkelten Gesicht. An ihren müden Augen kann Helena ablesen, wie sehr die Ereignisse dieser Woche sie belastet haben, aber den Detectives gegenüber ist sie freundlich und offen.

Sie haben den Raum kaum betreten, als Helena eine junge Frau bemerkt, die leise auf einem grünen Sofa vor einem großen Küchenfenster sitzt. Sie ist schlank und umwerfend schön, mit hohen Wangenknochen und strahlend blauen Augen. Ihr kurzes Haar ist aufwändig frisiert, mit Highlights in mindestens vier verschiedenen Blondtönen. Teure Frisur. Außerdem erkennt Helena sofort die markanten Gucci-Farben auf ihrem feinen Wollpullover.

»Das hier ist Sara Nordstrom«, erklärt Jennifer steif. »Und Sara, das hier sind DI Price und DS Brewster vom Polizeirevier Nottinghamshire.«

»Hallo. Herzlich willkommen.« Sara steht auf und geht mit einer besitzergreifenden Selbstverständlichkeit zur Arbeitsfläche hinüber. »Kann ich Ihnen einen Tee anbieten, eine Tasse Kaffee … vielleicht ein Glas Wasser?«

Helena bemerkt Jennifers erstaunten Gesichtsausdruck und kann sie gut verstehen. Offensichtlich ist Sara neu hier und doch hat sie sofort die Führung ergriffen.

»Wasser wäre nett, danke«, sagt Helena.

»Für mich auch«, fügt Brewster hinzu und zuckt zusammen, als aus einem anderen Zimmer ein markerschütterndes Kreischen erklingt.

»Bitte entschuldigen Sie den Lärm. Meine Mutter passt im anderen Zimmer auf drei Kinder auf, während wir hier sprechen.« Jennifer lächelt schwach.

»Bitte, setzen Sie sich.« Sara deutet auf die Ansammlung gemütlicher Sofas vor den Fenstern. Kleinlaut folgt Jennifer ihr. Sobald alle bequem sitzen und Sara die Getränke gebracht hat, räuspert Brewster sich.

»Mrs Fincham, als wir vorhin telefoniert haben, erwähnten Sie, dass Miss Nordstrom seit Kurzem hier wohnt. Ich nehme an, Sie sind einverstanden, wenn wir in ihrer Gegenwart offen mit Ihnen sprechen?«

Sie nickt. »Nennen Sie mich doch Jennifer. Und ja, wie gesagt, ich habe vor wenigen Tagen erfahren, dass Sara ebenfalls eine Beziehung mit Cole geführt hat. Wir haben beschlossen, das nun möglichst hinter uns zu lassen und die Bedürfnisse unserer Kinder zu priorisieren.«

Helena bemerkt die Röte in Jennifers Wangen und ihre unruhigen Finger, die erkennen lassen, dass dieses ungewöhnliche Arrangement womöglich nicht ganz so leicht zu akzeptieren war, wie es auf den ersten Blick scheinen mochte.

»Cole ist der Vater meines sechs Monate alten Sohnes«, sagt Sara. »Sie sollten wohl außerdem erfahren, dass ich die rechtmäßige Eigentümerin dieses Hauses bin. Sie können mich also durchaus als vollwertiges Mitglied dieser Unterhaltung behandeln.«

Für eine so junge Frau macht sie auf Helena einen erstaunlich souveränen, selbstbeherrschten Eindruck.

Helena sagt: »Danke an Sie beide, dass Sie uns Ihre Wohnsituation erklärt haben. Wir haben Neuigkeiten bezüglich des Unfalls, welche mein Kollege Ihnen gleich erklären wird. Danach würden wir gerne einzeln mit Ihnen beiden sprechen, wenn Sie damit einverstanden sind.«

»Wieso einzeln?«, fragt Sara sofort.

»Nur, um die Dinge zu vereinfachen. Vermutlich haben Sie beide vor Mr Finchams Tod ein recht unterschiedliches Leben geführt, deswegen wäre es für uns hilfreich, die beiden Befragungen aufzuteilen, damit wir eine möglichst klare, akkurate Vorstellung von seinem Aufenthaltsort und seiner Routine bekommen.«

Sara gibt keine Antwort, aber Jennifer sagt: »Das ergibt irgendwie Sinn.«

»Okay. Nun zu den Neuigkeiten.« Brewster verschränkt seine Finger ineinander und mustert sie. »Es tut mir leid, Ihnen beiden mitteilen zu müssen, dass wir eine entscheidende Entdeckung gemacht haben. Während der Autopsie wurde erkannt, dass Mr Fincham durch einen Schlag auf den Hinterkopf ein Schädel-Hirn-Trauma erlitten hat. Wir vermuten, dass er sich diese Verletzung vor seinem Autounfall auf der A453 zugezogen hat.«

»Wäre es möglich, dass noch jemand im Auto war?«, fragt Jennifer schwach. »Jemand, der ihn angegriffen hat?«

»Es gibt keinerlei Hinweise darauf, dass noch jemand im Auto war. Es ist viel wahrscheinlicher, dass Mr Fincham angegriffen wurde, *bevor* er in sein Auto gestiegen ist.«

Die beiden Frauen wechseln einen Blick. »Jemand hat ihn geschlagen?«, fragt Jennifer und ein Ausdruck tiefen Entsetzens breitet sich in ihrem Gesicht aus.

»Es handelt sich um eine schwere Verletzung«, bestätigt Helena. »Der Pathologe hat es mit der Wucht eines Baseballschlägers verglichen.«

»O Gott!« Jennifer Fincham schlägt eine Hand aufs Herz.

»Aber wie sollte er nach einem so heftigen Schlag denn Auto fahren können?«, fragt Sara ruhig.

»Nicht jeder verliert in dieser Situation das Bewusstsein. Manchmal verhalten Menschen sich danach noch eine kurze Weile lang ganz normal, bevor ihr Gehirn anschwillt«, erklärt Helena. »Die sekundäre Traumafolge kommt erst später ins Spiel und kann dann tödliche Folgen haben.«

»Es gab keinen offensichtlichen Grund, warum sein Fahrzeug am Unfallort von der Straße hätte abkommen sollen«, fügt Brewster hinzu. »Und die Verletzungen, die Cole durch den Unfall erlitten hat, haben ihn nicht umgebracht. Diese Kopfverletzung, die er vor dem Unfall davongetragen hat, war nicht nur der Auslöser für seinen Autounfall, sondern höchstwahrscheinlich auch die Todesursache.«

»Kurz gesagt hat jemand Cole also so heftig geschlagen, dass es ihn umgebracht hat«, wiederholt Jennifer tonlos. Helena bemerkt, dass ihr Gesicht alle Farbe verloren hat und ihre Hände leicht zittern.

»Leider sieht es ganz danach aus, Mrs Fincham«, bestätigt Brewster mit finsterer Miene.

SECHSUNDZWANZIG

Jennifer hat sich bereit erklärt, als Erste mit den Detectives zu sprechen. Sie führt sie wieder in den Gang hinaus und dann in ein Zimmer zur Linken. In diesem Haus scheint es an leeren Zimmern nicht zu mangeln, denkt Helena bei sich, als die Tür sich hinter ihnen schließt. Ihr fällt auf, dass Jennifer nun, da sie nicht mehr im selben Raum wie Sara ist, jede Energie verloren zu haben scheint, als wäre sie erschöpft von ihrem Schauspiel.

»Cole hat Kartenspiele geliebt und er wollte Freunde zu Spieleabenden in diesem Zimmer einladen.« Jennifer hebt eine Seite eines Klapptisches hoch, um den grünen Filzstoff darunter zu berühren. »Aber dazu ist es nie gekommen«, fügt sie traurig hinzu.

»Jennifer, wir möchten Ihnen unser herzliches Beileid aussprechen«, setzt Helena an. »Ich kann mir vorstellen, wie ungeheuer belastend es nach dem Tod Ihres Mannes gewesen sein muss, durch Saras Besuch noch mehr Schock und Schmerz aufgebürdet zu bekommen.«

Sie nickt und schaut auf ihre Finger hinab, zwischen denen sie ein Taschentuch zwirbelt. »Den Schock kann ich gar nicht beschreiben. Wahrscheinlich möchten alle nur Gutes über ihre

Ehemänner denken, glauben, dass er immer treu ist, aber ich hätte mein Leben darauf verwettet, dass Cole uns das niemals hätte antun können, ganz ehrlich. Aber zu erfahren, dass er mich auch finanziell in eine aussichtslose Lage gebracht hat, war noch tausendmal schlimmer als das mit dem geheimen Doppelleben und dem Baby. Da dachte ich wirklich, mein Herz würde einfach stehen bleiben.«

Helena schaut zu Brewster hinüber. Von finanziellen Problemen ist ihr nichts bekannt und nach dem Gesichtsausdruck ihres Kollegen zu urteilen, geht es ihm genauso.

»Jennifer, könnten Sie uns das mit der finanziellen Lage bitte genauer erklären?«, bittet Brewster sie sanft. »Sara hat erwähnt, dass dieses Haus ihr gehört und ... ich möchte nicht aufdringlich sein, aber es ist wichtig, dass wir einen umfassenden Überblick über das Leben Ihres Mannes erhalten und dafür brauchen wir jedes Detail.«

Kurz sitzt Jennifer einfach nur stumm da. Sie scheint ihre Kräfte zu sammeln, bevor sie zu einer Antwort ansetzt.

»Nachdem Sara mir am Tag nach Coles Tod erzählt hat, dass sie eine Beziehung mit ihm geführt hatte, habe ich sie aufgefordert, zu gehen. Sie hat sich geweigert und gesagt, wenn sie wollte, könnte sie meine Kinder und mich zwangsräumen lassen. So habe ich davon erfahren. Sie hat mir erzählt, dass dieses Haus ihr gehört, und unsere Autos ... tatsächlich gehört ihr alles, jeder einzelne meiner Vermögenswerte. Sie war nämlich Coles alleinige Investorin. Im Prinzip war sie seine Privatbank und er muss wohl sehr scharf auf ihr Geld gewesen sein, denn er hat ungemein strenge Finanzierungsverträge mit ihr unterschrieben. Wahrscheinlich dachte er, irgendwann könnte er genug Geld verdienen, um da wieder rauszukommen.«

»Sara hat Ihr Unternehmen finanziert?«, wiederholt Helena.

Jennifer nickt. »Am Sonntag war Coles Buchhalterin hier,

um mir alles zu erklären. Vor etwa einem Jahr hat Sara Cole einen massiven Kredit ausgestellt, um ihn vor dem Bankrott zu bewahren. Ich wusste überhaupt nichts davon, allerdings hat seine Buchhalterin mir gezeigt, dass ich alle entsprechenden Dokumente unterschrieben habe.« Sie versteckt ihr inzwischen hochrotes Gesicht hinter ihren Händen. »Wie dumm ich doch war. Das ist so peinlich, aber es entspricht nun mal der Wahrheit und ich muss mich dem jetzt stellen. Aus rechtlicher Sicht war ich über diesen Deal bestens informiert.«

»Wir wissen Ihre Offenheit sehr zu schätzen, Jennifer«, sagt Helena. »Ich weiß, wie schwierig das sein muss, aber es ist wirklich äußerst wichtig, dass Sie uns alles erzählen, was für den Fall relevant sein könnte.«

Jennifer fährt fort: »Die Buchhalterin hat mir versichert, dass die von uns unterschriebene Kreditvereinbarung hieb- und stichfest ist. Jedenfalls hat Sara mir die Wahl gelassen, mehr oder weniger. Entweder wir leben alle gemeinsam hier in diesem Haus, damit ihr Sohn in einer Familie aufwachsen kann, gemeinsam mit seinem Halbbruder und seiner Halbschwester, oder ich lande mit meinen Kindern auf der Straße.«

Für Helena klingt es, als wäre Jennifer vor eine unmögliche Entscheidung gestellt worden. »Das muss unfassbar schwierig für Sie gewesen sein.«

Jennifer zieht ein Taschentuch hervor und tupft sich über ihre feuchten Augen. »Ich bin mir immer noch nicht sicher, ob ich mich richtig entschieden habe. Ellen, meine Schwester, ist sehr wütend auf mich. Ihrer Ansicht nach habe ich mich total zum Opfer machen lassen, aber ihr ist auch nicht klar, wie schlimm es finanziell für mich steht. Ich habe wirklich absolut gar nichts. Kein Geld und keine Perspektiven für einen Neubeginn. Als Teenager musste ich eine Zeit lang auf der Straße leben und ich habe mir geschworen, dass meine eigenen Kinder niemals erleben würden, wie sich Obdachlosigkeit anfühlt. Egal, was ich dafür tun muss.«

»Inwieweit wissen Ihre Kinder darüber Bescheid?«, hakt Brewster vorsichtig nach. »Meines Wissens ist Ihre Tochter noch recht klein.«

»Sie wissen beide, dass ihr Dad in einem Autounfall gestorben ist, aber dass der kleine Rory ihr Halbbruder ist, wissen sie nicht. Sara und ich waren uns einig, dass es am besten ist, wenn wir ihnen erst mal nichts sagen, bis wir wissen, ob unser Wohnarrangement so funktioniert. Soweit die Kinder und alle anderen wissen, ist Sara eine alte Freundin von früher, die jetzt bei uns wohnt. Sie hat sich bereit erklärt, das für den Moment so zu bestätigen.«

»Ich vermute allerdings, dass Ihre Mum und Ihre Schwester die Wahrheit wissen?«, fragt Helena.

»Oh ja, das haben wir gemeinsam besprochen.« Jennifer verdreht die Augen. »Deswegen stehen sie dem Ganzen auch so ablehnend gegenüber.« Ihre Stimme wird leiser und sie wirft einen Blick zur Tür. »Ich brauche nur ein bisschen Zeit, um mein Leben wieder in den Griff zu kriegen. Um mir klarzuwerden, wie ich meine Kinder und mich über die Runden bringen kann.«

Helena kann sehen, wie viel Druck auf Jennifer Fincham lastet. Offensichtlich bleiben ihr nicht viele Möglichkeiten.

»Und als wäre das nicht schon schlimm genug, muss ich mir auch noch solche Sorgen um Miller machen. Im Frühling hatte er Probleme in der Schule und er hat gerade erst wieder Fuß gefasst.« Das einstmals zwischen ihren Fingern verdrehte Taschentuch liegt inzwischen in Fetzen auf dem Tisch. »Der Schulseelsorger hat gesagt, dass Stabilität im Moment das Wichtigste für ihn ist und dass wir alles nur Mögliche tun sollen, um für einen ausgeglichenen Alltag zu sorgen. Ich glaube, er würde es einfach nicht verkraften, seinen Dad *und* sein Zuhause zu verlieren.«

»Ich frage das nur ungern, aber Sie müssen verstehen, dass es bei der Ermittlung eines so schweren Verbrechens bestimmte Punkte gibt, die wir einfach abhaken müssen«, sagt Brewster, den Stift über seinem Notizblock gezückt. »Können Sie uns sagen, wo Sie sich zum Unfallzeitpunkt aufgehalten haben?«

»Hier, zu Hause«, antwortet Jennifer ohne zu zögern. »Wir hatten den ganzen Tag über Leute wegen dem Partyzelt da und haben alles für unsere jährliche Halloweenparty vorbereitet. Dieses Jahr hatten wir große Pläne. Wir wollten damit unser neues Zuhause feiern und Cole hatte einige wichtige Geschäftskunden eingeladen für einen großen Auftrag, den er sich sichern wollte.«

»Sie haben das Haus also nicht verlassen?«, hakt Brewster nach.

»Nein. Also bis auf … am späten Vormittag bin ich kurz weggefahren, um unsere Kostüme abzuholen, weil das Auto der Schneiderei nicht anspringen wollte, aber das war's.«

»Am Unfalltag haben Sie Ihren Mann also wann zuletzt gesehen?«

»Ich denke, das muss so um elf gewesen sein. Er war auf ›Dienstreise‹ gewesen.« Hier setzt Jennifer sarkastische Anführungszeichen mit ihren Fingern. »Er hat mir erzählt, dass er herumreisen musste, um Gutachten für Bauprojekte abzugeben. Deswegen war er ein paar Nächte lang weg, aber morgens ist er immer wieder zurückgekommen. Am Samstagmorgen kam er um etwa neun Uhr dreißig nach Hause und dann ist er etwa eine Stunde später wieder gegangen, ohne jemandem deswegen Bescheid zu sagen.«

»Er hat das Haus also verlassen, bevor Sie die Kostüme für die Party abgeholt haben, und Sie haben keine Ahnung, wohin er gefahren sein könnte?«, fragt Brewster. »Sie haben ihn danach nicht mehr gesehen?«

»Nein. Es war an sich nicht ungewöhnlich, dass er kurzfristig fort musste; in der Regel, um irgendein Problem im Unternehmen zu lösen.« Sie verzieht bitter ihren Mund. »Aber normalerweise hat er mir immer Bescheid gesagt, bevor er gegangen ist. Zum Glück hat Miller ihn wegfahren hören.«

»Sie müssen sich Sorgen gemacht haben, als immer mehr Zeit verging und er immer noch nicht zurückgekommen war.«

»Ja. Ich habe ihn mehrmals angerufen und ihm geschrieben, aber sein Handy war aus. Ich dachte, er würde in einem Kundenmeeting sitzen oder so was in der Art, aber ich habe mir Sorgen gemacht, dass er nicht rechtzeitig heimkommen würde, um sich für unsere Party um neunzehn Uhr fertigzumachen.«

»Hatten Sie auch nur den Hauch einer Ahnung, dass Cole eine Affäre haben könnte?«, fragt Helena. »Nur das leiseste Gefühl, dass etwas nicht stimmte?«

»Nein, überhaupt nicht. Aber ich möchte ehrlich mit Ihnen sein – das hier ist nicht das erste Mal, dass er mir untreu war.« Den Blick zu Brewster kann Helena sich verkneifen, aber diese Antwort hat sie nicht erwartet. »Vor etwa sechs Jahren hat er uns verlassen, um mit einer anderen Frau zusammenzuziehen, die er aus der Arbeit kannte.«

»Eine Mitarbeiterin?«, fragt Helena vorsichtig.

Jennifer nickt. »Rhea Brace. Sie war jung, hübsch, Anfang zwanzig. Nach ein paar Monaten ist das aber im Sande verlaufen. Cole ist danach wieder zur Besinnung gekommen. Ihm ist klargeworden, wie sehr er seine Familie liebt, und nachdem wir beschlossen haben, uns wieder zu versöhnen und um unsere Ehe zu kämpfen, war er mit Herz und Seele dabei.« Sie zögert. »Zumindest schien es mir so. Ich dachte wirklich, wir wären glücklich. Sie kennen bestimmt diesen Spruch, ›Was uns nicht umbringt, macht uns stärker‹? Genau so war es bei uns. Ich hätte ihm mein Leben anvertraut. Sie können fragen, wen Sie wollen, alle würden Ihnen bestätigen, dass Cole ein echter Familienmensch war.«

»Aber dann hat er Sara kennengelernt, die nicht wusste, dass er verheiratet war und Kinder hatte?«

Jennifer rümpft ihre Nase. »Angeblich ja. Sara beteuert

immer wieder, dass Cole ihr gesagt hat, er sei geschieden und dürfe seine Kinder nicht besuchen. Sie hat gesagt, dass sie vorhatten, in ein paar Monaten endgültig zusammenzuziehen. Aber das kann ich nicht glauben. Es mag ja sein, dass er mir untreu war und ein Kind mit einer anderen Frau bekommen und finanziell furchtbar schlechte Entscheidungen getroffen hat, aber seine Kinder hat er zutiefst geliebt. Sie mögen mich deswegen für naiv halten, aber trotz allem glaube ich ganz ehrlich, dass er auch mich geliebt hat.«

SIEBENUNDZWANZIG

Jennifer beendet ihre Unterhaltung mit den Detectives und geht wieder in die Küche zurück. Auf Helena wirkt es, als würde Jennifer sich die Dinge schönreden, um weniger leiden zu müssen. Und tun das nicht alle, wenn ihnen das Herz gebrochen wird? Kurze Zeit später betritt Sara das Zimmer.

»Miss Nordstrom, bitte setzen Sie sich doch«, sagt Helena und bemerkt, dass ihr hier nicht angeboten wird, zur informelleren Anrede mit Vornamen überzugehen.

Sara setzt sich und legt ihre Hände in den Schoß. Sie wirkt ruhig und entspannt, aber ihr Daumennagel reibt unablässig über ihre Handfläche. Wenn Helena wetten müsste, würde sie mit einiger Sicherheit vermuten, dass Sara Nordstrom etwas zu verbergen hat. Sara weicht ihrem Blick aus und Helena spürt die Distanz, die die junge Frau zu ihnen aufgebaut hat. Sie bezweifelt, dass es ihnen gelingen wird, diese Distanz in der kurzen Zeit zu überwinden, die ihnen zur Verfügung steht.

»Können Sie uns kurz beschreiben, wann und wie Sie Cole Fincham kennengelernt haben?«, eröffnet Brewster das Gespräch.

»Ich habe ihn letzten Sommer während eines privaten Networking-Events getroffen«, erklärt Sara knapp.

»Und Sie haben sofort eine Affäre miteinander begonnen?«

»Ganz genau.« Knapp. Selbstbewusst. Nicht im Geringsten eingeschüchtert … wenn da nicht der unruhige Daumennagel wäre.

»Miss Nordstrom, war Ihnen bewusst, dass Mr Fincham verheiratet war und zwei Kinder hatte?«

»Cole hat mir erzählt, er wäre geschieden und seine Familie lebe im Ausland.«

»Hat er Ihnen von seinen Kindern erzählt oder erwähnt, wo er sich aufgehalten hat, wenn er nicht bei Ihnen war?«

»Er hat gesagt, seine Kinder würden inzwischen außer Landes leben und dass Jennifer sich weigere, ihn die Kinder sehen zu lassen. Er war oft geschäftlich unterwegs und hat in Hotels im ganzen Land geschlafen, aber er war auch dabei, dieses Haus zu renovieren, damit wir dort später gemeinsam mit Rory wohnen konnten.«

»Hatten Sie persönlich denn keinen Einfluss auf die Renovierung?«

»Er hat grob mit mir durchgesprochen, was er vorhatte, hat mir aber erzählt, dass es nur langsam voranging und dass die Bauarbeiten sich aus verschiedenen Gründen verzögert haben.« Sie hustet. »Es war schwierig für mich, mich so oft allein um Rory kümmern zu müssen, während Cole fort war. Wahrscheinlich wollte er mich damit einfach nicht noch mehr belasten.«

»Wie frustrierend es gewesen sein muss, dass das mit dem Haus so lang gedauert hat … angeblich zumindest. Vermutlich haben Sie das Haus während der Renovierungsphase mehrmals besucht, um zu sehen, wie alles voranschreitet und um gemeinsam Entscheidungen zur Inneneinrichtung und so weiter zu treffen?«

Sara rutscht auf ihrem Sitz umher. »Nun ja, nein … Cole

hatte sehr konkrete Vorstellungen davon, wie es aussehen sollte und ... na ja, ich denke, er wollte mich mit allem überraschen.«

»Verstehe«, sagt Brewster. »Wirklich sehr zuvorkommend von Ihnen. Aber fanden Sie diese Vorgehensweise nicht etwas seltsam? Dass Sie so komplett außen vor waren?«

Sara schnaubt leise. »Ich wusste, dass Cole mich liebt und er hat mir versprochen, dass wir zusammenleben würden, sobald das Haus fertig ist.«

»Und doch steht es nun hier, komplett fertig renoviert, und er hat sein Versprechen trotzdem nicht eingelöst«, wirft Brewster leichthin ein.

»Es gab da noch andere Dinge zu regeln«, erwidert Sara in einem wie Helena scheint leicht defensiven Ton. »Zum Beispiel das mit seinem Unternehmen.«

»Wie viel Geld genau haben Sie Mr Fincham eigentlich geliehen?«

Sara runzelt die Stirn. »Ich wüsste nicht, warum Sie das etwas angehen sollte, oder warum das hier relevant ist.«

Brewster zuckt mit den Schultern. »Das ist relevant, um die Hintergründe dieses Falls genau festzulegen, und darum geht es uns hier gerade. Wir werden uns auch an Mr Finchams Buchhalterin wenden. Wenn es Ihnen lieber ist, können wir uns die erforderlichen Informationen früher oder später auch von ihr geben lassen.«

»Allerdings wüssten wir es zu schätzen, wenn Sie sich kooperationsbereit zeigen«, fügt Helena hinzu.

Sara fährt sich mit der Zunge über die Oberlippe. »Ich habe ihm zweihunderttausend Pfund geliehen, um seinen geschäftlichen Bankkredit abzuzahlen. Davon blieb ihm genug Geld übrig, um eine Privatentnahme aus dem Unternehmenskonto zu tätigen, mit der er sich über Wasser halten konnte, bis sein Unternehmen wieder besser lief.«

»Und außerdem gehört Ihnen dieses Haus.«

»So ist es. Ich habe die Renovierung komplett finanziert.«

Brewster gibt ein lang gezogenes, tiefes Pfeifen von sich. »Dabei muss eine ordentliche Summe zusammengekommen sein. Wie alt sind Sie, Miss Nordstrom?«

»Ich bin achtundzwanzig.«

»Ein stattliches Vermögen, das Sie sich da angespart haben«, bohrt Brewster nach. »Sind Sie ebenfalls Unternehmerin?«

»Nein. Aber mein Vater hat mir ein gutes Erbe hinterlassen, darunter einen umfangreichen Treuhandfonds, wenn es das ist, was Sie wissen möchten.«

»Ich muss mich doch fragen, warum Sie sich dazu entschieden haben, dieses Vermögen an einen Mann zu verschwenden, der offensichtlich in finanziellen Schwierigkeiten steckte. Das Risiko muss doch hoch gewesen sein, dass er Bankrott gehen würde.«

»Ich bin ja nicht blöd.« Offensichtlich fühlt Sara sich auf den Schlips getreten. »Es ging nicht nur ums Geld. Ich habe ihn geliebt, ich war gerade von ihm schwanger geworden. Ich wollte ihm zeigen, dass ich ihn unterstütze und an ihn glaube. Dass ich nicht einfach wieder verschwinden würde.«

Eine interessante Antwort, allerdings kommt Brewster einfach nicht durch den steinharten Schutzschild dieser Frau durch.

»Auf mich machen Sie einen sehr scharfsinnigen Eindruck.« Helena übernimmt nun die Befragung. »Ich bin sicher, dass Sie lange und sorgfältig überlegt haben, bevor Sie sich entschieden haben, Mr Finchams Geschäftsschulden mit Ihrem eigenen Vermögen zu begleichen.«

»Genau das habe ich getan«, erwidert Sara mit gepresster Stimme. »Ich bin nicht dumm. Auch wenn ich mein ganzes Leben lang von vielen Leuten unterschätzt wurde.«

»Klingt eindeutig, als wären die die Dummen gewesen. Sie scheinen sichergestellt zu haben, dass alles legal einwandfrei geregelt wurde.«

»Absolut, und Cole war damit mehr als einverstanden. Das war eine meiner Bedingungen dafür, ihm zu helfen.« Sie schaut zu Helena. »Als er starb, war ich am Boden zerstört, aber zugleich heilfroh, dass ich mich so gut abgesichert hatte, indem wir das Finanzielle ganz offiziell geregelt haben.«

»Zu Recht«, stimmt Helena ihr zu. Ihr fällt auf, dass Sara, seit Brewster und sie hier sind, keine noch so kleine Gefühlsregung gezeigt hat, was Cole Finchams Tod angeht. »Soweit ich es verstehe, wäre es Ihr volles Recht gewesen, Jennifer und ihre Kinder dieses Hauses zu verweisen. Stattdessen haben Sie beschlossen, diese Vereinbarung mit ihr zu treffen. Unter den gegebenen Umständen scheint mir das ein sehr großzügiger Vorschlag.«

»Für meinen Sohn und mich birgt das auch Vorteile. Wir haben sonst keine Familie. Ich bin mit acht Jahren nach England gekommen, nach dem Tod meiner Mutter. Ich habe bei meinem Vater gewohnt, aber er war Chirurg und immer so beschäftigt, dass ich von Kindermädchen großgezogen wurde. Dieses einsame Leben möchte ich nie wieder führen und auch meinem Sohn möchte ich das ersparen.«

»An sich ein wirklich triftiger Grund, aber ich komme doch nicht umhin zu bemerken, dass die meisten Menschen lieber etwas Einsamkeit ertragen würden, als mit der Ehefrau ihres Geliebten zusammenzuleben und sich all den Ärger anzutun, der damit einhergehen könnte.«

Sara lächelt. »Jennifer stellt keine Bedrohung für mich dar, DI Price. Ich weiß nicht, warum Cole gelogen hat, aber es ist offensichtlich, dass die beiden nichts Nennenswertes verbunden hat, auch wenn Jennifer sich weigert, das einzusehen.« Helena findet Saras ausweichende Art wirklich bemerkenswert. Sie würde eine gute Politikerin abgeben.

»Dürfte ich wissen, wo Sie sich zum Zeitpunkt von Cole Finchams Unfall aufgehalten haben, Miss Nordstrom?«, fragt Brewster.

»Ich war zu Hause, habe mich um mein Kind gekümmert und mich gefragt, wann sich mein Leben endlich ändern würde«, sagt sie. »Inzwischen habe ich wohl eine Antwort auf diese Frage bekommen, auch wenn es nicht die war, auf die ich gehofft hatte.«

Sobald sie das Haus verlassen haben, zieht Brewster eine Augenbraue hoch. »Du meine Güte. So eine Abmachung habe ich ja noch nie erlebt. Denken Sie, das wird funktionieren?«

»Wer weiß?« Helena spitzt ihre Lippen. »Miss Nordstrom scheint ein Händchen dafür zu haben, die Dinge so zu arrangieren, dass andere nur schwer wieder davon loskommen.«

»Wie mit dem Geld, das sie Cole Fincham geliehen hat?«

Helena nickt. »Erst leiht sie ihm all dieses Geld und dann verwickelt sie ihn in so strikten Verträgen, dass er nicht den Hauch einer Chance hat, da je wieder rauszukommen.«

»Und das wiederum heißt, er musste die Beziehung zu ihr aufrechterhalten, ob er nun wollte oder nicht.«

»Genau, Brewster. Natürlich alles nur Spekulation, aber mit ihrer Finanzierung hat sie das Machtverhältnis zwischen ihnen beiden eindeutig geändert. Dieses Arrangement scheint mir noch einigermaßen logisch, auch wenn ich es selbst nicht nachvollziehen kann, aber ...« Helena zögert. »Aber was Sara davon hat, mit Jennifer und ihren Kindern zusammenzuziehen, ist mir immer noch unklar.«

»Die meisten Menschen würden vor einem derartigen Wohnarrangement schreiend davonlaufen«, bekräftigt Brewster.

»Sie scheinen beide zu glauben, dass sie das Wohl ihrer Kinder über alles andere stellen, aber was, wenn die davon am Ende komplett verkorkst werden? Eine riskante Entscheidung und eine, die ich so ganz sicher nicht treffen würde.« Sie haben das Ende der kurzen Einfahrt erreicht und gehen über die

Straße auf ihr Auto zu. »Wenn ich in diesem Job eines gelernt habe, dann, dass es keinen allgemeinen Standard dafür gibt, wie Leute ihr Leben leben.«

»Das können Sie laut sagen. Und was für eine überraschende Wendung, dass der gute Mr Fincham schon früher fremdgegangen ist. Ein regelrechter Serientäter«, murmelt er und öffnet die Autotür.

»Hmm, wir werden mit dieser anderen Frau sprechen müssen, Rhea soundso.«

»Rhea Brace«, ergänzt Brewster.

»Kann ja sein, dass sie das Ende der Beziehung nie verkraftet und nach all dieser Zeit beschlossen hat, ihm eins überzuziehen. Nicht allzu wahrscheinlich, aber wir haben schon Seltsameres erlebt.«

»Stimmt. Wie fanden Sie die Reaktionen der beiden Frauen auf dic wahre Todesursache von Cole Fincham?«

»Schwer zu sagen«, antwortet Helena und lässt sich auf den Beifahrersitz fallen. »Jennifer schien aufgebracht, aber ich vermute, dass Sara ihren Schock versteckt hat. Die beiden sind verständlicherweise recht zurückhaltend in der Gegenwart der jeweils anderen. Was meinen Sie?«

»Sara Nordstrom macht auf mich einen etwas kaltherzigen Eindruck«, sagt Brewster. Er schaut in den Rückspiegel und fährt dann die laubbedeckte Straße hinunter. »Aber im Endeffekt bleibt es ja dabei, dass jemand Cole Fincham kurz vor seinem Tod einen Mordsschlag auf den Kopf verpasst hat und beide Frauen haben ein klares Motiv dafür, auch wenn es auf den ersten Blick nicht so wirken mag. Zum Beispiel könnte seine Frau schon vor seinem Tod von der Affäre erfahren haben.«

Helena denkt darüber nach. »Oder vielleicht wusste Sara doch über seine Familie Bescheid und er hat ihr gesagt, dass er Frau und Kinder doch nicht verlassen würde, trotz der finanziellen Zwangsjacke, die sie ihm angelegt hatte. Nach allem, was sie getan hat, um ihm aus der Klemme zu helfen, könnte sie ausgerastet sein und ihn angegriffen haben. Natürlich haben wir keinerlei Beweise dafür, aber in diesem frühen Stadium müssen wir im Hinterkopf behalten, dass beide Frauen ihre Gründe gehabt haben könnten.«

»Ich werde das Gefühl nicht los, dass noch irgendwas fehlt, Chefin. Irgendein entscheidendes Puzzlestück.«

Helena lässt ihren Blick über die Landschaft vor dem Fenster schweifen. »Da könnten Sie recht haben, Brewster. Wenn dem so ist, tun wir einfach, was wir immer tun: Wir suchen weiter, bis wir es finden.«

ACHTUNDZWANZIG

SARA

Vor fünfzehn Monaten

Nachdem sie sich geliebt hatten, blieben sie in Saras Bett liegen. Cole hatte seinen muskulösen Arm um sie gelegt und schmiegte sich an sie. Sie starrte durch ihre gläserne Wand in den dunklen Himmel hinaus und auf die Lichter der Stadt darunter.

Seine Atemzüge wurden langsamer und tiefer. Sie wartete und schaute auf die rote Leuchtanzeige der digitalen Uhr neben ihrem Bett. Nachdem weitere zehn Minuten verstrichen waren, entzog sie sich vorsichtig seiner Umarmung und legte ihm zum Ersatz ein Kissen unter den Arm, damit er nicht aufwachte.

Sein nackter Körper lag auf der Bettdecke und kurz blieb sie stehen, um seine starke, muskulöse Form zu bewundern. Sie tapste zur anderen Seite des Bettes und sammelte die verstreuten Kleidungsstücke auf, die er sich erst vor einer halben Stunde vom Leib gerissen hatte.

Die Flammen ihrer Leidenschaft waren hell aufgelodert, aber schnell wieder ausgebrannt. Schuld daran war der Alkohol. Beim nächsten Mal würden sie es langsamer angehen lassen, weniger beschwipst, weniger wild. Trotzdem würde sie diese Nacht für kein Geld der Welt ändern wollen.

Angefangen hatte alles als Teil eines wohldurchdachten Plans und dann hatte es sich rapide in etwas ganz Besonderes verwandelt. Die sofortige Anziehung zwischen den beiden war so stark gewesen, so tief, dass es Sara durchfahren hatte wie ein Blitz.

Nun wollte sie ihn mit Haut und Haar.

Als sie am nächsten Morgen um sieben Uhr dreißig die Augen aufschlug, hatte Cole die Wohnung bereits verlassen. Bittere Enttäuschung stieg Saras Kehle hinauf.

Sie sah im Bad nach, in der Küche, im Gang, fand aber keine Nachricht von ihm. Nichts. Nach dem Morgenkaffee duschte sie und machte sich fertig, um in die Stadt zu fahren. Sobald sie das Bürogebäude von Cameron Beesley erreicht hatte, blieb sie im Auto sitzen und wartete.

Wie aufs Stichwort kam ein schwarzer Audi älteren Modells auf den Parkplatz gerollt. Das Auto blieb ein paar Reihen vor ihrem stehen. Cole Fincham stieg vom Beifahrersitz. Er trug einen schwarzen Anzug und ein weißes Hemd mit offenem Kragen. Er sah gut aus und machte einen frischen Eindruck, obwohl es gestern für sie beide so spät geworden war.

Schwer vorstellbar, dass sie erst vor ein paar Stunden noch an ihn gekuschelt im Bett gelegen hatte. Beim Gedanken daran, wieder bei ihm zu sein, prickelte ihre Haut voll Vorfreude.

Sie öffnete ihre Autotür. »Cole, hi!«

Er drehte sich erstaunt um und als er sie sah, geriet er ins Straucheln. »Oh! Sara! Ist … ist alles okay?«

Der Fahrer seines Wagens verlangsamte seinen Schritt und hielt inne. Cole bedeutete ihm mit Handzeichen, dass er ohne ihn weitergehen sollte.

»Ich war enttäuscht, als ich heute Morgen ohne dich aufwachen musste«, sagte sie leichthin, als er näherkam. »Ich hätte gedacht, dass du zumindest bis zum Frühstück bleiben würdest.«

»Tut mir leid. Ich ... ich musste nach Hause.« Und dann ganz rasch: »Um mich auf das Meeting heute vorzubereiten, weißt du?«

Sie nickte langsam und zog ihre Autotür hinter sich zu. »Du hast vergessen, mir deine Nummer zu geben.«

Er kaute auf seiner Unterlippe herum. »Ich ... ich war nicht sicher, ob du sie haben willst und ...«

»Oh, das will ich auf jeden Fall.« Sie trat noch näher und bemerkte, wie er auf die Funken der körperlichen Anziehung zwischen ihnen reagierte, die sofort wieder aufflammten.

Sein Blick fiel zuerst auf seine Uhr und dann auf die Tür des Bürogebäudes. »Sara, es tut mir wirklich leid, aber ich muss ...«

»Ich weiß. Du hast einen Termin bei Beesley. Ich war doch diejenige, die ihn dir vermittelt hat, schon vergessen?«

Er schaute etwas bedröppelt drein. »Nein, natürlich nicht. Und ich bin dir wirklich sehr dankbar. Es ist nur so, dass ... also, du solltest wissen, dass das alles recht kompliziert für mich ist, Sara. Also, was wir getan haben. Ich hätte nicht ... ich bin nämlich ...«

Sie drückte ihm ihre Visitenkarte in die Hand. »Das musst du mir nicht jetzt erklären, Cole. Kein Stress.« Sein Gesicht entspannte sich ein bisschen. »Ruf mich später an, okay? Wir müssen einander eindeutig wiedersehen, und zwar bald. Du weißt selbst, dass ich recht habe.«

Er schaute auf ihre Karte hinab, nickte und steckte sie in seine Tasche.

Später rief er sie an. Und am nächsten Morgen wieder.

Am Tag darauf kam Cole wieder zu Sara und dieses Mal hatte er Übernachtungszeug dabei.

NEUNUNDZWANZIG

SARA

Freitag

Nachdem die Detectives gegangen sind, schaut Sara nach Rory. Kris sitzt mit Sylvie auf dem Boden, sie spielen ein buntes Brettspiel. Die Kleine macht einen geknickten Eindruck. Kein Wunder, wo sie doch erst vor einer Woche ihren Vater verloren hat. Saras Herz zieht sich zusammen, als sie in ihr dieselbe Einsamkeit erkennt, die sie selbst als Kind geplagt hat.

»Es geht ihm gut, er schläft immer noch«, sagt Kris in einem knappen Tonfall. Dann schaut sie zu dem Baby hinüber und ihre Stimme wird etwas weicher. »Er ist so brav.«

»Danke, dass du auf ihn aufgepasst hast, während ich mit den Detectives gesprochen habe. Ich nehme ihn jetzt wieder mit nach oben.«

Der Blick, den Kris ihr zuwirft, kommt Sara irgendwie seltsam vor. »Wenn du viel zu tun hast, kannst du ihn auch hierlassen«, sagt sie langsam.

»Ich kann auf Rory aufpassen«, sagt Sylvie und schaut hoffnungsvoll von ihrem Spiel auf. »Ich weiß, wie man Windeln wechselt.«

»Danke, Sylvie.« Sara lächelt. »Und ... also, wenn du dir sicher bist, Kris, das wäre toll. Vielen Dank.«

Kris zuckt mit den Schultern, als wäre es ihr so oder so egal, aber sie hält ihren Blick auf Sara gerichtet, den Kopf leicht zur Seite geneigt, als versuche sie, aus ihr schlau zu werden. »Wäre doch schade, wenn wir ihn ohne Grund wecken würden.«

Sara bedankt sich. Sie weiß, dass Kris ihr nicht vertraut, aber zugleich ist nicht zu übersehen, dass Rory ihr bereits ans Herz wächst. Sara ist sich sicher, dass sie und Kris zum Wohl der Kinder zu einer Einigung kommen würden, wenn Jennifer nicht hier wäre.

Dann hat sie eine wunderbare Idee und wendet sich wieder an Kris.

»Du sag mal, heute ist doch Guy Fawkes Night – wir könnten doch mit den Kindern zu einem Feuerwerk in der Gegend gehen! Wäre das nicht schön, Sylvie?«

Sylvie schaut zu Sara auf und dann zu ihrer Großmutter. »Ich fände das ehrlich gesagt unpassend, du etwa nicht?«, erwidert Kris in einem vernichtenden Ton. »Das ist jetzt nicht der Zeitpunkt für Feiern und Menschengetümmel. Zumindest nicht für uns.«

»Natürlich. Wie unbedacht von mir«, murmelt Sara und wendet sich ab. Sie geht zur Tür und könnte schwören, dass Kris ihr nachschaut.

Sara geht nach oben, um weiter ihre Sachen auszupacken. Jennifer wollte unbedingt darüber sprechen, was Sara zu den Detectives gesagt hat, aber ihr ist nicht zum Reden zumute.

Zu Beginn ihres Gesprächs mit den Polizisten hat Sara sich Sorgen gemacht, dass sie etwas herausgefunden haben könnten. Obwohl sie wusste, dass das nicht möglich war, weil sie vorsichtig gewesen ist. Sehr vorsichtig. Und dann hat sich herausgestellt, dass es um etwas ganz anderes ging. Dass Cole sich vor seinem Unfall eine Kopfverletzung zugezogen hatte, hat sie schockiert. Laut Pathologenaussage hat ihm jemand im

Prinzip den Schädel eingeschlagen. Sara vermutet, dass es aber schwierig sein wird, das ohne jeden Zweifel nachzuweisen.

Sie denkt wieder an ihre Medikamente. Heute hat sie sie noch nicht genommen ... es war einfach zu viel los. Aber sie wird bald etwas nehmen, die halbe Dosis, wie sie es sich für den Moment fest vorgenommen hat. So will sie weitermachen, zumindest, bis alles geregelt ist. Bis sie bekommen hat, was sie will, muss sie all ihre Sinne beisammen haben.

Aber sobald sie oben angekommen ist, hält Sara inne und öffnet eine Tür zur Rechten. Früher war dort ein Gästezimmer, jetzt ist es Jennifers neues Schlafzimmer.

Der Raum ist deutlich kleiner als das große Schlafzimmer, das Sara und Rory übernommen haben. An einer Kleiderstange hängen mehrere Klamotten, außerdem gibt es einen kleinen eingebauten Kleiderschrank. Die Vorhänge sind zugezogen, wodurch der Raum von dämmrigem Licht erfüllt wird. Das Bett ist nicht gemacht und auf dem Boden liegen Kleidungsstücke und nasse Handtücher durcheinander.

Sara wirft einen Blick über ihre Schulter. Niemand da. Sie betritt das Zimmer und geht rasch zu der Kommode am Fenster hinüber. Sie schiebt die Vorhänge ein klein bisschen auf, damit mehr Licht hereinkommt, dann zieht sie die drei obersten der kleinen, tiefen Schubladen auf und wühlt in den wild durcheinandergeworfenen Bergen an Unterwäsche herum. Sie findet nicht, was sie sucht. Sie schaut in den größeren Schubladen unter T-Shirts und Pullovern nach, findet aber nichts.

Draußen ist immer noch alles still, also geht sie zum Nachtkästchen über und guckt dort nach. Sie stößt einen frustrierten Seufzer aus. Hier ist es auch nicht.

Sie zieht die Vorhänge wieder zu und verlässt das Zimmer. Zwei Türen weiter hört sie leise Musik. Klingt nach Filmmusik. Sie klopft an die Tür und die Musik verstummt. Stille.

Sara drückt die Türklinke runter und betritt das Zimmer, dann zieht sie die Tür wieder hinter sich zu. Im trüben Licht sieht sie Miller auf seinem Bett liegen. Auf dem Boden liegen Berge an Zeug herum und sie fragt sich, warum Jennifer ihm das durchgehen lässt. Der Fernseher läuft, ist aber stummgeschaltet. Miller scrollt auf einem iPad herum.

»Hallo, Miller«, sagt sie.

Er setzt sich auf und legt das iPad weg. Seine Augen sind weit aufgerissen und sein Blick huscht im Zimmer umher, ohne sich dem ihren zu stellen. »Was willst du hier?«

»Ich suche etwas«, sagt sie. »Und ich dachte, dass du mir helfen könntest, es zu finden.«

»Hä? Was denn?«

»Das silberne iPhone deines Dads. Du hast es nicht zufällig irgendwo gesehen, oder?«

Miller zieht seine Beine an und schlingt seine Arme um die Knie. »Keine Ahnung, wovon du redest.«

»Oh, ich glaube doch.«

»Ich ... ich hab es nicht. Dad hatte es bestimmt im Auto dabei.« Sara sieht zwei tiefrote Flecken auf seinen bleichen Wangen erblühen. »Vielleicht ist es rausgefallen, als sich sein Auto überschlagen hat. Oder vielleicht hat Dad die Tür geöffnet und da ist es rausgefallen, oder ...«

»Aber sein anderes Handy haben sie ja trotzdem gefunden, nicht wahr? Sein Alltagshandy. Die Polizisten haben gesagt, dass sie den Unfallort gründlich abgesucht haben. Jeden Zentimeter davon. Deswegen denke ich, dass dein Dad sein silbernes Handy aus irgendeinem Grund nicht bei sich hatte. Vielleicht hat er es dagelassen, hier im Haus.«

»Das glaub ich nicht«, erwidert Miller rasch. »Ich hab's nicht gesehen. Ich würd sagen, wenn ich's gesehen hätte.«

Sie durchquert das Zimmer und setzt sich ans Fußende des Betts. Miller rutscht von ihr fort und zieht seine Beine noch weiter an sich, als versuche er, sich möglichst klein zu machen.

»Miller, auf diesem Handy waren einige äußerst private

Dinge. Dinge, die deine Mum nicht sehen sollte, weil es ihr wehtun würde. Verstehst du, was ich sage?«

Miller nickt mit Nachdruck. »Ich weiß. Also, ich weiß, dass es ihr wehtun würde, wenn sie ... so private Dinge sehen würde.«

»Außerdem würde es deiner Mum wehtun zu hören, dass du sie so lange angelogen hast, Miller. Ich denke, das würde ihr das Herz brechen, nach allem, was geschehen ist. Davon bin ich sogar überzeugt.«

»Ich ... ich ...« Er schnappt nach Luft wie ein gestrandeter Fisch.

Sara mustert ihre kurzen, hellrosa lackierten Fingernägel. Sie lässt sich Zeit, bevor sie wieder aufschaut.

»Wenn du dieses silberne iPhone finden würdest, wäre ich dir wirklich was schuldig.« Sie steht auf und streicht sich über ihre Jeans. »Dann würde ich sicherstellen, dass deine Mum nie davon erfährt, was für grausame SMS du mir geschickt hast ... und auch nicht von den anderen Sachen, die du ihr nicht erzählt hast.«

»Ich ... ich hab keine ...«

»Spar dir das, Miller. Wir wissen beide, was du gesehen hast.« Er schaut mit weit aufgerissenen, flehenden Augen zu ihr. »Hoffentlich muss sie das aber nie erfahren. Bring mir das Handy und dann können wir es vielleicht vergessen. Okay?«

Er überlegt kurz, dann steht er kleinlaut auf. Sie beobachtet ihn, wie er seinen Schrank öffnet und einige Sachen darin zur Seite schiebt, bevor er das Handy findet und es ihr gibt, ohne ihr auch nur einmal in die Augen zu sehen.

»Na siehst du. So schwer war das doch nicht!«

Er lässt den Kopf hängen und sagt nichts. Sara wendet sich ab und verlässt das Zimmer. Es ist genau, wie Cole es ihr gegenüber mehrmals lamentiert hatte: Jennifer behandelt den Jungen fast so, als wäre er schon erwachsen. Das tut weder ihm selbst noch den Leuten um ihn herum gut. Alle wissen doch, dass man Kindern feste Grenzen setzen muss.

Falls Jennifer etwas zustoßen sollte, würde Sara sich für Sylvie und Miller verantwortlich fühlen. Dann würden sie alle zusammenleben – alle vier gemeinsam –, hier, in diesem Haus. Dann wäre alles ganz anders. Dann würde Miller schon lernen, sich einzufügen.

Falls seiner Mutter etwas zustoßen sollte.

DREISSIG

JENNIFER

Dienstag

In den Tagen nach Saras Einzug halte ich mich bewusst beschäftigt. Die Festlichkeiten zur Guy Fawkes Night gehen an unserem Haus spurlos vorüber. Den Kindern ist das völlig egal und wenn ich nicht mehrere Nächte lang fast bis Mitternacht von Knallkörpern wachgehalten worden wäre, die alle Hunde im Ort verschreckten und den Leuten den Schlaf raubten, hätte ich den Festtag sogar komplett vergessen.

Mum bereitet ein Stew für den Schongarer vor und liegt mir wegen Sara in den Ohren. »Jennifer, ich sag's dir, an dem Tag, an dem die Detectives da waren, war sie total neben der Spur, als sie ins Wohnzimmer kam, um nach Rory zu sehen.«

»Fairerweise muss ich sagen, dass ich nach der Befragung und den Neuigkeiten zu Coles früherer Kopfverletzung selber auch etwas neben der Spur war.« Ich will Sara bestimmt nicht in Schutz nehmen, aber ich möchte auch nicht, dass Mums lebhafte Fantasie mit ihr durchgeht und aus einer Mücke einen Elefanten macht. Das würde unsere schlimme Situation auch nicht verbessern, eher im Gegenteil.

Aber Mum lässt sich nicht davon abbringen. »So was meine ich nicht. Sie hat einfach einen ... na ja, einen komischen Eindruck gemacht. Ich weiß auch nicht, es ist schwer in Worte zu fassen.«

Die neue Wohnsituation ist mir bereits so unangenehm, dass ich wirklich nicht noch mehr brauche, worüber ich mir Sorgen machen muss. Allerdings kann ich mir die Frage nicht verkneifen, ob Sara wohl abgelenkt war, weil die Polizei das mit Coles Kopfverletzung herausgefunden hat. Hat sie etwas zu verbergen?

Mum sieht zur Uhr. »Später muss ich noch mal los, damit ich da bin, wenn Damian von der Schule kommt.«

»Wo ist Ellen?« Ich lehne mich vor und stibitze eine Karottenscheibe.

»Sie musste kurz weg.«

»Und wohin?«

Mum schnippelt weiter. »Sie trifft sich mit jemandem.« Kurz hält sie inne und runzelt ihre Stirn. »Wahrscheinlich im Krankenhaus. Es geht um einen Job.«

Ich ziehe eine Augenbraue hoch. »Ich dachte, sie möchte sich was anderes suchen«, sage ich mit vollem Mund und denke daran, wie unzufrieden sie mit ihrer letzten Kurzzeitstelle als Pflegehelferin war, aus der sie im Sommer entlassen worden ist.

»Na ja, du weißt ja, wie sie ist, heute so, morgen so.« Mum seufzt und greift nach einer Zwiebel.

Mir ist schon aufgefallen, dass Ellen dieses Haus meidet, seit Sara eingezogen ist, aber das ist ihr Bier. Sie sollte sich glücklich schätzen, immerhin muss sie im Gegensatz zu mir nicht mit Sara zusammenwohnen.

Seit gestern gehen Miller und Sylvie wieder zur Schule. Die beiden Schulen haben das hervorragend gehandhabt. Sie haben zusätzliche Unterstützung durch den gemeinsamen Schulseelsorger arrangiert und Miller dabei geholfen, die Inhalte nachzuholen, wie er verpasst hat.

Gestern Abend konnte Sylvie gar nicht genug von ihrem Tag erzählen; davon, dass sie am Ende einer Stunde vom Lehrer gebeten wurde, die Kunstwerke der anderen einzusammeln – anscheinend eine große Ehre – und dass all ihre Freunde beim Mittagessen bei ihr waren und ihr nicht von der Seite gewichen sind. Aber Miller weigert sich, mit irgendjemandem zu sprechen. Gestern Früh ist er ohne ein Wort aus dem Haus gegangen und gegen Mittag hat seine Klassenlehrerin angerufen, um zu sagen, dass Miller in letzter Minute beschlossen hat, an diesem Tag doch nicht zum Schulseelsorger zu gehen.

Seit Coles Tod hat er sein Zimmer kaum verlassen und auch dann nur, wenn ich darauf bestehe, dass er zu gemeinsamen Mahlzeiten runterkommt. Einerseits weiß ich, dass das komplett nachvollziehbar ist. Er erstickt unter der Last seiner Trauer und Schuldgefühle. Cole und er hatten es nicht immer leicht miteinander – Cole hat nicht immer besonders gut auf Millers launische Art reagiert –, aber dass er sich so isoliert, macht mir Sorgen, weil das schon angefangen hat, bevor sein Dad gestorben ist. Den Grund dafür habe ich nie herausfinden können.

In den seltenen Momenten, die Miller unten ist, scheint er allerdings von dem kleinen Rory fasziniert. Eine leise Stimme in mir fragt sich, ob er in Rorys Zügen die Ähnlichkeit zu seinem Dad erkennt, aber das glaube ich kaum. Vermutlich sehen Babys für Jungs in seinem Alter alle gleich aus. Ich hoffe mit aller Kraft, dass unsere derzeitige Situation nicht lang andauern wird.

Heute Morgen habe ich Corinne angerufen, um sie über die neuesten Entwicklungen zu informieren, über Saras Einzug. »Sind Sie mit den Kreditvereinbarungen weitergekommen?«, habe ich sie gefragt.

Corinne hat einen frustrierten Laut ausgestoßen. »Noch nicht. Aber ich arbeite unermüdlich daran und überprüfe jedes Wort, das in diesen Verträgen steht. Wie Sie wissen, wurden diese Dokumente von Saras eigenen Anwälten vorbereitet. Es ist also durchaus möglich, dass ich etwas übersehen habe. Wenn dem so ist, sage ich Ihnen sofort Bescheid.«

»Sie können sich auf jeden Fall sicher sein, dass ich überglücklich wäre, falls Ihrem scharfen Blick tatsächlich etwas entgangen sein sollte, Corinne. Sie würden von mir nichts als Lob hören.«

Wir haben ausgemacht, in ein paar Tagen wieder zu telefonieren und ich kann nur beten, dass sie bis dahin gute Neuigkeiten für mich hat.

Obwohl ich mir fest vorgenommen hatte, heute Morgen vor der Schule mit Miller zu sprechen, ist er an mir vorbei aus dem Haus gestürmt, ohne sein Frühstück zu essen. Er hat nur schnell Tschüss ins Haus gerufen und schon ist die Tür hinter ihm zugeknallt. Sylvie habe ich zur Schule gebracht und obwohl sie auf der Fahrt leise war, hat sich ihr Gesicht doch etwas aufgehellt, als ein paar ihrer Freunde sofort zu ihr herübergerannt kamen.

Die kleine Gruppe an Müttern, bei der ich normalerweise stehen bleibe, um ein bisschen zu quatschen, ist genau dort, wo sie immer ist. Sam, die Mutter von einer von Sylvies besten Freundinnen, ruft mich zu sich. Am liebsten wäre ich in die entgegengesetzte Richtung gerannt. Ich bin noch nicht bereit, mich dem Ansturm an Fragen dazu zu stellen, was genau mit Cole passiert ist. Ich schleppe mich trotzdem zu ihr rüber und bin erstaunt, wie schnell sich ein Kokon des Mitgefühls um mich schließt. Statt vor ihrer Aufmerksamkeit zu fliehen, merke ich, wie ich mich ein wenig öffne und ihre Beileidsbekundungen und die zarten Berührungen an Armen und Händen in mich aufnehme.

»Bitte sag Bescheid, wenn wir irgendwas für dich tun können, ja?«, sagt Sam. »Sylvie ist herzlich eingeladen, bei uns zu übernachten. Also, sobald du denkst, dass sie so weit ist.«

»Danke, Sam«, sage ich gerührt. »Das würde ihr bestimmt Spaß machen.«

Die anderen Mütter machen ähnliche Vorschläge. Dann sagt eine: »Das muss im Moment echt schwierig sein für die Kinder. Ich weiß nicht, wie du das aushältst, diese Frau dauernd vor der Nase zu haben.«

Ich erstarre und kurz herrscht peinliches Schweigen, als die anderen Mütter wegen ihrer direkten Art zusammenzucken.

Ich schaue auf und ihr direkt in die Augen. Sie ist das neueste Mitglied unserer Gruppe, ihr Kind ist erst im Laufe des letzten Schuljahres dazugestoßen.

Sofort beginnt sie zurückzurudern. »Tut mir leid, das sollte jetzt nicht so klingen, als würde ich dir die Schuld daran geben. Also, ich meine, ich weiß ja nichts Genaues darüber, ich habe nur gehört ...«

»Das geht nur dich etwas an, Jen«, unterbricht Sam die andere Frau mitten im Satz. »Hier verurteilt dich niemand. Das kannst du mir glauben.«

Ein Murmeln der Zustimmung.

»Absolut nicht. Das wollte ich damit nicht sagen«, plappert die Frau weiter. »Tut mir leid.«

Ich nicke, um ihr zu zeigen, dass ich es ihr nicht übelnehme. Ich bin nicht wütend auf sie. Ich weiß, wenn ich von außen auf meine Familie schauen würde, würde ich mich auch fragen, was da los ist. Sie können ja nicht wissen, dass unser Haus Sara gehört und dass sie mich vor eine unmögliche Entscheidung gestellt hat.

»Die Situation ist sehr kompliziert«, sage ich. »Es gibt da ... mildernde Umstände, über die ich im Moment nicht sprechen kann.«

»Selbstverständlich«, sagt Sam. »Das geht niemanden außer dich etwas an, Jen. Aber du sollst wissen, dass ich jederzeit für dich da bin, wenn du reden möchtest oder auf einen Kaffee zusammensitzen ... was auch immer. Und das mit Sylvies Übernachtung bei uns organisieren wir auch, du kannst mir deswegen einfach schreiben.«

»Danke, Sam. Ich weiß das zu schätzen.« Ich bekomme Umarmungen von allen Seiten und dann kann ich wieder nach Hause huschen, mit meiner Scham und Trauer so schwer wie zuvor.

Sara hat heute Vormittag darauf bestanden, Lebensmittel für uns einkaufen zu gehen. Langsam gehen uns einige Grundnahrungsmittel aus und obwohl ich angeboten habe, sie online zu bestellen, hat sie gesagt, dass sie gern raus aus dem Haus will. Ich habe ihr eine Liste an Dingen für mich und die Kinder gegeben und sie hat zugestimmt, sie zusammen mit den Sachen für Rory und sie selbst zu kaufen.

Als sie dic lange Liste an Sachen gesehen hat, um die ich gebeten habe, hat sie scherzhaft gerufen: »Wenn ich in ein paar Stunden nicht wieder hier bin, kannst du einen Suchtrupp ausschicken!« Dann hat sie Rory in seinem Autositz festgeschnallt und ist zum Supermarkt gefahren. Das ist nun etwa eineinhalb Stunden her, also vermute ich, dass sie jeden Moment zurück sein müsste.

Ich gehe in die Küche und öffne die Kühlschranktür, um mir einen meiner geliebten Sahnejoghurts mit Haselnussgeschmack zu holen. Ich suche die Fächer ab und runzle die Stirn. Ich weiß genau, dass gestern noch zwei Becher dort standen, und die Kinder essen das nicht. Sara muss sie sich genommen haben, und das ist ja in Ordnung … ihr wird nicht klar gewesen sein, dass das mein liebster Snack ist, wenn auch nicht der gesündeste. Und mir ist schon aufgefallen, dass sie kein Problem damit zu haben scheint, sich hier im Haus auszubreiten. Fairerweise muss ich zugeben, dass wir noch nicht dazu gekommen sind, alle kleinen Details unseres Zusammenlebens zu regeln, etwa die Fächeraufteilung im Kühlschrank. Im Zuge all der Veränderungen und schlimmen Neuigkeiten war uns das irrelevant vorgekommen.

Plötzlich wird mir klar, dass der Kühlschrank allgemein leerer zu sein scheint, als er sein sollte, selbst mit all den Dingen, die uns gerade fehlen. Erst gestern habe ich Sylvie im Ortsladen eine Packung Vollmilch gekauft und davon hat sie erst ein bisschen was getrunken ... die ist auch nicht mehr hier. Genauso wenig wie die kleinen Babybel-Käse und Millers liebste Schokomousse.

Neugierig öffne ich die Schranktüren in der Speisekammer. Das Regal, auf dem sich normalerweise Chips und Knabberzeug tummeln, ist komplett leer. Tatsächlich scheint hier jemand richtig Hausputz gemacht zu haben, nicht ein Krümel ist übrig geblieben. Das Regal darunter, auf dem sonst Brot und Nudeln und Gebäck liegen, ist auch deutlich geschrumpft, nur noch eine Packung braune Spaghetti und Vollkorn-Penne finden sich dort.

Ich gehe zur Mülltonne und schaue hinein. Sie ist bis zur Hälfte mit all den fehlenden Lebensmitteln gefüllt. Kurz stehe ich einfach nur erstaunt dreinschauend dort. Das kann nur Sara gewesen sein.

Ich höre, wie sich die Haustür öffnet, und trete in den Gang hinaus.

»Könntest du vielleicht die Einkäufe reinbringen, Jennifer?«, fragt Sara. »Rory ist im Auto eingeschlafen, ich würde ihn schnell reintragen und schauen, ob ich ihn ins Bett kriege, ohne ihn aufzuwecken.«

»Kein Problem.« Ich gehe an ihr vorbei in die Einfahrt hinaus, wo ihr brandneues Auto schon mit geöffnetem Kofferraum steht. Ich trage die Einkaufstüten ins Haus und überlasse sie ihrem Tun mit Rory. Das mit den Lebensmitteln werde ich danach ansprechen.

Im Auto stehen so viele prall gefüllte Einkaufstüten, dass ich mehrmals hin und her laufen muss, um alle reinzutragen.

Ich schließe die Haustür und gehe wieder in die Küche, um mit dem Auspacken anzufangen. Ich schaue in die Tüten, auf der Suche nach den Dingen auf meiner Liste. Sara hat gesagt, dass sie meine Sachen separat aufs Band gelegt hat, damit ich genau feststellen kann, wie viel ich ihr schulde. Aber von diesen Sachen kommt mir nichts bekannt vor.

»Glück gehabt«, sagt sie und betritt die Küche mit einem Lächeln. »Rory schläft immer noch, also kann ich dir jetzt helfen, alles auszupacken, und ihn füttern, wenn er aufwacht.«

»Ich finde meine Sachen nicht«, sage ich. »Hast du alles separat eingepackt?«

»Ja, habe ich. Mal sehen.« Sie schaut in mehrere Tüten hinein. »Ja, genau, diese vier hier.«

In zwei von diesen Tüten habe ich schon hineingeschaut. Ich beginne, ihren Inhalt auszupacken. »Zuckerfreie Bohnen? Die kann Miller nicht ausstehen, die isst er nicht. Ich habe extra ›nicht zuckerfrei‹ aufgeschrieben, weil sie die oft zusammen ins Regal stellen und man leicht die falschen erwischt. Das hast du bestimmt übersehen.« Ich ziehe noch mehr Sachen aus der Tüte. »Oh, ich wollte keinen Naturjoghurt, sondern welchen mit Fruchtgeschmack. Ich glaube, das ist doch die falsche Tüte.«

»Nein, nein, das sind deine Sachen.« Sara hält beim Auspacken ihrer eigenen Lebensmittel inne, zieht ihr Kinn zur Brust und schaut mir in die Augen. »Jennifer, ist dir klar, wie viel Salz und Zucker in so Sachen wie Baked Beans drin sind? So ist das tatsächlich mit fast allen Dingen! Zum Beispiel Joghurt. Die Marke, die du haben wolltest, ist da besonders schlimm. Es ist viel gesünder, Naturjoghurt mit echten Obststücken zu essen.« Sie wendet sich wieder ihren Einkäufen zu. »Es gibt da eine ganz tolle Website, die zeige ich dir gern, da kann man …«

»Du hast meine Einkaufsliste umgeschrieben?« Meine Kehle schnürt sich zu. »Du hast ja keine Ahnung, was für Probleme das verursachen wird. Millers Liste mit akzeptablen

Lebensmitteln hat ungelogen weniger als ein Dutzend Einträge und Sylvie ist auch unglaublich pingelig, was Essen angeht. Das Zeug hier werden sie einfach nicht essen!«

Ich schütte den Inhalt der Tüte auf die Arbeitsplatte und bringe damit einen Berg an ultragesunden Alternativen ans Licht, die meine Kinder nicht mal anfassen würden.

»Versteh das bitte nicht falsch, Jennifer, aber wenn das Essen, das ihr im Kühlschrank hattet, ein typisches Beispiel dafür ist, was du deinen Kindern gibst, dann musst du wirklich umdenken.« Offensichtich beleidigt wendet sie sich wieder ihren eigenen Einkäufen zu.

Ich stemme meine Hände in die Hüfte. »Gut, dass du das mit dem Essen im Kühlschrank angesprochen hast«, sage ich. »Du hattest kein Recht, es wegzuwerfen! Und das Essen in der Speisekammer genauso wenig. Was hast du dir dabei nur gedacht?«

Sie packt unbeirrt weiter aus, als hätte ich nichts gesagt, und setzt einen selbstzufriedenen Gesichtsausdruck auf. Dass meine Verärgerung sie so wenig interessiert, regt mich nur noch weiter auf. Endlich antwortet sie: »Wusstest du, dass der Blutzucker direkt nach dem Verzehr von hellen Nudeln, Brot und Kartoffeln rapide ansteigt? Dadurch entsteht ein Teufelskreis, der dich immer nur noch hungriger macht. Kurz gesagt werden du und deine Kinder nur immer noch mehr von diesem vorverarbeiteten Zeug essen wollen.«

»Das ist aber nicht alles, was wir essen! Ich sorge auch dafür, dass die Kinder viel Obst und Gemüse essen und wir verwenden viele Vollkornprodukte. Aber darum geht es auch gar nicht. Was ich in meinen Schränken stehen habe, geht dich nichts an. Du kannst hier nicht einfach reinschneien und das Ruder übernehmen, Sara.«

Sie seufzt und schüttelt den Kopf, als wäre ich zu ignorant, um meine Fehler einzusehen. Ich habe den Eindruck, wenn sie damit jetzt durchkommt, dann findet sie bestimmt ein neues

Projekt. Sportkurse oder Zwangsveganismus für die ganze Familie. Aufgrund der unverschämten finanziellen Vereinbarungen hat sie sowieso schon fast alle Karten in der Hand. Ich muss das hier im Keim ersticken, wenn ich verhindern will, dass sie mein ganzes Leben zur Hölle macht.

Ich hole meine Jacke und die Autoschlüssel und sage zu ihr: »Ich fahre zum Supermarkt, um die Sachen zu kaufen, die ich brauche. Bin bald wieder da.«

»Wie?« Jetzt habe ich ihre Aufmerksamkeit geweckt. Sie deutet auf die vier Einkaufstüten. »Was soll ich dann mit all dem hier machen?«

Ich weiß genau, wohin sie sich das meiner Meinung nach stecken kann, aber auf das Niveau will ich mich nicht herablassen, also sage ich ruhig: »Das liegt ganz bei dir. Aber egal, wofür du dich entscheidest, bitte denk beim Auspacken daran, die Hälfte der Regale im Kühlschrank für mich freizuhalten.«

Ich würde gern so tun, als hätte ich damit die Überhand gewonnen. Aber so wie ich mich im Moment fühle, wie eine Fremde im eigenen Haus, könnte nichts weiter von der Wahrheit entfernt sein.

Im Auto atme ich erst mal tief aus und versuche, wieder runterzukommen. Normalerweise vermeide ich Konfrontationen, aber das mit den Lebensmitteln schien mir zu wichtig, um es einfach abzutun. Vielleicht ging es dabei im Grunde gar nicht um die Lebensmittel.

Ich lasse den Motor an und drehe das Radio auf. Hoffentlich lenkt mich das ab. Aber als ich am Ende der Straße ankomme, kann ich die Fragen nicht mehr ignorieren, die in meinem Kopf um Aufmerksamkeit schreien.

Was habe ich nur getan? Wie konnte ich sie in unser Leben lassen?

EINUNDDREISSIG

Bis ich den Supermarkt erreicht habe, haben sich meine Gedanken wieder etwas beruhigt. In den Gängen herumzuwandern, ist wie Balsam für meine Seele, mit seichter Supermarktmusik in den Ohren und bunten Auslagen, die meinen Blick auf sich ziehen. Jetzt, wo ich dem Haus entkommen bin, kann ich endlich wieder atmen.

Hier bin ich oft hergekommen, während die Kinder in der Schule waren, um Zutaten für ein besonderes Gericht zu besorgen, wenn Cole von einer »Geschäftsreise« nach Hause kam. Es hat mir Freude bereitet, unseren Abend bis ins kleinste Detail durchzuplanen, bis hin zur Musik und dem Wein. Oft habe ich dann eine SMS oder einen gestressten Anruf von Cole erhalten, dass er aufgehalten worden sei oder noch eine Nacht bleiben müsse, um dieses oder jenes Problem auf der Baustelle zu lösen. Jede seiner Ausreden habe ich fraglos akzeptiert.

War es dumm von mir, Sara zu glauben, dass sie nicht von uns, von Coles Familie wusste? Oder ist sie nur ein weiteres Opfer? Eine Frau, die ihn geliebt und die Lügen geschluckt hat, die ihm so mühelos über die Lippen kamen, genau, wie ich es getan habe?

Ich suche mir eine Flasche Wein aus, als Friedensangebot. Inzwischen bereue ich meine Auseinandersetzung mit Sara ein wenig. Was sie getan hat, war zum aus der Haut fahren, aber ich darf mein Ziel nicht aus den Augen verlieren. Meine einzige Hoffnung, unser Leben vor der kompletten Zerstörung zu bewahren, liegt darin, mir etwas mehr Zeit zu verschaffen. Allerdings ist mir auch klar, dass es in meiner Natur liegt, mir selbst die Schuld für Dinge zuzuschreiben. Genau wie damals vor vielen Jahren, wo ich den Fehler bei mir selbst gesucht habe, als Mr und Mrs Phipps mich nicht aufnehmen wollten.

Als Cole uns vor sechs Jahren verlassen hat, um mit Rhea zusammenzuziehen, habe ich eine ganze Bandbreite an Emotionen durchlebt. Zuerst Wut, später wollte ich es nicht wahrhaben, war schwermütig, habe getrauert. Dann habe ich mich gegen mich selbst gewendet. Was hätte ich anders tun können? Hatte ich die Anzeichen ignoriert, dass Cole unzufrieden geworden war? Unerklärlicherweise kam die Wut erst dann zurück, als auch er wieder zurückkam.

Das nächste Lied in der endlosen Playlist des Supermarkts läuft an und klingt genau wie das davor. Wie beruhigend. Langsam aber sicher füllt sich mein Einkaufswagen mit den Dingen, die ich von Anfang an haben wollte. Ich bin vierunddreißig Jahre alt und die Mutter zweier Kinder, die ich erfolgreich großgezogen habe, obwohl ich ihnen auch mal Baked Beans mit Zucker gebe, Herrgott noch mal! Sara hätte das mit den Lebensmitteln nicht tun sollen, aber jetzt, wo ich mich wieder beruhigt habe, kann ich zugeben, dass es im Endeffekt gar nicht *so* schlimm war.

Ich schaue auf den Wein hinunter und hätte ihn fast wieder ins Regal gestellt. Wahrscheinlich will Sara eh keinen Wein trinken, der nicht aus Biotrauben gepresst wurde, und bei dem Schnäppchenpreis wurde dieser hier das ganz bestimmt nicht. Trotzdem lasse ich den Wein im Einkaufswagen liegen. Wenn Sara nichts davon will, trinke ich ihn halt alleine.

Es ist schwer für mich, Sara und das Baby jeden Tag zu sehen. Sie sind die Verkörperung von Coles Verrat, direkt vor meiner Nase, und das verstärkt meine Trauer und meinen Schmerz ungemein. Ich habe festgestellt, dass ich am besten damit umgehen kann, wenn ich mir mehrmals am Tag ins Gedächtnis rufe, warum ich das hier tue. Nicht, weil ich wehr- und willenlos bin, sondern weil ich an dem festhalte, was wir haben, und versuche, mir und meinen Kindern eine Zukunft aufzubauen.

Zu Hause öffnet Sara die Haustür, bevor ich noch aus dem Auto gestiegen bin. Sie kommt zu mir.

»Ich wollte dir mit den Einkäufen helfen«, sagt sie kleinlaut. »Und … mich entschuldigen. Dass ich dein Essen weggeworfen und deine Einkaufsliste geändert habe, war nicht okay. Ich dachte, ich würde dir damit helfen, aber … ich bin wohl zu sehr in meinen Gewohnheiten festgefahren.«

»Mir tut es leid, dass ich einfach so abgehauen bin«, gebe ich zurück.

Sie lächelt und legt mir kurz eine Hand auf den Arm, bevor sie zum Kofferraum geht. »Dann lass uns das mal reinbringen. Danach mache ich uns eine Tasse Kaffee und du kannst einen von meinen zuckerfreien Biokeksen haben.«

»Deal.« Ich lache und spüre, wie sich meine Schultern ein klein wenig entspannen.

Vielleicht kann ich sie doch überzeugen, ein Glas Wein mit mir zu trinken. Man weiß ja nie, was ihr dabei so entschlüpfen könnte.

Das mit dem Wein schlage ich später vor, als die Kinder schon im Bett sind. Sara nimmt sich ein Glas und erzählt ein bisschen, scheint dabei allerdings sehr zurückhaltend und gibt nicht viel von sich preis.

Als ich sie nach ihrem Beruf frage, gibt sie mir eine grobe Zusammenfassung der letzten paar Jahre.

»Ich habe hauptsächlich im PR-Bereich gearbeitet«, ist ihre vage Antwort. »Habe Networking-Events organisiert und solche Sachen.«

Näher kommen wir dem Thema Cole nicht. Sie scheint fest entschlossen, in der Hinsicht keine Details preiszugeben. Sie scheint es sogar vermeiden zu wollen, mir irgendetwas Konkretes über ihren früheren Wohnort zu sagen und nennt nur die ungefähre Umgebung: Lady Bay.

Ein Detail schnappe ich aber auf, das ihr aus Versehen herausrutscht: Der Name des Eigentümers der Wohnung, in der sie und Cole gewohnt haben, wenn er nicht bei uns Ehemann und Vater gespielt hat. Ein Mr Friedmann.

Ich spüre immer noch Nachwehen von Schock und Ablehnung, wenn ich darüber nachdenke, wie nah Cole mir war, während er uns verraten hat. Als die beiden zusammen im Bett waren und sich geliebt haben, während ich zu Hause die Rolle der treuen Ehefrau gespielt habe, lagen nur wenige kurze Kilometer zwischen uns.

ZWEIUNDDREISSIG

SAMSTAG

Am Wochenende schlägt Sara vor, dass wir mit Sylvie und Rory in den Park gehen.

Während wir uns fertig machen, fällt mir auf, wie normal sich unser seltsames Wohnarrangement inzwischen schon anfühlt. Nicht auf eine angenehme Art, ganz im Gegenteil, es ist eine neue, unbehagliche Norm, die mich vergessen lässt, wie es sich angefühlt hat, mich in meinem eigenen Zuhause sicher und zufrieden zu fühlen.

Ich bekomme eine SMS von Sam. Sie schlägt vor, dass Sylvie dieses Wochenende zum Spielen vorbeikommen könnte. Ich beschließe, dass es dafür noch zu früh ist und danke ihr in meiner Antwort, sage aber, dass Sylvie noch nicht ganz bereit dazu ist, von zu Hause wegzubleiben.

Im Park ist relativ viel los, aber es gibt genug Spielgeräte und Sylvie muss nicht lang warten, bis sie dran ist. Ich beobachte, wie meine Tochter immer wieder von der Rutsche oder der Schaukel wegläuft, auf der sie eben war, um zu Rory zu rennen und mit ihm zu reden. Sie gibt sich solche Mühe und erklärt ihm ganz genau, wie die verschiedenen Spielgeräte funktionieren, als denke sie, er könne jedes einzelne Wort verstehen.

Es versetzt mir einen Stich ins Herz, wie sehr sie bereits an ihm hängt, ohne noch zu wissen, dass er ihr kleiner Halbbruder ist. Es fühlt sich falsch an, ihr diese Information vorzuenthalten, und doch wäre es noch zu früh, zu viel, nach all den Änderungen in ihrem Leben.

Ich sitze auf einer Bank und begnüge mich damit, zuzusehen, wie Sara Sylvie auf der Schaukel anschubst, den kleinen Rory im Tragetuch an sich geschmiegt. Sylvie lacht und wirft ihren Kopf zurück, in ihrem Kreischen höre ich Freude und ein klein wenig Angst. Sara schubst sie zu sehr an, sie fliegt zu hoch ... zu hoch und zu schnell für eine kleine Fünfjährige.

Ich denke daran, wie sehr Mum darauf beharrt hat, dass Sara benebelt und geistesabwesend wirkte.

Ich springe auf und eile zu ihnen. »Jetzt bin ich dran«, sage ich. »Muss doch schwierig sein, mit dem Baby und allem.«

»Nein, das geht schon!« Sie dreht sich zu mir, sieht meinen Gesichtsausdruck und ihr breites Lächeln verblasst. Sie tritt ein paar Schritte zurück und ich nehme ihren Platz ein. Als die Schaukel bei mir ankommt, berühre ich sie kaum, in einem Versuch, die Geschwindigkeit zu reduzieren.

Sylvie klammert sich an die Kette und dreht sich um. »Nicht du, Mummy! Sara soll mich anschubsen.«

Das ignoriere ich und setze auch die nächste Runde Anschubsen aus.

»Nein, Mummy, du nicht! Tante Sara, kannst du mich wieder anschubsen?«

Tante Sara? Wann ist *das* denn passiert?

Das hier ist nur ein kleines Kind, das es genießt, gefährlich hoch zu fliegen, aber zu hören, wie sie voller Zuneigung nach Sara ruft statt nach mir, lässt mich fast in Tränen ausbrechen. Obwohl er mich verraten hat, fehlt Cole mir so sehr und ich brauche die Liebe meiner Kinder mehr als je zuvor.

Sara tritt zu uns und ich schüttle den Kopf. »Ist okay, ich mach das schon.«

Sie geht zu der Bank hinüber und setzt sich. Sylvie beginnt zu heulen. »Sara soll mich anschubsen, nicht du!«

Ich packe den Sitz der Schaukel und bringe sie zum Stillstand, dann hebe ich Sylvie herunter. Sie schreit und heult und als ich versuche, sie hochzuheben, wirft sie sich auf den Boden. Die anderen Eltern beim Karussell und beim Klettergerüst schauen beunruhigt zu uns herüber.

Ich greife nach ihrer Hand, um sie hochzuziehen. Sie hat ihre Finger zu Fäusten geballt und ich finde keinen Halt, also umklammere ich stattdessen ihren Oberarm. Sie dreht und windet sich und weigert sich aufzustehen, während sie vor Entrüstung immer noch kreischt, und mir wird klar, dass ich ihr wehtun werde, wenn ich sie weiter so festhalte. Also bin ich gezwungen, sie loszulassen.

Sie springt auf, wirft mir einen wütenden Blick zu und rennt zu der Bank hinüber, wo sie sich ihren Arm reibt und sich neben Sara setzt.

»Lass mal sehen, mein Schatz.« Sara zieht Sylvies Arm aus ihrer Jacke und rollt den Ärmel ihres Pullovers hoch, dann ruft sie laut genug, dass die anderen es hören können: »Oh, Jennifer, du hast ihr wirklich wehgetan!«

Als sie das hört, beginnt Sylvie panisch zu weinen. Sie dreht ihren Kopf und ihren Oberkörper hin und her, um die hochroten Male auf ihrem Arm zu sehen, wo meine Finger sich in ihre Haut gebohrt haben.

»Alles gut, Sylvie«, erkläre ich ruhig. »Da sieht man nur, wo Mummy dich vom Boden hochgezogen hat. Das verschwindet bald wieder.«

Sylvie bekommt so schnell blaue Flecken. Das war schon immer so. Ihre Beine sind fast immer übersät von kleinen Blutergüssen, wo sie gegen irgendwelche harten Oberflächen im Haus gelaufen ist. Ich weiß genau, dass diese Druckmale sich in fiese blaue Flecken verwandeln werden, die erst nach einer Woche oder zwei komplett verblassen werden, und vor Scham, dass ich sie ihr in meiner Wut über ihr Verhalten zugefügt habe, wird mir ganz schlecht.

Mir ist, als wäre mir etwas gestohlen worden, als Sylvie meine ausgestreckten Arme ignoriert und sich stattdessen an Sara schmiegt. Sara gibt ihr einen Kuss auf den Kopf und zieht meine Tochter zu sich und Rory.

»Keine Sorge, mein Schatz. Mummys fiese Fingerabdrücke verschwinden bald wieder«, erklärt Sara unnötigerweise und gurrt dabei förmlich.

Sylvie streichelt Rory über die Wange. »Deine Mummy ist lieb, aber meine ist fies«, sagt sie.

»Oh Sylvie, deine Mummy ist auch nett. Ich bin mir sicher, dass sie dir nicht wehtun wollte«, sagt Sara, unübersehbar zufrieden.

Da spüre ich Tränen in meine Augen schießen. Ich wende mich ab, um Sara nicht sehen zu lassen, wie sehr Sylvies Verhalten mich stört. Vorher werfe ich ihr aber noch einen Blick zu und ihre hellblauen Augen treffen auf meine.

Ich könnte schwören, dass ihr Mund zu einem hauchfeinen Lächeln verzogen ist, aber ... wer weiß, ob ich mir das nur einbilde.

DREIUNDDREISSIG

Samstagnachmittag sehe ich zu, wie Miller in der Küche auf und ab wandert. Er erinnert mich an einen Tiger im Käfig, der ziellos herumschleicht. Ganz klar, das muss der Stress sein. Seine Trauer färbt jeden Aspekt seines Lebens.

Nachdem er zum zigsten Mal an mir vorbeigetigert ist, greife ich nach seinem Arm und ziehe ihn zu mir. »Komm, lass dich mal drücken.«

»Mum«, grummelt er und entzieht sich meiner Berührung. »Mir geht's gut. Ich ... bin nur in Gedanken versunken.«

»Ich habe nicht den Eindruck, dass es dir gut geht.« Ich lasse ihn los. »Miller, ich bin für dich da, wann immer du reden möchtest, okay? Egal wann, und sei's mitten in der Nacht.«

»Ich weiß«, sagt er.

Sara betritt die Küche und Miller verzieht sich, ohne ein Wort in ihre Richtung.

Erst vorhin habe ich Miller noch am Treppenabsatz aufgehalten, als er gerade mit einem Glas Milch in Richtung seines Zimmers unterwegs war.

»Du, sag mal, dass Sara und ihr Baby hier sind, macht dir doch nichts aus, oder?«

Ich hatte erwartet, dass er nur nichtssagend mit den Schultern zucken würde, aber sein Gesicht hat sich verdunkelt. »Ist mir inzwischen egal«, hat er gesagt. »Mach, was du willst.« Er hat sich an mir vorbeigezwängt und auf dem Weg nach oben eine große Milchlache zurückgelassen.

Die Milch habe ich mit einem feuchten Tuch aus dem Bad aufgewischt. Ich werde ein Auge auf Miller haben müssen. Ich mache mir Sorgen, dass seine Trauer sich in Depressionen verwandeln könnte und dass ich bald den Kopf so voll haben könnte, dass ich trotz allem vergesse, nach ihm zu sehen.

»Ich mach uns Kaffee«, sagt Sara und nimmt zwei Keramiktassen aus dem Schrank. Ich sehe ein Glitzern an ihrem Handgelenk und schaue genauer hin.

»Oh«, sage ich und berühre mein eigenes Handgelenk. »Wir tragen das gleiche Armkettchen!«

Sie schaut auf meinen Arm. Ich hebe ihn hoch, um ihr das Kettchen zu zeigen, und genau in dem Moment läuft ein Schaudern meinen Arm hinunter, als mir die Erkenntnis kommt. Dieses Armkettchen hat Cole mir geschenkt, vor fünf Jahren, zu unserem zehnten Hochzeitstag. Er hat mir gesagt, es sei eine Sonderanfertigung von einem Londoner Juwelier in Hatton Garden. »Es ist ein Unikat«, hat er gesagt, als er es mir ums Handgelenk legte. »Das gehört nur dir allein.«

Es ist so fein, so zierlich, dass ich fast vergessen habe, dass ich es trage.

»Hast du deines geschenkt bekommen?«, frage ich leise.

Sie nickt und streckt mir ihren Arm hin. »Und deins?«

»Ja. Zu unserem zehnten Hochzeitstag. Du?«

»Nach Rorys Geburt.«

Einige Momente herrscht Schweigen in der Küche, während wir beide auf unsere Goldkettchen hinabstarren, identische Designs mit einem einzelnen, eingefassten Diamanten. »Das ist ein Symbol unserer Liebe«, hat Cole geflüstert, die Lippen in meinem Nacken.

Sylvie kommt in die Küche gerannt und wir springen auseinander. Schnell reiße ich an meinem Ärmel, um das Armkettchen zu verbergen.

»Rory ist wach!« Sie lächelt breit und ihre strahlenden Augen blicken erwartungsvoll von Sara zu mir.

»Ich geh nach ihm gucken«, sagt Sara, ihre Stimme plötzlich tonlos und leise.

»Ich mach die Getränke fertig«, sage ich. Aber zuerst folge ich Sara und Sylvie ins Wohnzimmer. »Tasse Kaffee, Mum?«

»Für mich nicht, danke.« Sie stöhnt und reibt sich beim Aufstehen ihre Knie. »Ich denke, ich mach mich dann mal auf den Weg. Waren ein paar hektische Stunden.«

»Danke für all deine Hilfe heute.« Ich drücke ihr einen Kuss auf ihre weiche, warme Wange.

»Ja, danke, dass du auf Rory aufgepasst hast, Kris«, sagt Sara und lehnt sich nach vorn, um das wimmernde Baby in ihre Arme zu schließen.

Mum wirft ihr einen harten Blick zu, dann sammelt sie ihre Sachen zusammen und ich bringe sie nach draußen. »Alles okay, Schatz?«, flüstert sie. »Du wirkst ein bisschen bedrückt.«

Ich nicke. »War nur ein hektischer Tag, genau, wie du gesagt hast.« Ich kremple meinen Ärmel hoch und nun baumelt das goldene Kettchen wieder locker an meinem Handgelenk. »Das hier ist alles ganz schön gewöhnungsbedürftig.«

Mum nickt langsam. Ich folge ihr zur Tür, aber dort angekommen lehnt sie sich zu mir und flüstert mir ins Ohr: »Als ihr in der Küche wart, hat Sylvie sich den Arm gerieben und gesagt: ›Gran, Mummy war wütend und hat mir einen blauen Fleck verpasst, weil ich unartig war.‹ Wer ihr diese Worte in den Mund gelegt hat, steht wohl außer Frage.«

Ich lege mir eine Hand an die Stirn. »O nein. Wie schrecklich. Mum, ich fühl mich deswegen so mies.«

»Brauchst du nicht. Du hast sie doch nur hochgezogen, damit sie sich nicht wehtut«, sagt Mum. »Aber das weiß halt nicht jeder. Vielleicht solltest du mit ihrer Lehrerin sprechen, für den Fall, dass sie das auch in der Schule sagt.« Mum zögert. »Und du solltest Sara sagen, dass sie besser aufpassen muss. Kein vernünftiger Mensch würde so was vor einem kleinen Mädchen sagen.«

Es sei denn, derjenige verfolgt eigene Pläne.

Ich warte an der Tür, bis Mum in der Einfahrt bei ihrem kleinen silbernen Fiat angekommen ist und winke ihr zum Abschied zu.

Auf dem Weg zurück zur Küche und zu unserem halbfertigen Kaffee bleibe ich in der Tür zum Wohnzimmer stehen. Sara gibt Rory gerade zu trinken und Sylvie kniet zutiefst fasziniert vor ihr.

»Sylvie«, rufe ich. »Komm und hol dir ein Glas Saft.« Sara schaut zu mir auf. »Tut mir leid, dass sie dich so belagert«, sage ich. »Ich glaube, sie ist einfach neugierig.«

»Sie kann gern hierbleiben«, erwidert Sara. »Sie kann Rory in ein paar Minuten seinen Bauch reiben, wenn er satt ist.«

Ich gehe zurück in den Gang und lasse Sylvie im Wohnzimmer sitzen. Ich habe wirklich vor, in die Küche zurück zu gehen, doch dann kommt mir ein neuer Gedanke. Schnell und leise laufe ich in meinen strumpfsockigen Füßen die Treppe hoch und den Gang hinunter. Vorsichtig öffne ich die Tür zum großen Schlafzimmer, das früher mir und Cole gehört hat, und ziehe sie hinter mir zu. Was genau ich hier suche, weiß ich auch nicht – irgendwas, was mir Aufschluss über diese Frau geben könnte, mit der wir hier zusammenwohnen.

Das Bett steht noch an gleicher Stelle, aber sie hat meinen Frisiertisch umgestellt, und die paar Dekogegenstände, die ich hiergelassen habe, liegen auf einem Haufen in einer Ecke, eine Handvoll Kissen, eine Vase, ein Teppich, ein paar Kerzen. Wahrscheinlich warten sie dort darauf, von mir mitgenommen zu werden. Auch unser eingerahmtes Hochzeitsfoto liegt dort.

Ich konnte es mir einfach nicht verkneifen, es bei meinem Umzug in das Gästezimmer hier zu lassen.

Auf dem Frisiertisch steht eine Schmuckschatulle. Ich klappe den Deckel auf und öffne ein paar kleine Schubladen, entdecke dort aber keine anderen Dinge wie das Armkettchen.

Mir fällt auf, dass Sara schon einige Kleidungsstücke in den Schrank gehängt hat, die ich nun durchschaue. Sie ist ein großer Fan von Naturfasern: Kaschmir, Wolle, reine Baumwolle. Genau wie ich. Mein Herz schlägt schneller, als mir ein Stück feiner, weißer Stoff mit Perlenstickerei ins Auge sticht, das unter einem steifen Kleidersack aus Plastik heraushängt. Ich ziehe das Kleid ein Stück weit aus seiner Hülle heraus und kralle meine Fingernägel so kräftig in den Kleidersack, dass ich kleine halbmondförmige Abdrücke darauf zurücklasse. Genau dieses Abendkleid habe ich auch in meinem Schrank hängen, nur dass meines mindestens zwei Größen weiter ist. Das Kleid habe ich auf einer Abendveranstaltung in einem schicken Tanzrestaurant getragen, wo wir uns mit einigen Geschäftspartnern von Cole getroffen haben.

Ich weiß noch, wie ich mir schon Monate im Voraus Sorgen gemacht hatte, was ich nur tragen sollte, bis Cole mir eines Tages sein iPad hingehalten und mir ein Bild eines lächerlich teuren Kleides gezeigt hat. »Darin würdest du absolut umwerfend aussehen, Jen. Komm, ich schenk es dir. Wenn du magst?« Ich war komplett aus dem Häuschen gewesen. Nun frage ich mich, ob er Sara das gleiche Geschenk gemacht hat.

Kurz bleibe ich bei der Tür stehen, um sicherzugehen, dass noch alles ruhig ist, dann gehe ich zur Kommode hinüber und ziehe die oberste Schublade auf. Gefaltete Yogahosen, die denen sehr ähneln, die wir beide bereits voreinander getragen haben. In der zweiten Schublade liegen Berge an bequemen, weichen Unterhosen und BHs wild durcheinander. Meine Hand schießt zum Mund, als ich die dritte und letzte Schublade aufziehe und die sauber gefalteten Dessous-Sets entdecke – darunter einige exakte Kopien der Sets, die sich in meiner eigenen Kommode finden.

Ich schließe die Schublade. Mir ist übel. Das ist nur Zeug, sage ich mir selbst, Zeug, das jeder kaufen kann. Aber kann es denn Zufall sein, dass so viel Ähnliches dabei ist?

Ich wende mich zum Gehen, als mein Blick auf ihr Bett fällt, genauer gesagt auf ihr Kopfkissen. Ordentlich gefaltet liegt dort der exakt gleiche weiße Seidenschlafanzug, den Cole mir dieses Jahr im Namen der Kinder zum Muttertag geschenkt hat.

Was hat das alles zu bedeuten? Einiges davon hat Cole mir geschenkt, aber andere Sachen wie die Unterwäsche habe ich selbst ausgesucht und gekauft, ohne dass er Einfluss darauf gehabt hätte.

Ich höre die Treppenstufen knarzen und erstarre. Die drei obersten Stufen knarzen alle an unterschiedlichen Stellen und wenn man nicht ganz genau weiß, wo man hintreten muss, ist es fast unmöglich, geräuschlos nach oben zu kommen. Jemand ist hier oben ... aber wer?

Sylvie kann es nicht sein, ihre Schritte klingen meist eher wie ein Pony im vollen Galopp.

Miller kann es auch nicht sein, denn der sitzt hinter geschlossener Tür in seinem Zimmer.

Steif drehe ich mich im Zimmer herum, die dämliche Frage im Kopf, ob ich mich wohl irgendwo verstecken könnte. Ein Schlurfen vor der Tür ... ich sehe zu, wie die Tür langsam aufschwingt, dann steht Sara vor mir.

Sie verschränkt ihre Finger ineinander und streckt die Arme über ihren Kopf, bevor sie sie wieder sinken lässt. Ihr Gesicht ist komplett ausdruckslos, wie eine Maske.

»Hast du gefunden, was du suchst, Jennifer?«, fragt sie.

VIERUNDDREISSIG

»Tut mir leid, ich hätte nicht reinkommen sollen, ohne zu fragen. Es ist nur ... nur so seltsam, dass das nicht mehr mein Schlafzimmer ist. Ich habe mich nur gefragt, wie weit du mit dem Auspacken gekommen bist«, erkläre ich rasch und gehe dabei zur Tür, sehr darauf erpicht, den Raum zu verlassen. Bittere Galle steigt mir die Kehle hoch und ich schlucke, versuche zu leugnen, gerade in flagranti erwischt worden zu sein. Sie schweigt und zwingt mich dazu, die Stille zu füllen. »Ich bin gerade vorbeigelaufen und ... ich dachte, vielleicht kann ich ein bisschen Schmutzwäsche für dich einsammeln.«

»Aha«, sagt sie, ohne Überzeugung. »Was nun genau?«

»Wie bitte?«

»Bist du hier reingekommen, um nach meinen schmutzigen Unterhosen zu wühlen oder um meinen Fortschritt beim Auspacken zu überprüfen?«

Hitze schießt mir in die Wangen. »Ich ... ich hätte überhaupt nicht reinkommen sollen. Das war unhöflich und ich entschuldige mich dafür.« Auf wie viele Arten kann ich das denn noch sagen? Ich bin auf frischer Tat ertappt worden und nun stehe ich beschämt vor ihr und wünsche mir nichts sehnlicher, als von ihr wegzukommen. Sie blockiert den Ausgang und macht keinerlei Anstalten, zur Seite zu gehen. »Ich gehe besser wieder runter und mache unseren Kaffee fertig.«

Sie verschränkt die Arme, bewegt sich aber keinen Zentimeter. Sie ist zierlicher als ich, ein bisschen kleiner und ein ganzes Stück schlanker. Auf den ersten Blick wirkt sie so schön, so perfekt, aber wie sie jetzt so vor mir steht, scheint mir das alles nur Maskerade zu sein. Im Moment spüre ich aus ihrer Richtung nichts als dumpfe Verdrossenheit. Ich ertappe mich bei der Frage, ob Cole diese Seite wohl oft an ihr gesehen hat. Für launische Menschen hatte er keine Geduld und er hat immer irgendeinen Grund gefunden, das Haus zu verlassen, wenn ich mit dem falschen Fuß aufgestanden war, wie er es gern nannte.

»Ich weiß, dass ich erst seit Kurzem hier bin, aber es fasziniert mich, wie ähnlich wir beide uns sind, Jennifer«, sagt sie mit einem seltsam leeren Blick, der mich erneut an Mums Warnungen erinnert.

»Ach, wirklich?« Ich lache nervös und denke an all die identischen Dinge, die ich gerade erst in ihrem Zimmer entdeckt habe. »Inwiefern denn?«

»Na, uns gefallen die gleichen Dinge, nicht wahr? Die gleiche Kleidung, der gleiche Schmuck, die gleiche Inneneinrichtung.« Ihr Ton wird leiser, ihre Stimme rauchig. »Sogar dieselbe Art Mann.«

Schockiert atme ich scharf ein. Ich schaue an ihr vorbei, um sicherzugehen, dass die Kinder nicht in der Nähe sind und zuhören.

»Wir sollten hier im Haus vorsichtig sein, was wir sagen. Die Kinder sind immer irgendwo in der Nähe«, sage ich steif und schaue auf ihre leeren Arme. »Wo ist Rory?«

Vor wenigen Minuten hat sie ihn noch gefüttert, weswegen ich mich ja sicher genug gefühlt hatte, zum Schnüffeln hochzukommen. So bald ist das Baby bestimmt nicht schon wieder eingeschlafen.

»Sylvie passt auf ihn auf.«

»Sylvie! Die ist zu jung, um auf ihn aufzupassen!« In meinem Kopf läuten die Alarmglocken und meine Stimme wird höher. Ich weiß, dass Sara noch nicht lang Mutter ist, aber die meisten Menschen wüssten auch so genau, dass man eine Fünfjährige nicht mit einem Baby alleinlassen sollte. Außerdem sollte Sylvie diese große Verantwortung niemals aufgebürdet bekommen. »Ich rate dir, Rory mitzunehmen, wenn du kurz hochkommen musst. Das Haus ist groß und man hört es nicht immer, wenn ...«

»Danke dir ... für den Rat!«, erwidert sie in einem seltsamen Singsang. In dieser angespannten Unterhaltung wirkt ihr fröhlicher Ton völlig fehl am Platz. Nicht zum ersten Mal frage ich mich, ob sie ein bisschen labil ist.

Ihr Mund verzieht sich zu einem langsamen Grinsen und ich trete nach vorn, kann es plötzlich keine Sekunde mehr mit ihr aushalten. »Verzeihung, Sara. Ich muss sichergehen, dass Sylvie unten klarkommt.«

Ohne ein Wort tritt sie zur Seite und ich laufe an ihr vorbei. So kann ich nicht leben. Irgendwas muss sich ändern. Als ich die Treppe gerade betrete, erscheint Miller unten am Treppenabsatz. Er rast nach oben, immer zwei Stufen auf einmal, bevor ich noch unten ankomme. Ich presse mich mit dem Rücken gegen die Wand. »Hey, aufpassen! Was ist denn los?« Mit einem wilden Blick in den Augen fliegt er an mir vorüber, ohne zu antworten.

Kaum ist seine Tür einen Moment später zugeknallt, als ich Sylvies Stimmchen von unten rufen höre, schrill und panisch. »Mummy? Mummy? Komm schnell!«

Ich stürze nach unten, bleibe fast an der letzten Treppenstufe hängen und eile durch den Gang. Hinter mir höre ich

Sara rufen und das Donnern ihrer Füße auf der Treppe, nur wenige Schritte hinter mir.

»Sylvie, was ist los, was ist passiert?«, schreie ich und stürze ins Wohnzimmer.

Das Blut gefriert mir in den Adern, als ich Sylvie steif und mit entsetztem Gesichtsausdruck neben Rorys Babywippe stehen sehe.

»Lass mich durch!« Grob schubst Sara mich aus dem Weg und eilt durchs Zimmer. Sie schlägt die Hände über den Mund. »O Gott, er atmet nicht mehr! Er atmet nicht!« Sie packt das Baby und hält es fest mit ihren Armen umklammert, vor Panik erstarrt. »Er atmet nicht mehr!«

Rorys Gesicht läuft blau an. »Gib ihn mir.« Ich greife nach ihm, aber ihre Arme sind wie Schraubstöcke um seinen kleinen Körper. »Sara! Gib ihn mir!« Sie erwacht aus ihrer Trance und ich nehme ihr das Baby ab und lege es auf den Boden.

Mit einem leisen Wimmern schleicht Sylvie zur Seite.

»Ruf einen Krankenwagen!« Ich umschließe seine Nase und seinen Mund mit meinen Lippen. Ich hebe sein Kinn, halte seinen Kopf angewinkelt und atme kontrolliert aus. Seine kleine Brust hebt sich und keine Sekunde später hustet er und seine Augen fliegen auf. Ich warte und erst als ich sicher bin, dass er wieder atmet, lege ich ihn in die stabile Seitenlage. Dann schaue ich in Saras entsetztes Gesicht. »Ruf einen Krankenwagen!«, kreische ich und sie zuckt am ganzen Körper zusammen, zieht ihr Handy aus der Tasche und ruft den Rettungsdienst.

Rorys Gesicht nimmt wieder seine normale Farbe an und Sara setzt sich neben ihn auf den Boden und streicht ihm übers Haar. »Geht es ihm wieder gut?«, wispert sie.

Ich stehe auf, stelle mich zu Sylvie und lege ihr einen Arm um die Schultern. »Das hast du gut gemacht, mein Schatz, dass du nach mir gerufen hast.«

Sie nickt und schnieft, ihre Augen schwimmen in Tränen. »Geht es Rory gut, Mummy?«

»Was zur Hölle ist hier passiert?« Sara funkelt uns an und ich spüre, wie Sylvie neben mir erstarrt.

»Bitte überlass das mir«, entgegne ich forsch. Dann wird mein Tonfall sanft. »Kannst du mir erzählen, was passiert ist, Sylvie? Hast du gesehen, was mit Rory passiert ist?«

»Ich war nur schnell in der Küche, um mir einen Saft zu holen«, antwortet sie ganz leise. »Miller hat gesagt, er passt auf Rory auf und ich ...«

»Miller war hier?« Sara richtet sich auf und schaut um sich. »Ich dachte, er ist in seinem Zimmer. Wo ist er jetzt?«

»Er ist mir auf der Treppe entgegengekommen«, erwidere ich ruhig. Aber in mir dreht sich alles.

»Er muss sich runtergeschlichen haben, während wir in meinem Zimmer waren.« Ihre Miene verdüstert sich. »Warum würde er das tun?«

»Vielleicht wollte er sich was holen. Jetzt ist er wieder in seinem Zimmer.«

»Er ist runtergekommen, hat gesehen, dass Rory nicht mehr atmen konnte, und hat absolut nichts getan?«, fragt Sara herausfordernd.

»Ich ... wahrscheinlich ist er in Panik verfallen«, stammle ich.

Sie starrt mich böse an und schüttelt den Kopf. »Du denkst, du weißt alles über deinen Sohn, aber da täuschst du dich. Ich glaube, du kennst ihn kaum.«

Ich verlasse das Zimmer. Saras kryptische Bemerkung über Miller hat mich zutiefst erschüttert. Ich setze mich in den Gang und denke darüber nach, wie seltsam mein Sohn sich in letzter Zeit verhalten hat. Ich hatte das alles dem Tod seines Vaters zugeschrieben, aber ... vielleicht liegt ihm noch etwas anderes auf der Seele. Diese ungewöhnliche Wohnsituation ist dabei bestimmt nicht förderlich. Genau so etwas hat Ellen befürchtet.

Sylvie kommt aus dem Wohnzimmer und setzt sich zu mir. Sie vergräbt ihr Gesicht in meinem Arm und ich drücke sie fest und flüstere ihr aufmunternde Worte zu.

Ich bin erleichtert, als Sara aus dem Wohnzimmer ruft: »Der Krankenwagen ist hier!«

Ich drücke Sylvie einen Kuss auf den Kopf und stehe auf. »Mach dir keine Sorgen, mein Schatz. Rory erholt sich wieder und jetzt sind die Sanitäter da, um ihn genau zu untersuchen und sicherzustellen, dass alles in Ordnung ist.«

Wir gehen ins Wohnzimmer zurück. Sylvie rollt sich auf einem Sessel in Embryonalstellung zusammen und steckt sich einen Daumen in den Mund. Ich lege eine Tagesdecke über sie.

Sara bleibt bei Rory, während ich zur Haustür gehe und die Sanitäter reinlasse. Ich zeige ihnen die Richtung und gebe ihnen eine kurze Zusammenfassung dessen, was passiert ist. Ich schließe die Haustür und setze gerade dazu an, den Sanitätern zu folgen, als ich ein Geräusch am oberen Treppenabsatz höre. Eine Art leises Wimmern.

Miller steht da und starrt mich über das Geländer hinweg aus dunklen, sorgenschweren Augen an. Ich gehe ihm ein paar Stufen entgegen und schaue in sein bleiches Gesicht. »Miller, was ist mit dem Baby passiert?«, flüstere ich.

Er schüttelt den Kopf. »Ich weiß nicht, er hat einfach aufgehört zu atmen. Ich hab nichts getan, Mum. Ich hab ihn nur angeschaut und dann hat er sich ganz komisch verfärbt. Geht ... geht es ihm gut?«

»Ja, ich denke, er wird sich wieder erholen. Er atmet wieder und sie werden ihn ganz genau untersuchen. Geh und entspann dich ein bisschen, ich komme hoch, sobald die Sanitäter wieder weg sind.«

Ich bin schon wieder auf dem Weg nach unten, als Miller

ein seltsam ersticktes Geräusch von sich gibt. Dann ruft er leise: »Mum?«

Ich halte inne und schaue zu ihm auf. Sein Gesicht ist nun ganz verzerrt und Tränen laufen über seine Wangen. Ich renne nach oben und ziehe ihn an mich. In letzter Zeit zeigt Miller kaum je noch Emotionen. Er würde sich lieber stundenlang in seinem Zimmer einschließen, als um Trost zu bitten. »Was ist los? Bitte mach dir keine Sorgen, Rory erholt sich schon wieder und ...«

»Ich ... ich muss dir was sagen!«, ruft er mit gepresster, hoher Stimme. »Es ist alles meine Schuld ...«

»Schh, alles gut.« Ich werfe einen Blick nach unten. Ich kann die Sanitäter sprechen hören. »Was ist deine Schuld?« Mein Herz schlägt mir bis zum Hals und ich habe schreckliche Angst vor dem, was er mir gestehen will.

»Es tut mir leid, Mum. Es tut mir so leid.« Er vergräbt sein nasses Gesicht an meinem Hals. Die Worte sind gedämpft und kaum zu hören.

Was will er mir sagen? Dass er versucht hat, das Baby zu ersticken?

Panik kocht in mir hoch und ich trete einen Schritt zurück. »Sag es mir, Miller«, flüstere ich. »Was hast du getan?« Ich schiebe ihn ein kleines Stück von mir weg, damit ich ihm ins Gesicht sehen kann, aber er weicht mir aus. Er hat bereits gesagt, dass er das Baby nicht angefasst und es nur ganz kurz beobachtet hat. Mein Sohn könnte so einem winzigen Kind doch nichts antun, oder? Ja, er hat seine Probleme, aber im Grunde seines Herzens ist er ein guter, freundlicher Junge. Das weiß ich genau.

»Hör mir zu, Miller. Du hast nichts Falsches gemacht.«

»Hab ich wohl! Das ist es ja ... ich habe was Falsches gemacht, Mum.«

Meine Knie werden weich und ich stütze mein ganzes

Gewicht auf das Treppengeländer. Was soll ich nur tun, wenn er mir gesteht, dass er dem Baby wehgetan hat?

»Sag es mir«, fordere ich ihn auf, meine Stimme kaum mehr als ein Flüstern.

Seine Antwort erwischt mich kalt.

»Ich weiß, dass Dad mit Sara zusammen war. Ich bin ihnen mal gefolgt … und er hat mich dabei erwischt.« Er schaut zu mir und greift nach meiner Hand. »Und … ich hab was Schlimmes getan, Mum. Wirklich schlimm.«

Ich fühle, wie meine Beine unter mir nachgeben wollen. Ich versuche, mich mental vorzubereiten, bevor ich hervorbringe: »Was hast du getan?«

Er hält meine Hand so fest umklammert, dass ich instinktiv versuche, mich seinem Griff zu entziehen, aber er lässt nicht los. Er wartet, bis ich mich endlich seinem Blick stelle.

»Miller, was hast du getan?«, frage ich erneut.

Er starrt mich an. Auf seiner Stirn und um seine Lippen glänzt der Schweiß.

Und dann, ganz langsam, sagt er: »Dads Kopfverletzung vor seinem Unfall … ich glaub, die hatte er von mir.«

FÜNFUNDDREISSIG

POLIZEIREVIER NOTTINGHAMSHIRE

Helena schaut von ihren Papieren hoch, als sie jemanden ihren Namen rufen hört. Bis eben war sie in die Tabellen versunken, die Corinne Waterman, Cole Finchams Buchhalterin, ihnen auf Nachfrage geschickt hatte, und sie hat ihre Nummer für etwa eine Stunde auf Brewsters Apparat umleiten lassen, damit sie sich mit diesen ganzen Zahlenreihen auseinandersetzen konnte.

Nun steht Brewster auf und winkt ihr mit dem Telefonhörer zu. »Ich habe Rolly Ratte für Sie in der Leitung, Chefin. Ich leite den Anruf weiter.«

Ihr Telefon klingelt und sie hebt ab. »Tag, Rolly. Ich hätte nicht erwartet, an einem Samstagnachmittag von Ihnen zu hören«, grüßt sie den Pathologen fröhlich. »Was kann ich für Sie tun?«

»Ich habe einiges an Arbeit nachzuholen, die letzten Tage waren etwas hektisch. Und ich denke, die Frage ist eher, was ich für Sie tun kann, DI Price«, erwidert McAfee trocken. »Bei mir ist gerade der toxikologische Befund für Cole Fincham eingetrudelt.«

Toxikologische Untersuchungen sind bei plötzlichen

Todesfällen und Unfalltoden völlig normal, an sich also keine ungewöhnliche Mitteilung. Trotzdem beschleunigt sich Helenas Herzschlag. McAfee würde sie nicht persönlich anrufen, wenn an diesem Befund nicht etwas auffällig wäre.

»Danke, dass Sie mich anrufen, Rolly«, sagt sie und greift nach einem Stift. »Schießen Sie los.«

»Wie Sie wissen, gehört die Untersuchung von Blut und Urin des Opfers zu unserer üblichen Vorgehensweise, um festzustellen, ob irgendwelche Giftstoffe zum Tod beigetragen haben, etwa Drogen, Alkohol oder andere chemische Substanzen. Und im Falle von Cole Fincham hat unser Toxikologe eine ungewöhnliche Entdeckung gemacht.«

Helenas Haut kribbelt vor Ungeduld. McAfee hat stets Freude daran, andere mit wichtigen Details zu triezen und sie erst ein bisschen danach schnappen zu lassen, bevor er etwas offenbart, was einen Fall komplett umkrempeln könnte.

Sie weiß, dass er es zu schätzen weiß, wenn andere sein Spiel mitspielen. »Lassen Sie mich raten«, sagt sie. »Er hatte doch Alkohol konsumiert?«

»Warm, aber nicht heiß.«

»Kokain vielleicht? Vielleicht ist er so mit dem Stress seiner finanziellen und persönlichen Lage umgegangen.« Im Laufe ihrer Dienstzeit hat Helena bereits erlebt, wie selbst die normalsten Menschen sich auf Kokain stützten, um ihren Alltag durchzustehen. Die Droge ist schon lange nicht mehr nur bei Stars und Promis zu finden.

»Nope.« Dann: »Aber Sie sind schon ziemlich nah dran, Helena. In seinem Blut haben wir eine signifikante Konzentration des Mittels Lorazepam festgestellt. Markenname Ativan. Es handelt sich um ein Benzodiazepin, ein verschreibungspflichtiges Beruhigungsmittel.«

»Interessant«, murmelt Helena, obwohl sie mit dieser konkreten Substanz nicht vertraut ist. »Was für Gründe könnte jemand haben, um Lorazepam einzunehmen?«

»Normalerweise Stress und Angstzustände oder stressbedingte Schlafschwierigkeiten.«

»Verstehe.« Mit allem, was Cole Fincham zu jonglieren hatte, passt das wahrscheinlich ganz gut. »Da die Substanz so streng reguliert ist, nehme ich mal an, dass es illegal ist, nach der Einnahme Auto zu fahren?«

»Falls Sie davon müde werden, ja«, bekräftigt McAfee. »Allerdings dürfen wir nicht vergessen, dass diese Nebenwirkung nicht bei jedem eintritt.«

Helena denkt daran, wie Jennifer Fincham das Verhalten ihres Mannes vor seinem Unfall beschrieben hat. Verwirrt, abgelenkt. Wie er, laut Aussage ihres Sohnes, auf der Terrasse herumgestolpert ist.

»Wäre es Ihrer Ansicht nach möglich, dass Fincham das Lorazepam bereits zu Hause eingenommen hat, weggefahren ist und dann aufgrund der Nebenwirkungen gestürzt ist und sich irgendwie den Kopf angeschlagen hat?« Helena überlegt kurz. »Oder hätte er sich die Kopfverletzung auf andere Art versehentlich zufügen können, bevor er wieder ins Auto gestiegen und auf die A453 gefahren ist?«

McAfee antwortet wie aus der Pistole geschossen. »Es wäre absolut möglich, dass er das Mittel bereits zu Hause eingenommen hat. In der Regel wird Lorazepam als Tablette oder Tropfen eingenommen und die Wirkung setzt erst nach etwa zwanzig Minuten ein. Danach kann die beruhigende Wirkung etwa sechs bis acht Stunden andauern.«

»Und seine Verletzung?«

»Ah, ich fürchte, das ist der Punkt, an dem Ihre Theorie scheitert, Helena. Und dabei haben Sie so vielversprechend angefangen«, erwidert McAfee mit einiger Selbstzufriedenheit. »Wie ich bereits erwähnt habe, handelt es sich um eine so schwerwiegende Linearfraktur, dass wir ein Stolpern oder einen Unfall als Ursache ausschließen können. Es handelt sich um gezielte Gewalteinwirkung, die dem Opfer absichtlich zugefügt wurde, beispielsweise – wie schon gesagt – mit einem Baseballschläger oder einem ähnlichen Objekt.«

»Wenn ich so ein Doppelleben geführt hätte wie Cole Fincham, dann bräuchte ich wahrscheinlich jeden Tag eine doppelte Dosis Lorazepam«, witzelt Brewster, als Helena ihm von ihrem Telefonat mit McAfee berichtet. »Während Sie am Telefon waren, hat mich eine Kollegin von Rhea Brace zurückgerufen. Anscheinend hat sie Finchams Unternehmen verlassen, als die Beziehung in die Brüche ging, und bei einer Zeitarbeitsfirma angeheuert, die auf Verwaltungspersonal spezialisiert ist. Ich habe versucht, Kontakt mit ihr aufzunehmen und dort eine Nachricht hinterlassen.« Seine Miene verdüstert sich. »Eine Kollegin hat mir eben erzählt, dass Rhea Brace gestorben ist.«

»Was?«

»Sie hat sich umgebracht, ein paar Monate nach dem Ende ihrer Beziehung mit Cole.«

»Wie traurig«, sagt Helena. »Sie war doch erst Anfang zwanzig und hätte den Rest ihres Lebens Zeit gehabt, jemanden zu finden, der ihre Liebe mehr verdient hat als Cole Fincham. Wie hat sie es getan?«

»Anscheinend mit einer Überdosis verschreibungspflichtiger Medikamente. Ich habe nachgesehen und es wurde eine forensische Untersuchung angeordnet. Der Pathologe hat ihren Tod als Überdosis eingestuft, aber Rheas Familie war damit nicht zufrieden, weil es Anzeichen darauf gab, dass Rhea nicht allein war. Die Tür zu ihrer Wohnung war nicht abgesperrt, obwohl sie bekanntermaßen in Hinblick auf ihre Sicherheit recht paranoid war. Außerdem hat die Mieterin aus der Wohnung unter ihr angegeben, mehr als ein Paar Füße über sich gehört zu haben, konnte das bei einer Befragung dann aber nicht mit absoluter Sicherheit bekräftigen.«

»Interessant. Wurde notiert, wie Rhea sich in den Tagen vor ihrem Tod verhalten hat?«

Brewster nickt. »Freunde und Familie haben angegeben, dass sie wegen der gescheiterten Beziehung deprimiert war und dass sie schon befürchtet hatten, dass so etwas passieren könnte. Alles in allem hat sich in dem Fall also nichts weiter ergeben, zumal die andere Mieterin eben nicht zu hundert Prozent sicher war, wirklich zwei Menschen gehört zu haben, und da es keinerlei konkrete Beweise gab.«

Helena überlegt kurz, dann sagt sie: »Das müssen wir Jennifer Fincham gegenüber auf jeden Fall erwähnen und hören, was sie davon hält. Seltsam, dass sie das nicht erwähnt hat, als sie uns von Coles Affäre mit Rhea erzählt hat … vielleicht weiß sie gar nicht, was passiert ist.«

»Kann sein. Wir haben außerdem das hier geschickt bekommen.« Brewster wedelt mit einem Computerausdruck. »Daten von Handymasten, die uns zeigen, dass Cole Fincham noch fast eine Stunde in Nottingham geblieben ist, nachdem er sein Zuhause um zehn Uhr dreißig verlassen hat. Auf die A453 ist er erst um etwa elf Uhr fünfundvierzig gefahren.«

»Die Frage ist also, bei wem war er während dieser Stunde, beziehungsweise, wo genau ist er hingefahren, ohne sich weit von seinem Zuhause zu entfernen?«, murmelt Helena. »Dann müssen wir als Nächstes wohl Daten von der automatischen Nummernschilderkennung einholen.«

Brewster nickt. »Ich habe schon eine dringende Anfrage an unser ANPR-Team geschickt. Mit etwas Glück sollten wir da also bald mehr wissen.«

»Ich glaube, wir müssen mit Jennifer darüber sprechen. Sara Nordstrom hat ja angegeben, dass sie ihn an seinem Todestag überhaupt nicht gesehen hat, deswegen sollten wir bei Jennifer anfangen. Mit dem Sohn müssen wir auch sprechen …«, sie schaut in ihre Notizen, »Miller. Natürlich im Beisein seiner Mutter.«

»Ich organisier das.« Brewster wendet sich zum Gehen.

»Bei diesen ersten Gesprächen soll Sara nicht involviert sein, Brewster. Cole Fincham mag das mit den beiden Frauen ja gefallen haben, aber ich denke mal, wir sollten es weiter so halten, dass wir immer nur mit einer Person gleichzeitig sprechen.«

»Aye, aye, Chefin.« Brewster grinst und geht zu seinem Schreibtisch zurück.

SECHSUNDDREISSIG

JENNIFER

Ich lege meinen Arm um Millers Schultern und führe ihn zurück in sein Zimmer.

»Komm, setz dich hin.« Er zittert wie Espenlaub und sein Gesicht ist bleich und verzerrt. Ich setze mich neben ihn aufs Bett und reibe ihm über den Rücken, um ihn zu beruhigen, genau, wie ich es getan habe, als er noch klein war. »Erklär mir das, was du vorhin gesagt hast, Miller. Über deinen Dad.«

»Wir … wir haben uns gestritten.« Er kämpft mit den Worten und dazwischen höre ich seine scharfen, flachen Atemzüge.

»Wann?«

»An dem Tag, als er seinen Unfall hatte. Nachdem er morgens nach Hause gekommen ist.« Er atmet ein, dann redet er weiter. »Du warst mit den Zeltleuten unten im Garten und Dad ist in mein Zimmer gekommen. Er hat immer gewartet, bis du nicht da warst, um zu mir zu kommen.«

Ich schaue ihn verblüfft an. Meines Wissens nach hat Cole Millers Zimmer kaum jemals betreten. Wann immer ich mich über die Schlamperei dort oben beschwert habe, hat Cole gesagt, dass ich mich da raushalten und Miller selber machen lassen soll. »Er ist derjenige, der in seinem eigenen Saustall leben muss«, hat er gesagt. Wann immer ich Cole gebeten habe, Miller zum Essen zu holen, hat er einfach die Treppe hoch nach ihm gerufen. Er ist kaum jemals hochgegangen.

»Du glaubst nicht, dass Dad in mein Zimmer gekommen ist, aber das ist er.«

Dads Kopfverletzung ... ich glaub, die hatte er von mir. Ich kann die Worte nicht laut wiederholen.

»Ich glaube dir vollkommen, Miller«, sage ich. »Du musst mir sagen, was passiert ist und warum du denkst, dass du etwas Falsches getan haben könntest.«

»Seit er herausgefunden hat, dass ich ihm gefolgt bin und ihn mit ihr gesehen habe ...«

»Mit Sara?«

Er nickt. »Danach hat er mich einfach nicht mehr in Ruhe gelassen. Wann immer du weg warst, ist er hochgekommen und hat gesagt, wenn ich es dir sage, dann verlässt du uns und es wäre allein meine Schuld.«

»O nein.« Ich schlage eine Hand vor den Mund. In meinen Augen brennen Tränen. Ich kann es nicht fassen, dass Cole unserem Jungen gegenüber so ... so *grausam* sein könnte.

»Er hat immer wieder gesagt, es ist nicht so, wie es aussieht. Dass sie nicht seine Freundin ist. Aber ich wusste, dass das komplett gelogen war.« Er wischt sich mit einem Ärmel übers Gesicht. »Ich hab Beweise dafür, dass es gelogen war.«

»Wann ist das alles passiert, Miller? Wann hast du die beiden zum ersten Mal gesehen?«

»Letztes Jahr, kurz nach Weihnachten, glaube ich.« All seine Probleme in der Schule. Das hat etwa zur selben Zeit angefangen ... »Ich ... ich hab Dad mal abends am Handy sprechen hören, als ihr Freunde hier hattet. Er hat über sein geheimes Handy mit jemandem telefoniert.«

»Über sein ... *Was?*«

»Er hatte ein silbernes iPhone, das er immer versteckt hat. Das hab ich ihn damals benutzen sehen.«

Ein geheimes Handy? Meine Hände zittern. Mandy hat eine Tüte mit Coles persönlichen Besitztümern aus dem Krankenhaus mitgebracht. Sein zersplittertes schwarzes Handy habe ich dort gesehen, aber kein silbernes iPhone! Eine Lüge nach der anderen, es hört einfach nicht auf.

»Und mit wem hat er über dieses geheime Handy telefoniert?«

»Mit *ihr*! Er hat irgendwas gesagt von wegen ›Du hättest mich nicht anrufen sollen‹, und dann hat er gesagt: ›Ich komm später vorbei, aber ich hab was getrunken und muss ein Taxi nehmen.‹«

Jetzt weiß ich es wieder. Wir hatten ein paar Freunde für eine verspätete Neujahrsfeier eingeladen und Cole war zum Telefonieren in den Gang getreten. Ich glaube, er hat später irgendwas davon gesagt, dass sich jemand krankgemeldet hätte.

Jedenfalls war er danach wieder reingekommen und wir hatten unseren Abend fortgesetzt, aber dann hatte Cole früher gehen müssen, weil auf einer seiner Baustellen durch eine Überflutung Notreparaturen nötig gewesen waren. *Macht ihr ruhig ohne mich weiter. Ich ruf mir ein Taxi und übernachte in einem Hotel in der Gegend. Morgen Früh bin ich wieder da, Jen.*

Wir hatten alle gut was getrunken und ehrlich gesagt hatten wir seine Abwesenheit kaum bemerkt.

»Und nachdem du dieses Telefonat mit seinem geheimen Handy mitgehört hast, hast du beschlossen, ihm zu folgen?«, frage ich.

»Ja. Eines Tages hab ich gehört, wie er dir erzählt hat, dass er zu einer Baustelle in der Gegend fahren muss, also bin ich auf mein Fahrrad gesprungen, bevor er das Haus verlassen hat. Ich habe ein paar Straßen entfernt auf ihn gewartet und dann bin ich ihm gefolgt. Es war viel Verkehr, ich bin also gut hinterhergekommen.«

»Wo ist er hingefahren?«

»Nach Lady Bay, zum Einkaufszentrum.« Das Zentrum kenne ich gut. Ein paar Läden rund um einen Parkplatz, nur ungefähr zehn Minuten Autofahrt von hier entfernt. »Dad hat in seinem Auto gewartet und ungefähr fünf Minuten später kam sie. Sie hat direkt neben ihm geparkt und ist aus ihrem Auto in Dads Range Rover gestiegen.«

Es bricht mir das Herz, dass Miller den Verrat und die Hinterlist seines Vaters so unmittelbar miterleben musste. Solche Dinge können ein Kind ein Leben lang belasten.

»Sie haben ewig lang geredet«, fährt er fort. »Ich hab mein Rad angeschlossen und bin zu Fuß näher rangegangen, damit ich mehr sehen konnte. Und so hab ich dann gesehen, dass sie ihren Kopf auf seine Schulter gelegt hatte und sich so an ihn rangeschmiegt hat. Dann hat Dad sich plötzlich in seinem Sitz umgedreht und mir direkt ins Gesicht geschaut, und sie hat mich auch gesehen.«

»Ach, nein. Und was hast du gemacht?«

»Ich hatte Angst. Ich konnte mich nicht bewegen und dann hat Dad sich abgeschnallt und die Autotür aufgemacht und das hat mich so geschockt, dass ich mich doch wieder bewegen konnte. Ich hab mich einfach umgedreht und bin fortgerannt. Dad ist ausgestiegen und mir hinterhergerannt und hat meinen Namen geschrien.« Miller scheint in Erinnerungen versunken und sein Blick ist wild. »Mein Fahrrad war doch festgeschlossen, also konnte ich nicht einfach wegfahren. Ich hab versucht, das Schloss aufzusperren, aber es ist mir immer wieder aus den Fingern gerutscht und dann hat Dad mich gepackt.«

»Und da hat er dir dann gesagt, dass du mir nichts sagen sollst?«

Miller nickt. »Erst war er so wütend, dass ich ... ich dachte, er würde mich schlagen. Dann wurde sein Gesicht ganz bleich und er hat fast angefangen zu weinen. Ich hab ihn gefragt: ›Betrügst du Mum?‹«

Ich drücke sanft seine Schulter. Seine Loyalität rührt mich, aber bei dem Gedanken daran, dass er sich so zwischen mir und seinem Dad hat entscheiden müssen, wird mir ganz schlecht.

»Was hat dein Dad dazu gesagt?«

»Er hat gesagt, dass er dich nicht betrügt! Grade saß er noch in seinem Auto mit ihrem Kopf auf seiner Schulter und im nächsten Moment lügt er mich an, als könnte er mich für dumm verkaufen.« Millers Wangen laufen rot an. »Dad hat gesagt: ›Du hast das in den falschen Hals gekriegt, Kumpel. Es ist nicht das, wonach es aussieht‹, und ich hab sie angeguckt und sie saß in Dads Auto und hat gegrinst und den Kopf verdreht, um zu sehen, was wir machen, und ich dachte nur, *Ja, klar*.«

»Haben sie sich geküsst?« Ich kann mir die Frage nicht verkneifen. Aber er schüttelt den Kopf und so dumm es auch ist, freue ich mich darüber. Sara hat Coles Sohn auf die Welt gebracht! Was zur Hölle würde ein Kuss denn bitte beweisen? Miller lag genau richtig. Cole hat nur mit aller Gewalt versucht, Zweifel in ihm zu säen. Ich hätte nie gedacht, dass er seinem eigenen Sohn so was antun könnte.

»Was ist dann passiert?«

»Dann hat Dad traurig ausgesehen. Er hat mich angefleht, dir nichts zu sagen.« Millers Gesicht fällt in sich zusammen. »Er hat gesagt, das würde dich total fertigmachen und wenn ich dich wirklich liebe, würde ich dir nie so schrecklich wehtun können.«

»Das war so unfair dir gegenüber«, sage ich leise. »Er hatte kein Recht, dich derart emotional zu erpressen.«

Miller schüttelt den Kopf und mustert seine Füße. »Jedenfalls habe ich dann endlich das Schloss von meinem Rad aufbekommen und hab ihn einfach dort stehen lassen. Danach bin ich ihm zu Hause so gut wie möglich aus dem Weg gegangen.«

Ich denke an all die Tage zurück, an denen ich Miller nicht aus seinem Zimmer kriegen konnte. Die Abende, an denen er endlich zum Abendessen runtergekommen ist und kaum von seiner Mahlzeit aufgesehen hat oder auf seinen Vater eingegangen ist, wenn der mit ihm gesprochen hat. Ich habe mit ihm geschimpft, weil er sich so schlecht benimmt, und die ganze Zeit über wusste er ... ich schüttle meinen Kopf. Darüber nachzudenken, ist unerträglich.

»Als ich aufgehört hab, nach unten zu kommen, wenn er zu Hause war, hat er angefangen, in mein Zimmer zu kommen«, fügt Miller hinzu.

»Wenn ich nicht da war?«

»Genau. Dann ist er hochgekommen und hat so getan, als würde er sich für die Schule oder meine Videospiele oder sonst was interessieren. Aber immer wieder ist er am Ende darauf zurückgekommen, was ich an dem Tag gesehen habe. Er hat dauernd gesagt, das wäre alles vorbei, dass sie nicht zusammen wären. Wenn er es einfach hätte gut sein lassen, dann hätte ich vielleicht versucht, nicht mehr dran zu denken, aber er hat wieder und wieder damit angefangen, bis ich darüber nachgedacht hab, was er damit wohl alles verbergen will. Und da hab ich beschlossen, ihm noch mal zu folgen ... am Tag vor seinem Unfall.«

»*Wirklich?*« Mir wird ganz schwindelig von all den Dingen, die hier geschehen sind, ohne dass ich es bemerkt habe. Ich dachte, ich hätte meinen Mann gekannt und bin inzwischen eines Besseren belehrt worden, aber ich hätte mein Leben darauf verwettet, meinen Sohn in- und auswendig zu kennen.

»Ich bin ihm bis zu so einem schicken Haus in Lady Bay gefolgt, wo, glaub ich, Wohnungen vermietet werden. Sie hat ihm die Tür aufgemacht. Ich hab ihn von der Straße her angeschrien, hab geschrien, dass alle wissen sollten, was für ein Lügner er ist, dann bin ich wieder weggefahren.« Millers Stimme wird wieder leiser. »Als Dad am nächsten Morgen nach Hause gekommen ist, ist er in mein Zimmer gekommen und hat versucht, alles wieder gutzureden. Er hat mir wieder geschworen, dass es nicht das ist, wonach es aussieht.« Er kneift seine Augen zusammen. »Ich hab nicht verstanden, was passiert ist und wann mein Dad so ein mieser Lügner geworden ist.«

Also wusste Sara *doch* über uns Bescheid. Sie hat Miller zweimal gesehen. Ihr konnte nicht entgangen sein, dass er Coles Sohn ist, nicht zuletzt, weil er ihm wie aus dem Gesicht geschnitten ist. Miller war sogar bei der Wohnung, die sie erwähnt hat. Sie hat den Namen ihres Vermieters nebenbei erwähnt und ich habe ihn sofort in Gedanken abgespeichert. *Mr Friedmann.*

»An dem Tag, an dem Dad seinen Unfall hatte, ist er auf der Terrasse gestolpert, als er zu mir hochgeschrien hat.« Er schaut auf seine Hände hinab. »Er hat sein silbernes iPhone fallen lassen, aber das ist ihm gar nicht aufgefallen, weil er total gestresst war. Ich hab es rausfallen sehen und als er weggefahren ist, bin ich runtergerannt, um es zu holen.«

Er packt mich bei der Hand. Sein ganzer Körper bebt, als er versucht, seine Emotionen unter Kontrolle zu halten.

»Mum, ich weiß, dass Dad noch einen Sohn hat ... und er hat uns n...nie davon erzählt.« Er stottert wieder. Das ist zum ersten Mal vor einem Jahr passiert, als ich noch dachte, dass die Schule sein einziges Problem wäre. Nach ein paar Terminen bei einer Logopädin hatte er das Stottern wieder in den Griff bekommen. Es bricht mir das Herz zu sehen, wie er jetzt nach Luft schnappt. »Auf dem Handy hab ich alle Beweise mit eigenen Augen gesehen. N...Nacktfotos, die sie Dad geschickt hat und alles.«

»Alles ist gut, Miller, du musst dir keine Sorgen machen, okay? Alles wird wieder gut.«

»Ich hasse sie, Mum. Ich hasse sie so sehr«, flüstert er mir ins Ohr. Er sagt es mit solcher Überzeugung, mit so viel Wut, dass ich mich nervös zur Treppe umdrehe, für den Fall, dass Sara sich wieder irgendwie herangeschlichen hat, ohne dass ich sie habe kommen hören.

Meine Augen sind weit aufgerissen. »Also hast du dieses geheime Handy?«

Miller schüttelt den Kopf. »Sara ist in mein Zimmer gekommen und hat m…mich gezwungen, es ihr zu geben.«

»Was?« Alles überwältigende Wut schießt wie aus dem Nichts in mir hoch und ich kämpfe sie nieder. Was für eine Unverfrorenheit, meinen Sohn in seinem eigenen Zimmer einzuschüchtern …

Aber es gibt noch ein paar wichtigere Dinge zu klären, während Miller zum Reden aufgelegt ist. Dinge, die für meinen Sohn weitaus tiefgreifendere Folgen haben könnten.

»Miller, wie hast du das gemeint, als du gesagt hast, Dad könnte seine Verletzung von dir bekommen haben?«

»Vielleicht … vielleicht hat er sich den Kopf hier in meinem Zimmer angeschlagen.« Er kneift fest die Augen zusammen. »Ich hab gehört, wie du zu Gran gesagt hast, dass die Polizei was von einer Kopfverletzung vor dem Unfall gesagt hat und … daran könnte ich schuld sein.«

Mir ist speiübel. Ich atme tief durch. »Hast du ihn geschlagen?«

»Geschlagen nicht, aber ich wollte ihm wehtun, damit er mal weiß, wie ich mich seinetwegen jeden Tag fühle. Deswegen bin ich an dem Tag von seinem Unfall in ihn reingerannt, als er in mein Zimmer kam, ich hab ihn heftig geschubst. Das hat er nicht erwartet und er ist nach hinten gefallen und hat sich kräftig den Kopf angeschlagen, da.« Er steht auf und geht zu seinem Schreibtisch hinüber, wo er vorsichtig dessen scharfe Tischkante berührt.

Ich bin mir sicher, dass ein Mensch sich den Kopf mit genügend Wucht an dieser scharfen Kante ernsthaft verletzen könnte.

Vielleicht sogar ernsthaft genug, um daran zu sterben.

Stumm sitzen Miller und ich nebeneinander. Ich halte ihn fest umklammert, denke über unsere Unterhaltung nach und warte, dass sich die Wut in mir wieder ein wenig legt.

Sara hat mich wiederholt angelogen. Sie hat Miller gesehen – und die Leute sagen immer, wie sehr er seinem Dad gleicht – und sie hat gesehen, wie Cole auf dem Parkplatz und vor ihrer Wohnung versucht hat, ihn zu beschwichtigen.

Ganz ohne Zweifel wusste Sara also, dass Cole eine Familie hatte. Außerdem wusste sie dank Miller auch, dass seine Kinder nicht im Ausland waren.

Ich kann das, was mein Sohn mir erzählt hat, nicht ignorieren. Und wenn wir morgen kein Haus mehr haben, dann sei's drum. Nichts darf wichtiger sein als dass Miller weiß, dass ich auf seiner Seite bin und ihn voll unterstütze. Mir bleibt nichts anderes übrig, als mit Sara über ihre Lügen zu sprechen und über Coles geheimes Handy, das sie inzwischen an sich gebracht hat.

Ich werde nicht aus diesem Haus ausziehen, bis Corinne mir sagt, dass die finanzielle Vereinbarung wirklich keinerlei Lücken aufweist. Ich will unser Zuhause nicht aufgeben, aber wenn sie nachweislich die alleinige Eigentümerin ist, dann gebe ich es her, ohne einen großen Aufstand zu machen.

Ich habe Sara einiges zu sagen, aber wenn ich jetzt einfach nach unten renne und sie wie eine Verrückte anschreie, kommen wir auch nicht weiter.

Mein Verdacht hat sich bestätigt. Ich zucke mit den Schultern – Mum und Ellen haben genau ins Schwarze getroffen. Sara Nordstrom ist eine Lügnerin und ich weiß, dass ich noch nicht die ganze Wahrheit offenbart habe.

Nur so ein Gefühl, aber ich bin überzeugt, dass da noch irgendetwas ans Licht kommen wird.

SIEBENUNDDREISSIG

SARA

Vor vierzehn Monaten

Sara war fest entschlossen gewesen, Cole Fincham zu ruinieren. Das war der einzige Grund gewesen, warum sie ihr »zufälliges« Treffen während dieses Networking-Events arrangiert hatte.

Doch dann war ihr innerhalb weniger Stunden klargeworden, dass er die Liebe ihres Lebens war. Gut aussehend, erfolgreich, liebenswürdig. Die Art Mann, auf die sie ihr ganzes Leben lang gewartet hatte. Es mochte ja abgedroschen klingen, aber sie konnte es in seinen Augen lesen und an seiner freundlichen Art, dass er ein durch und durch guter Mensch war.

Sara hatte ihre Mittel und Wege, alles über Cole herauszufinden. An dem Nachmittag, an dem sie sich das erste Mal trafen, wusste Sara bereits über seine Familie Bescheid. Sie wusste von der Wohnung, die er zu der Zeit gemietet hatte, und kannte die Adresse des Hauses in der Dovedale Road, für dessen Renovierung er sich gerade erst die Baugenehmigung gesichert hatte. Sie kannte seine Kunden und die Zahl, die ganz unten auf seiner Jahresabrechnung stand.

Er war ein Mann, der seine Familie anbetete, und für Sara war das kein Grund zum Umlenken. Im Gegenteil, er schien ihr deswegen nur noch begehrenswerter. Seit vierzehn Jahren war er mit seiner Frau verheiratet. Wahrscheinlich waren sie zufrieden miteinander, aber waren sie auch glücklich? Schnell stellte sich heraus, dass sie nicht glücklich genug waren, um der Versuchung zu widerstehen, die sie für ihn darstellte.

Dieser hungrige Blick in seinen Augen, als sie im Schlafzimmer fast nackt vor ihm stand. Die Erregung, die er nicht hatte verbergen können, als sie ihren Körper an ihn schmiegte. Seine Frau mochte noch so willensstark sein – doch mit einem mageren Budget den Haushalt zu schmeißen und zwei Kinder zu versorgen und dabei noch in ihrer Ehe für Aufregung und Romantik zu sorgen, das war wirklich viel verlangt.

Sara zählte darauf, dass Jennifer Fincham sich zumindest in letzterer Hinsicht schwer tat. Sie hatte sie einmal aus der Ferne gesehen, im örtlichen Einkaufszentrum. Sara konnte sich gut vorstellen, dass sie mal attraktiv gewesen sein mochte, aber jetzt hatten sich ein paar überschüssige Pfunde auf ihrem Körper verteilt und Erschöpfungsfalten hatten in ihrem Gesicht Einzug gehalten. Für Sara nichts Neues.

An diesem ersten Nachmittag hatte Sara alles darauf gesetzt, dass die Ehe der beiden gerade langsam den Bach runterging. Und eines war sicher: Sich Cole Fincham zu schnappen, würde ein Kinderspiel sein.

Gerade mal einen Monat, nachdem sie sich kennengelernt hatten, sagte sie ihm, dass sie schwanger war. Er war schnell in einen überaus bequemen Rhythmus verfallen, gemäß dem er mit einer Reisetasche vor ihrer Wohnung auftauchte – manchmal mit nichts als ein paar Stunden Vorwarnung – und eine oder manchmal auch zwei Nächte übernachtete.

Eines Abends hatte sie einen Tisch im Restaurant Sat Bains

reserviert, sich ein schickes neues Cocktailkleid gekauft und ihre hochhackigen Valentinos dazu angezogen. Die machten immer Eindruck. Und, oh, sein Gesicht, als sie ihm von ihrem Überraschungsdinner erzählte!

»O mein Gott, du siehst einfach umwerfend aus!«, hatte er gerufen, als er sie sah. Dann war sein Gesicht in sich zusammengefallen. »Aber ... ich wünschte, du hättest mir vorher Bescheid gegeben, Sara. Ich habe absolut nichts anzuziehen. Ich hab nur meine ...«

Sie hatte ihren Zeigefinger sanft auf seine Lippen gelegt. »Schau mal in deinen Schrank.«

Sie hatte ihm einen Schrank für seine Sachen freigeräumt. Zu dem ging er jetzt und zog die Türen auf, dann fiel ihm die Kinnlade herunter. Er besah sich das maßgeschneiderte Set mit einer Hose von Paul Smith und einem Seidenhemd. Schuhe von Hugo Boss und ein Ledergürtel vollendeten das elegante Outfit.

»Sara, mir ... mir fehlen die Worte!« Er ließ seine Hände über den geschmeidigen Stoff gleiten und rieb die glatte Seide zwischen seinen Fingern. »Wofür das alles? Ich meine, womit hab ich dich nur verdient?«

Sie hatte ihm ein breites Lächeln zugeworfen. Dann hatte sie sich die Klamotten vom Leib gezogen und ihm in der Dusche den Rücken eingeseift, aber als er sie anflehte, sich zu ihm zu stellen, hatte sie ihn nur lachend weggeschubst.

»Für diese Frisur und das Make-up habe ich Stunden gebraucht«, hatte sie ihn neckisch zurechtgewiesen. »Morgen Früh dagegen ... da darfst du mich noch mal fragen.«

Bis sie im Restaurant angekommen waren, war Cole ganz aufgedreht und voll Adrenalin. Dieses angenehme Leben gefiel ihm und die maßgeschneiderten Klamotten standen ihm ganz ausgezeichnet. Er machte den Eindruck eines sehr erfolgreichen Unternehmers, auch wenn er ihr seine finanziellen Probleme bereits gestanden hatte. Sie hatte ihren Part gut gespielt, auch wenn ihr schon vorher klar gewesen war, wie schlimm es um sein Unternehmen stand.

Das Glück schien nicht auf seiner Seite gewesen zu sein, aber das würde Sara schon ändern.

Sie hatten ihre Getränke bestellt. Sara schützte Kopfschmerzen vor und bestellte sich ein Glas Mineralwasser. Cole dagegen läutete den Abend mit einem Glas teuren Rotwein ein.

Nachdem sie auch ihr Essen bestellt und eine Weile ihre Ruhe von dem Kellner hatten, griff sie über den Tisch hinweg nach seinen Händen. »Ich habe unglaublich gute Neuigkeiten für dich«, sagte sie und musterte jede Regung seines Gesichts ganz genau. »Neuigkeiten, die dein Leben verändern werden.«

Er lachte und drückte ihre Hände. »Wow, ich kann es kaum erwarten, mehr zu hören. Na gut, dann überrasch mich!«

»Ich bin schwanger.«

Sofort wurden seine Finger um ihre schlaff. Alle Farbe wich augenblicklich aus seinem Gesicht. »Was hast du gerade gesagt?«, flüsterte er.

»Seit vier Wochen trage ich unser Kind im Bauch, Cole.«

»Aber, wie ... Wir waren doch immer so vorsichtig. Du hast doch gesagt, du nimmst die Pille.«

»Das kann trotzdem passieren.«

Er fasste sich an die Stirn und fuhr sich mit den Fingern durchs Haar. »Ich ... weiß nicht, was ich sagen soll. Ich meine ... o Gott, Sara. Tut mir leid, dass ich so reagiere, ich bin nur ... das ist ein ziemlicher Schock.«

Er presste sich eine Faust an den Mund und sie fragte sich, ob er sich hier mitten im Restaurant übergeben würde.

Er sah sie an. Senkte seinen Blick. Dann fragte er: »Ich frage das wirklich nur ungern, aber ... willst du es behalten?«

Sie hatte ihn nur angestarrt. Sie musste dem jetzt ein Ende setzen, bevor er sich weiter reinsteigerte.

»Natürlich werde ich das Baby behalten. Ich möchte, dass wir zusammenbleiben. Ich möchte in dein Unternehmen investieren ... Ich glaube an dich, Cole.« Sie streckte ihre Hände wieder über den Tisch und streichelte seine Hand. »Bitte sag, dass du das auch willst.«

Und da hatte er sie in den Arm genommen und geweint. Freudentränen geweint.

Am selben Abend fing sie an, ihre Medikamentendosis zu reduzieren. Sie war so glücklich, dass sie sie eigentlich gar nicht mehr brauchte.

ACHTUNDDREISSIG

SAMSTAG

Die Sanitäter haben Rory komplett untersucht und scheinen mit dem Ergebnis zufrieden, denn vor zehn Minuten haben sie das Haus verlassen. Seitdem sitzt Sara aus dem Fenster starrend dort, aber Jennifer ist immer noch nicht nach unten gekommen, um sich nach dem Baby zu erkundigen.

Sara lässt ihren Blick durch das Zimmer schweifen und fragt sich, was sie eigentlich hier tut, mitten unter Leuten, die sie nicht hier haben wollen. Ist das ihr einziges Los im Leben? Die stinknormale Zimmereinrichtung scheint ihr so unpassend nach dem lebensbedrohlichen Drama, das sich hier noch vor einer halben Stunde abgespielt hat. Sylvie liegt immer noch unter ihrer zitronengelben Decke im Sessel zusammengekauert. Sie hat ihren Daumen in den Mund gesteckt und die Augen geschlossen.

Im Zimmer herrscht Totenstille. Rory ist vor lauter Erschöpfung eingeschlafen und nach der hektischen Geschäftigkeit der Sanitäter wiegt das Schweigen im Raum nur umso schwerer. Die Sanitäter haben ihr versichert, dass ein solcher unmotivierter Atemstillstand für Babys ganz normal ist. In

Saras Augen eine sehr seltsame Aussage, aber anscheinend erleben sie das ständig.

»Säuglingsapnoe bezeichnet eine Atempause von unter zwanzig Sekunden«, hat die Medizinerin nüchtern erklärt, während sie Rorys Herz abhörte. Sie schien mit dem Ergebnis zufrieden und fügte hinzu: »Die Zyanose – diese bläuliche Färbung, die er bei unserer Ankunft hatte – ist ebenfalls völlig normal.«

»Meine Güte«, hat Sara leise erwidert. »Schwer zu glauben, dass das oft passiert.«

»Ich weiß, wie angsteinflößend das ist, aber Sie haben das nicht verursacht und müssen sich keine Sorgen machen.« Sie packte ihre Ausrüstung zusammen, während ihr Kollege schon raus zum Rettungswagen ging. »In der Regel lassen Kinder diese Form der Apnoe im Alter von einem Jahr hinter sich.«

Sara hat den Sanitätern gegenüber nicht erwähnt, dass sie ihr Baby in der Obhut einer Fünfjährigen zurückgelassen hatte, und auch nicht, dass ein aufgewühlter Teenager zum fraglichen Zeitpunkt mit ihm allein gewesen war. Das Letzte, was sie jetzt brauchte, war, dass die Behörden in ihrem Privatleben herumschnüffelten. Wer weiß, was sie dabei finden würden.

Aber das braucht Jennifer ja nicht zu wissen. Sara wird das auf ihre eigene Art regeln.

Endlich hört sie leise Schritte auf den untersten Treppenstufen und danach im Gang. Als sie sich umdreht, steht Jennifer im Türrahmen.

»Ich hab die Sanitäter gehen hören«, sagt sie und sieht zu dem Baby hinüber. »Wie geht es Rory?«

»Er schläft«, sagt Sara. »Wie geht es Miller?«

Jennifer geht zum Sessel hinüber, um einen Blick auf Sylvie zu werfen. »Das ist der Grund, warum ich noch ein Weilchen oben geblieben bin. Es wird dich nicht überraschen zu hören, dass er völlig durch den Wind ist.« Sara fällt auf, dass Jennifer einen relativ kurz angebundenen Eindruck macht.

»Ach, wirklich, durch den Wind?« Sara spürt, wie sich Ärger in ihr Herz krallt. Sie wartet kurz und schweigt, bis sich das Gefühl wieder legt. Sie muss das hier richtig angehen. »Ich würde gerne mit Miller über das sprechen, was vorhin passiert ist.«

»Er hat alles gesagt, was es zu sagen gibt, Sara«, erwidert Jennifer, sofort in Abwehrhaltung. »Er ist neben der Babywippe stehen geblieben, um auf ihn aufzupassen, während Sylvie sich was zu trinken geholt hat. Mehr nicht. Und er hat gesagt, dass er nur ein paar Minuten dort stand. Er wusste nicht, dass irgendwas nicht stimmte, bis Rory blau angelaufen ist.«

Sara mustert das Gesicht der anderen Frau. Irgendetwas an ihr hat sich verändert, irgendetwas, was Sara nicht ganz benennen kann. Ihre Wangen haben mehr Farbe, ihre Lippen sind aufeinander gepresst und angespannt, aber da ist noch mehr als nur ihr unzugänglicher Gesichtsausdruck. Ihre Augen, die sind anders. Etwas dunkler und mit einer neuen, scharfen Konzentration auf Sara gerichtet.

Was hat dieser Unruhestifter ihr dort oben erzählt?

NEUNUNDDREISSIG

JENNIFER

Sara steht vor mir und starrt mich an, als versuche sie, meine Stimmung einzuschätzen.

Sylvie ist offensichtlich erschöpft, sie liegt immer noch im Sessel zusammengekauert und döst unter ihrer Decke.

»Es gibt da noch etwas, worüber ich mit dir sprechen muss, Sara«, sage ich schließlich.

»Und zwar?« Sie verschränkt ihre Hände vor ihrem Körper und schaut zu Rory hinüber. Er liegt in seiner Babywippe und schläft tief und fest. Vor ihm hängen mehrere kleine Spielzeuge, die Sylvie gerne für ihn anstupst, um ihn zum Lachen zu bringen.

»Miller war gerade sehr aufgebracht.« Sie öffnet ihren Mund und ich hebe meine Hand. »Nicht nur wegen der Sache mit Rory. Er hat mir gesagt, dass er von deiner Affäre mit Cole wusste.«

»Ach, wirklich?« Sie blinzelt.

»Ja. Ich weiß jetzt, dass dir durchaus bewusst war, dass Cole eine Familie hatte, obwohl du mir geschworen hast, dass du dachtest, wir wären im Ausland.«

Sie starrt mich an und ihr linkes Augenlid zuckt. »Ich

wusste nicht, dass ihr ... zusammen, also richtig zusammen wart. Cole hat mir tatsächlich erzählt, dass ihr inzwischen wieder aus dem Ausland zurückgekommen wart.«

Ich seufze und schüttle meinen Kopf. »Keine Lügen mehr, Sara. Du wusstest Bescheid. Ich hatte schon so meinen Verdacht. Aber die anderen Dinge, die Miller mir erzählt hat, sind sogar noch schlimmer.«

Sie lacht, hart und niederträchtig. »Oh, ja, ich kann kaum erwarten zu hören, was für andere Geschichten Miller sich ausgedacht hat. Das kann er ja ganz hervorragend.«

»So sprichst du nicht über meinen Sohn!« Ich steche mit dem Finger in ihre Richtung, kann meine Wut nicht unterdrücken. »Dieses ›Nestmodell‹, zu dem du mich weiß Gott wie überredet hast, taugt nichts. Ich möchte, dass du dieses Haus verlässt.«

»Du meinst den Kompromiss, den ich allein dir zuliebe vorgeschlagen habe?« Voll Abneigung rümpft sie ihre Nase. »Ich denke, du weißt nur zu gut, dass ich nirgendwo hingehen werde, Jennifer. Vergiss nicht, dass das hier mein Haus ist.«

»Ich weiß, dass du Miller so weit eingeschüchtert hast, dass er dir das geheime Handy seines Vaters gegeben hat. Dazu hattest du kein Recht, es gehört dir nicht.«

»Ein geheimes Handy?« Sie runzelt ihre Stirn.

»Ja. Sicherlich kannst du dich daran erinnern. Das silberne iPhone, über das Millers Vater mit dir kommuniziert hat.«

»Jennifer, ich weiß ehrlich nicht, wovon du sprichst!«

Ich spüre, wie mir Hitze in die Wangen schießt. Mit dieser Reaktion habe ich nicht gerechnet. Dass sie nur so dasitzen würde, so ruhig und beherrscht. Ich könnte Miller zu uns rufen, damit er meine Vorwürfe untermauert, aber ich möchte wirklich nicht, dass er in dieses Gespräch verwickelt wird, welches sich langsam zu einem richtigen Streitgespräch auswächst.

Ich atme ein, bemühe mich um einen beherrschten Tonfall.

»Du bist in Millers Zimmer gegangen und hast ihn dazu

aufgefordert, dir das Handy zu geben, wenn er nicht will, dass du mir erzählst, er hätte schon die ganze Zeit von deiner Affäre mit Cole gewusst. Was für eine Art Mensch muss man sein, um einem Dreizehnjährigen so was anzutun?«

»Ich weiß nichts über ein geheimes Handy und in Millers Zimmer war ich erst recht nicht.« Sara wirft mir einen ungläubigen Blick zu. »Ich mag Miller, mag ihn wirklich. Aber ich glaube, er braucht Hilfe. Hat er dir von den Nachrichten erzählt, die er mir geschickt hat?«

»Wie bitte?«

»An dem Tag, an dem Cole seinen Unfall hatte, hat er mir mehrere beleidigende SMS geschickt. Schon da hätte ich zur Polizei gehen können, aber das habe ich nicht getan. Ich habe die Nachrichten nicht einmal während unserer Befragung erwähnt.«

Mir gefriert das Blut in den Adern. »Ich kann mir nicht vorstellen, dass Miller so etwas tun würde«, entgegne ich schwach.

»Und doch hat er genau das getan.« Sie setzt sich auf und zieht mit einer grandiosen Geste ihr Handy aus der Tasche. »Warum rufst du ihn nicht gleich zu uns? Was ich dir zu sagen habe, kann er gerne mithören.«

»Das wird nicht nötig sein. Ich werde ihn selbst danach fragen.« Die brodelnden Gefühle in mir ersticken. Miller würde mir nicht erzählen, dass Sara wegen des Handys in sein Zimmer gekommen ist, wenn es nicht die Wahrheit wäre. Warum auch? Was würde ihm das bringen? Obwohl ... er hat so viel vor mir verborgen. Die ganze Geschichte über seine Auseinandersetzungen mit seinem Dad und Sara. Gerade eben erst hat er mir erzählt, wie Cole sich den Kopf angeschlagen hat, nachdem Miller voller Wut in ihn hineingerannt ist. Vor Sara würde ich das nie zugeben, aber mein Sohn war mir gegenüber bis heute nicht allzu großzügig mit Informationen.

Triumphierend hält Sara mir ihr Handy hin. »Da sind sie!

Schau sie dir gut an. Ich habe die SMS gelöscht, weil sie verstörend waren, aber vorher habe ich einen Screenshot davon gemacht, damit ich sie der Polizei im Fall der Fälle noch hätte zeigen können.«

Ich nehme das Handy entgegen und lese die fraglichen Nachrichten. Gemeine, verstörende Nachrichten, in denen mir die Worte tot, Nacktfoto und Schlampe entgegenspringen.

Ich bin tief erschüttert. »Hier wird keine Nummer angezeigt. Ich kann nicht sehen, wer das geschickt hat.«

»Miller hat das geschickt«, sagt sie knapp und verschränkt ihre Arme. Sie hat sich wieder unter Kontrolle. »Frag ihn doch selbst. Tatsächlich würde ich auch gerne mit ihm sprechen über das, was mit Rory passiert ist.«

»Er wird heute nicht mehr runterkommen«, sage ich entschlossen und mache mich dabei unnötigerweise an der Einfassung von Sylvies Decke zu schaffen. »Ich habe ihm gesagt, er soll in seinem Zimmer bleiben und sich ausruhen. Für ihn war es ein schrecklicher Schock, das Baby in Not zu sehen.«

»Die Sanitäter haben mir die Nummer für das Sozialamt gegeben«, sagt Sara leichthin, wobei sie ihre Verärgerung aber nicht verbergen kann. »Sie haben gesagt, wenn ich mir irgendwelche noch so geringen Sorgen mache, soll ich dort anrufen.«

Ich spüre, wie mein Gesicht in sich zusammenfällt. »Was meinten sie damit? Was für *Sorgen*?«

»Wer weiß? Aber ich *mache* mir Sorgen, Jennifer, und genau deswegen möchte ich mit Miller sprechen. Damit ich hoffentlich wieder beruhigt sein kann. Ich würde es gern vermeiden, das Sozialamt einzuschalten. Warum, müsste ja wohl klar sein. Ich bin sicher, du verstehst, was ich meine.«

»Worauf willst du hinaus?«

»Wenn sie auch nur den Hauch eines Problems ahnen, schalten sie die Polizei ein. Und hier haben wir einen dreizehnjährigen Jungen, der in der Schule ernste Schwierigkeiten hatte ... wer weiß, was da passieren könnte. Es ist ja wohl bekannt, dass sie immer wieder Kinder in Pflegeheime schicken, nicht wahr? Und wenn sie dann noch herausfinden, dass Miller mir diese verstörenden Nachrichten geschickt hat, tja ...«

Ich starre sie aus zusammengekniffenen Augen an. »Willst du mir drohen?«

»Ich hätte ihnen doch vorhin sofort an Ort und Stelle davon erzählen können, oder nicht? Hätte sagen können, dass Miller mit Rory allein war und sich sehr verdächtig verhalten hat – dass er nach oben gerannt ist und sich in seinem Zimmer eingesperrt hat, dass er es seiner fünfjährigen Schwester überlassen hat, Alarm zu schlagen.«

»Er war durcheinander. Er ...«

Saras Worte übertönen meine. »Er hat ein unschuldiges Baby im Stich gelassen, ein Baby, das aufgehört hat zu atmen und das blau angelaufen ist. Das ist schockierend, Jennifer. Absolut unentschuldbar. Und ich denke, wenn der Sohn anderer Leute sich so verhalten hätte, wärst du entsetzt und würdest fordern, dass deswegen etwas geschieht.«

»Vergiss nicht, dass sein Vater gerade gestorben ist! Er ist aufgewühlt, er hat nicht nachgedacht. Er hat dem Baby nicht wehgetan ... das würde er niemals tun.«

Ein paar endlose Sekunden lang kreuzen sich unsere Blicke, dann bricht Sara das Schweigen.

»Ich möchte noch heute mit ihm sprechen. Das ist mehr als gerechtfertigt, vor allem mit all den Anschuldigungen und Lügen, die er über mich erzählt.«

»Er kommt heute nicht mehr runter.«

Sara steht auf. »Dann lässt du mir keine andere Option, als mich an das Sozialamt zu wenden. Und wo ich eh schon mit ihnen spreche, kann ich ja genauso gut auch erwähnen, wie du Sylvie am Arm verletzt hast.«

»Verletzt? Das war ein Versehen und sie hatte ein paar blaue Flecken, mehr nicht.«

»*Hatte*? Sie sind immer noch dort.«

Mir wird übel, denn sie hat völlig recht. Man kann die fünf kleinen blauen Flecken immer noch sehen, die meine ungeduldigen Finger hinterlassen haben. Hässliche, purpurne Mahnmale auf ihrer zarten Haut.

»Deine Entscheidung, Jennifer. So oder so muss das hier geklärt werden. Wenn Miller alt genug ist, um solche schwerwiegenden Anschuldigungen auszusprechen, dann ist er auch alt genug, um darüber zu reden.« In ihrer Stimme höre ich jetzt Bedauern. »Wenn es wirklich zum Äußersten kommt, kannst du mir zumindest nicht vorwerfen, dass ich dir keine Chance gegeben habe, es zu verhindern.«

Oben klopfe ich an Millers Tür. »Ich bin's nur.«

»Komm rein, Mum«, höre ich ihn sagen.

Ich betrete sein Zimmer und setze mich auf die Bettkante. Er legt seine Spielkonsole nieder, ohne dass ich ihn wie sonst dazu auffordern muss. »Miller, ich habe mit Sara über all das gesprochen, was du mir erzählt hast, und jetzt muss ich dich um etwas bitten.«

In seinem Gesicht zuckt ein Muskel, aber er bleibt stumm.

»Ich werde dir jetzt eine Frage stellen, Miller, und du musst sie komplett ehrlich beantworten.«

Er schnieft. »Okay.«

»Hast du Sara an dem Tag, an dem dein Dad seinen Unfall hatte, mehrere SMS geschickt?«

»Ich ...«

»Denk gut nach, bevor du das beantwortest, Miller«, fordere ich energisch. »Du musst mir die Wahrheit sagen. Sara hat mir die Nachrichten gezeigt, die du ihrer Aussage nach geschickt hast. Darin nennt sie jemand eine Schlampe und will Nacktfotos von ihr.«

Er zieht seine Knie hoch und umklammert sie fest, dann vergräbt er sein rot anlaufendes Gesicht darin. »Sie hat es nicht anders verdient! Sie ist eine Schlampe und ich hab auf Dads Handy Fotos von ihr gesehen. Da hatte sie keine Klamotten an und … und … die waren so widerlich. Ich hätte kotzen können!«

»Miller, als du gesagt hast, dass sie in dein Zimmer gekommen ist und das Handy von deinem Dad haben wollte, hast du mich da angelogen?«

»Nein! Das war wirklich so, ich schwör's!«

Ich schließe meine Augen. All das macht mich so fertig. Zu versuchen, zwischen Wahrheit und Halbwahrheit und Lüge zu unterscheiden.

Ich liebe meinen Sohn von ganzem Herzen und möchte ihm glauben. Aber Miller hat mir bereits so viel verschwiegen. Seinen Ärger in der Schule, dass er jüngeren Schülern ihr Geld weggenommen hat und nun all das hier …

»Du glaubst mir nicht!«, ruft er plötzlich und springt von seinem Bett auf. »Ich fass es nicht, dass du dich auf ihre Seite schlägst!«

»Miller, beruhige dich. Ich schlage mich nicht mal ansatzweise auf ihre Seite. Ich muss nur die Wahrheit erfahren.«

Er steht stocksteif da und schaut mich an. Als er mir antwortet, klingen seine Worte wohlüberlegt und er wirkt älter, als er ist. »Sie kann sagen, was auch immer sie will, weil niemand die Wahrheit über sie weiß, Mum. Niemand außer Dad.« Seine Stimme bricht. »Und Dad ist tot.«

Auf andere mag mein Sohn wie ein übellauniger Teenager wirken, aber im Inneren seines Herzens ist er verletzlich und einsam. Und ich komme nicht darum herum festzustellen, dass Sara – zusammen mit Cole – dafür gesorgt hat, dass er so unsicher ist. Sie kennt meinen Jungen nicht einmal ansatzweise, das kann sie gar nicht, und deswegen ist sie nicht in der Position, zu entscheiden, was für ihn am besten ist.

»Was ich dir als Nächstes sagen muss, wird schwer zu verstehen sein, Miller. Du wirst bestimmt Fragen haben, die ich dir im Moment noch nicht beantworten kann. Aber ich bitte dich, das, was ich dir sage, einfach zu akzeptieren. Glaubst du, du schaffst das?«

Er runzelt seine Stirn. »Ich werd's versuchen«, sagt er zögerlich.

»Wir werden Sara mit ihren eigenen Waffen schlagen. Okay? Aus Gründen, die ich dir im Moment noch nicht erklären kann, kann ich sie nicht einfach aus dem Haus werfen. Ich könnte mit dir und Sylvie fortziehen und es kann sein, dass genau das letztendlich auch nötig sein wird. Aber das muss unser allerletzter Ausweg bleiben, denn das hier ist unser Zuhause und wir wollen hier nicht weggehen, außer, es bleibt uns wirklich nichts anderes übrig.«

»Warum kannst du sie nicht rauswerfen?«

»Das ist eine der Fragen, die ich in diesem Moment noch nicht beantworten kann. Du musst mir einfach vertrauen, wenn ich sage, dass es gute Gründe dafür gibt. Mehr kann ich gerade nicht sagen, Miller. Okay?«

»Okay«, murmelt er wenig überzeugt.

»Und noch was.« Kurz halte ich inne. »Sara möchte mit dir darüber sprechen, was vorhin mit Rory passiert ist.«

»N…nichts ist passiert!« Er reißt die Augen auf. »Ich hab nichts getan, das hab ich dir doch gesagt.«

»Ich weiß, und ich glaube dir vollkommen. Aber du musst eine Sache verstehen. Das ist wichtig. Sara kann uns Schwierigkeiten machen. Sie kann beschwören, dass du versucht hast, Rory absichtlich wehzutun, und das könnte uns große Probleme bereiten. Vor allem dir.« Er öffnet den Mund, um zu protestieren, aber ich halte meine Hand hoch. »Ich weiß, dass du nichts Falsches getan hast, Miller. Alles, was ich von dir brauche, ist, dass du ihr genau das selber sagst. Und dabei musst du selbstsicher und höflich bleiben, auch wenn ich weiß, wie wütend du eigentlich bist. Denkst du, das kriegst du hin?«

»Ich weiß nicht, warum, aber sie hasst mich«, sagt er und seine Unterlippe bebt, wie damals als kleines Kind, wenn er etwas falsch gemacht hat. »Aber das ist mir egal, ich hasse sie nämlich auch!«

Ich kann nicht zulassen, dass er sich in dieser Gedankenspirale verheddert. »Miller, kriegst du das hin? Kannst du ihr in die Augen sehen und sagen, dass du Rory nicht angefasst hast? Ich werde auch da sein, du musst nicht alleine mit ihr sprechen. Du musst ihr nur die Wahrheit sagen und wenn sie versucht, sich mit dir anzulegen, dann werde ich das Gespräch beenden.«

Er überlegt kurz. »Okay«, sagt er dann in niedergeschlagenem Ton. Wie ich es hasse, ihn zu etwas zu drängen, das ihm offensichtlich so unangenehm ist.

Aber es ist wichtig, dass er es ihr selbst sagt, von Angesicht zu Angesicht. Und danach wird sie diejenige sein, die bis ins Kleinste durchleuchtet wird.

»Eine letzte Sache noch, Miller.« Er schaut auf. »Ich brauche die Adresse ihrer alten Wohnung.«

VIERZIG

VOR VIERZEHN MONATEN

Seit sie ihn kennengelernt hatte, war Cole die Art Mann gewesen, die ihr Vater als »solide« bezeichnet hätte. Keine großen Stimmungsschwankungen, nichts als Beständigkeit und Zuverlässigkeit. Aber in den letzten paar Wochen hatte seine stabile Persönlichkeit zu wanken begonnen. Zuerst schien er oft grundlos heiter und aufgekratzt.

»Hast du einen neuen Auftrag an Land gezogen?«, hatte sie ihn mehr als einmal gefragt. »Du wirkst so fröhlich.«

»Mh-mh, Betriebsgeheimnis«, hatte er grinsend erwidert.

Er hatte sich angewöhnt, sie zu packen und an sich zu ziehen, wenn sie an ihm vorbei zum Kühlschrank ging oder einen Raum verließ und ihn im Türrahmen stehend fand.

»Was ist in letzter Zeit denn nur in dich gefahren?«, hatte sie sich halbherzig beschwert, nachdem er sich vor dem Badezimmer auf sie gestürzt hatte.

»Wieso? Kann ich meine wunderschöne Frau denn nicht einfach so in den Arm nehmen?«, hatte er geklagt und sie hatte sich in seine Arme sinken lassen und die Aufmerksamkeit genossen.

Doch während der letzten Woche war plötzlich Schluss

gewesen mit den spontanen Zuneigungsbekundungen und Cole war leiser geworden. Er schien nun viel Zeit damit zu verbringen, aus dem Fenster oder einfach ins Leere zu starren, augenscheinlich in Gedanken versunken.

»Wie läuft's mit deinem neuen Auftrag?«, fragte Jennifer ihn eines Tages. »Denn ich gehe mal davon aus, dass du einen neuen Auftrag bekommen hast?«

»Es ist ... kompliziert«, sagte er, ohne weiter ins Detail zu gehen. »Sollte hoffentlich bald in trockenen Tüchern sein.«

Sie starrte ihn an, wie er so missmutig dasaß. Normalerweise würde er mit einem neuen Auftrag in der Tasche lächelnd dasitzen und summend Zahlen in einen Taschenrechner tippen, um seine potentielle Gewinnspanne zu ermitteln. Aber heute wirkte er so lebendig wie ein Stück Toast.

»Cole, ich weiß, dass irgendwas nicht stimmt, egal, wie oft du es abstreitest.« Jennifer seufzte und setzte sich zu ihm an den Küchentresen. »Ich bin jederzeit für dich da, wenn du darüber reden willst.«

Da geschah das Unmögliche. Zumindest hätte Jennifer es bis dahin für unmöglich gehalten. Coles Augen schwammen plötzlich in Tränen und er stand auf und sah ihr direkt ins Gesicht.

»Es gibt nichts, was du hier tun kannst, Jen, niemand kann das«, sagte er mit schmerzverzerrter Miene. Ihr fehlten die Worte, also schloss sie ihn in ihre Arme. »Ich habe versagt. Ich sitze in der Patsche.«

»Cole! Was ist passiert?« Sie drückte ihn fest an sich und er vergrub sein Gesicht an ihrem Nacken. Eiskalte Angst kroch ihre Kehle hinauf und Rhea Braces Gesicht schob sich in ihre Gedanken. »Sag mir, was los ist. Wenn du mir alles erzählst, können wir es gemeinsam durchstehen. Zusammen können wir alles schaffen.«

So schnell er eben zusammengebrochen war, so schnell schien er sich jetzt auch wieder zu sammeln. Er entzog sich ihrer Umarmung, richtete sich auf und zog seine Schultern nach hinten. »Ach, nichts. Tut mir leid. Ich war nur … die Arbeit macht mich fertig.«

Erleichterung durchfuhr sie wie ein Blitz. Es ging um seine Arbeit. Er hatte keine Affäre.

»Was ist denn in der Arbeit? Red mit mir. Was auch immer dich so fertig macht … du kannst mit mir darüber sprechen, Cole.«

»Nichts ist. Ehrlich.«

Sie griff nach seiner Hand. »Offensichtlich ja doch! Komm, wir müssen doch darüber spr…«

Er schüttelte ihre Hand ab. »Nein! Lass einfach gut sein, okay? Bitte, Jen, ich weiß, du meinst es nur gut, aber … ich muss jetzt erst mal allein sein. Tut mir leid.«

Und damit war er aus dem Haus gestürmt und hatte die Tür hinter sich zugeschlagen.

EINUNDVIERZIG

MILLER

Als er unten ankommt, sitzt seine Mutter mit Sylvie auf dem Schoß in einem Sessel. Sylvie lutscht an ihrem Daumen und schaut nicht zu Miller hoch.

Sara sitzt auf dem Sofa und er vermeidet es geflissentlich, in ihre Richtung zu sehen. Stattdessen wirft er einen Blick auf den kleinen Rory. Er schläft.

»Miller, setz dich doch.« Seine Mum deutet auf den anderen Sessel. »Danke, dass du runtergekommen bist. Ich weiß, dass du immer noch recht aufgewühlt bist.«

Miller setzt sich und spielt an seinen Fingern herum. Er möchte Sara nicht in ihr hinterlistiges Lügengesicht sehen.

»Sara wird sich jetzt ein bisschen mit dir unterhalten, okay?«

»Ich möchte dir nur ein paar Fragen dazu stellen, was hier vorhin passiert ist«, sagt Sara. Ihr Tonfall ist freundlich, aber Miller lässt sich davon nicht täuschen. Von dieser Freundlichkeit war absolut nichts zu spüren, als sie in sein Zimmer gekommen ist. »Wie du weißt, war die Situation sehr brenzlig. Rory hat aufgehört zu atmen. Es ist wirklich wichtig, dass wir herausfinden, was genau passiert ist, und du warst die einzige

Person, die bei ihm war. Nur so können wir sicherstellen, dass es nie wieder passiert. Okay?«

Miller wirft seiner Mum einen Blick zu und sie nickt ihm aufmunternd zu. Sylvie hat angefangen, die Haare ihrer Barbiepuppe zu bürsten.

»Als ich nach oben gegangen bin, um mit deiner Mum zu sprechen, war Sylvie bei Rory und du warst dort drüben in diesem Sessel«, sagt Sara. »Stimmt das?«

Miller spürt, wie sich die Worte in seiner Kehle verknoten, also sagt er gar nichts.

»Wie bist du danach neben Rorys Wippe gelandet?«, bohrt Sara nach.

»Sylvie wollte sich was zu trinken holen, also hab ich mich zu ihm gestellt, w...während sie in die Küche gegangen ist«, erwidert Miller mit einiger Mühe. Als Sara nicht darauf eingeht, fügt er hinzu: »Ich wollte sichergehen, dass es Rory gut geht.«

»Allerdings konntest du ihn von deinem Sessel aus genauso gut sehen. Aber als Sylvie in die Küche gegangen ist, hast du trotzdem beschlossen, zu seiner Wippe zu gehen«, sagt Sara, als wolle sie nur Millers Erinnerung auf die Sprünge helfen.

Miller atmet tief ein und presst die Worte hervor, wie er es in der Logopädie gelernt hat. »Ich hab mich da hingestellt, damit ich sichergehen konnte, dass es ihm g...gut geht.« Er weiß, dass sie ihn aufs Glatteis führen will und das macht ihn nur noch nervöser. Er hat genug Polizeidramen im Fernsehen gesehen, um zu wissen, dass man sich seine Worte sorgfältig zurechtlegen muss, wenn man nicht will, dass andere sie einem im Mund verdrehen.

»Verstehe«, murmelt Sara. »Und wie hat Rory ausgesehen, als du dich zu ihm gestellt hast?«

»Ganz ... normal halt. Er hat ganz normal geatmet«, sagt Miller. »Ich hab gesehen, wie sich sein Brustkorb auf und ab b... bewegt hat.«

»Zu dem Zeitpunkt hatte er also eine gesunde Hautfarbe und seine Atmung war normal?«, fragt Sara.

»Ja.«

»Und was dann?«

»Sein Gesicht hat sich einfach verändert. Es ist ganz komisch angelaufen und dann h…hat er aufgehört zu atmen.« Miller kaut heftig auf seiner Unterlippe herum und hat plötzlich einen metallischen Geschmack im Mund.

»Du hast also gesehen, wie Rorys Gesicht sich verfärbt hat und seine Atmung stockte. Habe ich das richtig verstanden?«

»Ja«, sagt Miller. »Er ist ganz b…blau geworden. Sogar seine Lippen.«

»Woher wusstest du, dass er nicht mehr geatmet hat?«

»Sein Brustkorb hat sich nicht mehr bewegt«, antwortet Miller und zieht sich den Kragen seines T-Shirts vom Hals. Hier drin ist es warm und er spürt, wie sich klebriger Schweiß an seinem Rücken sammelt.

»Du hast ihn keine Sekunde aus den Augen gelassen?«

»Ich hab bestimmt auch mal rumgeschaut, ob Sylvie zurückkommt, aber d…die meiste Zeit hab ich ihn beobachtet.«

»Warum hast du geschaut, ob Sylvie zurückkommt? Hattest du Angst, sie könnte dich bei irgendwas erwischen?«

»Hör auf, ihm Worte in den Mund zu legen«, sagt seine Mum in einem warnenden Tonfall.

»Miller, hast du das Baby angefasst?«, fragt Sara.

Miller schüttelt den Kopf.

»Als er aufgehört hat zu atmen, hast du ihn nicht angefasst, um zu sehen, ob alles okay ist?«

»N…nein.«

»Ich hab gesehen, wie Miller Rory angestupst hat«, sagt Sylvie und legt ihre Puppenhaarbürste weg.

»G…gar nicht!« Miller wirbelt zu ihr herum und wirft ihr einen düsteren Blick zu.

»Wohl! Ich hab's genau gesehen, Mummy.« Sylvie wendet sich ab und vergräbt ihr Gesicht in einem Sitzkissen.

»Hey, na komm schon«, sagt seine Mum und wippt Sylvie auf ihrem Knie auf und ab. »Vielleicht denkst du, du hättest das gesehen, Schatz, aber du warst doch in der Küche und von da aus kann man Borys Wippe nicht sehen.«

Miller ruft sich ins Gedächtnis, dass Sylvie nicht vorhat, ihm Schwierigkeiten zu machen. Sie ist ja noch so klein. Sie weiß nicht, was für eine fiese Lügnerin Sara ist.

»Ich bin mit dem Bein g...gegen seine Wippe gestoßen, als ich weggegangen bin, und ich hab danach gegriffen, damit sie aufhört zu schaukeln«, sagt Miller. »Das ist es, was Sylvie gesehen hat.«

»Aber ich hab's doch gesehen«, sagt Sylvie erneut, durch das Kissen gedämpft und leise.

»Das war also in dem Moment, in dem du das Zimmer verlassen hast?«, fragt Sara und ihre Augenbrauen ziehen sich zusammen.

»Ja.« Millers Stirn ist feucht und warm. »K...kann ich jetzt wieder in mein Zimmer gehen, Mum?«

»Ich habe noch ein paar Fragen«, sagt Sara. »Als dir klar wurde, dass mit dem Baby etwas nicht stimmt, hast du das Zimmer da verlassen, um mich oder deine Mum zu holen?«

»Ich bin in mein Zimmer gerannt«, sagt Miller so leise, dass er die Worte selbst kaum hören kann.

»Wie bitte?«

»Ich bin nach oben gerannt«, sagt er, lauter diesmal. »Ich hab Mum gesehen, also wusste ich, dass sie auf dem W...Weg nach unten war.«

Sara funkelt Millers Mum an. »Was hast du dazu zu sagen, Jennifer? Dass dein dreizehnjähriger Sohn nach oben gerannt ist und ein hilfloses Baby in Lebensgefahr zurückgelassen hat?«

»Darüber haben wir bereits gesprochen, Sara. Offensichtlich war er tief schockiert. Außerdem wusste er ja, dass ich schon auf dem Weg nach unten war.«

»Nur weil Sylvie genug Geistesgegenwart hatte, um nach Hilfe zu rufen.« Kaltes Feuer brennt in Saras blauen Augen. Fast erwartet Miller, dass sie jeden Moment anfangen, Funken zu sprühen. Sie trägt ein körperbetontes weißes T-Shirt und als sie sich zur Seite dreht, kann Miller darunter den Ansatz ihres Spitzen-BHs erkennen. »Es geht hier um ein kleines Baby, ein Baby, das aufgehört hat zu atmen und das Hilfe brauchte. Ein hilfloses Baby, das ...«

»Er ist mein B...Bruder!«, schreit Miller plötzlich und schnellt hoch. »Ich weiß, dass er mein Bruder ist; du solltest also besser dein Maul halten, du verlogene Schl...«

»Miller!« Die Kinnlade seiner Mum ist nach unten geklappt. »Das reicht jetzt.«

»Mummy, Miller hätte fast ein böses Wort gesagt«, wirft Sylvie mit ernster Miene ein.

»Und da sehen wir ihn endlich!«, ruft Sara triumphierend. »Den *echten* Miller. Den jähzornigen Teenager. Wozu der wohl imstande ist, wenn er die Nerven verliert?«

Miller steht stocksteif da. Sein ganzer Körper ist wie festgefroren. Seine Hände sind zu Fäusten geballt, seine Zähne aufeinander gepresst. Sara erhebt sich und geht auf ihn zu.

»Du hast herausgefunden, dass Rory dein Bruder ist, und das hat dich rasend eifersüchtig gemacht. Als Sylvie das Zimmer verlassen hat, dachtest du, das wäre die Gelegenheit, um ihn loszuwerden, nicht wahr?«

»Genug!« Sylvie springt vom Schoß ihrer Mum, als diese Sara gegenübertritt. »Wage es bloß nicht, meinem Sohn etwas in die Schuhe zu schieben, womit er nichts zu tun hatte! Was bildest du dir eigentlich ein?«

»Du musst endlich aufhören, ihn wie ein kleines Kind zu behandeln«, knurrt Sara. »Er ist ein Teenager mit Aggressionsproblemen und es ist an der Zeit, dass du dir das eingestehst und ihm Hilfe holst.«

»Diese Unterhaltung ist hiermit beendet.« Seine Mum wendet sich zu ihm. »Miller, du kannst jetzt wieder in dein Zimmer gehen.«

Miller bewegt keinen Muskel.

Sara schließt das immer noch schlafende Baby in ihre Arme. »Ich bin oben, falls ihr mich braucht. Ich denke, wenn wir das nicht auflösen können, wird es für mich Zeit, mal mit dem Sozialamt zu sprechen, vielleicht auch mit der Polizei. Es scheint, als würde unser Wohnarrangement doch nicht funktionieren.« Sie schaut zu Millers Mum. »Wahrscheinlich ist es am besten, wenn ihr euch etwas Eigenes sucht.«

ZWEIUNDVIERZIG

JENNIFER

Dass ich mit fünfzehn auf der Straße landete, war kein langsamer, absehbarer Prozess gewesen. Nein, das war von einem schockierenden Moment auf den anderen geschehen.

Innerhalb einer Nacht war mein Leben in sich zusammengestürzt, als mich ein schreckliches, nicht identifizierbares Geräusch mitten in der Nacht aufweckte. In dem Zimmer, das ich mir mit Ellen teilte, war es stockfinster. Ich sprang aus meinem Bett, schaltete das Licht an und rüttelte Ellen an den Schultern. Wir eilten in den Flur hinaus und entdeckten Mum von ihrem eigenen Blut bedeckt im Bad. Die Kloschüssel war mit der glänzenden Flüssigkeit gefüllt. Wir halfen ihr auf die Beine und sie hustete erneut, wobei frische Blutstropfen in alle Richtungen flogen. Schreiend rannten wir zu den Nachbarn und die riefen einen Krankenwagen, während Mum auf dem Küchenboden bewusstlos in sich zusammensank.

Den Sanitätern war sofort klar, dass Mum schwer krank war und ins Krankenhaus musste. Da sowohl Ellen als auch ich noch keine sechzehn Jahre alt waren, würde sich jemand um uns kümmern müssen, andernfalls hätten sie keine andere

Wahl, als die Polizei zu rufen, welche das Sozialamt kontaktieren würde.

Unsere Nachbarn, Mr und Mrs Phipps, waren bereit, Ellen zu sich zu nehmen.

»Leider können wir nur eins der Mädchen aufnehmen«, erklärte Mr Phipps den Sanitätern. »Für Jennifer haben wir einfach nicht genügend Platz.«

Wir hatten beide geweint und sie angefleht, uns nicht zu trennen, aber Mr und Mrs Phipps hatten mir einen Blick zugeworfen und ihre Köpfe geschüttelt. Wahrscheinlich dachten sie daran, wie die Polizei mich erst drei Wochen zuvor nach Hause gebracht hatte, weil sie mich bei einigen vandalisierten Läden in der Gegend aufgegriffen hatten. Ich hatte mit einer Gruppe Teenager herumgehangen, die sonst nichts zu tun hatten. Im Gegensatz zu manchen anderen hatte ich selbst keine Fensterscheiben mit Steinen eingeworfen, allerdings rannte ich viel langsamer. Davor war ich zweimal von der Schule suspendiert worden, und dann war da noch dieser Kratzer im Auto der Familie Phipps, der auch mir zugeschoben worden war, obwohl Ellen ihn mit dem Griff ihres Rollers hinterlassen hatte.

Nachdem Mr Phipps seine Entscheidung bekannt gegeben hatte, hatten mich alle angeschaut. Die Sanitäter, Ellen und das Ehepaar Phipps. Ich fühlte mich wie ausgehöhlt und ihre Zurückweisung erschütterte mich zutiefst.

Ich rannte weg, bevor das Sozialamt mich holen kommen konnte. Erst Stunden vorher war ich in meinem eigenen Bett aufgewacht, in unserem Haus, mit meiner Schwester und meiner Mutter, und bis zum Nachmittag hatte ich schon kein Zuhause mehr. Und das war auch okay, dachte ich mir. Besser als ins Heim gehen, besser als dastehen wie ein kaputtes Spielzeug, das keiner haben will.

Doch was auf der Straße auf mich wartete, war schlimmer, als ich es mir je hätte vorstellen können. Die eisigen Nächte, die ewig zu dauern schienen, und die Kälte, die sich mit rasiermesserscharfen Zähnen in meine Knochen bohrte. Die Männer mit ihren hungrigen Blicken und den tastenden Händen, die sagten, sie wollten sich um mich kümmern, mich beschützen ... nur um mich an den Armen zu packen, bis ich mich losreißen und schon wieder davonrennen konnte.

Ich begann, tagsüber zu schlafen, damit ich nachts wach sein konnte, um mich im Park hinter Büschen zu verstecken oder in den dunklen, nasskalten Ecken, von denen sich die meisten Leute fernhielten, zum Beispiel hinter den stinkenden Mülltonnen der Läden der großen Einkaufsstraße.

Sechs Wochen hatte ich so auf der Straße verbracht, bis mir jemand erzählte, dass Mum wieder aus dem Krankenhaus entlassen worden war.

Diese sechs Wochen veränderten mein Leben. Ich löste mich von meinen windigen Freunden. Ich bat meine Lehrer um eine zweite Chance und besuchte Zusatzkurse am Nachmittag, um meine Noten aufzubessern. Ich hing nicht mehr draußen auf der Straße herum und kümmerte mich so gut ich konnte um Mum.

An dem Tag, an dem ich wieder mein sicheres Zuhause betreten durfte, hatte ich mir etwas geschworen. Eine Sache, die absolut unverhandelbar war, bei der ich niemals Kompromisse eingehen würde. Ich schwor mir selbst, dass ich nie wieder in dieser Situation landen würde. Und nun, Jahre später, hatte ich dieses Versprechen auf meine Familie ausgeweitet.

Ich weiß nicht genau, ob Miller mir die Wahrheit gesagt oder wegen Coles geheimem Handy gelogen hat. Über die SMS an Sara weiß ich jedenfalls Bescheid, denn dafür habe ich mit eigenen Augen Beweise gesehen. Ich hätte mein Leben darauf verwettet, dass er so etwas auf keinen Fall schreiben würde.

Wenn Sara sich an das Sozialamt oder an die Polizei wendet, könnte das Miller Schwierigkeiten bereiten. Die Art

Schwierigkeiten, die ihn ein Leben lang verfolgen könnten, und das kann ich nicht zulassen.

Ich weiß, was ich tun muss. Ich muss auf Zeit spielen. Und vor allem muss ich ein bisschen Nachforschung betreiben. Ich schließe meine Augen und atme tief durch; versuche, meine wahren Gefühle so tief wie möglich zu begraben.

Ich schaffe das. Ich muss das schaffen.

Ich bitte Miller, bei Sylvie zu bleiben, dann gehe ich nach oben und klopfe an Saras Tür. Keine Antwort. Ich klopfe erneut, dann schiebe ich die Tür langsam auf.

»Sara? Ich bin es. Können wir kurz reden?«

Sie tritt aus ihrem privaten Badezimmer, Rory auf dem Arm. »Was gibt es denn noch zu reden?«, erwidert sie bissig. »Du hast deinen Standpunkt ja recht klar gemacht.«

»Das ist alles ziemlich eskaliert«, sage ich. »Ich möchte wirklich eine Lösung finden und dafür sorgen, dass unser Wohnarrangement funktioniert, Sara.«

Sie setzt sich ohne ein Wort auf die Bettkante und lässt Rory auf ihrem Knie auf und ab hopsen.

»Ich weiß, was für ein Schock das war, dass Rory einfach aufgehört hat zu atmen. Das hat uns alle furchtbar erschreckt«, fahre ich vorsichtig fort. »Du scheinst davon überzeugt zu sein, dass etwas nicht mit rechten Dingen zugegangen ist, allerdings waren die Sanitäter ja anderer Meinung.«

»Die waren ja nicht hier, die haben nicht gesehen, was passiert ist«, antwortet sie wie aus der Pistole geschossen.

»Keiner von uns hat das gesehen, keiner außer Miller. Und er schwört, dass er Rory nicht angefasst hat.« Ich seufze. »Schau, ich bitte dich ja nur darum, die Möglichkeit in Betracht zu ziehen, dass Rorys Atemstillstand natürliche Ursachen hatte. Denkst du, du könntest darüber nachdenken?«

Sie runzelt die Stirn und legt Rory neben sich auf das Bett, dann lässt sie ein buntes Band vor seinem Gesicht baumeln. Er lacht und versucht, danach zu greifen.

»Es geht ihm gut, Sara, schau doch nur. Gottseidank geht es ihm gut. Ich bitte dich inständig, einfach nur in Betracht zu ziehen, dass Miller unschuldig sein könnte.«

»Sylvie hat gesagt, sie hat gesehen, wie er Rory angestupst hat.«

»Sylvie ist grade mal fünf Jahre alt, Sara. Miller besteht darauf, dass er ihn nicht angefasst hat ... und bestimmt ist dir doch nicht entgangen, wie vernarrt er in das Baby ist!«

Sie gibt ein Schniefen von sich und schaut auf ihren Sohn hinunter.

»Können wir es noch einmal versuchen? Bitte? Wir können mehr miteinander sprechen und versuchen, die Kinder eine stärkere Beziehung zueinander aufbauen zu lassen? Bald ist Coles Gedenkgottesdienst. An dem Tag könnte ich deine Unterstützung wirklich gut brauchen.«

»Okay«, stimmt Sara großmütig zu. »Aber wenn Miller sich noch ein einziges Mal verdächtig verhält, müssen wir das Ganze überdenken.«

Ich wende mich ab. Wenn ich dieses Zimmer nicht gleich verlasse, kann ich nicht garantieren, dass sich meine Hände nicht doch noch um ihren mageren Hals schlingen werden.

DREIUNDVIERZIG

Das alte steinerne Pfarrhaus in der Nähe des Trent sieht schön aus. Es ist durch eine Mauer und ein hohes, schmiedeeisernes Tor von der Außenwelt abgetrennt. Ich parke das Auto am Straßenrand und drücke auf den Knopf der Gegensprechanlage am Torpfosten.

Vögel zwitschern hinter der Mauer in den zahlreichen Bäumen und auf einem Schild, von dem die Farbe abblättert, steht »The Old Vicarage«.

Die Stimme eines älteren Herrn erklingt aus dem Lautsprecher. »Ja, bitte?«

»Hallo! Mein Name ist Jennifer. Ich bin mit Sara Nordstrom befreundet. Sie wohnt in ...«

»Na, endlich! Ich versuche schon seit Tagen, sie zu kontaktieren. Kommen Sie rein.«

Ein Summen ertönt und die Torflügel schwingen langsam auf. Vor dem Steinhaus steht nur ein einziges Auto. Mit seinen rechteckigen Erkerfenstern, eingerahmt von grauen Steinpfosten, ist es ziemlich eindrucksvoll. Der Kies der kreisrunden Einfahrt knirscht unter meinen Füßen und vor der Haustür sprüht eine kunstvoll verzierte Fontäne in hohem Bogen.

Als ich mich der Haustür nähere, erkenne ich unter ihrem Winterfell knorriger, wirrer Äste die Glyzine, die sich über die linke Hälfte des Hauses breitet. Im Frühling, wenn alles blüht, muss das umwerfend schön aussehen. Daneben entdecke ich eine glänzende schwarze Kugel, die hoch oben an der Wand befestigt ist. Plötzlich macht sie eine halbe Drehung zu mir hin und signalisiert mir damit, dass das allsehende Auge der Videoüberwachung mich im Visier hat.

Die schwere Holztür öffnet sich und dahinter erscheint ein kleiner, dünner Mann Mitte siebzig. Er ist recht schlampig gekleidet, mit einer grauen Hose und einem gestreiften Hemd, unter dessen hochgerollten Ärmeln bleiche, knochige Unterarme zum Vorschein kommen. Die Kleidungsstücke hängen lose an seinem schmächtigen Körper, aber sein kurzes weißes Haar wirkt dicht und sein buschiger grauer Bart macht Eindruck.

»Sie sind also eine Freundin von ihr?«

Ich schlucke und nicke, unsicher, ob er irgendwie erraten hat, dass ich nur hier bin, um Informationen zu finden. Aber das hier ist meine beste, meine einzige Chance, die fehlenden Puzzlestücke zu finden, die mir ein Bild von Saras Vergangenheit verschaffen könnten. Jetzt, wo ich hier bin, bleibt mir nichts anderes übrig, als es durchzuziehen.

»Mein Name ist Jennifer. Und Sie müssen Mr Friedmann sein. Schön, Sie kennenzulernen. Sara und Cole haben Sie bereits erwähnt.«

»Cole? Nie von gehört. Aber Sara, ja, natürlich.« Er schüttelt halbherzig meine Hand und als er seine Stirn runzelt, beginnt mein Herz zu rasen. Er kennt meinen Mann nicht. Das bedeutet, dass Cole eventuell unter falschem Namen hier war, um seine Spuren zu verwischen. »Wissen Sie, wo Sara ist? Sie hat mir gesagt, sie will ihren Mietvertrag weiterlaufen lassen, aber inzwischen scheint sie ihre Wohnung komplett vergessen zu haben. Ich habe ihr bereits mehrere E-Mails geschrieben und sie angerufen. Leute sind zu Terminen hier aufgetaucht und lauter so Sachen.«

»Ich stehe mit ihr in Kontakt, das sollte ich also weitergeben können«, sage ich. »Ich kann Ihnen erklären, warum Sie nicht von ihr gehört haben. Tatsächlich bin ich im Prinzip genau deswegen hier.« Mehr sage ich nicht. Ich muss erst in dieses Haus reinkommen.

Er mustert mich kurz. Dann scheint er mich als vertrauenswürdig einzustufen und sagt: »Nun, dann sollten Sie mal besser reinkommen. Den Gang runter, durch die offene Tür am anderen Ende.«

Ich folge seinen Anweisungen und gehe durch einen schmalen, wunderschön erhaltenen Flur im viktorianischen Stil, mit augenscheinlich originalen Mosaikfliesen und Eichenpanelen an den Wänden. Eine dunkle Ästhetik, aber sehr atmosphärisch. Mir gefällt es, allerdings kann ich mir den Gedanken nicht verkneifen, dass nichts weiter von Coles Geschmack entfernt sein könnte. Er wollte es immer modern, luftig und hell. Ich kann mir seine Stimme vorstellen, wie er dieses Haus als Mausoleum bezeichnet; aber ihn hier wohnen zu sehen, das übersteigt meine Vorstellungskraft.

Durch die offene Tür betrete ich einen Bereich, der eindeutig zu Mr Friedmanns eigener Wohnung gehört. Die Dekoration passt nahtlos zu der Ästhetik des Flurs. Authentisch alt, aber düster. Im Vorbeigehen spähe ich durch die offene Tür eines dunklen Büros, das mit Bücherregalen vollgestopft ist. Auf einem Monitor ist in vier klar abgetrennten Bereichen Filmmaterial von verschiedenen Überwachungskameras auf dem Gelände zu sehen.

»Die erste Tür zur Linken.« Auf einmal steht er hinter mir. Für einen alten Mann bewegt er sich erstaunlich schnell. Er deutet auf ein abgenutztes Sofa, dann lässt er sich in einen gepolsterten Fernsehsessel aus Leder sinken. Er hat mir nichts zu trinken angeboten, aber das ist okay. Das hier ist kein

Freundschaftsbesuch. »Und, wo ist Sara nun?«, fragt er ohne große Umschweife. »Hat sie erwähnt, dass die zweite Hälfte ihrer jährlichen Servicepauschale fällig ist?«

»Ich fürchte, Sara hat vor Kurzem schlechte Neuigkeiten erhalten, Mr Friedmann. Ich bin hier, um Ihnen deswegen Bescheid zu geben. Bestimmt wird es nicht mehr lang dauern, bis sie ihre Rechnungen begleicht.«

»Ist sie wieder krank? Ich weiß ja, dass sie manchmal ... ihre Stimmungstiefs hat.«

Interessant. Mir schien sie nie besonders niedergeschlagen. Im Gegenteil, sie wirkt immer selbstbewusst und beherrscht. »Nein, gesundheitlich ist alles okay.«

Sein Gesichtsausdruck wird etwas weicher. »Es ist doch hoffentlich nichts mit dem Baby?«

»Nein, nein, dem kleinen Rory geht es gut. Es geht um ihren Freund. Mir war er unter dem Namen Cole bekannt. Leider ist er vor ein paar Wochen ganz unvermittelt bei einem Autounfall ums Leben gekommen. Ich weiß, dass die beiden hier zusammengewohnt haben und ...«

»Sara und ihr Baby haben hier gewohnt«, berichtigt er mich. »Sonst niemand.«

Mir wird klar, dass er das Ganze durcheinanderbringen muss, weil Cole nur zeitweise hier war. Dass mein Mann ein Doppelleben geführt hat, will ich an diesem Punkt nun wirklich nicht erklären. Wenn Sara alle Rechnungen bezahlt hat, stand Coles Name wahrscheinlich nicht einmal im Mietvertrag.

»Soweit ich weiß, war er immer nur ein paar Tage unter der Woche hier, weil er beruflich viel reisen musste«, erkläre ich.

Mr Friedmann runzelt seine Stirn. »Ich versichere Ihnen, dass Sara in diesem Haus zu keiner Zeit mit einem Mann zusammengewohnt hat, auch nicht zeitweise. Das junge Pärchen in der gegenüberliegenden Wohnung hat noch eine andere Wohnung in London, sie sind also fast nie hier. Die meiste Zeit waren nur Sara und ich und das Baby hier. Ich hätte es gewusst, wenn dort oben noch jemand gewesen wäre.«

»Nun bin ich offen gestanden verwirrt. Wissen Sie, er war der Vater des Babys.« Mir kommt ein neuer Gedanke. »Ich weiß, dass er einen sehr unregelmäßigen Tagesrhythmus hatte. Er wäre spät angekommen und früh wieder gegangen. Vielleicht haben Sie ihn immer verpasst?«

»Horchen Sie mal.« Er legt eine Hand ans Ohr und ich sitze ganz still. »Können Sie irgendwas hören?«

Ich schüttle den Kopf.

»Eben. Dieses Haus ist zwar gut gebaut, aber es ist nicht für mehrere Mietparteien in separaten Wohnungen ausgelegt. Bei der Auswahl meiner Mieter schaue ich ganz genau hin, weil wir hier keinen Schallschutz haben. Man kann jeden Schritt hören, wenn sich dort oben jemand bewegt.« Er schaut zur Decke hoch. »Saras Schlafzimmer liegt genau über diesem Zimmer hier. Wenn ich wollte, könnte ich Ihnen sogar sagen, wann sie ins Bett geht und wann sie wieder aufsteht.«

»Verstehe«, sage ich, stark darauf bedacht, ihn nicht zu beleidigen. »Jetzt weiß ich nicht mehr, was ich denken soll.«

»Und noch eine Sache.« Er rutscht zur Kante des Ledersessels und hievt sich hoch. Mit einer Grimasse schüttelt er seine spindeldürren Beine aus. »Kommen Sie mit.«

Er führt mich zurück zu dem kleinen Büro, das ich auf dem Hinweg schon bemerkt habe. Ich betrete nach ihm das Zimmer und er deutet auf einige Regale hinter der Tür. Genau wie die anderen Regale sind auch sie voll beladen, allerdings nicht mit Büchern. Hier stapeln sich Berge an kleinen Kassetten.

»Überwachungskameras!«, verkündet Mr Friedmann triumphierend und deutet mit einer ausschweifenden Geste auf die Regale. »Sorgfältig gespeichert, nachdem ich sämtliche Bewegungsmeldungen der vergangenen vierundzwanzig Stunden überprüft habe. Ich bewahre alle Aufzeichnungen ein Jahr lang auf, bevor ich die Kassetten neu bespiele.« Er dreht sich zu mir. »Einmal war die Polizei hier, die haben in einem Einbruchsfall ermittelt, der fünf Monate vorher stattgefunden hat. Deren Gesichter hätten Sie sehen sollen, als ich ihnen Videoaufnahmen von einem Auto – samt Nummernschild – habe geben können, das in der fraglichen Nacht hier am Pfarrhaus vorbeigefahren ist.« Mr Friedmann strahlt. »Später haben sie mir erzählt, dass sie den Verdächtigen davon ausgehend festnehmen konnten.«

»Wirklich beeindruckend«, sage ich.

»Sie sehen also, dass niemand auch nur in die Nähe dieses Grundstücks kommen kann, ohne dass ich davon erfahre. Und erst recht kann niemand im oberen Stock wohnen, ohne dass ich es bemerke.«

Endlich verstehe ich, worauf er hinauswill. Ich greife mir an die Stirn, verwirrter denn je zuvor, und Mr Friedmann scheint die Geste als anhaltenden Zweifel meinerseits zu interpretieren.

»Miss, setzen Sie sich.« Er deutet auf den Stuhl am Schreibtisch. »Na, kommen Sie, setzen Sie sich. Lassen Sie mich kurz ... Moment, gleich hab ich's.«

Er zupft sich am Bart, während er die Regale überfliegt. Schließlich zieht er einige Videokassetten heraus. Er steckt eine davon in ein Gerät, das auf einem kleinen Tisch in der Ecke steht, und der Bildschirm reagiert sofort.

»Hier, ich zeige Ihnen mal, was oben so passiert ist. Sehen Sie es einfach als eine Bildmontage, zusammengeschnittene Aufnahmen von allen, die im Oktober gekommen und gegangen sind.«

Er lässt das Filmmaterial bei hoher Geschwindigkeit ablaufen. Mehrere Aufnahmen von Sara, die heimkommt, weggeht, einige Tüten nach drinnen trägt. Die meiste Zeit hat sie Rory bei sich und jedes einzelne Mal, ohne Ausnahme, ist sie allein.

»Halt!«, rufe ich, als ich eine andere Person entdecke. »Da ... ein Mann.«

Mr Friedmann spult die Aufnahme zurück und spielt sie in normaler Geschwindigkeit ab. Ein Mann geht die Einfahrt hinauf und klingelt. Enttäuscht muss ich erkennen, dass dieser Mann klein und rundlich ist. Eindeutig nicht Cole. »Der Klempner«, erklärt Mr Friedmann mit überschwänglicher Geste. »Ihre Waschmaschine hatte ein Leck. Das war am …«, er schaut mit zusammengekniffenen Augen auf den Bildschirm, »vierundzwanzigsten Oktober.«

Ich ziehe mein Handy aus meiner Jeanstasche und suche in der Fotogalerie, bis ich ein gutes Ganzkörperfoto von Cole finde. Das Foto ist von einer Tanzveranstaltung letztes Jahr und Cole sieht in seinem Smoking ausgesprochen gut aus. Ich presse mir eine Hand auf den Bauch, wo ich einen messerscharfen Stich spüre, als mir klar wird, dass Sara in dieser Nacht, wo wir getanzt und mit Freunden gelacht haben, bereits hochschwanger war.

»Das ist Cole«, sage ich und halte das Handy so, dass Mr Friedmann das Foto sorgfältig mustern kann. »Haben Sie ihn hier gesehen?«

Er kneift die Augen zusammen, betrachtet das Foto und murmelt in seinen Bart hinein. »Hmm, mal überlegen …«

Eine kalte Vorahnung krallt sich in mein Herz. Gleich werde ich mit eigenen Augen das letzte Beweisstück dafür sehen, wie mein Mann mich verraten hat.

Er wühlt in den klackenden Kassettenstapeln umher, steckt ein paar in die Maschine, schaut unzufrieden. Dann: »Das ist es, ich wusste doch, dass ich das irgendwo habe. Vor sieben Monaten, April.«

Und plötzlich ist er da, auf dem Bildschirm. Cole. Er trägt Jeans und die leichte marineblaue Cargo-Jacke, die ich ihm zum Valentinstag geschenkt habe. Er geht zur Haustür und klingelt. Er wartet.

»Verzeihung, um wie viel Uhr ist das?« Ich bemühe mich um einen neutralen Tonfall.

»Moment.« Mr Friedmann beugt sich zum Bildschirm hinunter. »Aha, da haben wir's. Das war morgens um zehn Uhr zweiundzwanzig.«

An diesem Aprilmorgen musste Cole das Haus unter dem Vorwand verlassen haben, er müsse zu einem Meeting, oder etwas in der Art. Die Kinder waren da schon in der Schule gewesen und ich war bestimmt im Haus beschäftigt, oder eilig dabei, mich für irgendeine Besorgung fertigzumachen.

Das Video läuft weiter. Ich sehe, wie die Tür sich öffnet und Sara erscheint, zu dem Zeitpunkt noch unübersehbar schwanger. Sie verschränkt die Arme, macht keinen sehr freundlichen Eindruck. Dann wendet Cole sich ab und sie streckt ihre Hände nach ihm aus, schlingt ihre Arme um ihn. Er schüttelt sie ab. Sie reckt sich, als wolle sie ihn küssen, und er dreht sich von ihr weg, nimmt einen Schritt zurück. Jetzt ist sie wütend. Ihr Gesicht ist ein wenig verschwommen, aber sie sticht mit dem Finger in seine Richtung und schreit etwas.

Cole lässt sie hinter sich und geht die Einfahrt hinunter.

»Haben Sie noch andere Aufnahmen, in denen er zu ihrer Wohnung kommt?«, frage ich und werfe einen Blick auf die ordentlich aufgestapelten Kassetten auf den Regalen.

Mr Friedmann runzelt die Stirn und zupft sich am Bart. »Ich glaube nicht ... aber wir haben noch ein paar Monate durchzusehen, wir werden es also bald herausfinden.«

Mit Schrecken wird mir klar, wie spät es ist. »O nein, tut mir leid! Ich muss meine Tochter aus der Schule abholen.« Mir bleibt nichts anderes übrig, in fünf Minuten muss ich zur Tür raus sein. »Wäre es okay, wenn ich ein andermal wiederkomme, damit wir noch mehr Aufnahmen durchsehen können? Sämtliche Aufnahmen aus dem vergangenen Jahr, die wir noch nicht gesehen haben, würden mich interessieren.«

Er zögert, dann sagt er: »Wenn es Ihnen hilft, kann ich Ihnen die Kassetten mitgeben. Ich habe einen zweiten Videorekorder, den Sie ausleihen können. Der hat ein Kabel, mit dem Sie ihn direkt am Fernsehbildschirm anschließen können.«

Mein Herz pocht in meiner Brust. Ich kann mein Glück kaum fassen. »Vielen, vielen Dank, das ist wirklich sehr nett von Ihnen.«

»Na, solange Sie alles unbeschadet wiederbringen. An diese alte Technik ist heutzutage verdammt schwer ranzukommen. Und noch was.« Er zieht eine Augenbraue hoch. »Wenn Sie mit ihr befreundet sind, warum fragen Sie sie dann nicht einfach, ob dieser Typ sie besucht hat, wenn es Sie so interessiert?«

»Ich möchte sie damit nicht nerven, während sie trauert«, erwidere ich leichthin. »Aber für Ihre Hilfe bin ich Ihnen sehr dankbar. Herzlichen Dank.«

Er nickt und reicht mir ein kleines Stück Papier aus seinem Notizblock. »Hier, meine Nummer. Klingeln Sie einfach durch, wenn Sie was brauchen.«

»Dankeschön. Eine Sache noch, Mr Friedmann. Falls Sie Sara sehen, wäre ich Ihnen dankbar, wenn Sie nicht erwähnen würden, dass ich hier war. Sie ... regt sich so leicht auf und ist oft fast schon ...«

»Paranoid!«

»Wie bitte?«

»Das war es doch, was Sie sagen wollten. Sie reagiert oft paranoid und ich nehme mal stark an, Sie wissen genauso wie ich, dass sie bei der Einnahme ihrer Medikamente nicht so diszipliniert ist, wie sie sein sollte. Mir war immer klar, wenn sie sie mal wieder nicht genommen hat. Einmal habe ich sie dabei erwischt, wie sie dem Postboten erzählt hat, das sei ihr Haus, ich sei ihr Mieter und er müsse all meine Post deswegen eigentlich ihr aushändigen.« Er gluckst amüsiert. »Zum Glück kommt der Bursche schon seit Jahren zu mir und er weiß, dass ich ...«

»Wissen Sie, was ihr fehlt? Wofür hat sie Medikamente genommen?«

Mr Friedmann wirft mir einen befremdeten Blick zu. »Sie

meinten doch, Sie würden sie gut kennen. Vielleicht sollten Sie ihr eine so persönliche Frage lieber selbst stellen.«

»Natürlich. Vielen Dank für Ihre Zeit. Ich werde mich bald bei Ihnen melden und Ihre Sachen zurückbringen.«

Und damit schnappe ich mir die Tüte voll Kassetten und den Videorekorder und mache mich mit rasendem Herzschlag auf den Weg zum Auto.

VIERUNDVIERZIG

Fünf Minuten vor Unterrichtsschluss komme ich am Schulgebäude an. Sam winkt mir über den Spielplatz hinweg zu und ich schlendere ihr langsam entgegen.

»Wie geht's?«, fragt sie. »Denk daran, dass Sylvie uns nach wie vor jederzeit willkommen ist.«

»Ich weiß. Danke, Sam. Wir können bestimmt bald mal was ausmachen. Bei mir ist alles okay ...« Mir bleiben die Worte im Hals stecken. Wem will ich hier eigentlich etwas vormachen? »Nein. Eigentlich ist alles ziemlich beschissen. Wir hangeln uns einfach von Tag zu Tag.«

»Das tut mir so leid, Jen.« Sie legt sanft eine Hand auf meinen Arm. »Wenn es irgendwas gibt, was ich für dich tun kann, dann sag Bescheid. Ich hoffe, du weißt, dass ich es wirklich ernst meine.«

»Ja, das weiß ich. Danke. Aber ... ach, es ist einfach eine so unmögliche Situation. Ich weiß nicht, wie das alles enden soll. Ich mache mir Sorgen, dass das Miller wieder komplett aus der Bahn werfen könnte, aber ich komme nicht zu ihm durch. Immerhin hat er sich bereiterklärt, heute nach der Schule zum

Fußballtraining zu gehen. Es ist schon so lang her, dass er dafür Interesse gezeigt hat.«

»Ach, das ist schön zu hören. Joel wird auch da sein. Er fragt oft nach Miller. Hoffentlich können die beiden dann in der Umkleide ein bisschen quatschen.«

Sams Sohn ist so alt wie Miller und Teil der Schulmannschaft. Sie sind nicht in derselben Klasse, aber ihre Leidenschaft für Fußball hat sie zusammengebracht und bevor Miller all diese Probleme in der Schule hatte, waren sie gute Freunde gewesen. Als Miller sich mehr und mehr isoliert hat, sind sie auseinandergetrieben, aber im Gegensatz zu den meisten anderen Freunden hat sich Joel nie gegen Miller gewendet.

Die Schulglocke läutet und wir richten unsere Blicke auf die Schultüren, in Erwartung eines Feuerwerks an kleinen Menschen, die begierig darauf sind, uns von ihrem Schultag zu erzählen.

Ich verabschiede mich von Sam, dann entdecke ich Sylvie, die strahlend und voll Energie über den Spielplatz rennt. Ich breite meine Arme aus. Es wärmt mir das Herz, sie so glücklich zu sehen – doch dann verblasst ihr Lächeln.

»Oh! Ich dachte, Tante Sara und Rory würden mich abholen kommen«, sagt sie, unüberhörbar enttäuscht.

»Ich fürchte, außer mir kommt niemand!«, antworte ich in einem möglichst fröhlichen Ton.

Eingeschnappt reicht Sylvie mir ihre Brotzeitbox und ihren Ordner. Ihre Augenbrauen ziehen sich zusammen. »Tante Sara hat gesagt, wir können in den Park gehen und Eis essen«, erklärt sie missmutig.

»Eis? Im November? Bisschen kalt dafür.« Ich grinse, aber Sylvies Mund zuckt nicht einmal.

Als ich vorschlage, trotzdem in den Park zu gehen, wird sie etwas munterer und bald rennt sie fröhlich zwischen der Rutsche und dem Klettergerüst hin und her ... und zur Schaukel. Ich versuche, nicht an das Drama vom letzten Mal zu denken, als ich sie anschubse und ihre Rufe höre: »Höher, Mummy, höher!«

Sobald wir heimkommen, rennt Sylvie ins Haus und ruft nach Sara. Im Gang rufe ich ihr hinterher: »Nicht mit den Schuhen ins Haus, bitte!«

Keine Antwort. Und nachdem ich meine eigenen Schuhe und meine Jacke abgelegt und die Tüte von Mr Friedmann unter der Treppe versteckt habe, gehe ich in die Küche. Sylvie steht vor der Babywippe und gurrt und kitzelt Rory an den Füßen, während Sara ihr schon ein kleines Glas Saft einschenkt.

»Hi«, sage ich angespannt. »Sylvie war der Meinung, du würdest sie heute von der Schule abholen?«

Sara wirkt verwirrt. »Ach? Ich kann mich nicht erinnern, das gesagt zu haben.«

»Wir wollten Eis essen gehen. Weißt du nicht mehr, Tante Sara?« Sylvie schaut zu ihr hoch. Als Sara keine Antwort gibt, fügt sie schnell hinzu: »Aber das macht nichts, ich kann ja auch hier mit Rory spielen.«

Ich gehe mich umziehen und sobald ich wieder in die Küche komme, mache ich Sylvie einen Käsetoast und schneide dazu ein paar Tomaten und eine Gurke auf. Dann schlage ich vor, dass wir alle ins Wohnzimmer gehen.

»Du kannst bei Rory sitzen, wenn du magst, Sylvie.« Ich wende mich an Sara. »Und wir können Kaffee trinken und uns unterhalten.«

Sie stellt den Saft zurück in den Kühlschrank und schiebt die Tür bedächtig zu.

»Okaaay …«, sagt sie langsam und dreht sich zu mir. »Worüber unterhalten?«

»Ach, nur so allgemein. Wir sind dauernd so beschäftigt und haben gar keine Gelegenheit, einander ein bisschen besser kennenzulernen.«

Sie presst ihre Lippen aufeinander und geht zu Rory.

»Wirkt er nicht ein bisschen unruhig?«, fragt sie leise. »Vielleicht muss ich ihn nach oben bringen, damit er schlafen kann.«

»Aber du hast doch gesagt, dass er gerade erst aufgewacht ist, Tante Sara!«, widerspricht Sylvie mit vollem Mund.

Bevor Sara wieder verschwinden kann, mache ich uns Kaffee und führe alle ins Wohnzimmer hinüber. Als wir dort ankommen, macht mich mein Handy mit einem Piepsen auf eine eingehende SMS aufmerksam.

Ich stelle unsere Tassen hin und öffne sie.

Joel ist gerade nach Hause gekommen und hat gesagt, dass Miller doch nicht beim Fußball war. Hoffentlich alles okay?
LG Sam

Ich runzle die Stirn und schaue auf meine Armbanduhr. Wenn Miller nicht beim Fußball war, wo hat er sich denn dann die letzte Stunde über aufgehalten? Wie aufs Stichwort springt die Haustür auf. Ich höre, wie er seine Schuhe abstreift und die Treppe hochläuft.

»Miller?«

Ich eile in den Gang, er ist schon fast oben angekommen.

»Ja?« Er bleibt stehen und schaut zu mir hinunter. Sein Gesichtsausdruck wirkt düster und gedankenverloren.

»Alles okay?«, frage ich leichthin.

»Ja. Bin nur total verschwitzt vom Fußball, ich muss unter die Dusche.«

Und schon ist er verschwunden.

Im Wohnzimmer macht Sara einen unruhigen Eindruck. Sie verdreht den Saum ihres Oberteils immer wieder. Verknoten, Stoff fahren lassen, von vorne anfangen.

Ich muss unbedingt mit ihr sprechen, aber gleichzeitig

möchte ich auch mit Miller reden und herausfinden, warum er mich angelogen hat.

»Ich musste heute Nachmittag in Lady Bay etwas von der Reinigung abholen«, sage ich wie nebenbei und greife nach meiner Tasse. »Hast du dort nicht früher mal gewohnt?«

»Ja«, sagt sie bedächtig. »Da war meine Wohnung.«

»Eine wirklich schöne Gegend.«

»Ja. Ich habe mich auf den ersten Blick in die Wohnung verliebt, aber dann habe ich die Einrichtung zu industriell gestaltet und danach fühlte sie sich irgendwie kalt und leer an.«

»Was hat Cole davon gehalten?« Ihr Kopf schnellt hoch, als ich seinen Namen erwähne. »Von der Wohnung, meine ich.«

»Also, er ... ich denke, es ging ihm da genauso wie mir.«

»Cole hat sich für Inneneinrichtung begeistert. Wir haben gemeinsam daran gearbeitet, dieses Haus zu gestalten, aber er hatte sehr konkrete Ideen, wie alles sein soll. Und er hatte ein gutes Auge dafür.« Ich schaue zu Sylvie, die gerade Rorys Haarflaum kämmt und ihm leise etwas vorsummt. »Ich weiß noch genau, wie sehr er den industriellen Look verabscheut hat. Er meinte immer, so was gehört in eine Lagerhalle und nicht in ein Zuhause.«

Wir schauen einander an und kurz bleiben wir beide stumm.

»Cole hat mir freie Hand gegeben«, sagt sie. »Er hat mir da voll vertraut.«

»Hattet ihr eigentlich festgelegte Tage, an denen er in der Wohnung war? Ich kann mir vorstellen, wie einsam du dich zwischendurch gefühlt haben musst. Schließlich konnte er nicht bei dir sein, wann immer er hier bei uns war.«

Sie zuckt mit den Schultern. »Es war schon okay so«, sagt sie, den Blick auf Sylvie und Rory gerichtet.

»Wirst du die Wohnung behalten? Bestimmt hast du viele von Coles Sachen dort gelassen.«

Sie steht auf, streicht sich über ihre makellose Jeans und tritt zum Fenster, durch das sie auf die Straße hinaussehen kann. »Ich weiß noch nicht, was ich damit machen werde, Jennifer«, sagt sie. »Das hängt wohl ganz davon ab, wie es hier weitergeht. Mit diesem Haus.«

Sie dreht sich zu mir, wartet darauf, wie ihr Kommentar bei mir ankommt, entsprechend der Reaktionen, die sie bisher von mir erlebt hat. Angst um mein Zuhause, Panik, Verzweiflung. Aber zum ersten Mal spüre ich keine dieser Emotionen. Ja, ich mache mir Sorgen darum, wo wir letztendlich landen werden, spüre aber den Hauch einer Ahnung, dass es okay sein wird, egal, was passiert. Wir werden nicht auf der Straße landen und wie auch immer das Blatt sich wendet, ich werde meine Kinder bei mir haben. Das kann niemand ändern, nicht einmal Sara.

»Wir haben Partys gegeben!«, platzt es aus ihr heraus. Sie wendet sich wieder vom Fenster ab und ihr Ausruf lässt Sylvie interessiert hochschauen, bevor Rorys Glucksen wieder ihre volle Aufmerksamkeit auf sich zieht. »Große Partys, mit all unseren Freunden. Alle haben Cole geliebt. Er ist immer durchs Zimmer gegangen und hat allen erzählt, wie glücklich wir miteinander sind, dass wir heiraten und zusammenziehen würden.« Sie schaut zu mir, das Gesicht von strahlendem Triumph gezeichnet. »Einsam war ich nie, denn er hat mich nie länger als einen Tag oder so allein gelassen, bevor er wieder zu mir gekommen ist.«

»In deine Wohnung?«, sage ich und frage mich dabei, wo all ihre Freunde jetzt wohl sind.

»Ja«, erwidert sie wie aus der Pistole geschossen. »In *unsere* Wohnung.«

Das alles stimmt auf jeden Fall nicht mit dem überein, was Mr Friedmann mir erzählt hat.

Ich setze zu einer Antwort an, doch dann klingelt mein Handy. Ich werfe einen Blick auf den Bildschirm und mir rutscht das Herz in die Hose, aber ich gehe trotzdem ran.

»Hallo, Jennifer. Hier spricht DI Helena Price vom Polizeirevier Nottinghamshire. Könnten wir kurz vorbeikommen? Wir sind etwa fünf Minuten entfernt. Es gibt da etwas zu besprechen.«

FÜNFUNDVIERZIG

POLIZEI NOTTINGHAMSHIRE

Brewster parkt das Auto vor dem Haus der Finchams. »Wie die wohl da drinnen alle miteinander klarkommen«, murmelt er. »In ihrer großen unglücklichen, gestörten Familie.«

Helena schnallt sich ab und steigt aus dem Auto. »Ich würde vorschlagen, dass wir zuerst mit Jennifer sprechen und dann ihren Sohn dazu holen, wenn sie damit einverstanden ist. Hoffentlich können wir bei beiden für entspannte Stimmung sorgen, damit sie sich nicht angegriffen fühlen. Sie sind in Trauer und haben es bestimmt nicht leicht in ihrer höchst ungewöhnlichen Wohnsituation.«

»Kann ich mir kaum vorstellen«, merkt Brewster an.

Er klingelt und Jennifer Fincham öffnet ihnen die Tür. Sie hat ihre Haare streng zurückgebunden und macht einen ausgelaugten, erschöpften Eindruck.

»Kommen Sie rein«, sagt Jennifer und sie betreten das Haus. »Darf ich Ihnen eine Tasse Tee oder Kaffee anbieten?«

Beide lehnen das Angebot ab und Helena sagt: »Könnten wir vielleicht unter vier Augen mit Ihnen sprechen, Jennifer?«

»Klar.« Jennifer schließt die Haustür hinter ihnen. »Gehen Sie einfach in das kleine Zimmer, in dem wir letztes Mal geredet haben. Ich stelle nur schnell sicher, dass Sara für mich auf Sylvie aufpassen kann.«

Helena geht den Gang hinunter und öffnet die Tür zu dem kleinen Zimmer, wo sie sich an den Kartentisch setzt. »Müde sieht sie aus«, sagt Helena leise. »Es muss sie unglaublich belasten, mit Coles Tod klarzukommen und dabei obendrauf noch Sara und das Baby hier zu haben.«

Brewster nickt. »Und dann kommt ja noch die überraschende finanzielle Belastung dazu. Fincham hat sie und ihre Kinder wirklich in mehrerlei Hinsicht ganz schön in die Sch... Scherereien geritten.«

Nach etwa einer Minute kommt Jennifer zu ihnen. »Sara ist nicht glücklich darüber, dass Sie allein mit mir sprechen wollen.« Sie seufzt. »Ich habe ihr gesagt, dass ich das weitergeben würde.«

»Ist notiert.« Dann wird Brewsters Stimme etwas sanfter. »Jennifer, wir haben neue Informationen zur forensischen Untersuchung Ihres Mannes und außerdem hätten wir, wenn Sie einverstanden sind, noch ein paar Fragen an Sie.«

Das scheint Jennifer zu überraschen. »Okay.«

Helena sieht, wie Jennifer tief einatmet, um sich für das Gespräch zu wappnen. Sie wird den Gedanken nicht los, dass sie mit jedem Mal, das sie herkommen, ein weiteres bleischweres Gewicht auf ihre sowieso schon untragbare Last legen.

»Erstens haben wir herausgefunden, dass Rhea Brace sich das Leben genommen hat. Haben Sie davon gewusst?«, fragt Brewster. »Nur weil Sie das uns gegenüber nicht erwähnt haben, als es um Coles Beziehung zu Rhea ging.«

Jennifer kneift ihre Augen zusammen. »Ja, davon habe ich gewusst. Ich dachte aber nicht, dass es relevant ist und ... na ja, wir haben nie wieder darüber gesprochen, nachdem Cole das von einem Kollegen erfahren hat. Ich glaube, das hat ihm ziemlich zugesetzt.«

»Wieso das?«

»Na ja, er hat mit Rhea Schluss gemacht und dann hat sie diese Überdosis genommen. Ich glaube, er hat sich immer irgendwie dafür verantwortlich gefühlt. Aber ich hab es ihm damals schon gesagt, wir werden nie wissen, was ihr durch den Kopf gegangen ist und ob sich das hätte vermeiden lassen, wenn die beiden zusammen geblieben wären.«

»Uns wurde berichtet, es hätte damals Zweifel gegeben, ob Rhea vor ihrem Tod allein war. Manche vermuteten, sie hätte Besuch gehabt«, fährt Brewster fort. »Die Tür war nicht abgesperrt, was anscheinend für sie ungewöhnlich war, und die Nachbarin hat später erwähnt, sie hätte mehr als einen Menschen oben herumlaufen hören.«

»Davon weiß ich nichts«, sagt Jennifer. »Tut mir leid, dass ich Ihnen da nicht weiterhelfen kann.«

Helena ist klar, dass sie nicht über Rhea Brace sprechen möchte. Und wer könnte ihr das auch verübeln?

Brewster fährt damit fort, Jennifer einen Überblick über die toxikologische Untersuchung und deren Zweck zu geben. »Bei plötzlichen Todesfällen ist diese Art Untersuchung ganz normal. Dazu gehören auch Unfälle mit Todesfolge, wie bei Mr Fincham«, erklärt er. »Die Ergebnisse können uns zeigen, ob irgendwelche chemischen Substanzen zum Tod des Opfers beigetragen haben könnten und ich fürchte, dass der Toxikologe im Falle Ihres Mannes eine beträchtliche Dosis Lorazepam festgestellt hat.«

»Loraze-*was*?« Jennifer runzelt ihre Stirn.

»Lorazepam«, wiederholt Brewster. »Es handelt sich dabei um ein verschreibungspflichtiges Beruhigungsmittel, welches unter dem Markennamen Ativan verkauft wird.«

Das scheint Jennifer ehrlich zu verwirren. »Ich ... ich habe keine Ahnung, warum das in Coles Blutwerten auftauchen sollte. Ich meine, er ... er hat keine Medikamente genommen ...« Ihre Stimme versagt. »Zumindest soweit ich weiß.«

»Die Substanz zeigt bei der Behandlung von Angstzuständen gute Wirkung«, fügt Helena hinzu und gibt damit die Information weiter, die der Pathologe ihr gegeben hat. »Oder für stressbedingte Schlafschwierigkeiten.«

»Cole hatte keine Angstzustände«, sagt Jennifer und blickt ihnen einem nach dem anderen ins Gesicht. Sie verstummt, scheint einen Moment nachzudenken, dann fährt sie fort: »Also, nicht in dem Sinne. Ich meine ... klar, er hatte schon manchmal so Phasen, wo ich jetzt im Rückblick denke, dass die meisten Menschen sich da große Sorgen gemacht hätten. Jetzt, wo ich weiß, was da hinter den Kulissen so lief, mit Sara und seinem Unternehmen, es mag schon möglich sein. Aber so ein starkes Medikament, und verschreibungspflichtig noch dazu ... keine Chance. Er hat mir ausführlich von seiner letzten Vorsorgeuntersuchung erzählt, von seinen ganzen Werten, ich hatte also keinen Grund zu glauben, dass er mir sonst irgendetwas verheimlicht hat.«

Helena nickt. »Vielen Dank, Jennifer. Wir mussten Ihnen diese Frage stellen, haben aber zudem auch Coles Akte bei seinem Hausarzt angefordert, das sollte also hoffentlich bald Licht ins Dunkel bringen und das Thema klären.«

Jennifer verzieht ihr Gesicht, als wäre ihr gerade etwas klargeworden. »Glauben Sie, deswegen hatte er seinen Unfall? Weil er unter Einfluss von Beruhigungsmitteln stand?«

»Davon gehen wir nicht zwangsläufig aus«, wirft Helena rasch ein. »Bei vielen Leuten zeigt die Einnahme von Lorazepam keinerlei Einfluss auf das Fahrverhalten. Allerdings müssen wir der Möglichkeit aufgrund der Ergebnisse unserer toxikologischen Untersuchung nachgehen.«

»Selbstverständlich.« Jennifer nickt. »Ich kann verstehen, warum Sie das tun müssen.«

»Wann immer Menschen sich uncharakteristisch verhalten, müssen wir anfangen, Fragen zu stellen«, ergänzt Brewster.

Helena checkt ihre Notizen. »Sie haben zudem erwähnt,

dass Ihr Mann laut der Beschreibung Ihres Sohnes auf der Terrasse einen verwirrten Eindruck gemacht hat, kurz bevor er das Haus verlassen hat. Nun, da wir diesen toxikologischen Befund vorliegen haben, könnte es hilfreich sein, wenn wir mit Miller sprechen dürften. In Ihrem Beisein, versteht sich.«

Ein Schatten huscht über Jennifers Gesicht. »Miller leidet im Moment wirklich sehr. Seine Trauer um seinen Dad schlägt sich in einigen … schwierigen Verhaltensweisen nieder, vor allem in Feindseligkeit Sara gegenüber.«

Jennifers blitzschneller Blick Richtung Tür entgeht Helena nicht, und sie meint fast, auch dort eine rasche Bewegung gesehen zu haben.

»Es ist nur natürlich, dass ihm das alles schwerfällt«, erwidert Helena sanft. »Hat Sara Verständnis dafür, wie schwierig das für ihn ist?«

Jennifers Miene verdüstert sich. »Ich denke, sie hat nicht die geringste Ahnung. Tatsächlich …«, sie schaut erneut zur Tür und spricht dann leiser weiter, »tatsächlich habe ich gerade herausgefunden, dass Miller von Coles Affäre mit Sara wusste. Und sein Dad hat ihn gezwungen, zu versprechen, dass er mir nichts davon verraten würde.« Ihre Wangen glühen nun vor Wut. »Wie krank ist das denn?«

SECHSUNDVIERZIG

MILLER

Er folgt seiner Mum den Gang hinunter. »Beantworte ihre Fragen einfach so gut du kannst, genau, wie wir es besprochen haben«, flüstert sie und wendet sich zu ihm. »Erwähne sonst nichts.«

Ihm ist klar, dass sie damit seinen Streit mit seinem Dad meint, an dessen letzten Tag, und die SMS, die er Sara geschickt hat. Aber seine Mum weiß ja selbst nicht einmal annähernd alles … das sind nicht die einzigen Dinge, die er vor der Polizei geheim halten muss. Und zu allem Überfluss musste natürlich gerade jetzt auch dieses peinliche Stottern wiederkommen.

Als die Tür aufgeht, sieht Miller die beiden Detectives dort sitzen. Ein großer, etwas schmuddeliger Mann mit roten Haaren und eine ordentlich gekleidete Frau in einem marineblauen Anzug, die ihn an eine Lehrerin erinnert. Beide lächeln ihm zu, aber Miller lächelt nicht zurück. Er setzt sich mit seiner Mum an den Tisch.

»Hallo, Miller«, sagt die Frau, nachdem die beiden sich vorgestellt haben. »Danke, dass du dich bereit erklärt hast, mit uns zu sprechen. Es wird auch nicht lange dauern, okay?«

Miller nickt und seine Mum greift nach seiner Hand und drückt sie sanft.

»Das mit deinem Dad tut uns furchtbar leid«, sagt der Mann ernst. »Ich weiß, dass das für dich und deine Familie eine schwere Zeit ist, aber es ist sehr wichtig, dass wir genau feststellen können, was passiert ist.« Er wirft einen Blick in seine Notizen. »Du warst die letzte Person, die deinen Dad gesehen hat, bevor er das Haus verlassen hat. Richtig?«

»Ja«, antwortet Miller.

»Kannst du uns noch einmal in deinen eigenen Worten erzählen, wo genau du ihn gesehen hast und was er zu dir gesagt hat?«

Miller überlegt kurz. »Ich war in meinem Zimmer. Mein Fenster stand offen und D...Dad hat mir von der Terrasse was zugerufen.«

»Was hat er gesagt?«

»Er hat gesagt: ›Deine Mum will, dass du dir das Partyzelt anschaust‹, oder so was in der Art.« Miller mustert seine Hände. »Ich bin zwar ans Fenster getreten, aber ich hab ihn mehr oder weniger ignoriert. Ich ... jetzt wünschte ich, ich wäre runtergekommen.«

»Das ist nachvollziehbar«, sagt Helena sanft. »Warum hast du ihn ignoriert?«

»Weil ich gar nicht zu der P...Party gehen wollte und keine Lust hatte, mir das dumme Partyzelt anzugucken.«

»Miller hat für unsere Partys nicht allzu viel übrig«, erklärt seine Mum. »Allerdings wäre ein Schulfreund von ihm gekommen und auch sein Cousin Damian, nicht wahr, Miller?«

»Gar kein Freund. Der wäre nur gekommen, w...weil mein Dad mit seinem im Geschäft ist.« Miller macht eine finstere Miene, dann berichtigt er sich selbst. »Weil Dad mit ihm im Geschäft *war*.« Er wirft den Detectives einen Blick zu. »Ich hab in der Schule keine Freunde, aber das gibt Mum nicht gern zu.«

»Oh, Miller, das stimmt ja auch nicht!« Seine Mum lacht gezwungen. »Du hattest doch ganz viele Freunde! Bis …«

»Bis was?«, hakt Brewster nach.

»Er hatte einige Probleme in der Schule«, erklärt Jennifer rasch. »Ist inzwischen alles geregelt. Sie wissen doch, wie Kinder in dem Alter manchmal miteinander umgehen.«

»Was für Probleme hattest du denn in der Schule, Miller?«, fragt Brewster.

»Das war Anfang des Jahres«, antwortet seine Mum. »Nur ein Missverständnis, ein …«

»Wenn Miller uns das bitte in seinen eigenen Worten erklären könnte«, geht Brewster dazwischen. »Es ist wichtig, dass wir Millers Sicht der Dinge erfahren.«

Seine Mum klappt ihren Mund zu und Miller sieht, dass ihre Wangen hellrot anlaufen. Es gefällt ihm, dass die Detectives ihn nicht wie ein Kind behandeln. Das gibt ihm ein bisschen mehr Selbstvertrauen und auch sein Stottern ist nicht mehr so schlimm, wie es im Gespräch mit Sara war.

»Bei den Problemen ging es um Essensgeld«, murmelt Miller und betrachtet aufmerksam seinen Daumennagel, bevor er anfängt, daran herumzuknabbern.

»In welcher Hinsicht ging es um Essensgeld?«

»Ich hab jüngeren Kindern ihr Essensgeld weggenommen.«

»Er ist selber gemobbt worden!«, grätscht seine Mum dazwischen. »Ich weiß, Sie wollen, dass er Ihnen das selber erzählt, aber das hätte er ausgelassen.«

»Du bist gemobbt worden und hast im Gegenzug jüngere Schüler gemobbt?« Brewsters Blick ist unbeirrt auf Miller gerichtet.

»Ja, so könnte man das sagen.« Er lässt seinen Daumennagel sein. »Aber das hab ich schon Ewigkeiten nicht mehr gemacht. Die Lehrer haben das rausgefunden und ich hab damit aufgehört.« Er senkt den Kopf. »Ich w…weiß nicht, warum ich es getan habe.«

»Im Grunde seines Herzens ist er ein guter Junge. Er hatte seine Probleme, aber wir haben uns da mithilfe seiner Schule durchgearbeitet, nicht wahr, Miller?« In den Augen seiner Mum liest er die stumme Bitte, dass er jetzt das Richtige sagen soll.

»Genau«, murmelt Miller.

»Okay, Miller. Dann lass uns jetzt wieder zu dem Unfalltag zurückgehen. Du warst oben in deinem Zimmer«, sagt Helena. »Dein Dad hat dir etwas zugerufen und du hast ihn ignoriert. Was hast du vom Fenster aus als Nächstes gesehen?«

»Ich hab gesehen, wie Dad so rumgetorkelt ist. Dann ist er gestolpert und wäre fast hingefallen.«

»Verstehe«, sagt Helena. »Dachtest du, er könnte krank sein? Hast du überlegt, nach unten zu gehen und nachzusehen, ob alles okay ist?«

Miller schüttelt seinen Kopf. »Nicht wirklich. Ich dachte, er wäre wieder betrunken.«

»Cole hat seit etwa einem Jahr mehr als sonst getrunken, aber er war kein Alkoholiker«, wirft seine Mum schnell ein. »Und das war am späten Vormittag, da war er bestimmt nicht betrunken.«

»Dein Dad wäre also beinahe hingefallen. Und danach?« Brewster tippt mit seinem Stift mehrmals auf den Tisch.

»Er hat nicht mehr hochgeschaut, er ist einfach ins Haus gegangen und dann hab ich g…gehört, wie er die Haustür zugeschlagen und das Auto angelassen hat.«

»Hast du dich gut mit deinem Dad verstanden, Miller?«, fragt Helena.

»Sie hatten ihre Probleme, aber sie standen sich immer noch nahe. So könnte man es sagen, nicht wahr, Miller?«

»Mrs Fincham. Wir müssen das direkt von Miller hören«, weist Brewster sie nun etwas formeller zurecht.

»Ich wollte nur … tut mir leid.« Jennifer verstummt.

Miller sieht, wie sich die Fingernägel seiner Mum in ihre Handflächen bohren.

»Also, Miller. Wie hast du dich mit deinem Dad verstanden?«, wiederholt Brewster.

Miller antwortet mit einem Schulterzucken. »Gut.«

»Ich frage nur, weil du gerade meintest, du hättest ihn ignoriert, als er dir etwas zugerufen hat, und ich habe mich gefragt, ob ihr euch vielleicht gestritten hattet oder so etwas in der Art?«

Miller bleibt stumm.

Helena fragt: »Als er dir von der Terrasse zugerufen hat, war das das erste Mal an dem Tag, dass du ihn gesehen hast?«

Miller spürt, wie ihm Hitze in die Wangen schießt. »Ich ... ich glaub, ich hab ihn auch vorher mal gesehen.«

»Oben oder unten?«

»Er ist in mein Zimmer gekommen.«

»Aus einem bestimmten Grund?«, bohrt Brewster nach.

»Er wollte nur reden. Ich ... ich weiß nicht mehr genau, worüber.«

»Denk bitte gründlich darüber nach. Vielleicht fällt es dir doch noch ein. Das würde uns sehr dabei helfen, uns ein Bild davon zu machen, was vor seinem Unfall geschehen ist«, sagt Brewster. »Selbst das winzigste Detail könnte wichtig sein.«

Miller spürt ein Zittern in seinen Händen. Er hat sich verplappert. Er hätte nicht erwähnen sollen, dass sein Dad in sein Zimmer gekommen ist.

»Er w...wollte nur gucken, ob bei mir alles okay ist. Mehr nicht.«

»Wieso das? War bei dir irgendetwas los?«, hakt Helena nach.

»Ich ... ich hatte nur irgendwie die Schnauze voll und D... Dad wollte sichergehen, dass ich Mum nicht davon erzähle, damit sie sich nicht aufregt.« Er schiebt seine Hände unter seine Oberschenkel.

»Was genau solltest du deiner Mum nicht erzählen, Miller?«

»Ich w...wollte das gar nicht sagen.« Miller steht auf und seine Stimme wird lauter. »Er w...wollte nur sichergehen, dass ich mich nicht aufrege. Mehr nicht!«

»Miller, alles okay.« Seine Mum steht auf und legt ihm einen Arm um die Schultern. »Na komm, denk daran, was wir besprochen haben. Ganz ruhig bleiben.«

»Miller, es ist wichtig, dass du uns ganz genau erzählst, was ...«

»Ich h...hab's Ihnen doch gesagt!« Er schiebt seinen Stuhl so heftig von sich weg, dass dieser umfällt. »Ich weiß es nicht mehr.«

»Ich denke, wir sollten an dieser Stelle besser aufhören«, hört er seine Mum sagen. »Das alles hat ihn so mitgenommen, das mit seinem Dad. Er muss erst mal wieder runterkommen und ...«

Miller wirbelt herum und rennt zur Tür.

»Meine Güte, ganz schön aufbrausend, der Junge«, hört er Brewster sagen.

»Miller, warte!«, ruft seine Mum.

Sara erscheint im Gang. Sie hält ihr Baby fest umklammert. Die obersten Knöpfe ihrer hauchdünnen rosa Bluse stehen offen. Miller bleibt abrupt stehen.

»Wage es nicht, ihn anzuschauen«, zischt Sara und legt ihre Hand schützend auf Rorys winzigen Kopf, als könne Miller jederzeit versuchen, ihm wehzutun.

Miller rennt die Treppe hinauf in sein Zimmer. Sein schweißnasser Nacken glüht vor Hitze und sein Herz hämmert schmerzhaft schnell in seiner Brust. Was passiert hier mit ihm? Warum hat er alles so versaut?

Er hört, wie die Detectives in den Gang treten. Sie sprechen in leisem, besorgtem Tonfall mit seiner Mum, aber er kann nicht ganz ausmachen, was genau sie sagen.

Früher war da mal so ein Junge in der Klasse über ihm, der wegen Körperverletzung ins Visier der Polizei gekommen war. Zwei Detectives waren damals in die Schule gekommen, um mit ihm zu sprechen, und eine Woche später war er weg. Verschwunden. Die Leute sagten, sie hätten ihn in eine Jugendstrafanstalt gebracht. Sie erzählten sich, wie er dort nun jede Nacht von viel älteren Jungs verprügelt wurde.

Mit dem Ärmel seines Oberteils wischt Miller sich den Schweiß von der Stirn. Sara ist auch dort unten im Gang und wenn sie den Detectives von den SMS erzählt und davon, was mit Rory passiert ist – von seinem Atemstillstand und dass sie glaubt, Miller hätte versucht, ihn zu ersticken –, dann könnten die Detectives drauf und dran sein, auch *ihn* jeden Moment mitzunehmen …

Bumm! Die Haustür fällt ins Schloss. Miller huscht über den Gang ins Gästezimmer. Vom Fenster aus beobachtet er, wie die Detectives die kurze Einfahrt hinuntergehen, in ein Gespräch vertieft. Als sie unten ankommen, drehen sich beide um und werfen einen Blick auf das Haus, dann steigen sie in ihr unauffälliges Auto und fahren davon.

Vielleicht kommen sie gleich wieder, mit irgendeinem offiziellen Wisch, der sie Minderjährige zum Polizeirevier bringen lässt. Und von da aus könnten sie ihn zur Jugendstrafanstalt schicken. In der Schule hat er gelernt, dass man in Großbritannien ab zehn Jahren verhaftet werden kann, es gäbe also nichts, was seine Mum tun könnte, sobald sie ihn einmal im Polizeirevier haben.

Miller rennt in sein Zimmer zurück, verzweifelt nach Luft schnappend. Im Türrahmen bleibt er stehen und versucht, mehrmals tief einzuatmen, weil ihm langsam schwindlig wird. Die Polizei hat ihre Mittel und Wege, ihn zum Reden zu zwingen, und eines weiß Miller ohne Zweifel: Die Wahrheit würde seiner Mum das Herz brechen. Das kann er nicht zulassen.

Nach einigen gedankenversunkenen Momenten, in denen

er sich stumm dazu anspornt, etwas zu tun, stürzt er durch sein Zimmer und packt seine Sporttasche. Die unbenutzten Fußballklamotten darin wirft er auf den Boden.

Wer weiß, wie viel Zeit er noch hat, also bleibt ihm nichts anderes übrig. Jetzt zählt jede Sekunde.

SIEBENUNDVIERZIG

JENNIFER

»Was wollten sie?«, fragt Sara fordernd, nachdem die Detectives gegangen sind. Sie hängt wie eine dunkle Gewitterwolke im Gang.

»Sie hatten einige Fragen zu Coles Vorgeschichte und sie wollten mit Miller reden, weil er als Letzter mit Cole gesprochen hat, bevor er seinen Unfall hatte.«

»Was wollten sie über Coles Vorgeschichte wissen?« Sie verschränkt ihre Arme, wähnt sich im vollen Recht, sämtliche Informationen derart einzufordern.

»Es ging dabei um Dinge vor deiner Zeit«, erwidere ich knapp.

»Meinst du seine Affäre mit Rhea Brace?«

Das lässt mich stocken. Für einen Augenblick fehlen mir die Worte. Ich habe Coles frühere Affäre ihr gegenüber zwar schon erwähnt, bin aber nicht ins Detail gegangen.

»Cole hat mir alles erzählt«, sagt sie. Mein Erstaunen bereitet ihr offensichtlich Freude. »Er hat gesagt, er will, dass ich alles über ihn weiß. Zwischen uns gab es keine Geheimnisse.«

Meine Güte, wie die Frau sich aufplustert. »Okay. Jedenfalls, ja, darüber wollten sie sprechen.«

»Haben sie mich erwähnt, oder meine Beziehung mit Cole?«

Ich starre sie an. Ich fasse es nicht, wie leichtfertig sie das doppelte Spiel ansprechen kann, das sie und mein Mann mit mir gespielt haben. Ihr narzisstisches Verlangen, in seinem Tod wie in seinem Leben die Hauptrolle zu spielen, ist einfach widerlich.

»Nein. Dich haben sie überhaupt nicht erwähnt, Sara. Cole und ich waren fünfzehn Jahre lang verheiratet und du hast es mit ihm schließlich nicht einmal auf zwei Jahre gebracht.«

Ihr fällt die Kinnlade herunter und zum ersten Mal, seit dieser Albtraum begonnen hat, spüre ich Schadenfreude in mir aufflackern.

Am nächsten Morgen ist mein Herz noch schwerer als zuvor. Heute findet der kleine Gedenkgottesdienst für Cole statt, den seine Freunde und Kollegen gemeinsam mit meiner Mum organisiert haben.

»Komm schon, Schatz«, hat Mum gesagt, als ich versucht habe, ihre Pläne abzublasen. »Wegen der polizeilichen Ermittlung wissen wir immer noch nicht, wann wir Cole beerdigen können. Das hier wird allen helfen, seinen Tod zu akzeptieren. Auch Miller und Sylvie. Sie müssen sich von ihrem Dad verabschieden können und auch andere Leute wollen Cole die letzte Ehre erweisen.«

Sehr zu Saras offensichtlichem Missfallen hat sie schließlich einsehen müssen, dass sie nicht würde teilnehmen können, wenn wir uns die unvermeidbaren Fragen und womöglich auch die Ablehnung von Coles Kollegen und Freunden ersparen wollen.

Als Miller zum Frühstück nach unten kommt, ist er still

und gedankenverloren. Er holt sich eine Schüssel Cornflakes und nimmt sie mit nach oben. Gestern Abend bin ich zu ihm gegangen und habe versucht, mit ihm über sein Gespräch mit der Polizei zu reden, und herauszufinden, wo er nachmittags wirklich war, wenn nicht beim Fußball. Aber er hat Müdigkeit vorgeschützt und sich die Decke über den Kopf gezogen. Ich habe beschlossen, dass unser Gespräch warten konnte, vor allem, da er genügend Schlaf gut brauchen konnte, um den heutigen Tag durchzustehen.

Als ich Sylvie sage, dass sie sich langsam fertigmachen muss, bockt sie. »Wenn Tante Sara und Rory nicht kommen, dann will ich auch nicht.«

Sara hält ihr eine Hand hin. »Na komm, Sylvie. Du kannst mit in mein Zimmer kommen, dann können Rory und ich dir helfen, dich fertigzumachen.«

Da hört Sylvie auf zu quengeln und nickt. Sara schiebt mir über die Arbeitsplatte eine warme Tasse Tee hin und ich seufze erleichtert auf, als Sylvie die angebotene Hand annimmt und sich aus der Küche führen lässt.

»Danke, Sara.« Ich weiß, dass meine Kommentare von gestern Abend ihr wehgetan haben, aber das hatte sie verdient. Ich weigere mich, mich deswegen schuldig zu fühlen. Und wenn ich mir ihre Hilfsbereitschaft heute Morgen so anschaue, habe ich den Eindruck, dass es ihr überhaupt nicht geschadet hat, zur Abwechslung selbst mal die kalte Dusche abzubekommen. So als kleine Erinnerung, wer von uns die Ehefrau ist und wer die Freundin.

»Konzentrier du dich einfach darauf, selber fertig zu werden, ich kümmre mich schon um die kleine Prinzessin hier!«, ruft Sara mir zu, während sie schon im Gang verschwindet.

Nachdem ich unser Frühstücksgeschirr abgeräumt habe, stelle ich mich unter die Dusche, ziehe einen Bademantel über und mache mich wieder auf den Weg nach unten, um das schöne Licht in der Küche auszunutzen. In meinem früheren Schlafzimmer hatte ich einen kleinen Ankleidebereich mit einem professional beleuchteten Spiegel, aber den hat Sara natürlich inzwischen in Beschlag genommen.

Eine halbe Stunde später bin ich mit Frisur und Make-up fertig und trage einen schwarzen Hosenanzug mit einer schwarz-weiß gestreiften Seidenbluse und schwarzen Absatzschuhen. Ich werfe einen Blick auf die Uhr. Mum, Ellen und Damian sollten in zehn Minuten hier sein, rechtzeitig für das Großraumtaxi.

Ich bin gerade dabei, die letzten Haarsträhnen hochzustecken, als Miller nach unten kommt. Mit seiner schwarzen Hose, dem weißen T-Shirt und dem marineblauen Jackett sieht er sehr schick aus. Wie groß er geworden ist. Und wenn er sich Sorgen macht oder in Gedanken versunken ist, nimmt sein Gesicht genau denselben grüblerischen Ausdruck an wie Coles.

»Gut siehst du aus, Miller.« Ich schenke ihm ein Lächeln. »Dein Dad wäre so stolz auf dich.«

»Danke, Mum. Du siehst auch gut aus.« Er öffnet die Kühlschranktür und greift nach dem Orangensaft.

Ich will gerade die Treppe rauf nach Sylvie rufen, doch Sara kommt mir zuvor. »Wir sind so weit!«, verkündet sie. »Hier kommt die Prinzessin!«

Draußen im Gang hören Miller und ich, wie Sylvie oben zur Treppe hopst und dann die Stufen runtergeht.

»Bin fertig, Mummy!«, ruft sie, offenbar sehr zufrieden mit sich selbst. »Tante Sara hat mir mit meinem neuen Disney-Make-up geholfen!«

Sie hüpft über die beiden untersten Stufen und dreht sich mit einem strahlenden Lächeln zu uns.

»Igitt!« Miller tut so, als müsse er sich übergeben. »Du siehst aus wie eine von diesen Killerpuppen«, sagt er und verzieht sein Gesicht.

Mir fehlen die Worte. Ich schaffe es nicht einmal, Sylvie zu trösten, als ihr Lächeln verfliegt. Sie sieht … einfach furchtbar aus. Wie diese kleinen Mädchen, die sie bei Schönheitswettbewerben so verführerisch aufmachen wie erwachsene Frauen. Ihr Gesicht ist entstellt durch kräftigen blauen Lidschatten, Puder und roten Lippenstift. Über ihrer Lippe prangt ein grotesker Schönheitsfleck und ihr Haar ist dramatisch hochfrisiert. Sara muss es mit einem Lockenstab oder etwas Ähnlichem behandelt haben, um so viel Volumen zu erreichen. Nichts davon passt auch nur ansatzweise zu dem Outfit, das ich ihr zum heutigen Anlass gekauft habe: Ein schlichtes, langärmliges Gürtelkleid in Marineblau mit weißem Seidenkragen, dazu eine dunkle Wollstrumpfhose.

Ich schlage mir eine Hand auf den Mund. »Was zur Hölle … was hast du mit ihr gemacht?«

Sara bleibt auf der Treppe stehen und schaut zu uns herunter. »Findest du nicht auch, dass sie wunderschön aussieht?«

»Überhaupt nicht! Sie … das ist unmöglich für eine Fünfjährige! So kann sie nicht gehen.« Ich funkle Sara an. »Das ist so was von unpassend.«

Gerade, als Sylvie in Tränen ausbricht, geht die Haustür auf. Mum, Ellen und Damian sind da. Sylvie dreht sich zu ihnen, das Make-up schon etwas verschmiert, und Mum keucht auf.

»Um Gottes willen«, ruft Ellen mit unverhohlener Abscheu. »Was zum Teufel hast du dir denn dabei gedacht, Jen?«

Tief beschämt gehe ich zu Sylvie und greife nach ihrer Hand. »Komm, ich muss dir das alles abwaschen, bevor wir loskönnen.«

»Nein!«, kreischt Sylvie, lehnt sich in die entgegengesetzte Richtung und versucht, sich aus meinem Griff zu winden. »Ich will nicht, dass wir das abwaschen!«

Mum streckt ihre Hände nach Sylvie aus. »Sie sieht aus wie eine … grässlich, ein kleines Mädchen so zuzurichten.«

Ich werfe einen Blick nach oben. Sara hat sich inzwischen davongestohlen. »Sara hat gesagt, sie hilft mir mit Sylvie«, zische ich Mum und Ellen zu. »Ich habe sie machen lassen und dann kam Sylvie so nach unten.«

»Ich will ja nicht die Besserwisserin spielen«, flüstert Ellen zurück, »aber du hättest sie nie hier einziehen lassen sollen. Was, wenn sie diese Familie mit aller Kraft auseinandertreiben will, statt sie wie behauptet zusammenzuhalten?«

»Hör auf«, keife ich. »Hör einfach auf.«

»Nein, Jennifer. Du steckst den Kopf in den Sand. Wer ist diese Frau, die du zu deinen Kindern ins Haus geholt hast? Was weißt du denn wirklich über sie?«

»Ellen, lass gut sein«, blafft Mum, die Sylvie im Arm hält. »Das hier ist nicht der richtige Zeitpunkt dafür.«

Verärgert dampft Ellen ab und ich zerre eine sich windende, schluchzende Sylvie zum Spülbecken in der Küche. Aber ich kriege die Worte meiner Schwester nicht aus dem Kopf und bis Sylvies Gesicht wieder sauber ist, hat sich Ellens eindringliche Warnung tief in meine Gedanken gebohrt und läuft dort auf Dauerschleife.

Was, wenn sie diese Familie mit aller Kraft auseinandertreiben will, statt sie zusammenzuhalten?

Gerade noch rechtzeitig schaffen wir es zum Gedenkgottesdienst. Sylvies Gesicht hat rote Flecken, wo ich ihr das Geschmiere abgeschrubbt habe, mit dem Sara sie bepinselt hatte, aber die Leute scheinen das als normalen Nebeneffekt ihrer Trauer zu akzeptieren.

Der Gottesdienst ist gut organisiert. Coles Kollegen gedenken verschiedener gemeinsamer Momente und lesen einige gefühlvolle Texte vor.

Ich habe mich entschieden, nicht zu sprechen. In mir brodelt ein solcher Sturm aus Schmerz, Trauer und Wut, dass ich nicht garantieren könnte, dass ich nicht für weiteren Aufruhr sorgen und damit meinen Kindern noch mehr wehtun würde.

Nach dem Gottesdienst kommen einige Leute zu mir, die in Coles Büro gearbeitet haben.

»Was für ein schöner Gottesdienst, Jennifer, und wir wollten nur … ist alles in Ordnung?«

Mum mustert mich. »Jennifer, geht es dir nicht gut? Deine Augen …«

Meine Augenlider sind so schwer, dass ich sie nur mit Mühe offenhalten kann. »Ich bin nur müde.« Ich muss gähnen.

Daran, wie die Leute um mich herum mich ansehen, merke ich, dass irgendetwas nicht stimmt.

Ellen tritt zu mir. »Bist du betrunken?«, flüstert sie. »Du lallst ja!«

»Keinen Tropfen habe ich angerührt! Ich bin nur …«

»Komm jetzt«, flüstert Mum Ellen zu. »Zeit, dass wir sie nach Hause bringen.«

Eine zerknirschte Sara erwartet uns zu Hause. Sobald Mum die Haustür öffnet, jammert sie uns voll.

»Jennifer, das war so dumm von mir. Ich habe nicht gedacht, dass … Ich fühle mich nicht wie ich selbst. Ich bin ständig so verwirrt und … kannst du mir verzeihen?«

Ich bin so erschöpft und ausgelaugt vom heutigen Tag, dass ich einfach nur nicke. »Okay«, sage ich.

Mum ist nicht ganz so versöhnlich gestimmt. »Lass sie in Ruhe«, fordert sie barsch. »Du hast heute schon genug Schaden angerichtet.«

ACHTUNDVIERZIG

Für eine Weile bin ich völlig neben der Spur. Erst am Freitag fühle ich mich beim Aufwachen wieder etwas kräftiger.

»Du hast dir bestimmt irgendwas eingefangen«, sagt Mum. »So ausgelaugt, wie du bist, ist es ja kein Wunder, dass du krank geworden bist.«

Während meiner Krankheit war Sara recht fürsorglich. Mum hatte schon seit Längerem mit ihren Nachbarn in der Wohnanlage einen Ausflug zur Küste geplant, also war ich dankbar, dass Sara angeboten hat, sich um Sylvie zu kümmern. Ich weiß, dass sie versucht, das Make-up-Desaster wiedergutzumachen. Ich bin deswegen immer noch verärgert. Aber die Bettruhe hat mir mehr als genug Zeit zum Nachdenken gegeben und nun habe ich einen Plan, den ich sofort in die Tat umsetzen möchte.

Die Chance dazu erhalte ich später am Vormittag, als Sara Rory aus seiner Babywippe hochhebt. »Ich geh kurz mit ihm spazieren. Möchtest du mitkommen?«

Ich verziehe mein Gesicht. »An sich sehr gern, aber ich habe einiges nachzuholen, jetzt, wo es mir wieder besser geht. Vielleicht nächstes Mal.«

Sobald sie aus dem Haus sind, sperre ich die Tür gleich zweimal ab und gehe dann hoch in ihr Zimmer.

Im Türrahmen bleibe ich stehen und schaue mich um. Hier drin ist es sehr ordentlich. Das Bett ist gemacht und anscheinend hat sie inzwischen alles ausgepackt und weggeräumt. Ich suche die Medikamente, die Mr Friedmann erwähnt hat. Sie wird sie wohl kaum offen sichtbar herumliegen lassen, ich weiß also schon, wo in etwa ich danach suchen kann.

Ich schaue in das Nachtkästchen, die Kommode und unter das Bett. Nichts. Dann gehe ich zu den Einbauschränken über. Cole hat gerne gewitzelt, dass ihm genau ein Viertel der Schrankfläche zur Verfügung stand, während meine Kleidung den Großteil einnahm. Das Lustige daran war, dass eigentlich er eine Schwäche für Designermarken hatte und weitaus mehr Klamotten besaß als ich.

Ich schiebe Coles Schranktür auf und atme scharf ein. Seine Hemden sind verschwunden, ersetzt durch Saras Kleidung. Hinter der anderen Tür sieht es genauso aus. Anzüge, Schuhe, Krawatten, Gürtel ... alles fort. Ich schaue mich um, entdecke aber keine Kleidersäcke. Ich eile ins Gästezimmer, aber auch dort keine Spur davon.

Mir wird schlecht, als mir wieder einfällt, was sie vor ein paar Tagen gesagt hat. Da war ich gerade von der Schule nach Hause gekommen und sie war mit Rory auf dem Weg nach draußen. »Ich habe das Auto vollgeladen mit Klamotten, die ich spenden will. Hast du irgendwas, was ich mitnehmen soll?«

Der Gedanke, dass sie es gewagt haben könnte, Coles Kleidung auszusortieren, verletzt mich. Dazu war ich noch nicht bereit. Außerdem wollte ich Miller in die Entscheidung miteinbeziehen und herausfinden, was er mit den Sachen seines Dads tun möchte. Hat Sara uns diese Gelegenheit genommen? Dazu hatte sie kein Recht. Nicht mal ansatzweise. Und das Schlimmste ist, ich kann kein Wort darüber verlieren, sonst weiß sie, dass ich wieder in ihrem Zimmer herumgeschnüffelt habe.

Ich marschiere in ihr Zimmer zurück und suche mit neuer Entschlossenheit weiter. Ganz hinten im allerletzten Schrank finde ich einen Beutel mit Medikamenten hinter einem kleinen Koffer. Ich leere den Inhalt auf den Boden und lasse meinen Blick über eine Ansammlung an verschreibungspflichtigen Arzneien schweifen, deren Namen mir allesamt unbekannt sind.

Und dann sticht es mir ins Auge. Einen Moment lang ringe ich vergeblich um Luft, bis ich den Schock abschütteln kann. Ich ziehe mein Handy aus meiner Tasche und mache ein Foto von der Ativan-Packung. Unter dem Markennamen, in Klammern, steht Lorazepam. Der Zusammenhang ist mir sofort klar, das ist das Beruhigungsmittel, das sie nach Coles Unfall in seinem Blut festgestellt haben.

Mein Sohn gibt sich die Schuld an Coles Unfall, aber er konnte gar nichts dafür. Gut möglich, dass Sara Coles Essen oder ein Getränk mit diesem Mittel versetzt hat. Vielleicht hat sie ihm auch die Kopfverletzung zugefügt, sobald er schläfrig wurde.

Ich mache noch einige Fotos von den anderen Medizinschachteln und Pillendosen. Erst, als ich sicher bin, dass ich alle abgelichtet habe, stecke ich sie wieder in den Beutel und bringe diesen zurück in sein Versteck. Wieso braucht eine junge Frau, die noch keine dreißig ist, so viele Medikamente? Sie muss schwer krank sein und es seit ihrem Einzug bei uns irgendwie verborgen haben.

Meine Fantasie geht mit mir durch und bekräftigt alles, was Ellen zu mir gesagt hat und wegen dem mir die Sorgen seitdem ein Loch in den Bauch fressen.

Wer ist diese Frau, die du zu deinen Kindern ins Haus geholt hast? Was weißt du denn wirklich über sie?

Ich vermute, dass Sara mindestens eine Stunde mit Rory unterwegs sein wird, also eile ich nach unten und hole die Tüte mit der Kameraausrüstung, die Mr Friedmann mir gegeben hat.

Nur für den Fall, dass Sara doch früher als erwartet wiederkommt, gehe ich damit allerdings in Millers Zimmer, statt die Videos unten auf dem großen Fernseher abzuspielen.

Der Rekorder, den Mr Friedmann mir geliehen hat, ist wirklich einfach zu bedienen. Ich schiebe eine Kassette hinein und schließe den Adapter an den Fernseher an. Ähnlich wie mit dem HDMI-Kabel, mit dem Miller oft seinen Laptop an den Fernseher im Wohnzimmer anschließt.

Mr Friedmann war so klug, in den ersten Minuten jeder Kassette eine Montage aller Bewegungsmeldungen des fraglichen Monats zusammenzustellen. Für mich heißt das, dass ich mich nicht durch Stunden und Stunden an Videomaterial spulen muss, das für mich uninteressant ist. Die ersten drei Kassetten kann ich schnell abhaken und mein Herzschlag beschleunigt sich, als mir klar wird, dass ich gerade Monate an Material abgehandelt habe, in denen es keine Spur von Cole auf diesem Gelände gibt.

Ich bin dabei, die Montage der Aufnahmen von Mai letzten Jahres durchzusehen, als mich ein Standbild fast vom Hocker haut. Ich rutsche nach von und schlage auf die Pause-Taste des Videorekorders. Dann starre ich fassungslos die Person an, die dort vor der Tür des alten Pfarrhauses steht.

Ich drücke auf Play. Sehe zu, wie die Person auf den Türsummer wartet und das Haus betritt. Ich spule zurück, drücke auf Play, schaue erneut zu. Wieder und wieder, bis ich selbst nicht mehr weiß, wie oft.

Mit meinem Handy mache ich mehrere Fotos dieser Aufnahme, dann lehne ich mich zurück. Meine Kehle ist wie zugeschnürt und komplett ausgedörrt.

»Du mieses, verlogenes Miststück«, murmle ich benommen.

Ich stecke den Rekorder ab und stopfe alles in die Tasche zurück. Dann schnappe ich mir meine Jacke und laufe zum Auto. Die Kameraausrüstung schiebe ich in den Kofferraum, damit sie keiner finden kann, während ich weg bin.

Seit dem Tag, an dem Sara Nordstrom in unser Haus gezogen ist, hatte ich das ungute Gefühl, dass mir ein wichtiges Puzzlestück fehlt. Nun kommt es endlich zum Vorschein.

NEUNUNDVIERZIG

CB Associates findet sich in einem kleinen, schlichten Büro im obersten Stockwerk eines fünfstöckigen Gebäudes in Wollaton. In dieser Gegend stehen hochwertige Wohnhäuser neben unabhängigen Läden und Pubs – nur knappe zehn Kilometer von unserem Zuhause in West Bridgford entfernt.

Ich war erst einmal hier, vor einigen Jahren, als Cole die GmbH gegründet hat und ich vor Zeugen mehrere wichtige Dokumente unterschreiben musste.

Ich finde zu dem kleinen Parkplatz im Hinterhof, auf dem wir damals Halt gemacht haben, aufgekratzt und heiter angesichts der großartigen Zukunft, die auf uns wartete. Wie sich die Dinge doch ändern können.

Ich steige in den Aufzug und finde mich in einem Gang vor einer matten Glastür wieder, auf der schwarze Buchstaben für einen markanten Kontrast sorgen: CB Associates.

An einem Schreibtisch im winzigen Empfangsbereich sitzt eine junge Frau, die erwartungsvoll aufsieht, als ich die Tür öffne.

»Mein Name ist Jennifer Fincham. Ich muss Corinne dringend sprechen.« Sie wirft einen zweifelnden Blick Richtung

Telefon. »Wenn Sie ihr sagen, dass ich hier bin, wird sie mich bestimmt sehen wollen.«

Ihre Miene hellt sich auf. »Oh, tatsächlich hat sie jetzt gerade ihren Anruf beendet. Einen Moment.«

Sie steht auf und verschwindet hinter einer Tür mit der Aufschrift *Privat*.

Ich sehe mich im Empfangsbereich um. Klein, aber makellos sauber. Cremefarbene Wände, niedrige, bequeme Sitzgelegenheiten im modernen Stil, ein paar üppige Farne und geschmackvolle Kunstdrucke. Dieser Raum spiegelt Corinnes Persönlichkeit gut wider. Zumindest die Persönlichkeit, die sie mir bisher vorgespielt hat.

Ruhig, ordentlich, ungekünstelt.

Nach ein paar Minuten kommt die Empfangsdame zurück. »Corinne hat jetzt Zeit für Sie. Treten Sie ruhig ein.«

Ich gehe durch einen engen Flur auf Corinnes Büro zu. Ich klopfe und öffne die Tür. Der Raum dahinter ist modern und wie der Empfangsbereich eingerichtet. Mehrere Pflanzenkübel, in der Ecke einige Golfschläger und an der Wand ein paar eingerahmte Fotos, auf denen Corinne bei offenen Golfturnieren Pokale entgegennimmt.

»Jennifer! Welch schöne Überraschung!« Corinne eilt zu mir und haucht neben meiner Wange einen Kuss in die Luft. »Machen wir es uns doch gemütlich. Kann ich Ihnen eine Tasse Tee anbieten?«

»Nein, danke.« Neben ihrem überfreundlichen Gehabe klingt meine Stimme matt und leblos. »Das ist kein Freundschaftsbesuch.«

Sie blinzelt und führt mich zu ihrer Sitzecke hinüber. »Vermutlich fragen Sie sich, ob ich beim Überprüfen der Vertragsdokumente Fortschritte verzeichnen konnte.«

»Sie haben wahrscheinlich noch keine Gesetzeslücke gefunden?«

»Leider noch nicht. Aber das muss nicht heißen, dass ...«

»Sie haben mir gesagt, dass Sie Sara Nordstrom nie begegnet sind. Aber das war eine Lüge. Warum haben Sie gelogen, Corinne?«

Ihr Gesicht wird kreidebleich. »Was? Da irren Sie sich, ich kenne Sara wirklich nicht.«

Ich ziehe mein Handy hervor und zeige ihr die Fotos der Videoaufnahme. »Das sind doch Sie, nicht wahr? Oder haben Sie eine Doppelgängerin in Lady Bay?«

Sie mustert die Fotos mit zusammengekniffenen Augen. »Woher haben Sie ...«

»Das sind Aufnahmen der Überwachungskamera vor Sara Nordstroms Wohnung. Sobald ich das hier gesehen habe, bin ich hierhergekommen, aber ich würde wetten, wenn ich weiter nachforsche, finde ich noch mehr Videos von Ihnen vor Saras Wohnung.«

Auf ihren bleichen Wangen erblühen zwei pinke Flecken. »Da täuschen Sie sich, Jennifer. Als ich gesagt habe, dass ich sie nicht kenne, meinte ich damit, dass ich sie nicht gut kenne.«

»Tatsächlich haben Sie gesagt: ›Ich bin ihr nie begegnet‹. Corinne, wenn Sie schon lügen müssen, dann sollten Sie sich wenigstens an Ihre eigenen Worte erinnern.«

»Okay, okay, Sie haben mich erwischt.« Sie streckt ihre Hände in die Höhe. »Schauen Sie, ich habe das Ihnen zuliebe gesagt. Nach Saras Besuch bei Ihnen waren Sie so verstört, dass ich es nicht noch schlimmer oder komplizierter machen wollte, indem ich Ihnen alle Details erzähle.«

»Und zwar?«

»Die finanzielle Vereinbarung, die Cole eingehen wollte, hat mir große Sorgen bereitet. Also habe ich, ohne es ihm zu sagen, bei Sara zu Hause vorbeigeschaut, um sie davon zu überzeugen, ihr Kreditangebot zurückzuziehen. Eine höchst ungewöhnliche Vorgehensweise, ich weiß.« Sie seufzt und sieht zu Boden. »Ich muss gestehen, dass mir bereits klar war, dass ich kaum eine Chance haben würde, in den Verträgen einen

Ausweg für Sie zu finden, aber ich habe es nicht übers Herz gebracht, Ihnen Ihre Hoffnung zu nehmen, wo Sie durch Coles Tod doch sowieso schon so erschüttert waren.«

Ich spüre, wie mich meine Kräfte verlassen. »Wollen Sie damit sagen, dass wir unser Zuhause wirklich verlieren werden?«

»Noch ist nicht aller Tage Abend. Zwar halten mich andere Kunden gerade sehr beschäftigt, aber nebenher bin ich nach wie vor dabei, wie versprochen jedes einzelne Wort der Finanzierungsverträge durchzugehen. Bis ich damit komplett durch bin, bleibt uns noch ein winziges bisschen Hoffnung.«

»Tut mir leid«, sage ich kläglich. »Ich war so unhöflich und habe Ihnen vorgeworfen …«

»Denken Sie sich nichts dabei.« Corinne winkt meine Entschuldigung ab. »Ich kann mir gar nicht vorstellen, wie viel Stress Sie derzeit ausstehen müssen. Kommen Sie einigermaßen zurecht?«

»Nicht wirklich.« Meine Augen brennen. »Es fühlt sich an, als würde sich mein Leben vor meinen Augen auflösen, ohne dass ich auch nur das Geringste dagegen tun kann.«

Wir stehen beide auf. »Ich verstehe das nur zu gut«, sagt Corinne. »Meine Schwester ist ebenfalls ohne Vorwarnung gestorben und es vergeht kein einziger Tag, an dem ich nicht an sie denke.«

Ich nicke und schenke ihr ein trauriges Lächeln. »Danke für alles, was Sie für uns tun, selbst wenn letztendlich nichts dabei herauskommt.«

Corinne nickt. »Alles Gute. Ich melde mich bei Ihnen.«

Ich wende mich zum Gehen und entdecke dabei eine Glasvitrine neben der Tür. Darin stehen eingerahmte Zertifikate und verschiedene Auszeichnungen, die Corinnes Unternehmen über die Jahre erhalten hat. Auf dem untersten Regal steht ein silberner Fotorahmen mit der Aufschrift *Schwesterliebe.*

Corinne ist darauf unverkennbar und neben ihr steht eine junge Frau, die ich ebenfalls sofort erkenne.

Mir stockt der Atem, aber ich achte darauf, wie unbeirrt weiterzugehen, ohne zu straucheln. Ich gehe in den Flur, bedanke mich bei der Empfangsdame und renne die Treppe hinunter, ohne den Aufzug zu beachten, bleibe nicht stehen, bis ich draußen angekommen bin und an eine Wand gelehnt nach Luft schnappen kann.

Ich denke über die Aufschrift auf der Bürotür nach. CB Associates. *Nicht* CW. Corinne hat vor wenigen Jahren geheiratet, aber das Unternehmen hat sie lang vorher gegründet. Zu einer Zeit, in der sie noch unter ihrem Mädchennamen bekannt war: Brace.

Die Frau in dem Foto war niemand anderes als Corinnes jüngere Schwester: Rhea Brace.

FÜNFZIG

Von meiner Entdeckung ist mir richtig schwindlig geworden und ich weiß noch nicht einmal, was ich mit der Information anfangen soll. Die Zusammenhänge sind mir immer noch nicht klar. Corinne kennt Sara Nordstrom, hat mir aber eine nachvollziehbare Erklärung gegeben, warum sie mich angelogen hat.

Allerdings ist sie auch Rhea Braces Schwester. An sich kein Verbrechen, aber warum hätte sie uns das all die Jahre verschweigen sollen? Ich bin mir sicher, dass Cole genauso wenig davon wusste.

Was könnte die Polizei mit diesen zwei neuen Details anfangen, die ich aufgedeckt habe? Heutzutage, wo jeder mit dem Finger auf jeden zeigt, muss man der Polizei ja alles schön ordentlich auf dem Silbertablett servieren, bevor sie auch nur darüber nachdenken, jemanden zu befragen, der auf den ersten Blick nichts mit einem Fall zu tun haben scheint.

Mum und Ellen kann ich auch nichts davon erzählen, sie sind beide so aufbrausend. Jede von ihnen könnte vorbeikommen und eine Riesenszene machen und ich muss das schlauer angehen. Ich behalte es also erst mal für mich und denke über all das nach, was ich herausgefunden habe.

Allerdings habe ich Ellen bereits Fotos der Medikamente geschickt und sie gebeten, herauszufinden, wogegen die eingenommen werden. Zwar könnte ich selbst auf Google nachsehen, aber ich bin mir bewusst, dass die Wechselwirkungen zwischen Medikamenten bedeutsam sein können und aus ihrer Zeit im Krankenhaus hat Ellen Bekannte mit medizinischem Fachwissen. Dass es sich dabei um Saras Medikamente handelt, erwähne ich nicht, aus demselben Grund wie zuvor: Ich möchte nicht, dass sie bei ihrem nächsten Besuch irgendwelche Bemerkungen dazu abgibt.

Nun, wo ich so nah dran bin, alles zusammenzupuzzeln, muss ich vorsichtig vorgehen, um es nicht zu vermasseln. Zweifelsohne wird Corinne sofort bei Sara anrufen, um sie über meinen Besuch zu informieren.

Da heute Freitag ist, bestellen wir Pizza und essen sie am Küchentisch, während im Hintergrund fröhliche Popmusik läuft. Miller sagt, er fühlt sich nicht so gut, also wickle ich ein paar Pizzastücke in Alufolie und schiebe sie für ihn in den warmen Backofen.

Mein Handy klingelt. Ellens Name erscheint auf dem Bildschirm.

»Hi. Kann ich dich zurückrufen? Ich bin gerade …«

»Wem gehören die Medikamente, Jennifer?« Sie klingt panisch, redet viel zu schnell. »Sei ehrlich … gehören die alle ihr?«

Sara öffnet eine Flasche Wein. Dann hält sie inne und mustert mein Gesicht. »Alles okay?«, fragt sie stumm.

»Ich ruf dich zurück. Ich …«

»Nein! Ich muss sofort mit dir sprechen. Jennifer? Leg jetzt bloß nicht auf.«

»Okay, wird gemacht. Tschüss!«

Ich beende das Gespräch und schalte mein Handy stumm. »Eine Mutter aus unserer Schulgruppe, die mich um einen Gefallen bitten wollte.« Ich verdrehe meine Augen.

Sara nickt und holt Weingläser aus dem Schrank. Ich beobachte sie, wie sie mit dem Rücken zu mir durch die Küche geht und den Wein einschenkt und ich spüre, wie ein Gefühl mein Herz flutet, das ich nur als Hass beschreiben kann.

Jede Wette, dass Ellen mir sagen wollte, das seien starke Medikamente und es wäre gefährlich, wenn Sylvie sie in die Hand bekäme. Immerhin waren sie dort hinten in Saras Schrank außer Reichweite.

Gut möglich, dass sie mir vor Coles Gedenkgottesdienst eine Ativan in meinen Tee gegeben hat. Sie hatte jede Gelegenheit dazu und sie war wütend, dass die Polizei sie bei unserem Gespräch am Abend zuvor nicht miteinbezogen hatte, und außerdem frustriert, dass sie nicht mit zum Gottesdienst gehen konnte. Erst diese unverzeihliche Nummer mit Sylvies Make-up und jetzt hat sie mich möglicherweise auch noch unter Drogen gesetzt, die mich wie eine Betrunkene haben wirken lassen. Genau wie Cole vor seinem Unfall.

»Ein Hoch auf uns alle. Auf einen Neubeginn als Familie, nach allem, was bisher passiert ist.« Sara reicht mir ein Weinglas und hält ihres hoch, damit wir anstoßen können. »Was hast du denn heute so gemacht, Jennifer?«

»Ach, verschiedene Besorgungen erledigt. Ich war bei Corinne Waterman, ich wollte mich bei ihr bedanken, dass sie uns im Unternehmen so unterstützt hat.«

»Ah ja, Corinne. Ich glaube, ich bin ihr bei einem Geschäftsevent schon mal über den Weg gelaufen.«

Lügnerin.

»Moment, ich brauche schnell ein Taschentuch.« Ich setze das Weinglas ab und nutze meine Ausrede, um mich von ihr und ihrem überfreundlichen Versöhnungsversuch zu entfernen. Sie geht ins Nebenzimmer, um nach Rory zu sehen, während Sylvie ihren Kroko Doc zum Spielen auf den Tisch stellt.

»Das können wir gleich im Wohnzimmer spielen, wenn du magst, Sylvie«, sage ich. Ich möchte hier eigentlich aufräumen.

»Ich spiel mit Tante Sara«, sagt sie kurzangebunden. Dass ich ihr aufwändiges Make-up abgewaschen habe, hat sie mir noch nicht verziehen.

Sobald Sara wieder da ist, setzt sie sich mit Sylvie an den Tisch, während ich mit dem Aufräumen anfange. Ich sehe zu, wie die beiden abwechselnd einen Zahn nach dem anderen runterzudrücken versuchen, ohne dass das Krokodil nach ihren Fingern schnappt. Das Spiel sorgt für viel Gelächter und Sylvie kreischt, als sie erwischt wird, woraufhin Sara kichert wie ein Kind.

Nachdem Sylvie sie ein halbes Dutzend Mal zu einer neuen Runde aufgefordert hat, sage ich: »Vielleicht wollt ihr beide jetzt den Film schauen? Ich bin in zehn Minuten hier fertig.«

»Komm, ich helf dir«, bietet Sara an, aber ich winke ab.

»Bin so gut wie fertig«, versichere ich und sie widerspricht nicht, füllt nur noch ihr Weinglas nach, bevor sie das Zimmer verlässt. »Wenn ich hier durch bin, frage ich Miller, ob er mitgucken will.«

Dazu sagt Sara nichts und ich weiß, dass es ihr wahrscheinlich lieber wäre, er würde in seinem Zimmer bleiben. Aber ich möchte, dass er sich einbezogen fühlt. Ich werde nicht zulassen, dass sie ihn immer weiter zur Seite schiebt und Sylvie zugleich immer näherkommt.

Nachdem alle verschwunden sind, schließe ich die Küchentür, schalte das Radio an und beginne damit, die Essensreste aufzuwischen und die Teller zu stapeln. Ich sammle die verstreuten Pizzarandstücke unter dem Tisch auf und wische über die Ketchupflecken. Inzwischen ist klar, dass Sara sehr selektiv darin ist, wie sie im Haushalt helfen will, und dasselbe Talent hat sie offensichtlich auch in Bezug darauf, welche

Wahrheiten sie offenbaren und welche sie lieber verbergen möchte.

Über den Gang hinweg höre ich jemanden erst aufheulen und dann grell losschreien. Ich komme aus der Küche gerannt.

»Wo ist Rory?« Saras Worte brechen als erstickter Schrei aus ihr heraus. »Rory ist weg!«

Ich eile zu seiner Babywippe hinüber, doch noch bevor ich sie erreiche, sehe ich schon, dass sie leer ist. Ich schaue aus dem Fenster und spüre, wie das Blut in meinen Adern gefriert. Sie wirbelt herum und funkelt mich mit zusammengekniffenen Augen an. »Wo ist Miller?«

Wir rennen auf dem Weg zur Treppe um die Wette, aber ich erreiche sie gerade so eben vor ihr. »Miller!«, rufe ich und rase dabei die Treppe hoch, immer zwei Stufen auf einmal. »Miller, bist du oben?«

Ich platze in sein Zimmer hinein, Sara dicht auf den Fersen. Der Raum ist dunkel, die Vorhänge sind zu. Hier ist er nicht. Sie schafft es vor mir ins Bad auf der gegenüberliegenden Seite, aber die Tür steht offen, dort ist er auch nicht. Saras Zimmer ist leer, meines auch, Sylvies genauso. Das andere Gästezimmer ist mit Saras Kisten vollgestopft. Mein Sohn ist nicht mehr im Haus.

»Er hat ihn. Er hat mein Baby«, heult Sara wieder und wieder. Sie eilt nach unten und rennt dabei im Gang fast die erschrocken dreinblickende Sylvie über den Haufen.

»Was ist los, Mummy?«, fragt sie in einem leisen, ängstlichen Ton. »Hat Miller Rory fortgebracht?«

»Warte kurz, mein Schatz. Ich bin gleich wieder da.«

Ich folge Sara auf ihrem hektischen Pfad durch das Haus, durch alle Zimmer im unteren Stock und in den Garten hinaus. Das Partyzelt steht inzwischen nicht mehr dort, hier ist also nichts als eine große, offene Fläche, die sofort erkennen lässt, dass Miller und das Baby nicht hier sind.

Sara zieht ihr Handy hervor. Sie hyperventiliert, kann die Worte nur mit Mühe ausspucken: »Diesmal ist er zu weit gegangen, Jennifer. Ich rufe jetzt die Polizei und es gibt nichts, was du sagen kannst, um mich davon abzubringen.«

EINUNDFÜNFZIG

Seit wir Rorys Verschwinden entdeckt haben, sind erst wenige Minuten vergangen. Jetzt folge ich Sara nach oben und flehe sie an, die Polizei nicht zu rufen.

»Wir können das unter uns lösen, Sara. Ich werde ihn finden, gib mir nur eine halbe Stunde Zeit. Bitte.«

»Das muss ein Witz sein! In einer halben Stunde könnte ihm sonst was zustoßen. Er hat schon einmal versucht, Rory zu ersticken, und jetzt hat er ihn entführt.«

»Mach dich nicht lächerlich. Er hat ihn nicht entführt, du weißt genau, dass das Unsinn ist.«

»Mummy, Mummy.« Sylvie packt mich bei der Hand. »Wohin hat Miller das Baby gebracht?«

»Das wissen wir nicht, mein Schatz, aber ... er ist bald wieder da. Da bin ich mir ganz sicher.«

Sara wirbelt herum und funkelt mich an. Ihr Gesicht glüht vor Aufregung. »Warum sollte ein Dreizehnjähriger denn sonst ein Baby an sich nehmen? Du bist die, die sich lächerlich macht, wenn du ihn für einen Heiligen hältst, wo er dir doch wieder und wieder gezeigt hat, dass er gestört und aggressiv ist.«

Den Teufel werde ich tun, bevor ich ihr zeige, wie besorgt

ich bin, aber ich zermartere mir schon das Gehirn, um zu begreifen, warum Miller den kleinen Rory hätte mitnehmen sollen. Er hat so lange mit sich gekämpft und jetzt weiß ich, wieso. Er war zerrissen zwischen seiner Loyalität mir gegenüber und Angst vor seinem Dad. Er hat so lange gekämpft und nun weiß er, dass Rory sein kleiner Bruder ist. Könnte er gemäß irgendeiner verdrehten Teenager-Logik gedacht haben, dass er und Rory gemeinsam all diesem Chaos entfliehen könnten? Miller hat keinen Zweifel daran gelassen, dass er Sara hasst. Und es ist für alle offensichtlich, wie sehr sie in ihren Sohn vernarrt ist … kann es sein, dass Miller sich nach Rache sehnt und die Tatsache ausnutzt, dass Rorys Verschwinden sie leiden lässt?

Ich kann keine dieser Fragen beantworten. Aber ich bin nach wie vor überzeugt, dass Miller dem Baby niemals wissentlich wehtun könnte. Doch ich muss eingestehen, dass das hier nicht gut ist. Rory könnte weiß Gott was passieren und Miller ist nicht in der Lage, sich angemessen um den Kleinen zu kümmern.

»Bitte.« Ich versuche es erneut. »Ich flehe dich an, gib mir nur eine halbe Stunde Zeit. Glaub mir, so finden wir Rory viel schneller. Wenn die Polizei kommt, werden wir erst mal mindestens dreißig Minuten mit Befragungen verschwenden, damit sie dem Protokoll Genüge tun können, bevor sie überhaupt erst mit der Suche anfangen.«

Meine verdrehte Logik und das hastig zusammengebastelte Argument scheinen Eindruck zu machen. Sara zögert. Mir scheint, dass sie trotz all ihrer Drohungen selbst nicht allzu scharf darauf ist, die Behörden einzuschalten.

»Dreißig Minuten und keine Sekunde mehr. Wenn ich bis dahin nicht Bescheid bekommen habe, dass du ihn gefunden hast, rufe ich sofort die Polizei. In der Zwischenzeit werde ich auch selbst nach ihm suchen und du kannst nur beten, dass ich ihn nicht finde, weil wenn ich Miller zu fassen kriege, dann …«

»Kein Haar wirst du ihm krümmen!«

Sara wirbelt herum und knallt mir ihre Schlafzimmertür vor der Nase zu. Ich kann sie im Zimmer herumlaufen hören. Ich habe Miller schon gefühlte hundertmal auf dem Handy angerufen und ihm zahllose Nachrichten hinterlassen. Trotzdem versuche ich es erneut. Genau wie zuvor landet auch dieser Anruf direkt auf seiner Mailbox.

Danach wähle ich eine andere Nummer.

»Mum? Ich bin's. Du, ich muss dich um einen großen Gefallen bitten. Könntest du ... vorbeikommen und auf Sylvie aufpassen? Es ist ein Notfall.«

»Ich bin bei Ellen und passe auf Damian auf. Keine Ahnung, was bei ihr los war, aber sie ist wie von der Tarantel gestochen davongelaufen. Kannst du Sylvie hierher bringen? Was ist denn los?«

»Das erklär ich dir später. Und ja, ich bringe sie sofort vorbei. Danke, Mum.« Ich lege auf. »Jetzt musst du Schuhe und Jacke anziehen, Mäuschen. Gran wird eine Zeit lang auf dich aufpassen.«

»Aber wo ist Miller?«, heult Sylvie. »Wo hat er das Baby hingebracht?«

»Genau das werde ich herausfinden.« Heute Abend erreicht unser Drama seinen Höhepunkt. Ich kann es spüren.

ZWEIUNDFÜNFZIG

MILLER

Millers Pedale surren, als er gekonnt die kleinen Gassen und Abkürzungen entlangrast, die er so gut kennt. Die Hauptstraße muss er vermeiden, denn dort wird seine Mutter – und vielleicht auch die Polizei – bald nach ihm suchen.

Nach zehn Minuten hört er auf zu strampeln und schaut nach dem Baby. Irgendwie hat Rory es geschafft, schon wieder einzuschlafen. Er liegt friedlich an Millers Brust geschmiegt da, in seiner Obhut vertrauensvoll und ruhig. In seiner Rolle als großer Bruder fühlt Miller sich so kompetent und stark, als würde er endlich, endlich das Richtige tun.

Eine Welle der Übelkeit schwappt erneut über ihn hinweg und er kämpft sie nieder. Es gab da einen Moment, vorhin im Haus, als er fast einen Rückzieher gemacht und den Plan abgeblasen hätte, dem er doch eben erst zugestimmt hatte. Aber etwas in ihm hatte ihn dazu befähigt, weiterzumachen, zu tun, was nötig war, und hier ist er nun. Er hat alles genau so getan wie versprochen und jetzt gibt es kein Zurück mehr. Alles, was er jetzt noch tun kann, ist, für Rorys Sicherheit zu sorgen und die Anweisungen bis ins Letzte auszuführen.

Am stressigsten war die Zeit, während der er darauf warten musste, dass seine Mum, Sara und Sylvie in die Küche gingen und sich am Tisch niederließen. Eine halbe Ewigkeit hat er auf der Treppe gelauscht und gewartet. Etwa zehn Minuten später ist Sara wieder rausgekommen, um nach dem Baby zu sehen, und sobald sie wieder in die Küche ging, ist Miller nach unten geschlichen, in das Zimmer, in dem Rory schlief. Ihm war klar, dass sie jetzt bestimmt um die zwanzig Minuten lang nicht mehr nach dem Baby sehen würde.

Mit einem stummen Gebet gen Himmel, dass Rory nicht aufwachen möge, hat Miller seinen schlafenden Bruder vorsichtig aus seiner Wippe gehoben und dabei sichergestellt, dass er den Schnuller im Mund behielt. Die Wickeltasche hatte er da schon aufgehoben und sich wie einen Rucksack über Arme und Rücken geschnallt. Vorher hatte er bereits zwei Flaschen Muttermilch, die Sara im Kühlschrank aufbewahrte, in die Seitentaschen gesteckt.

Miller schnallte sich die Babytrage um. Er hatte Sara mehrmals dabei beobachtet und solange man sicherging, dass die Schnallen gut festgeschnappt waren, war das Ganze äußerst stabil. Das einzige Problem waren seine Hände … sie zitterten. Er hatte sein Fahrrad schon vorher überprüft und neben dem Haus bereitgestellt.

Sie war den Plan mehrmals mit Miller durchgegangen und erst zufrieden gewesen, als er in der Lage war, ihn Wort für Wort zu wiederholen. Trotzdem hat er sich sehr konzentrieren müssen. Er war so nervös und unsicher und musste sich doch genau an alles erinnern, was sie besprochen hatten.

»Halte dich einfach an das, was wir besprochen haben, dann wird es glattgehen«, hatte sie ihm versichert, als Miller ihr seine Nervosität gestanden hatte. »Du weißt ja, dass ich erst mal schockiert und wütend werde tun müssen, ja? Aber nur, bis alles Gestalt annimmt. Das Wichtigste ist, dass du nicht in

Panik verfallen und irgendwas Ungünstiges ausplappern darfst.«

»Ich mache mir Sorgen um Rory«, hatte Miller gesagt. »Zum Beispiel ... was, wenn er wieder aufhört zu atmen und ich nicht weiß, was ich tun soll?«

»Wenn du dich genau an meine Anweisungen hältst, wird nichts Schlimmes passieren. Mach dir keine Sorgen. Rory wird nichts geschehen. Bring ihn einfach zum Treffpunkt und dann komme ich, so schnell ich kann. Du wirst allerhöchstens eine halbe Stunde warten müssen. Schau, dass du Rorys Schnuller und sein Fläschchen mitnimmst, dann wird er sich schnell wieder entspannen, falls er unruhig wird.« Sie hatte ihm ein Lächeln geschenkt. »Es ist ja nicht, als wäre er bei einem Fremden, Miller. Sein großer Bruder wird doch bei ihm sein. Du weißt, dass es so besser für ihn ist.«

Als er das hörte, hatte sich angenehme Wärme in ihm ausgebreitet. Denn es war die Wahrheit. Er hatte einen Bruder. Einen winzig kleinen Bruder, der seinen Schutz und seine Liebe brauchte. Das konnte ihm niemand nehmen.

Nachdem er sichergestellt hat, dass es Rory gut geht, macht Miller sich wieder auf den Weg und gerät beim Überqueren einer kleinen Seitenstraße aus Versehen in die Fahrspur eines anderen Fahrradfahrers.

»Pass auf, wo du hinfährst, Idiot!«, schreit der Fahrer, während er Millers Rad ausweicht.

»Tschuldigung!«, ruft Miller, hört aber nicht auf, in die Pedale zu treten. Er muss weitermachen, bis er den Treffpunkt erreicht hat. Inzwischen steckt er viel zu tief in der Patsche, um noch umzukehren.

Die unhöfliche Bemerkung des Mannes erinnert ihn an den Streit mit seinem Cousin Damian. Miller war unnötig grausam zu ihm, wie ihm jetzt rückblickend klar wird. All das, was er über Damians Dad gesagt hat ... er hat möglichst verletzende

Worte gewählt und damit den gewünschten Effekt erzielt. Doch nun denkt er an seinen eigenen Dad, spürt tiefen Schmerz beim Gedanken daran, dass er nie wieder Zeit mit ihm verbringen wird, und bereut, dass er so gemein zu Damian war. Nun versteht er, wie es ist, wenn Sorgen sich durch alle Gedanken ziehen und man sich deshalb nur in sich zurückziehen und in seinem Zimmer bleiben möchte.

Er hätte nie geglaubt, dass er und sein Streber von einem Cousin mal so viel gemeinsam haben würden, aber nun stehen die Dinge eben anders.

Miller biegt links ab und erreicht den kleinen Park, in den er das Baby laut Plan bringen soll. Noch ist der Park menschenleer, aber sie hat ja gesagt, dass sie eine Weile brauchen könnte, um herzukommen, also wird er einfach warten müssen.

Er steigt vom Fahrrad und lehnt es an eine Sitzbank. Dann zieht er sich die Wickeltasche vom Rücken. Es regnet zwar nicht, aber die Luft ist eisig kalt und Miller schließt seine Jacke noch enger um den kleinen Rory. Nase und Mund liegen auf dem flaumigen Haar seines Bruders und er atmet den Duft von Babypuder ein, und von etwas Süßem. Mandeln vielleicht? Die meiste Zeit ist Miller so wütend, so gereizt, dass es sich seltsam anfühlt, einen so zärtlichen Moment mit seinem kleinen Bruder zu erleben.

Ein scharfes Knacken lässt ihn aufschrecken und instinktiv legt er seine Arme schützend um die Babytrage. Jemand ist auf einen Zweig getreten und raschelt nun an der Hecke entlang. Dann tritt sie durch die Zweige hindurch und sein Herz beginnt zu hämmern.

»Hallo, Miller«, sagt sie. Sie streckt die Arme aus, die Augen auf das Baby gerichtet. »Du kannst mir Rory jetzt geben.«

Miller schaut zu Rory hinab und dann zweifelnd wieder zu ihr auf.

»Ich verspreche dir, dass ihm nichts passieren wird. Du weißt selbst, dass es so besser ist.« Sie tritt näher. »Jetzt kann ich übernehmen.«

Schweren Herzens schnallt Miller die Babytrage ab und überreicht ihr seinen kleinen Bruder.

DREIUNDFÜNFZIG

JENNIFER

Ich schnappe mir unsere Jacken und Schuhe, dann bringe ich Sylvie zum Auto, damit wir zu Ellen fahren können, wo Mum auf Damian aufpasst.

Die ganze Fahrt über plappert Sylvie vor sich hin und obwohl ich auch immer mal wieder antworte, kann ich mich kaum auf ihr Gerede konzentrieren. Ich kann an nichts anderes denken als meine Überzeugung, dass Sara Cole irgendwie Ativan eingeflößt haben muss, dass sie ihn unter Drogen gesetzt hat, bevor er ins Auto gestiegen ist.

Als ich bei Ellen ankomme, schwirrt Mum sofort besorgt um mich herum.

»Was ist das denn für ein Notfall, den du erwähnt hast, Jennifer? Was ist passiert?«

Das kann ich ihr jetzt nicht alles erklären. »Miller ist verschwunden, Mum. Ich gehe ihn jetzt suchen.«

»Oh, nein! Habt ihr euch gestritten?«

»Nein, aber ...«

»Miller hat Rory mitgenommen«, fügt Sylvie hilfreich hinzu. »Sara ruft die Polizei, wenn Mummy ihn nicht findet.«

»Was?« Mums Gesicht verliert jede Farbe.

»Ich hab jetzt keine Zeit, darüber zu reden, Mum. Wenn ich Miller finde, rufe ich dich sofort an. Danke, dass du auf Sylvie aufpasst; bis bald.«

»Warte! Wo wirst du nach ihm suchen? Hat Miller das Baby ohne Erlaubnis mitgenommen?« Ihre Stimme wird vor Panik immer lauter. »Soll ich ...«

»Ich ruf dich an, sobald ich kann. Jetzt muss ich los.« Ich renne zum Auto hinaus und Mums Stimme verschwindet langsam im Hintergrund.

Denk nach, denk nach, denk nach. Wo würde Miller hingehen? Er ist mit dem Fahrrad unterwegs und hat die Babytrage und Rorys Wickeltasche bei sich. Bestimmt ist das alles nicht bequem zu transportieren. Davon ausgehend schätze ich, dass er noch nicht allzu weit gekommen sein kann.

Mein erster Halt führt mich zum Sportplatz der Schule, wo er früher oft Fußball gespielt hat. Einige Kinder kicken dort einen Ball hin und her. Ich lasse mein Fenster herunterfahren und rufe ihnen zu, frage, ob irgendwer Miller gesehen hat, aber als Antwort erhalte ich nur leere Gesichtsausdrücke und von ein paar von ihnen zurückhaltendes Kopfschütteln.

Als nächstes fahre ich die Straßen auf und ab und an der Central Avenue vorbei, an den Cafés und Restaurants, nur für den Fall, dass er sich dort auf eine Bank gesetzt hat, um Rory zu füttern. Keine Spur von ihm.

Danach mache ich mich auf zu den Wohngebieten in West Bridgford. Warum, weiß ich selbst nicht, bestimmt wird Miller möglichst unbemerkt bleiben wollen. Allerdings muss ich auch alle Eventualitäten ausschließen. Ihm muss klar gewesen sein, dass wir ihn suchen kommen würden, sobald uns auffällt, dass er das Baby mitgenommen hat. Ich hoffe ja, dass er sich Rory einfach auf gut Glück geschnappt hat, ohne sich die Konsequenzen vor Augen zu führen, und dass er bald zur Besinnung kommen und das Baby nach Hause bringen wird, bevor alles aus dem Ruder läuft.

»Wo bist du bloß?«, frage ich mich laut. Ich fahre an den Straßenrand und rufe ihn erneut auf dem Handy an, aber wie alle vorherigen Anrufe landet auch dieser auf der Mailbox.

Dann sitze ich dort und mein Magen verkrampft sich vor Frust, vor grübelnden Fragen, was ich nun tun soll, wo ich doch nicht wirklich weiß, womit ich es hier zu tun habe. Ich frage mich, wo Sara ist, wo sie hingelaufen ist. Ich hoffe, dass sie Wort gehalten und noch nicht die Polizei gerufen hat.

Fünfzehn Minuten habe ich noch, bis meine mit ihr ausgehandelte halbe Stunde verstrichen ist.

Ich zermartere mir das Gehirn, wo ich sonst noch suchen gehen könnte. Orte, die Miller etwas bedeuten oder die abgeschieden genug sind; relativ nah an seinem Zuhause, aber fern von neugierigen Blicken.

VIERUNDFÜNFZIG

SARA

Vor zwei Jahren

Dieses Networking-Event war die wichtigste Veranstaltung des Jahres und eine ganze Reihe besonders erfolgreicher Unternehmer würde Vorträge halten.

Vor dem Anmeldebereich für VIP-Besucher hatte sich eine Schlange gebildet und Sara verfiel langsam, aber sicher in Panik. Sie erkannte fast niemanden und die Wartenden wurden immer irritierter, je mehr Fehler sie machte.

Dann trat eine kluge, effiziente Frau Mitte vierzig zu ihr, deutete auf die Namen auf der Gästeliste und lotste die Leute zum richtigen Bereich, während Sara mit der nächsten Person weitermachte.

Nachdem sie so die ganze Schlange abgearbeitet hatten, konnte Sara endlich aufatmen. »Ganz, ganz herzlichen Dank, Sie haben mich wirklich gerettet«, sagte sie zu ihrer Helferin.

»Mein Name ist Corinne Waterman.« Die ältere Frau streckte ihr die Hand hin und Sara schüttelte sie und stellte sich ebenfalls vor. »Völlig unsinnig, dass man Sie mit dieser Aufgabe alleingelassen hat.«

»Das ist so mit meiner Agentur. Die schicken mich ständig ohne ausreichende Vorbereitung zu solchen Jobs. Aber ab jetzt nehme ich regelmäßig an diesen Events teil, nächstes Mal sollte es also hoffentlich besser laufen.«

Corinne lächelte. »Ansonsten bin ich auch immer dabei, melden Sie sich also gern, wenn Sie Hilfe brauchen.«

Danach suchten die beiden Frauen während dieser langen, häufig langweiligen Networking-Events oft die Gesellschaft der jeweils anderen. Sara gefiel es, wie leicht es war, mit Corinne zu sprechen, und nach relativ kurzer Zeit hatten die beiden sich richtig angefreundet und trafen sich regelmäßig auf eine Tasse Kaffee.

Sara spürte, wie dasselbe geschah wie jedes Mal: Sie hängte ihr ganzes Herz an Corinne. Nur hatte sie diesmal den Eindruck, dass auch Corinne sich diese Freundschaft wünschte. Sara gab interessanten Klatsch weiter, den sie in den verschiedenen Unternehmen aufschnappte, für die sie arbeitete, und einmal sicherte sie sich Corinnes unendliche Dankbarkeit, als sie ihr vertrauliche Informationen über eine wichtige Ausschreibung weitergeben konnte, bei der einer von Corinnes Hauptklienten beteiligt war.

Nach diesem kleinen Coup hatte Corinne Sara zum Essen in einem Sternerestaurant eingeladen. Sie hatten den Abend mit einer Flasche Champagner eingeläutet, von der Sara später klar wurde, dass sie sie fast alleine getrunken hatte.

Eigentlich sollte sie aufgrund ihrer Medikamente nicht allzu viel trinken, das wusste sie schon, aber Corinne war ihre Freundin und sie dachte sich, es könne nur dieses eine Mal ja nicht schaden.

Während der Mahlzeit hatte Corinne dann nach ihrer Familie gefragt und Sara hatte sich ganz untypischerweise dieser Frau gegenüber geöffnet, zu der sie inzwischen Vertrauen gefasst hatte. Auch der Alkohol hatte gewiss eine

Rolle dabei gespielt, dass all die aufgestauten Emotionen aus ihr herausgesprudelt waren.

Nach dem Hauptgang hatte Corinne die Rechnung beglichen und Sara in ihre gemütliche Wohnung eingeladen. Dort hatte sie Kaffee gekocht und Sara hatte sich endlich entspannen können.

In der Gesellschaft einer aufmerksamen Zuhörerin hatte Sara gerade mal zwei Stunden gebraucht, um Corinne alles zu erzählen, sogar das mit dem Klinikaufenthalt nach dem Tod ihres Vaters und den Medikamenten, von denen ihr gesagt worden war, dass sie sie auf lange Sicht würde nehmen müssen, um ihre psychischen Probleme unter Kontrolle zu halten.

»Ich wünsche mir nichts sehnlicher als ein eigenes Kind, das ich hegen und pflegen kann, dem ich all meine Liebe und das Zuhause geben könnte, das ich selber nie hatte«, erklärte Sara traurig. »Aber das größte Hindernis dabei ist, den richtigen Mann zu finden, jemanden, der mich und unser gemeinsames Kind zu schätzen wüsste. Die besten Männer scheinen alle schon verheiratet zu sein und obwohl mich viele Männer attraktiv finden, bleibt keiner von ihnen lange, sobald ihnen klar wird, dass ich ... Probleme habe, für die ich Medikamente nehmen muss.«

Danach trafen Sara und Corinne sich weiterhin regelmäßig auf Networking-Events, aber sie besuchten sich auch gegenseitig zu Hause, schauten Filme oder freuten sich einfach an gemeinsamen Gesprächen.

Eines Abends klagte Sara erneut darüber, wie sehr sie sich nach einem Kind sehnte, bis Corinne ihre Kaffeetasse abstellte und ihr einen bedeutungsschwangeren Blick zuwarf.

»Du, das mag jetzt seltsam klingen, aber ich kenne da jemanden ... einen richtig netten Typen, von dem ich zufällig weiß, dass er zu Hause nicht glücklich ist. Er steckt in einer lieblosen Ehe fest und wann immer ich ihn sehe, denke ich an dich, Sara. Ihr zwei wärt so ein schönes Paar und auch eure gemeinsamen Kinder wären umwerfend süß.«

Sara lachte. »Schade, dass ich den nicht getroffen habe, bevor er geheiratet hat.«

»Aber wirklich.« Corinne griff wieder nach ihrer Tasse und starrte in die dunkle Flüssigkeit hinab. »Um ehrlich zu sein denke ich, dass die beiden nicht mehr lang zusammen sein werden. Und sobald das passiert, wird eine andere diesen tollen Mann abbekommen. Er ist freundlich, verständnisvoll.« Sie sah auf und entgegnete Saras intensiven Blick. »Er wird beim nächsten Networking-Event dabei sein. Vielleicht könntest du es ja so arrangieren, dass ihr euch dort wie zufällig trefft.«

Saras Augen funkelten. Loyalität verspürte sie niemandem als sich selbst gegenüber. Ihr ganzes Leben lang hatten andere Menschen sie nur enttäuscht. Wenn dieser Mann in seiner Ehe unzufrieden war, was konnte es denn dann schaden, ihn kennenzulernen? Sie schätzte Corinnes Meinung und konnte klar erkennen, dass ihre Freundin viel von ihm hielt.

So hatte es angefangen. Erst später erzählte Corinne ihr den wahren Grund für diesen Vorschlag.

»Ich möchte seine Ehe auflösen«, sagte sie. »Ich möchte sie beide leiden sehen und dann kannst du ihn haben, mit Haut und Haar.«

FÜNFUNDFÜNFZIG

POLIZEIREVIER NOTTINGHAMSHIRE

Nachdem der Anruf bei ihnen eingegangen ist, meldet Helena sich sofort bei Jennifer Fincham.

»Eben hat Sara Nordstrom uns angerufen und gemeldet, dass Miller ihr Baby entführt hat«, sagt Helena. »Stimmt das?«

»Er wird ihm nichts tun, DI Price«, entgegnet Jennifer rasch. »Das ist nur irgendeine Art Protest seinerseits. Er ist so gestresst, das mit dem Tod seines Vaters und ... da sind auch noch andere Dinge, die mir bislang nicht bekannt waren, darüber muss ich mit Ihnen sprechen.«

»In Ordnung, aber das hier ist eine Situation, die wir absolut ernstnehmen müssen. Wir werden Beamte darauf ansetzen, nach dem vermissten Baby zu suchen«, erwidert Helena streng. »Haben Sie eine Vorstellung, wohin er das Baby gebracht haben könnte?«

»Nicht weit weg! Er ist mit dem Rad unterwegs und das Baby ist in einer Trage. Ich bin schon in der Umgebung herumgefahren, hatte aber bislang keinen Erfolg.«

Helena schnipst mit den Fingern und Brewster sieht auf, dann kommt er zu ihr herüber. »Bitte bleiben Sie, wo Sie sind,

Jennifer. Wir kommen gleich vorbei, um mit Ihnen zu sprechen.«

»Okay. Ich wollte noch erwähnen, dass Miller schlau genug war, Rorys Milchfläschchen und eine Wickeltasche mitzunehmen. Offensichtlich hat er die Absicht, sich gut um das Baby zu kümmern.« Jennifer zögert, dann fügt sie hinzu: »Es ist ja schließlich sein kleiner Bruder.«

Eine halbe Stunde später kommen die Detectives bei Jennifer an.

»Bald sollte ich das Videomaterial von den Kameras im Park auf dem Handy haben«, sagt Brewster, als sie zur Haustür gehen. Jennifer empfängt sie und sie betreten das Haus.

»Wir haben versucht, Sara anzurufen, aber sie geht nicht ran«, sagt Helena. »Wissen Sie, wo sie sein könnte?«

»Nein. Sie hat gesagt, dass sie auf eigene Faust nach Miller und Rory suchen will«, antwortet Jennifer. »Aber davon abgesehen habe ich Ihnen einiges über Sara zu erzählen.« Sie ruft auf ihrem Handy ein paar Fotos auf. »Das hier sind Ativan-Pillen, die ich in Saras Zimmer gefunden habe, neben vielen anderen Medikamenten. Ich habe mich bereits ein paar Mal extrem müde gefühlt und grundlos gelallt, jetzt vermute ich, dass sie mir mit einem Getränk Tabletten untergejubelt haben könnte.«

»In Coles Blut haben wir große Mengen dieses Medikaments festgestellt«, merkt Helena an.

»Außerdem habe ich herausgefunden, dass Corinne Waterman, Coles Buchhalterin, und Sara sich kennen«, ergänzt Jennifer. »Ich weiß noch nicht, was das bedeuten könnte, aber es fühlt sich alles andere als gut an.«

»Ach, wirklich? Das hat keine von beiden erwähnt. Und ...« Als ihr die Tragweite dieser neuen Information klar wird, runzelt Helena die Stirn. »Das würde ja heißen, dass ein eindeutiger Interessenskonflikt bestand, als Cole Kreditverträge unterschrieb, die von Corinne geprüft worden waren.«

»Corinne hat mir bislang immer weisgemacht, sie würde versuchen, für mich einen Ausweg aus diesen Vereinbarungen zu finden«, erklärt Jennifer. »Sie hat gesagt, sie hätte Cole von diesem Kredit abgeraten, er hätte aber nicht auf sie gehört. Jetzt allerdings ... jetzt vermute ich, dass böse Absicht dahinterstecken könnte. Irgendeine Art Rachekomplott.«

»Rache? Wofür?«

»Nachdem ich herausgefunden habe, dass sie Sara kennt, bin ich ohne Ankündigung bei Corinne im Büro aufgetaucht, um sie deswegen zur Rede zu stellen. Ihr Unternehmen läuft unter dem Namen CB Associates. Der Grund dafür ist mir nun klargeworden: Ihr Mädchenname ist Brace.«

»Also derselbe Nachname wie Rhea Brace, mit der Cole eine Affäre hatte«, murmelt Brewster.

»Genau. In ihrem Büro stand ein Bilderrahmen mit dem Wort › Schwesterliebe‹ eingraviert und auf dem Foto war sie mit einer jungen Rhea zu sehen. Ich bin sicher, dass Cole davon nichts wusste, das hätte er mir sonst gesagt, als wir wieder zusammengekommen sind. Allerdings bin ich immer noch nicht sicher, warum Corinne uns dieses Detail verschwiegen hat.«

SECHSUNDFÜNFZIG

JENNIFER

Die Detectives haben mir gesagt, dass ihre Leute schon nach Miller und dem kleinen Rory suchen, viel Zeit bleibt mir also nicht. Mir ist gerade noch ein Ort eingefallen, an dem er sein könnte, und ich muss nachgucken gehen, ob er dort ist.

Nahe der Schule gibt es einen kleinen Park, wo ich oft mit Miller spazieren war, damit Sylvie nach der Schule noch eine schnelle Viertelstunde auf Schaukel und Rutsche spielen konnte. Wenn ich Miller persönlich finden kann, kann ich ihn besänftigen; herausfinden, warum genau er sich überhaupt erst in diese Lage gebracht hat. Dann kann ich helfen, ihn vor den Augen der Polizei in ein besseres Licht zu rücken.

Während ich Sylvie bespaßte, saß Miller normalerweise auf einer Bank und spielte irgendein Spiel auf seinem Handy, aber beim Spazierengehen lachten und redeten wir alle durcheinander. Eine der seltenen Gelegenheiten, Zeit miteinander zu verbringen, außerhalb der Reichweite all unserer elektronischen Gerätschaften. Diese Zeiten fehlen mir sehr.

Ich parke das Auto ein Stück die Straße runter und gehe auf den hinter einigen Bäumen verborgenen Eingang zu. Eine Bewegung lässt mich innehalten, aber ich muss warten, bis sich meine Augen an die Dunkelheit gewöhnt haben. Dann sehe ich meinen Jungen dort sitzen, auf einer Bank, den Kopf in den Händen vergraben.

»Miller?«

Er springt auf, das Gesicht in heller Panik verzerrt.

»Warte!«, rufe ich ihm hinterher, als er zu seinem Fahrrad huscht. Als ich sehe, dass das Baby nicht bei ihm ist, muss ich mich fast übergeben.

Ich renne zu ihm und erreiche ihn, als er gerade sein Bein über die Stange wirft. Tränen und Erschöpfung zeichnen sein Gesicht. »Mum, ich muss gehen. Die Polizei wird mich holen kommen für das, was ich getan hab ... die bringen mich ins Gefängnis.«

»Miller, wo ist das Baby?« Ich packe ihn am Arm. »Wo ist Rory?«

Panik steigt ihn mir hoch und mein Griff wird eisern.

Er schüttelt mich ab und versucht, sich abzustoßen, um sein Rad in Schwung zu bringen, aber ich stelle mich vor ihn und umklammere die Lenkstange. Mit tiefer, strenger Stimme sage ich: »Nein! Hiervor kannst du nicht wegrennen. Du *musst* mir sagen, wo das Baby ist, jetzt sofort.«

»In ... Sicherheit. Es geht ihm gut. Ehrlich, Mum.«

»Das reicht mir nicht! Wo ist er?« Inzwischen schreie ich.

»Jemand hat ihn bei sich ... er ist in Sicherheit.«

Vor Angst wird mir richtig schwindlig. »Du hast das Baby jemandem *gegeben*? Wie konntest du nur?« Ich packe ihn an den Armen und schüttle ihn heftig. Er verliert das Gleichgewicht und fällt zur Seite, direkt auf mich drauf. Sein Fahrrad fällt mit und reißt uns beide von den Füßen.

Miller rappelt sich auf und tritt mir dabei auf die Beine, was mich vor Schmerzen aufheulen lässt. Er ist schon im Inbegriff, abzuhauen, als er nach unten sieht und erkennt, dass es mir nicht gut geht. Er hält mir seine Hand hin und ich ziehe mich hoch.

»Mum, bitte ... ich muss gehen. Bald kommt die Polizei und ...«

»Wer hat ihn?« Ich richte mich auf. »Wem hast du Rory gegeben?«

Sein Gesicht fällt in sich zusammen. Er lehnt sich nach vorn und flüstert etwas.

»Was? Ich kann dich nicht verstehen.«

Er lehnt sich noch näher heran und wiederholt seine Antwort. Fassungsloses Erstaunen durchzuckt mich wie ein Blitz und ich beginne zu zittern. »Oh, nein ... was ...«

»Mum, ich muss gehen. Alles wird gut. Ich ... ich hab dich lieb.«

Wenige Sekunden später ist er fort und lässt mich allein mit meinen Gedanken zurück, die das zu verarbeiten suchen, was er mir eben erzählt hat. Nichts davon ergibt Sinn, aber ich reiße mich zusammen und laufe zum Auto.

Unterwegs rufe ich die Polizei.

SIEBENUNDFÜNFZIG

Viel zu schnell fahre ich durch die Straßen und über die Brücke. Ich parke vor dem Haus und will schon hineinstürzen, scheitere aber an der verschlossenen Haustür.

Ich hämmere dagegen. »Mum! Ich bin's. Mach auf.« Keine Antwort, also laufe ich zur Rückseite des Hauses, wo Mum oft mit den Kindern am Tisch sitzt und spielt. Das Zimmer ist leer.

Ich wähle Mums Nummer und höre ihr Handy klingeln. Davon angespornt, hämmere ich erneut an die Tür, an die Fenster, rufe durch den Briefschlitz hindurch. Als immer noch keine Antwort kommt, schiebe ich den Briefschlitz auf und presse mein Ohr dagegen. Im oberen Stock kann ich Stimmen hören.

Plötzlich erklingen donnernde Schritte und die Tür öffnet sich. Ich falle ins Innere und sehe einen tränenüberströmten Damian vor mir stehen.

»Mum und Gran sind oben und schreien sich an«, erzählt er mir atemlos. »Sylvie hat sich in meinem Zimmer versteckt.«

»Was?« Ich springe hoch und renne nach oben. Die Stimmen werden lauter und aus einem Zimmer, das ich als Ellens Schlafzimmer identifiziere, ist Knallen und Krachen zu hören. Ich biege ab in Damians Zimmer und er folgt mir.

»Sylvie, du kannst jetzt rauskommen. Deine Mum ist hier«, ruft er.

Die Schranktür öffnet sich. Eine verängstigte Sylvie kommt zum Vorschein und stürzt sich in meine Arme.

»Alles gut.« Ich drücke ihr einen Kuss aufs Haar. »Du brauchst keine Angst zu haben, Sylvie.« Über ihren Kopf hinweg sehe ich zu Damian. »Was ist da drüben los? Worüber streiten sie?«

Wortlos starrt Damian mich an, aber Sylvie antwortet: »Tante Ellen hat Rory, Mummy. Es geht ihm nicht gut und Grandma will einen Krankenwagen für ihn rufen.«

»Wartet hier.« Ich eile zur Tür. »Damian, bitte pass auf Sylvie auf.«

Ich reiße die Tür zu Ellens Zimmer auf und kurz erstarren beide Frauen vor Schock. Als sie sehen, dass ich es bin, setzt das Geschrei aber gleich wieder ein. Ich eile zum Bett hinüber, wo Rory liegt. Seine Haut ist nicht bläulich gefärbt, wie vor ein paar Tagen, und er atmet ganz normal, aber irgendwas scheint trotzdem nicht ganz in Ordnung mit ihm.

Ich trete in den Gang hinaus und rufe einen Krankenwagen. Ich habe das Gespräch gerade beendet, als Ellen von hinten auf mich zuspringt und mir das Handy wegreißt. »Ich hab gesagt, kein Krankenwagen!« So heftig wie möglich schubse ich sie von mir weg und sie knallt gegen die Wand. Sie stößt an der harten Oberfläche ab und stürzt wieder auf mich zu, das Gesicht verzerrt wie eine wilde Banshee.

Ich schubse sie erneut von mir weg. »Es reicht! Ellen, reg dich ab und denk an die Kinder.« Einen Moment lang steht sie nur schockiert da, die Augen weit aufgerissen.

Ich eile in ihr Zimmer zurück, wo Mum neben Rory sitzt und ihm übers Gesicht streichelt. Sie sieht vollkommen ausgelaugt aus. »Mum, was war los? Was ist mit dem Baby?«

»Erst ging's ihm gut und dann, als ich ihn auf dem Arm hatte, ist er ganz blau angelaufen und ich könnte schwören, dass er aufgehört hat zu atmen. Ich hab ihn etwas geschüttelt und ihn aufgerichtet und da hat er gehustet und sich anscheinend wieder erholt. Aber so ganz gefällt er mir noch nicht.«

Genau dasselbe also, was zu Hause passiert ist, als Sara Miller vorgeworfen hat, er hätte Rory wehgetan. Erleichterung flutet meinen Körper, dass ich nun einen Beweis für meine frühere Überzeugung bekommen habe – Miller hat seinem kleinen Bruder nicht wehgetan.

»Warum hat Ellen Miller gesagt, er soll ihr das Baby bringen? Die tickt doch nicht ganz richtig!«

»Ich weiß nicht, wie wir das hier lösen sollen, Schatz.« Mum schüttelt verwirrt den Kopf. »Anscheinend hat Ellen Miller überzeugt, dass er ihr das Baby bringen soll, weil Sara ihrer Aussage nach mental instabil ist und ihm wehtun wird. Das war es, weswegen wir uns gestritten haben ... die Tatsache, dass sie Miller in ihren verrückten Plan eingebunden hat.«

Ellen hat Sara und Rory in den letzten Wochen doch kaum Beachtung geschenkt. Warum ist ihr Rorys Wohl auf einmal so wichtig? Ich schaue auf die Uhr. Vor fünf Minuten habe ich den Krankenwagen gerufen. Rorys Atem geht einigermaßen gleichmäßig, aber ganz gesund sieht er immer noch nicht aus.

»Es war also Ellen, die Miller gesagt hat, er soll das Baby entführen?«

»Sie hat gesagt, Sara nimmt starke Medikamente, die auf schwerwiegende psychische Probleme hinweisen.« Mum bricht in Tränen aus. »Jennifer, du sollst wissen, dass ich keine Ahnung hatte, was da hinter unseren Rücken alles geschehen ist. Ich wusste nichts über Cole, und auch nicht ...«

»Zu der Zeit wusste doch keiner von uns über Sara und Cole Bescheid, Mum. In der Zwischenzeit habe ich Dinge herausgefunden, die das alles in den Schatten stellen. Was für psychische Probleme sind ...«

»Nein, ich meine, ich wusste nichts von dem, was *Ellen* getan hat ... mit Cole!«

»Was meinst du damit?« Meine Stimme ist kaum mehr als ein Flüstern und um uns scheint die Welt stillzustehen.

»Ellen hat ihn erpresst. Sie hat zugegeben, dass sie Cole gedroht hat – Geld her oder sie erzählt dir von seinem Kind mit Sara.«

»Sie ... sie wusste über die Affäre Bescheid?«

All die Stunden, die ich mit Ellen gesprochen habe, versucht habe, ihr Zuversicht für die Zukunft zu geben. Wie viel Geld ich ihr hinter Coles Rücken geliehen habe ... wie ich sie überzeugt habe, zu unserer Halloween-Party zu kommen. Wenn Ellen gewusst hätte, dass Cole eine Affäre hatte, hätte sie mir doch garantiert davon erzählt. Oder?

»Erpressung würde ich das nicht nennen.« Ich sehe zu Ellen auf, die mit verschränkten Armen im Türrahmen steht. »Aber es stimmt, dass er mir jeden Monat einen gewissen Betrag gezahlt hat, damit ich den Mund halte, wenn es das ist, worauf du hinaus willst.«

»Du hast sein Geld genommen und zugelassen, dass die Affäre hinter meinem Rücken weiterläuft? Hinter dem Rücken deiner Nichte, deines Neffen? Wie ... wie konntest du nur?«

»Es tut mir leid.« Sie senkt ihren Blick. »Zu der Zeit zählte nichts außer seinem Geld. Ich ... ich hatte ernsthafte Schulden, Jennifer. Ich habe versucht, mit dir darüber zu sprechen, aber ...«

»Ich dachte, wir hätten eine enge Beziehung zueinander. Ich dachte ...«

»Du wolltest doch nichts wahrhaben!«, kreischt sie frustriert. »Du hättest mir doch gar nicht geglaubt, wenn ich es dir gesagt hätte, weil du in deiner perfekten kleinen Welt feststeckst, in der nie etwas Schlechtes passiert. Du wolltest mir ja nicht mal wegen der Medikamente zuhören, du hast einfach aufgelegt. Jemand musste doch etwas unternehmen, um das alles offenzulegen.«

Wie hässlich die Eifersucht und die Missgunst doch sind,

die ihr da über die Lippen kommen. Endlich. Seit Jahren staut sich das schon an. Hat gebrodelt und in ihr gegärt, jedes Mal, wenn sie mich gesehen hat, wie ich mit meiner Familie glücklich war und ein angenehmes Leben geführt habe, in dem wir verreisen und einen schönen Alltag genießen konnten.

»Ellen, du wusstest, dass Cole ein Kind mit ihr bekommen hat?«

Sie wirft Mum einen Blick zu, der aber nicht erwidert wird. An dem angewiderten Gesichtsausdruck meiner Mum kann ich ablesen, dass auch sie erst heute davon erfahren hat.

Ellen geht ein paar Schritte ins Zimmer hinein. »Eine Freundin von einer meiner Zeitarbeitsstellen hat ihn mit Sara in der Geburtsklinik gesehen. Sie hat ihn von den Fotos unserer Weihnachtsfamilienfeier erkannt, die ich vor ein paar Jahren in der Arbeit herumgezeigt hatte. Sie hat mir eine SMS geschrieben und gefragt, ob ihr euch getrennt habt.«

»Oh, nein …«

»Wenn du nur aufgehört hättest, alles abzustreiten. Ich konnte es einfach nicht fassen, dass du schon wieder alle Anzeichen übersehen hattest. Ich habe versucht, mit dir über meine Zweifel zu sprechen, aber du hast mich ständig abgewimmelt, genau, wie du es bis heute tust.«

Ich kann gar nicht glauben, was ich hier höre.

Aber Ellen ist noch nicht fertig. »Dann hast du Sara zu euch ins Haus geholt und wolltest mir *immer* noch nicht zuhören! Miller hatte solche Angst. Er hat sich zu Hause überhaupt nicht mehr sicher gefühlt und er hat sich mir deswegen anvertraut. Nach der Schule ist er hergekommen und hat mir sein Herz ausgeschüttet, über alles, was passiert ist, über die schrecklichen Dinge, die sie getan hat.« Hier war Miller also gewesen, als er beim Fußball hätte sein sollen. »Und dann habe ich die Bilder von diesen Medikamenten gesehen, die du mir geschickt hast, und ich habe richtig Angst um euch alle bekommen. Mir war klar, dass ich rabiat durchgreifen musste, bevor am Ende noch einem der Kinder etwas passiert. Ich hatte eine Idee und Miller hat sie durchgeführt.«

»Ich hab doch gar nicht gesagt, dass die Medikamente Sara gehören.«

»Und wieso nicht? Weil du Angst hattest, ich würde eine Szene machen! In einem der Fotos war ihr Name zu lesen, aber ich hätte auch so erraten können, wem sie verschrieben worden waren. Unter den Medikamenten waren auch Antipsychotika, die für psychotische Depressionen und Wahnvorstellungen verschrieben werden. Jennifer, sie lebt in einer Fantasiewelt. Erst diese imaginäre Beziehung zu Cole und nach seinem Tod hat sie sich dann eingebildet, sie könnte ein Teil deiner Familie werden.«

Sie schaut zu dem Baby.

»Der kleine Rory hat in großer Gefahr geschwebt. Deine eigenen Kinder auch. Aber Rory sieht Cole so ähnlich, dass sie ohne Vorwarnung hätte ausrasten können. Du konntest das nicht einsehen, also lag es eben an mir, etwas dagegen zu unternehmen. Erst war ich nicht sicher, wie ich eingreifen konnte, und dann hast du mir diese Fotos geschickt und mir wurde klar, dass mir keine andere Wahl blieb. Ich musste dafür sorgen, dass sich das Ganze zuspitzt, und deswegen habe ich Miller um Hilfe gebeten. Der Junge weiß viel besser Bescheid als du, wie gefährlich Sara Nordstrom ist.«

ACHTUNDFÜNFZIG

COLE

Vor sechs Monaten

Als Coles Empfangsdame Besuch ankündigte, war ihm zum Schreien zumute. Vor sechs Monaten waren ihm seine Gläubiger wegen unbezahlter Rechnungen im Nacken gesessen, nun wurde er wegen anderer Dinge unter Druck gesetzt. Dinge, die sich nicht durch eine schnelle Geldspritze richten ließen, zum Beispiel ein neugeborener zweiter Sohn, von dem seine Familie nichts wusste.

Wie gern hätte er seiner Empfangsdame gesagt, sie solle diesen unerwarteten Besuch wegschicken, aber als sie ihm sagte, wer da draußen wartete, wusste er instinktiv, dass er seine Probleme so nur verschlimmern würde.

Er durchquerte sein Büro und ging durch den kurzen Gang in den Empfangsbereich hinaus. Dort stand sie schon, die Augen starr auf die Tür gerichtet, aus der er gerade getreten war. Er zwang sich zu einem Lächeln.

»Schön, dich zu sehen, Ellen«, grüßte er herzlich. »Bitte, komm doch rein.«

Als sie sich ihm gegenüber an seinem Schreibtisch niederließ, wusste er Bescheid. Er wusste, dass sie es herausgefunden hatte. Nur das Wie war ihm unklar.

»Ich weiß, was du treibst, Cole«, sagte sie schlicht. »Ich weiß genau Bescheid über dich und Miss Sara Nordstrom und natürlich nicht zuletzt über dieses neue Baby, von dem meine Schwester nicht die geringste Ahnung hat. Wenn ich das Jennifer erzähle, war's das mit deiner Ehe, und von deiner Familie kannst du dich dann auch verabschieden, denn das kennst du ja alles schon, nicht wahr? Ich kann es nicht fassen, dass du wieder fremdgegangen bist.«

»Okay. Gehen wir mal davon aus, dass du recht hast ... warum warst du dann noch nicht bei Jennifer?«, fragte Cole kühl, dankbar dafür, dass die in ihm aufsteigende Panik nicht in seiner Stimme zu hören war.

»Weil ich hergekommen bin, um dir einen Deal anzubieten.«

Er lachte und hoffte, seinen Schock damit verbergen zu können.

»Okay ...« Er zog das Wort in die Länge und warf ihr ein herablassendes Lächeln zu. »Bin ganz Ohr. Für den Moment zumindest. Was wäre das denn für ein Deal?«

»Du zahlst mir jetzt eine gewisse Summe und überweist mir danach einen monatlichen Betrag, damit ich den Mund halte. Eigentlich ganz unkompliziert.«

»Verstehe.« Er setzte einen amüsierten Gesichtsausdruck auf. »Und dieser ›monatliche Betrag‹ – den erwartest du nun jeden Monat, für immer?«

»Nein«, erwidert Ellen. Rasch fügt sie hinzu: »Also, die genauen Details habe ich noch nicht festgelegt.«

»Und wenn ich dem nicht zustimme, was dann?«

Sie zuckte mit den Schultern. »Dann gehe ich zu Jennifer.«

»Was denkst du denn, was Jennifer sagen wird, wenn ich ihr sage, dass du mich zu erpressen versuchst? Dass du bereit wärst, nichts über meine angebliche Affäre zu sagen, solang nur genug Geld in deinen gierigen Fingern landet?«

Kurz starrte Ellen ihn nur an. In ihren Augen sah er Feindseligkeit aufflackern. »Siehst du, dieser Kommentar sagt schon alles über dich, über Jennifer ... sogar über deine Kinder. Du redest über Geld, als wäre es nichts, Cole. Aber für den, der keines hat, ist Geld alles.«

»Ich war zeitweise auch nicht weit vom Hungertuch entfernt«, erwiderte er schroff.

»Ich will nicht leugnen, dass bei euch schon auch mal das Geld knapp war, aber soweit ich weiß doch nie so knapp, dass ihr euch freitags keine Pizza bestellen konntet oder euch entscheiden musstet, ob ihr die Stromrechnung zahlen oder lieber euren Sohn zum Fußballtraining schicken wollt.«

Cole wusste, dass sie übertrieb. Jennifer hatte nie erwähnt, dass Ellen Geldsorgen hatte ... jedenfalls keine großen. Aber was brachte es schon, mit jemandem wie Ellen zu diskutieren, die keine Ahnung von Unternehmertum hatte. Sie hatte im Leben absolut nichts erreicht. War von irgendeinem Versager schwanger geworden, der sie im Regen stehen lassen hatte, und nun verbrachte sie die meiste Zeit mit spitzen Worten und abfälligen Kommentaren Jennifer gegenüber, was für ein sorgloses Leben sie doch mit Cole führte.

Er könnte versuchen, Ellen zu erklären, wie sich verzweifelte Angst kurz vor dem Bankrott anfühlte, aber die Mühe konnte er sich auch sparen. Sie würde nicht verstehen, wie Verzweiflung einen dazu bringen konnte, alles, alles zu unterschreiben, was Rettung versprach. *Das* waren Geldsorgen. Nicht der Verzicht auf Pizza, wenn der eigene Leibesumfang eine verpasste Mahlzeit sowieso ganz gut vertragen konnte.

»Erst musst du mir erzählen, was genau du weißt«, sagte er und musterte ihr verschlagenes Gesicht. »Erzähl mir, was genau du Jennifer verschweigst.«

»Du hast eine Affäre mit einer Frau namens Sara Nordstrom. Sie wohnt in einer schicken Wohnung in Lady Bay und hat gerade einen kerngesunden kleinen Jungen auf die Welt gebracht. Deinen Sohn.«

Ihm kam der Gedanke, dass sie ihre Zeit mit diesen Billigjobs in den Krankenhäusern verschwendete – offensichtlich war sie ja recht findig. Er mochte gar nicht daran denken, wie viel Ärger sie ihm bereiten könnte. Nur in einer Sache hatte sie sich getäuscht.

»Ich habe Sara nur ein paar Mal getroffen und dann bin ich wieder zur Besinnung gekommen. Die Frau leidet unter Wahnvorstellungen. Sie hat sich eingeredet, ich würde für sie meine Familie verlassen. Finanziell hat sie mich in die Ecke getrieben, weswegen ich für den Moment das böse Spiel mitspielen muss, aber sobald ich genug Geld beisammen habe, um sie abzufinden, war's das. Dann werde ich Jennifer alles gestehen und mich ihrem Urteil stellen. Ich glaube fest daran, dass meine Frau und ich stark genug sind, um eine Affäre zu überleben.«

»Noch eine Affäre, meinst du wohl?«, stichelte Ellen. »Wenn ich noch heute zu Jennifer gehe, helfen dir all deine schönen Worte auch nicht mehr. Sie schmeißt dich aus dem Haus, bevor du noch sagen kannst ›Verzeih mir, Schatz ... ich hab's schon wieder getan.‹ Diesmal geht es auch um ein Baby.«

Zwanzig Minuten später verließ Ellen Coles Büro mit einem abgeschlossenen Deal in der Tasche. Zehntausend Pfund sofortige Anzahlung und danach fünfhundert Pfund im Monat für ihr Schweigen.

Cole wusste noch nicht, wie er sich aus dieser Schlinge ziehen würde, vertraute aber darauf, dass es ihm schon gelingen würde. Irgendwie würde es sich schon ergeben, dass die Zahlungen ein Ende nahmen.

Er war sicher, dass irgendetwas passieren würde, um ihm aus der Klemme zu helfen. So war es bisher immer gewesen.

NEUNUNDFÜNFZIG

JENNIFER

Es klingelt an der Tür und Mum eilt zum Fenster. »Der Krankenwagen ist da«, sagt sie. Vorsichtig hebt sie Rory hoch und trägt ihn nach unten, wodurch Ellen und ich allein in unserem Blickgefecht zurückbleiben.

»Ich komme auch gleich, Mum«, sage ich.

Ellen macht ein zerknirschtes Gesicht. »Falls es dir noch was bedeutet, will ich dir sagen, dass es mir leidtut, Jennifer. Ehrlich.«

»Dass Cole tot ist, meinst du?«, erwidere ich bitter. »Und damit auch deine monatliche Bonuszahlung?«

»Es tut mir wirklich leid. Aber das mit dem Geld hatte nichts mit Gier zu tun. Das hat für Damian und mich einen Riesenunterschied gemacht«, sagt sie ohne auch nur eine Spur von Reue. »Zum ersten Mal seit Langem konnten wir uns gutes Essen leisten, nette Kleinigkeiten, sogar mal einen gemeinsamen Ausflug. Ich habe es nicht für Designerschuhe und Handtaschen rausgeschmissen.«

»Keine Gier? Warum hast du mich dann ebenfalls weiter um Geld gebeten? Erst an Coles Todestag hast du mich wieder um hundert Pfund angehauen.«

»Das war nur, um den Anschein zu wahren! Wenn ich plötzlich aufgehört hätte, um Geld zu bitten, nachdem ich vorher alle paar Wochen was leihen musste, hättest du doch Lunte gerochen. Du wusstest, dass ich keine Arbeit hatte, also musste ich so weitermachen wie bisher. Und das hat ja schließlich funktioniert, du hast nie was davon spitzgekriegt.«

»*Leihen*? Leihen nennt man es, wenn man das Geld wieder zurückzahlt, Ellen. Das hast du nie getan.«

»Ich ... ich wollte aber. Irgendwie ging es mir nur nie gut genug, um das tun zu können. Ich musste oft mit Schuldgefühlen kämpfen wegen dem, was ich dir angetan habe, Jennifer. Ich wollte mich von dir fernhalten, aber als Cole vorbeikam, meinte er, du wärst so enttäuscht, wenn wir nicht zu eurer Party kommen würden. Deswegen habe ...«

»Moment mal. Wann war das?«

Sie zögert. »Ich ... ich weiß nicht mehr. Ich kann mich nicht erinnern.«

Ich spüre ein Kribbeln im Nacken. »Warum ist er vorbeigekommen?«

Sie schweigt ein paar Sekunden lang, dann seufzt sie. »Es wird dir bestimmt guttun, das zu hören, deswegen sag ich's dir. Er ist am Tag vor seinem Unfall hergekommen, um mir zu sagen, dass ›das Spiel aus‹ ist, um ihn zu zitieren. Er hat gesagt, er wird es dir erzählen.«

Das Blut weicht aus meinen Wangen. »Er wollte mir erzählen, dass er mich verlassen und zu Sara gehen würde?«

Ellen schüttelt den Kopf. »Er wollte dir alles erzählen, was mit Sara passiert war. Er wollte dir wirklich alles sagen, sogar über sein Gespräch mit mir. Er hat den Spieß komplett umgedreht.«

Fassungslos sinke ich auf das Bett.

»Ihm war klar, dass er sich nie auf das mit ihr hätte einlassen sollen. Für ihn war das nur eine kurze Liebelei, eine Ablenkung von der Krise im Unternehmen. Er hat sie ein paar wenige Male getroffen und ist überschwänglich auf ihr Kreditangebot eingegangen. Er hat das ganz naiv als geschäftliche Abmachung gesehen und nie damit gerechnet, dass Sara schwanger werden würde. Sie hat ihm gesagt, sie nimmt die Pille.«

Ich fasse mir an die Stirn. »Ich versteh das alles nicht, Ellen. Er hat sich weiter mit ihr getroffen, aber von ihrem Vermieter habe ich erfahren, dass er gar nicht bei ihr gewohnt hat. Der hat mir Videos von den Überwachungskameras gezeigt und darauf konnte man sehen, wie sie versucht hat, Cole vor der Tür zu umarmen und er sich nur weggedreht hat. Aber sie hat mir gesagt, sie wären bis über beide Ohren verliebt gewesen und …«

»Jennifer, Sara ist mental instabil. Und zwar ganz gewaltig. Das hast du doch bestimmt schon bemerkt, jetzt, wo du mit ihr in einem Haus wohnst? Cole hat mir erzählt …« Ihr Blick schweift zum Fenster hinaus, dann fährt sie fort. »Er hat mir erzählt, dass sie es von Anfang an darauf angelegt hatte, von ihm schwanger zu werden. Sie dachte, er würde ihretwegen seine Familie verlassen. Und als sie ihn auch noch finanziell unter ihrer Fuchtel hatte, dachte sie, jetzt wäre alles in trockenen Tüchern. Er konnte es kaum fassen, wie organisiert sie da vorgegangen ist, als wäre das alles so geplant gewesen.«

»Ich glaube, sie war Teil irgendeines Racheplans, den Corinne Waterman, Coles Buchhalterin, ausgeheckt hat. Das kann ich jetzt nicht alles erklären, aber jedenfalls hat sich herausgestellt, dass Corinne die Schwester von Rhea Brace ist, von der Frau also, mit der Cole damals eine Affäre hatte.«

»Die, die sich danach umgebracht hat?«

Ich nicke.

»Na ja, jedenfalls hat Cole mir versichert, dass er keine Beziehung mit Sara hatte. Im Prinzip war sie für ihn nur eine Ablenkung während einer schwierigen Phase und den Rest hat sie sich alles eingebildet.«

»Miller hat sie zusammen im Auto sitzen sehen.«

»Er musste sie doch hinhalten, damit sie dir nichts erzählt. Sie hat ihm angedroht, sein Leben zu ruinieren, wenn er sie sitzen lässt. Sein kleiner Sohn lag ihm am Herzen und er hat gesagt, dass er sich Sorgen um ihn gemacht hat. Er hatte ein eigenes Handy nur für sie und sie hat ihm hunderte SMS und Fotos geschickt, obwohl er laut eigener Aussage nie darauf geantwortet hat. Sie hat sich Geschichten ausgemalt davon, wie bald sie zusammen sein würden. Das wäre bald alles aus dem Ruder gelaufen mit ihr und er wusste, dass er etwas tun musste. Also hat er beschlossen, es dir selbst zu sagen, bevor sie es tun konnte.«

Ich denke an die Nachrichten und Fotos, die laut Miller auf dem silbernen iPhone zu finden waren.

Wie unablässig sie davon gesprochen hat, dass Cole uns verlassen und sie in unser Zuhause holen wollte … all die persönlichen Gegenstände in ihrem Zimmer, exakte Kopien meiner eigenen Sachen. Vielleicht hat sie sich das alles selber gekauft.

Kann es wirklich sein, dass all die Sachen, die Cole angeblich zu ihr gesagt hatte – die Pläne für ihr gemeinsames Leben, seine Hingabe ihr gegenüber – alle nur ihrer Fantasie entsprungen sind?

Jetzt, wo ich von ihrer Bekanntschaft mit Corinne Waterman weiß, ist eindeutig klar, dass sie schon von uns allen gewusst haben muss, bevor sie meinen Mann überhaupt erst kennengelernt hat. Gut möglich, dass sie mich beobachtet hat, meine Klamotten nachgekauft hat und sogar dasselbe Armband hat anfertigen lassen wie das, was Cole mir zum Hochzeitstag geschenkt hat. Ich habe die Videos gesehen, auf denen Cole abrupt kehrtmacht und vom Haus wegläuft … Sara hatte ihn finanziell unter Kontrolle und trug sein Kind im Bauch. Cole hatte den Anschein gemacht, als würde er sich nichts weniger wünschen, als dort zu wohnen.

Jetzt weiß auch die Polizei über Corinnes Beteiligung an

dem Ganzen Bescheid, und zudem, dass sie Rhea Braces Schwester ist. Das stellt die Rechtsgültigkeit der Kreditverträge in Frage, die Cole unterschrieben hat. Ich kaue auf meiner Unterlippe herum und kneife die Augen zusammen.

Jetzt kann ich nur noch hoffen, dass niemand mehr das letzte Puzzlestück entdeckt.

SECHZIG

SARA

Ihr Kopf ist zum Bersten gefüllt. Wo ist ihr Baby? Wo bleibt die Polizei?

Rory ist alles, was sie im Leben hat, und sie muss etwas unternehmen. Sie muss ihn finden, muss weg von all den Gedanken, die in ihrem Kopf herumwirbeln.

Sie stopft die letzten Dosen in den Beutel zurück und schiebt ihn ganz hinten in den Schrank. Sie braucht all diese Medikamente gar nicht, die die Klinik ihr als dringend notwendig verkaufen wollte. Die wissen doch nicht, was für sie am besten ist. Ihr geht es jetzt gut, sie fühlt sich gut. Jetzt muss sie nur noch ihr Baby finden und dann ist mit ihrer neuen Familie alles im Lot. Jennifer, Miller, Sylvie.

Sie weiß genau, mit wem sie jetzt sprechen muss. Mit der Person, die für den Großteil des Chaos hier verantwortlich ist.

Sara steigt ins Auto und fährt zum Bürokomplex in Wollaton. Sie fährt mit dem Aufzug in den fünften Stock und tritt in den Empfangsbereich.

»Ich habe einen Termin bei Colleen ... Corinne!«, sagt sie zur Empfangsdame. In ihrem Kopf dreht sich alles. Ihr ist, als könne sie aus dem Stand einen Marathon laufen und Berge erklimmen. »Ich geh gleich rein.«

»Verzeihung, aber ich muss das vorher abklären. Setzen Sie sich doch.« Die Frau nimmt den Telefonhörer ab und spricht kurz hinein, während Sara in dem kleinen Empfangsbereich herumtigert. »Okay, jetzt können Sie reingehen.«

Sara betritt Corinnes Büro.

»Aah, Sara! Wie läuft es mit … ist alles okay? Du siehst ein bisschen weggetreten aus.«

»Ich muss mit dir sprechen, Corinne, jetzt sofort. Wenn du denkst, dass ich ganz allein den Hals für das alles hinhalte, hast du dich aber geschnitten. Du bist Cole Finchams Buchhalterin und steckst damit noch viel tiefer drin als ich, das war schließlich alles deine Idee.«

»Wenn ich mich recht entsinne, warst du aber auch mehr als bereit, mitzumachen, sobald du unsere attraktive Beute erspäht hast.«

»Du hast mich von Anfang an manipuliert«, sagt Sara mit zusammengekniffenen Augen. »Wie du dich bei diesen Networking-Events mit mir angefreundet hast und mir zugehört hast, wie ich dir von meinen Problemen erzählt habe. Du hast mir das Gefühl gegeben, wichtig zu sein, als könnten wir beide was davon haben. Aber du hast mich nur benutzt, genau wie alle anderen, um dich für den Tod deiner Schwester zu rächen. Aber Rhea hat sich selbst das Leben genommen. So war es doch! Cole hatte daran keine Schuld.«

»Er hat meine Schwester benutzt und sie dann achtlos fallen lassen.« Corinne spuckt ihr die Worte entgegen. »Und sein Miststück von Ehefrau hing genauso mit drin. Sie wussten beide, wie jung und verletzlich sie war, aber es war ihnen egal. Jemand war an diesem Tag bei ihr, in ihrer Wohnung, und ich würde wetten, dass es Cole Fincham war. Vielleicht hat er sie sogar ermutigt, die Überdosis einzunehmen, um sich selbst das Leben leichter zu machen.«

»Du hast mir gesagt, dass du ihm nie von deiner Verbindung zu Rhea erzählt hast! Du hast einfach weiter für ihn gearbeitet, trotz dem, was er getan hat.«

»Rache ist ein Gericht, das am besten kalt serviert wird«, erwidert Corinne schlicht. »Von seiner Beteiligung an dem Ganzen habe ich erst nach Rheas Tod erfahren. Ihre Freunde haben es mir während der Beerdigung erzählt. Wenn ich Cole damit konfrontiert hätte, hätte er mich einfach aus seinem Leben verbannt und sich eine andere Buchhalterin geholt. Ich wusste, irgendwann würde der Moment kommen, an dem ich Cole und seine Frau ruinieren und sie büßen lassen könnte.«

»Du wusstest, was er alles getan hat, und hast mich ebenfalls in Gefahr gebracht. Ich ... ich dachte wirklich, wir wären Freunde.«

»Ich habe mich dir anvertraut, habe dir alles erzählt, was Rhea zugestoßen ist. Ich war ehrlich mit dir, Sara. Du warst vollkommen im Bild. Dass er dasselbe mit dir gemacht hat, dich sofort hat fallen lassen, sobald er bekommen hat, was er wollte, war also allein deine Schuld.«

»Du hast mir gesagt, er wäre zu Hause nicht glücklich! Du hast gesagt, er würde mit mir zusammen sein wollen.«

»Du solltest dich ja nicht in ihn verlieben und schwanger werden, du Närrin! Du hast dich viel zu tief hineinziehen lassen. Ich wollte nur seine Familie auseinanderbrechen und dafür sorgen, dass sie ihr schickes Haus verlieren und beide echten Schmerz fühlen müssen. Diese ganze verrückte Aktion ... dass du bei ihnen eingezogen bist und versuchst, irgendwie Teil ihres Lebens zu werden – ich habe dich noch davor gewarnt, das zu tun.«

»Ich habe dein Geheimnis für mich behalten. Ich habe nie auch nur erwähnt, dass wir uns kennen, weil ich dachte, dass ich dir ebenso am Herzen liege, wie du mir. Ich habe dir vertraut.«

»Deine Zeit ist um.« Corinne steht auf und deutet zur Tür. »Geh jetzt, sonst bleibt mir nichts anderes übrig, als die Polizei zu rufen. Ich weiß, dass du deine Medikamente nicht eingenommen hast. Dafür muss ich dich ja nur anschauen. Die werden dir kein Wort glauben. Sie werden erkennen, dass du nicht mehr alle Tassen im Schrank hast, und dann bringen sie dein Baby ins Heim. Komm hier nie wieder her.«

Sara tritt um den Schreibtisch herum auf Corinne zu. Sie schnappt sich einen Briefbeschwerer vom Tisch. Corinne springt nach hinten und hält beide Hände hoch.

»Sara, tu jetzt nichts Dummes. Wir finden gemeinsam eine Lösung. Ganz sicher. Komm, wir setzen uns und machen ganz langsam. Du kannst mir alles erzählen, was passiert ist. Okay?«

Sara rührt sich nicht vom Fleck. »Nichts ist okay. Du hast gesagt, es wäre ganz einfach, dass ich meinen Sohn behalten und Coles Haus kriegen würde und jetzt ist Cole tot und Rory haben sie mir schon weggenommen ... ich habe nichts!«

»Beruhig dich. Ich kann dir helfen, Rory zurückzubekommen.«

Sara hebt den Briefbeschwerer hoch über Corinnes Kopf, dann wirft sie ihn gegen die Vitrine, deren Glasscheibe zerbirst. Die Tür wird aufgerissen; die Dame vom Empfang ist herbeigelaufen.

»Ist alles in Ord... oh!« Die Frau weicht zurück. »Corinne, die Polizei ist schon unterwegs.«

»Jetzt landest du im Gefängnis, Sara«, stichelt Corinne. »Deinen Sohn siehst du nie wieder.«

Sara lässt ihren wilden Blick durchs Zimmer schweifen, dann fliegt sie zur Balkontür hinüber, von der man auf die Straße hinuntersehen kann. Sie rüttelt am Türgriff, entdeckt den Schlüssel im Schloss und packt zu.

»Nein! Passen Sie auf!« Die Empfangsdame kommt durchs Zimmer gerannt.

»Lass sie!«, ruft Corinne, als Sara die Tür aufreißt. Der Himmel ist so grau, so weit, wie eine andere Welt.

Sie stößt sich ab, springt über das Balkongitter. Hinein in eine bessere Welt, für sie und für Rory.

EINUNDSECHZIG

POLIZEIREVIER NOTTINGHAMSHIRE

Zwei Tage später

»Im Prinzip hat Corinne, die Buchhalterin, Sara Nordstrom also von Anfang an bewusst ausgewählt, als Mittel zum Zweck, um sich an Cole Fincham zu rächen?«, fragt Superintendent Della Grey, als ihre beiden Detectives sich in ihrem Büro niederlassen.

»So ist es, Ma'am«, sagt Helena. »Cole Fincham hatte eine Affäre mit Corinnes jüngerer Schwester Rhea. Er wusste nicht von ihrer Verwandtschaft und Corinne hat selbst erst davon erfahren, als es zu spät und Rhea bereits tot war. Corinne hat geduldig gewartet, mehrere Jahre lang, um sich an Cole zu rächen. Als sie Sara bei einem Networking-Event kennenlernte, hatte sie eine perfekte Kandidatin dafür gefunden. Die beiden haben sich angefreundet und die einsame Sara hat sich Corinne wegen ihrer psychischen Probleme anvertraut. Corinne erkannte, dass Cole definitiv Saras Charme erliegen würde, und wurde wie besessen von der Möglichkeit, Coles Familie zu zerstören, um sich für den Tod ihrer Schwester zu rächen.«

»Der Plan, Cole zu ruinieren und einen Keil in die Familie zu treiben, ist also auf ihrem Mist gewachsen?«, fragt Grey.

»Genau«, erwidert Brewster. »Waterman hat Sara überzeugt, dass Cole der perfekte Mann für sie wäre, wenn sie ihn nur von seiner Frau und seinen Kindern fortlocken könnte. Da sie sich mit Finanzen auskennt, konnte sie außerdem den Kredit veranlassen, den Sara Cole gezahlt hat, und die Knebelverträge aufsetzen, die ihnen absolute Kontrolle über den Mann gaben. Zusammen waren sie ein starkes Team.«

»Trotzdem scheint es mir komplett überzogen, dass Sara absichtlich schwanger geworden ist, um jemanden in einer Beziehung einzusperren.« Grey runzelt die Stirn.

»Sara litt unter Depressionen und Wahnvorstellungen«, erklärt Helena. »Ihre Kindheit war von Einsamkeit gezeichnet und sie hat sich verzweifelt ein eigenes Kind und eine Familie gewünscht. Ihre Gefühle Fincham gegenüber waren echt. Dass sie ihn auch finanziell in der Hand hatte, war nur ein weiterer Vorteil. Aber Sara war nicht gesund. Wir haben zwischenzeitlich herausgefunden, dass sie mehrere Psychiatrieaufenthalte hinter sich hatte und an Wahnvorstellungen litt. Einerseits hat sie also ihre Fantasien ausgelebt, als wären sie echt, und zugleich immer wieder unter intensiver, verzweifelter Einsamkeit gelitten. Mit Cole Fincham zusammenzuleben, wurde für sie zur fixen Idee, und schließlich hat sie sich selbst davon überzeugt, dass es jeden Moment so weit sein könnte. Ihre Klinik hat bereits bestätigt, dass sie versucht hatten, sie zu kontaktieren, weil sie ihr neuestes Rezept nicht abgeholt hatte. Sie hatte die Dosis ihrer Antipsychotika eigenständig reduziert und schließlich aufgehört, sie einzunehmen. Sie hat sich von Watermans Büro im fünften Stock aus in den Tod gestürzt.«

»Und Waterman hat gestanden, dass Fincham sie vor seinem Tod zur Rede gestellt hat?«, hakt Grey mit einem Blick in ihre Notizen nach.

Brewster nickt. »Ja. Er hatte Ellen Pendlebury, Jennifers

Schwester, bereits erzählt, dass ihm in den Kreditverträgen einige Unregelmäßigkeiten aufgefallen waren. Zusätzliche Seiten, die Corinne Waterman seiner Überzeugung nach illegal in den bereits unterschriebenen Vertrag eingefügt hatte. Dank des ANPR-Teams und den Mobilfunkdaten wussten wir bereits, dass er sich direkt vor seinem tödlichen Unfall in Wollaton aufgehalten hat. Als wir sie nach dem Tod Sara Nordstroms in ihrem Büro auf dieses Detail hingewiesen haben, hat Waterman gestanden, dass sie Fincham während eines Streitgesprächs einen Golfschläger übergezogen hatte.«

»Waterman meinte, sie wäre in Panik verfallen, als sie dachte, sie hätte Fincham umgebracht. Doch dann war er, mit etwas wackligen Beinen, aufgestanden und hatte ihr Büro verlassen«, fügt Helena hinzu. »Höchstwahrscheinlich dachte sie, sie wäre damit davongekommen, ihn so hart geschlagen zu haben, doch sie hatte ihm damit die Verletzung zugefügt, die letztendlich zu seinem Tod führte.«

»Rolly McAfee hat erkannt, dass Fincham etwa vierzig Minuten später eine tödliche Sekundärverletzung erlitt«, bestätigte Brewster. »Sein Gehirn schwoll rapide an und hat so seinen Tod verursacht.«

ZWEIUNDSECHZIG

JENNIFER

Vor sechs Jahren

Jennifer brachte den kleinen Miller zur Grundschule und setzte sich dann vor die winzige Wohnung, in der Cole und Rhea wohnten, bis Rhea rauskam und ihrem Alltag nachging.

Ihr Herz war gebrochen. Sie wusste, es würde nicht heilen können, solang sie sich nicht eingestand, dass Cole sie und Miller verlassen hatte, aber sie konnte einfach nicht aufhören. Die beiden zu beobachten, war für sie zu einer wahren Sucht geworden. Zu sehen, was die beiden zusammen taten, saugte ihr langsam die Lebenskraft aus und war doch zugleich die Luft, die sie zum Atmen brauchte.

Manchmal, wenn ihr alles zu viel wurde, ging sie in Coles Büro, und da es sie schon lang nicht mehr kümmerte, was andere von ihr hielten, machte sie ihm bewusst eine Szene, mitten im Empfangsbereich. Flehte ihn an, nach Hause zu kommen; erzählte ihm, wie Miller sich jede Nacht in den Schlaf weinte. Versprach ihm, alles zu sein, was er sich wünschen konnte, wenn er nur wieder nach Hause käme.

Doch er blieb standhaft und nach einigen solcher Szenen kam er überhaupt nicht mehr nach unten, um mit ihr zu sprechen. Nun führte der Sicherheitsbeamte sie einfach vom Gelände und sie konnte nichts tun, als mit traurig und schamvoll hängendem Kopf zu gehen.

Nach einer Weile richtete Jennifer ihre Aufmerksamkeit auf Rhea. Folgte ihr auf Schritt und Tritt die Straße hinunter, zu Terminen, zum Zahnarzt. Sie fand den Friseur, zu dem sie immer ging, und machte dort falsche Termine aus. Sie folgte ihr in Kaufhäuser hinein und sagte den Sicherheitskräften, sie hätte Rhea etwas stehlen sehen, nur um entzückt zusehen zu können, wie diese in Hinterzimmer geführt wurde, damit sie ihre Taschen durchsuchen konnten.

Doch eines Tages hatte Rhea den Spieß umgedreht. Sie war unvermittelt nach der Schule auf dem Spielplatz erschienen, wo Jennifer wie immer mit anderen Müttern herumstand, deren Kinder in dieselbe Klasse gingen wie Miller und die allesamt keine Ahnung von Coles Affäre hatten, oder davon, dass er zu Hause ausgezogen war.

»Jennifer?«

Sie wandte sich um, um zu sehen, wer ihren Namen gesagt hatte.

»Du musst aufhören, mir zu folgen!«, hatte Rhea Jennifer ins Gesicht geschrien, woraufhin die anderen Frauen ein paar Schritte zurückwichen. Auf dem Spielplatz breitete sich Totenstille aus, als selbst weiter entfernte Leute näher herantraten, um zu sehen, was hier los war. »Sie folgt mir überall hin und erzählt Lügen über mich. Ich würde euch allen raten, euch von ihr fernzuhalten!«

Dann war sie weggegangen, doch nicht ohne Jennifer anzugrinsen und zu flüstern: »Unterschätz mich bloß nicht, du verrücktes Miststück.«

Jennifer hatte sich zitternd wieder der Gruppe zugewandt.

»Mein Mann hat mich ihretwegen verlassen«, hatte sie unter heftigem Beben geschluchzt. »Sie hat recht, ich bin ihr gefolgt ... ich weiß selbst nicht, wieso. Ich mache es nur noch schlimmer für mich, aber ... ich hasse sie! Ich hasse sie so sehr!« Das war ihr zum Schluss noch herausgerutscht, in einem hohen, gepressten Ton. Doch ihre letzten Worte waren so giftgetränkt, dass sie ein oder zwei der Frauen, die sie nicht ganz so gut kannte, zurückzucken sah.

Sie spürte große Erleichterung, als die anderen Frauen nähertraten und die Arme ausstreckten, sie tröstend berührten. Inzwischen hatte sie sich in unkontrolliertes Schluchzen aufgelöst und die Geschichte von Coles Verrat sprudelte unzusammenhängend aus ihr heraus. Normalerweise hielt sie sich eher bedeckt, doch an dem Tag gab es kein Halten mehr. Sam, die sie aus der Gruppe am besten kannte, fuhr sie nach Hause, während eine der anderen Frauen ihre Kinder einsammelte.

Jennifer hatte sich schnell wieder unter Kontrolle und das war der letzte öffentliche Gefühlsausbruch. Trotzdem begannen einige der Mütter, in einer anderen Ecke des Spielplatzes zu warten, und ihre Gruppe schrumpfte rapide.

Dass sie an einem so öffentlichen Ort die Kontrolle verloren hatte, bereute sie sehr. Manche zeigten aufrichtiges Mitgefühl, anderen dagegen hatte sie nur Zutaten für die Gerüchteküche geliefert. Rhea war einfach davongegangen, doch Jennifer musste weiterhin jeden Tag dort auftauchen, um Miller abzuholen. Kein fairer Kampf.

Jennifer wusste, dass sie Rhea nicht damit durchkommen lassen konnte. Keine Chance.

Nur sechseinhalb Monate später war Cole wieder dort, wo er hingehörte – zu Hause. Er war die winzige Wohnung leid und Rheas ständige Partys, und er gab zu, dass er das angenehme

Leben zu Hause vermisst hatte. Er und Jennifer hatten Stunden um Stunden geredet und es war klar, dass Cole eine wichtige Lektion darüber gelernt hatte, wie viel ihm seine Familie bedeutete.

Eines Tages, als Miller in der Schule und Cole den ganzen Tag auf der Baustelle war, schaute Jennifer bei Rheas Wohnung vorbei. Sie pochte an die Tür und eine zerzauste, triefäugige Rhea kam in einem schmuddeligen Bademantel herbeigestolpert. Die Verkörperung einer alten Weisheit: Hochmut kommt vor dem Fall.

Als Rhea ihr den Mann gestohlen hatte, hatte Jennifer fast dreizehn Kilo abgenommen. Sie hatte sich neu eingekleidet, hatte sich eine neue Frisur schneiden und die Haare färben lassen. Sie sah gut aus.

»Ich bin hergekommen, um dich zu sehen; jetzt, wo mein Mann zu mir zurückgekommen ist. Und ich werde es genießen«, sagte Jennifer. »Ich wollte dir sagen, dass wir glücklicher sind denn je zuvor.«

Rhea versuchte, ihr die Tür vor der Nase zuzuschlagen, aber Jennifer schob sich in die Wohnung. Wie winzig sie war, nur ein einziger großer Raum. Sie versuchte, sich Cole hier vorzustellen, aber es gelang ihr nicht. Was hatte er nur je an Rhea gefunden?

Der kleine Tisch vor dem Sofa war mit Tabletten und Medikamentenfläschchen übersät.

»Was willst du?«, fragte Rhea und brach auf dem Sofa zusammen. »Lass mich doch allein. Ich hab nichts mehr, wofür es sich zu leben lohnt.«

Und da verstand Jennifer. Sie hatte Rhea in ihrem jämmerlichsten Moment erwischt, genau, als sie im Begriff war, eine Überdosis einzunehmen.

»Ich hab ihn wirklich geliebt«, lallte Rhea. Wie sie Jennifer anwiderte. »Ich hab ihn so, so sehr geliebt.«

Jennifer warf einen Blick auf die Berge an Tabletten und Fläschchen. »Weißt du, was er mir gesagt hat? Er hat gesagt, dass du ihn zum Schluss nur noch angeekelt hast. Dass er an mich gedacht hat, wenn er bei dir war.«

»Nein!«, keuchte Rhea. »Nicht ... bitte sag das nicht.«

»Er hat gesagt, dass ihm eines Tages einfach klar wurde, was er zurückgelassen hat. Jetzt ist er wieder zu Hause und will dich nur noch vergessen.«

»Ich will hier raus, fort, weg aus diesem Leben«, schluchzte Rhea. »Wenn Cole so was wirklich denkt, kann ich genauso gut verschwinden.«

»Lass dich nicht aufhalten.« Jennifer sprach nun leiser. »Du solltest nur wissen, dass Cole dich nie wieder zu Gesicht bekommen will.«

Rhea starrte auf die verstreuten Pillen auf dem Tisch. Sie warf Jennifer einen erbärmlichen Blick zu. Ihr Gesicht war kreidebleich. »Ich halte diese Schmerzen nicht mehr aus.«

»Die kenne ich nur zu gut, *diese Schmerzen.*« Jennifer zuckte mit den Schultern. »Ich habe sie monatelang mit mir herumgetragen, wie du weißt. Du hast mich blamiert, hast mir den Mann gestohlen, hast mich sogar auf dem Spielplatz vor anderen schlecht geredet. Erwarte von mir bloß kein Mitgefühl; du wirst keines kriegen.«

Daraufhin hatte Rhea ihr Gesicht in den Händen vergraben und leise zu schluchzen begonnen und Jennifer hatte sich davongestohlen, die Wohnungstür zugezogen und das Gebäude verlassen, ohne einer Menschenseele zu begegnen.

Ein paar Tage später war Cole kreidebleich nach Hause gekommen. Ein Mitarbeiter hatte ihm erzählt, dass ein Nachbar Rhea gefunden hatte. Sie hatte eine Überdosis eingenommen und einen Krankenwagen gerufen, der aber zu spät eingetroffen war.

»Sie werden sagen, dass es meine Schuld ist«, hatte er geflüstert, offensichtlich tief schockiert. »Dass sie sich meinetwegen umgebracht hat. Warum hat sie denn niemanden um Hilfe gebeten?«

Jennifer hatte mitfühlend eine Hand auf den Arm ihres Mannes gelegt. »Das werden wir wohl nie erfahren«, hatte sie gesagt.

EPILOG

JENNIFER

Gegenwart

Miller packt seinen kleinen Bruder und schwingt ihn in hohem Bogen über seinen Kopf. Rory kreischt, halb erschrocken, halb begeistert. »Wann kommen die anderen, Mum?«, ruft Miller.

»In einer Stunde sollten alle da sein«, erwidere ich. »Kommen Joel und deine anderen Kumpels auch?«

»Ja, und nach der Feier gehen wir bowlen.«

Heute wird Rory ein Jahr alt. Dieser schlaue, hübsche kleine Junge, der seinem Bruder Miller mit jedem Tag noch ähnlicher sieht. Das DNA-Testergebnis haben wir in Saras Wohnung unter ihren Dokumenten gefunden, als ich Mr Friedmann seine Kameraausrüstung zurückgebracht habe. Das hat bestätigt, was ich immer wusste: Rory ist Coles Sohn. Obwohl ich ihn inzwischen lieber Millers und Sylvies Bruder nenne. In ihren Dokumenten habe ich außerdem Quittungen gefunden, für Saras Armkettchen, ihren sogenannten Verlobungsring und das teure Abendkleid. Alles mit ihrer eigenen Kreditkarte bezahlt, Cole hatte ihr nichts davon geschenkt. Nichts als ein weiteres Hirngespinst ihrerseits.

Jetzt mustere ich meinen älteren Sohn, sein fröhliches, lebhaftes Gesicht. Wie sehr er sich verändert hat. Er hat in der Schule gute Freunde gefunden und spielt wieder Fußball, in derselben Schulmannschaft wie Joel. Als nach Saras Tod klar wurde, dass sie absolut niemanden hatte, konnte ich einfach nicht zulassen, dass Rory zu einer Pflegefamilie geschickt wurde. Miller und Sylvie sind schließlich mit ihm blutsverwandt und ich bin für ihn einer Mutter am nächsten.

Wir haben das ganz offiziell geregelt und letzte Woche wurde der Adoptionsantrag endlich genehmigt. Zufällig am selben Tag, an dem er seine ersten Schritte versucht hat.

Mum und ich kümmern uns gemeinsam um ihn und Miller und Sylvie geben sich auch große Mühe. Ellens Gesellschaft kann ich immer noch nicht ertragen, jetzt, wo ich herausgefunden habe, dass sie über Coles Affäre Bescheid wusste. Aber Damian kommt oft vorbei, um seinen kleinen Cousin zu besuchen. Vielleicht werde ich auch meiner Schwester irgendwann wieder vertrauen, aber bis dahin muss eindeutig noch mehr Zeit vergehen.

Nach Saras Tod sind all ihre Besitztümer auf Rory übergegangen, in Form eines Treuhandfonds, auf den er mit einundzwanzig Zugriff erhalten wird. Da angesichts Corinne Watermans Befangenheit sämtliche Verträge für null und nichtig erklärt worden sind, ist das Haus wieder in unseren gemeinsamen Besitz übergegangen. Und da Cole nun mal tot ist, wurde es als Teil seines Vermögens geführt, welches inzwischen auf mich übergegangen ist.

Corinnes Berufszulassung ist ihr vom Institute of Chartered Accountants entzogen worden, aufgrund ihrer Beteiligung an diesem Kreditbetrug. Außerdem wurde sie wegen Totschlags angeklagt. Das Gerichtsurteil steht noch aus. Fincham Developments gibt es nicht mehr; das Unternehmen wurde inzwischen aufgelöst.

Dank Mums Unterstützung und aufmunternder Worte

arbeite ich inzwischen wieder in der Schule, als Teilzeit-Lehrassistentin, so wie früher. Mein Plan ist es, mich in ein paar Jahren zur Lehrerin ausbilden zu lassen. Es fühlt sich gut an, wieder einen Fuß auf der Karriereleiter zu haben.

Meinen Anteil an dem, was mit Rhea geschehen ist, kann ich nie wiedergutmachen. Ich war damals selbst kaum bei Sinnen und das ist die einzige Rechtfertigung, die ich vorbringen kann. Aber ich hoffe, dass meine Entscheidung, Rory hier, bei seiner Familie, zu behalten, wenigstens als kleine Entschädigung gelten kann für meine schreckliche Tat ... auch wenn ihr Tod mich für den Rest meines Lebens verfolgen wird – schließlich hätte ich ihn verhindern können.

Als Sara Nordstrom bei uns eingezogen ist, habe ich mich so hilflos gefühlt. Doch mit der Zeit wurde mir klar, dass ich nicht mehr das verletzliche, obdachlose junge Mädchen von damals war. Ich habe mein Leben selbst in der Hand und kann für mich selbst und meine Kinder den besten Weg finden, auch wenn sich Hindernisse vor uns auftun.

Ich lasse meinen Blick durch die Küche schweifen. In einer Bäckerei um die Ecke haben wir uns Servierplatten voll Sandwiches geholt und Mum hat einiges an Backwerk gezaubert, das alle lieben – Victoria Sponge, Karottenkuchen, Walnuss-Kaffee-Kuchen. Sylvie und Miller haben für Rorys Geburtstag Spruchbänder und Luftballons aufgehängt und die Wände haben wir mit vielen von Sylvies glitzernden Kunstwerken verziert. Kein Luxuspartyzelt, kein Catering und die Außenküche bleibt auch kalt.

Nur eine schlichte, kleine Familienfeier mit all den Leuten, die uns am Herzen liegen.

Was könnte auch besser sein?

MEHR VON BOOKOUTURE DEUTSCHLAND

Für mehr Infos rund um Bookouture Deutschland und unsere Bücher melde dich für unseren Newsletter an:

deutschland.bookouture.com/subscribe/

Oder folge uns auf Social Media:

facebook.com/bookouturedeutschland
twitter.com/bookouturede
instagram.com/bookouturedeutschland

EIN BRIEF VON K.L. SLATER

Vielen Dank, dass ihr *Seine andere Frau* gelesen habt. Wenn euch das Buch gefallen hat und ihr über meine neuesten Veröffentlichungen informiert werden möchtet, meldet euch einfach unter nachstehendem Link an. Eure E-Mail-Adresse wird nicht weitergegeben und ihr könnt euch jederzeit wieder abmelden.

deutschland.bookouture.com/subscribe/

Inspiration für meine Bücher finde ich an den verschiedensten Orten. Die grundlegende Idee für *Seine andere Frau* kam von meiner Agentin. Oft entstehen Ideen in der Zusammenarbeit zwischen mir, meiner Agentin Camilla und meiner Lektorin Lydia. Ich liebe Brainstorming! Für mich ist das eine hervorragende Methode, um Vorfreude auf meine nächste Geschichte zu entfachen. Ganz gleich, wie interessant und verlockend die dahinterliegende Idee ist, ich brauche diese Vorfreude, um Charaktere und Motive ausarbeiten und mit einem Buch anfangen zu können.

Wahre Geschichten von Frauen, die herausfinden, dass ihr Partner ein Doppelleben geführt hat, von dem sie nichts wussten, haben mich schon immer fasziniert. Ich denke, da fragt sich jeder, wie es denn möglich sein soll, dass jemand in einer Beziehung eine andere Existenz, ein anderes Leben vor einem Partner verbergen kann. Und doch passiert es immer wieder und ich finde oft neue Geschichten dieser Art.

Als meine Agentin also mir gegenüber das Nesting-Prinzip

erwähnt hat, schien mir das gut zu der Idee des Doppellebens zu passen, die ich schon seit einer ganzen Weile mit mir herumgetragen hatte. Danach brauchte es nur noch den magischen Satz, um meine Fantasie zu beflügeln: Was wäre, wenn? Was wäre, wenn der Mann unserer Protagonistin stirbt und seine Mätresse vor der Tür steht? Wenn sie nicht nur offenbart, dass sie mit ihm zusammengewohnt und ein Kind von ihm bekommen hat, sondern außerdem das Leben der Familie komplett finanziert hat; dass ihr alles gehört, sogar das Haus? Was für ein Albtraum! Und damit das perfekte Szenario für einen Psychothriller, nicht wahr?

Wie würde es sich wohl anfühlen, in der Haut unserer Protagonistin, Jennifer Fincham, zu stecken? In einem solchen Wirbelsturm der Gefühle gefangen zu sein, zwischen Wut und Schock, Angst, das eigene Zuhause zu verlieren, Angst, mit Kind und Kegel auf der Straße zu landen, und nicht zuletzt die Trauer um den geliebten Ehemann ... was es da nicht plötzlich alles für mich zu entdecken und entwirren gab und ZACK! – schon war ich mittendrin, *Seine andere Frau* zu schreiben.

Dieses Buch spielt in Nottinghamshire, wo ich geboren wurde und mein ganzes Leben verbracht habe. Leser:innen aus der Region möchte ich darauf hinweisen, dass ich mir manchmal erlaubt habe, Straßennamen oder bestimmte geografische Details zu ändern, um sie an die Geschichte anzupassen.

Ich hoffe inständig, dass euch *Seine andere Frau* gefallen hat und dass ihr Spaß daran hattet, die Charaktere kennenzulernen. Falls ja, wäre ich euch sehr dankbar, wenn ihr euch kurz Zeit nehmen könntet, um eine Rezension zu schreiben. Ich freue mich darauf, eure Meinung zu hören, und durch Rezensionen können immer mehr Leser:innen auf meine Bücher aufmerksam werden.

Ich höre gern von meinen Leser:innen. Ihr könnt über meine Facebook-Seite sowie auf Twitter, Goodreads und über meine Website mit mir Kontakt aufnehmen.

Vielen Dank an euch alle – ihr seid wunderbar. Bis zum nächsten Mal!

Kim x

https://klslaterauthor.com

facebook.com/KimLSlaterAuthor

twitter.com/KimLSlater

instagram.com/klslaterauthor

DANKSAGUNG

Jeden Tag darf ich spannende Geschichten schreiben – und davon leben! Jahrelang habe ich darauf gewartet, diese herrliche Karriere in Vollzeit ausüben zu dürfen. Das Schönste daran ist, dass ich das große Glück habe, ein ganzes Team talentierter, hilfreicher Leute hinter mir zu haben.

Ein riesiges Dankeschön geht an Lydia Vassar-Smith, meine Lektorin bei Bookouture, für ihre Expertise, ihre redaktionelle Unterstützung und die wunderbar wertvollen Brainstorming-Sessions.

Danke an *alle* aus dem Bookouture-Team für alles, was sie tun – viel mehr, als ich hier je festhalten könnte. Besonderer Dank geht an Sarah Hardy, die meine Veröffentlichungstage und jede Onlinevorschau auf mein neuestes Buchcover so hervorragend managet, und ebenso an meine Redaktionsmanagerin Alexandra Holmes, die sicherstellt, dass meine fertigen Bücher den Augen meiner wunderbaren Leser:innen gerecht werden!

Wie immer danke ich meiner wunderbaren Literaturagentin Camilla Bolton, die mir stets mit Rat zur Seite steht und mir mit jeder Nachricht, jeder E-Mail, jedem Telefonat ihre unerschütterliche Unterstützung bietet. Und natürlich herzlichen Dank an Camilla, dass sie mir dabei geholfen hat, die grundlegende Idee für *Seine andere Frau* auszuarbeiten. Ebenfalls danke ich der wunderbaren Jade Kavanagh, die so hart für mich arbeitet. Danke an den Rest des Teams der Darley

Anderson Literary, TV and Film Agency, vor allem an Mary Darby, Kristina Egan, Georgia Fuller und Rosanna Bellingham.

Danke an meine Redakteurin Donna Hillyer und meine Korrekturleserin Becca Allen, die hart daran gearbeitet haben, dass *Seine andere Frau* ein so angenehmes Leseerlebnis bietet, wie nur möglich.

Danke an meine Schreibpartnerin Angela Marsons, die mir Zeit meiner Karriere eine unschätzbare Hilfe und Inspiration war. Wie es bei guten Freunden eben so ist, lande ich immer bei ihr, wenn ich mir Frust von der Seele reden, herzlich lachen oder, wie in letzter Zeit, über Zahnmedizin quatschen möchte.

Danke an meine Freundin April Fawcett, die meine Bücher liest und weiterempfiehlt, und an meine treue Leserin Gail Hazley, der ich etwas beschwipst das Versprechen gegeben habe, ihren Lieblingsort in meinem nächsten Buch einzusetzen. Gesagt, getan, Gail!

Meiner Familie möchte ich meinen tiefsten Dank aussprechen, vor allem meinem Mann und meiner Tochter, die immer bereit sind, Ausflüge auf Eis zu legen und unsere Pläne an meine Deadlines anzupassen.

Ein besonderes Dankeschön an Henry Steadman, der sich solche Mühe gegeben hat, um mal wieder ein umwerfendes Cover zu zaubern.

Danke an all die Blogger:innen und Rezensent:innen, deren Arbeit für Autor:innen so unschätzbar wichtig ist. Danke an alle, die sich die Zeit genommen haben, online eine Rezension abzugeben oder die an meiner Blogtour teilgenommen haben. Ich erkenne eure Leistung und weiß sie immer zu schätzen.

Und nicht zuletzt gilt mein Dank euch, meinen lieben Leser:innen. Ich freue mich über all eure wunderbaren Kommentare und Nachrichten und bin jedem und jeder Einzelnen von euch unendlich dankbar für eure Unterstützung.

Printed in Poland
by Amazon Fulfillment
Poland Sp. z o.o., Wrocław

31221588R00215